T0245042

Nueve dragones

Michael Connelly

Nueve dragones

AdN Alianza de Novelas

Título original: *Nine Dragons*

Esta edición ha sido publicada por acuerdo con Little, Brown and Company, New York, New York, USA. Todos los derechos reservados.

Diseño de cubierta: Estudio Pep Carrió

PAPEL DE FIBRA
CERTIFICADA

Copyright © 2022 by Hieronymus, Inc.
© de la traducción: Javier Guerrero Gimeno, 2010, 2023
© AdN Alianza de Novelas (Alianza Editorial, S. A.) Madrid, 2023
  Calle Valentín Beato, 21
  28037 Madrid
  www.adnovelas.com
  ISBN: 978-84-1148-331-5
  Depósito legal: M. 10.103-2023
  Printed in Spain

SI QUIERE RECIBIR INFORMACIÓN PERIÓDICA SOBRE LAS NOVEDADES DE
ALIANZA DE NOVELAS, ENVÍE UN CORREO ELECTRÓNICO A LA DIRECCIÓN:

adn@adnovelas.com

Primera parte

Homicidios especiales

1

Desde el otro lado del pasillo, Harry Bosch miró hacia el cubículo de su compañero y lo vio sumido en su ritual diario de alinear las esquinas de las carpetas apiladas, despejar de papeles el centro de la mesa y, por último, guardar la taza de café enjuagada en un cajón. Bosch miró su reloj y vio que solo eran las cuatro menos veinte. Daba la impresión de que cada día Ignacio Ferras empezaba con su ritual un minuto o dos antes que la jornada anterior. Aún era martes, después del fin de semana largo del Día del Trabajo y el inicio de una semana de cuatro días, y Ferras ya se estaba preparando para salir temprano. El desencadenante de esta rutina era siempre una llamada de teléfono desde su casa. Allí lo esperaba una mujer con un niño de dos años y dos gemelos recién nacidos. La esposa de Ferras miraba el reloj como el propietario de una tienda de golosinas mira a los niños gordos. Necesitaba un descanso y necesitaba que su marido volviera a casa para concedérselo. Incluso desde el otro lado del pasillo y con las mamparas de insonorización de un metro veinte que separaban los espacios de trabajo en la nueva sala de brigada, Bosch normalmente podía oír los dos lados de la conversación. Siempre empezaba con: «¿Cuándo vas a llegar a casa?».

Una vez que puso todo en orden en su espacio de trabajo, Ferras miró a Bosch.

–Harry, me voy a ir ahora que hay menos tráfico –dijo–. Tengo varias llamadas pendientes, pero tienen mi móvil. No hace falta esperar aquí para eso.

Ferras se masajeó el hombro izquierdo mientras hablaba. Eso también formaba parte de la rutina. Era su forma no verbal de recordarle a Bosch que lo habían herido de bala hacía dos años y se había ganado el derecho de salir antes.

Bosch se limitó a asentir. En realidad, no se trataba de si su compañero salía antes del trabajo ni de si se lo había ganado. Era una cuestión de compromiso con la misión del trabajo en Homicidios, de si estaría allí cuando les tocara el siguiente caso. Ferras había pasado nueve meses en fisioterapia y rehabilitación antes de reincorporarse a la brigada. En el año transcurrido desde entonces, había trabajado en los casos con una reticencia que estaba acabando con la paciencia de Bosch. No estaba comprometido y Bosch se estaba cansando de esperarlo.

También se estaba cansando de esperar un crimen fresco. Hacía cuatro semanas que no les asignaban un caso y ya estaban en la ola de calor del final del verano. Bosch sabía, tan seguro como que el viento de Santa Ana sopla por los pasos de montaña, que iba a llegarles un crimen.

Ferras se levantó y cerró el cajón de su escritorio. Estaba cogiendo la chaqueta del respaldo de la silla cuando Bosch vio que Larry Gandle salía de su oficina, situada al otro lado de la sala de brigada, y se dirigía a ellos. Como veterano de la pareja, a Bosch le habían dado a elegir cubículo un mes antes, cuando la

División de Robos y Homicidios empezó a trasladarse desde el decrépito Parker Center al nuevo Edificio de la Administración de Policía. La mayoría de los detectives de grado tres eligieron los cubículos orientados a las ventanas con vistas al ayuntamiento. Bosch había elegido lo contrario. Cedió la vista a su compañero y escogió el espacio que le permitía observar lo que ocurría en la sala de brigada. Al ver que se acercaba el teniente, supo de manera instintiva que su compañero no volvería a casa temprano.

Gandle sostenía un trozo de papel arrancado de un cuaderno y tenía un brío extra en sus andares. Eso le bastó a Bosch para comprender que su espera había concluido. Allí tenía el caso. El crimen fresco. Bosch empezó a levantarse.

—Bosch y Ferras, en marcha —dijo Gandle cuando llegó hasta ellos—. Necesito que os ocupéis de un caso del South Bureau.

Bosch vio que su compañero dejaba caer los hombros bruscamente. No hizo caso y estiró el brazo para coger el papel que sostenía Gandle. Miró la dirección escrita en él. South Normandie. Había estado allí antes.

—Es una licorería —explicó Gandle—. Un hombre muerto detrás del mostrador; la patrulla está reteniendo a un testigo. No sé nada más. ¿Listos para salir?

—Listos —dijo Bosch antes de que su compañero pudiera quejarse.

Pero no funcionó.

—Teniente, esto es Homicidios Especiales —protestó Ferras, volviéndose y señalando la cabeza de jabalí colgada encima de la puerta de la sala de brigada—.

¿Por qué hemos de ocuparnos de un atraco en una licorería? Sabe que es un caso de bandas y los de South pueden resolverlo antes de medianoche, o al menos saber quién ha disparado.

Ferras tenía razón. Homicidios Especiales era para los casos difíciles y complejos. Se trataba de una brigada de élite que se encargaba de investigaciones complicadas con el talento implacable de un jabalí que hurga en el barro para sacar una trufa. Un atraco en una licorería situada en un territorio controlado por las bandas difícilmente cumplía esos requisitos.

Gandle, cuya calva y expresión adusta lo convertían en el administrador perfecto, separó las manos en un ademán que ofrecía una ausencia absoluta de compasión.

—Os lo dije a todos en la reunión de personal de la semana pasada. Esta semana nos toca reforzar a South. Están en cuadro. Solo tienen un equipo de guardia mientras todos los demás están en un curso de homicidios hasta el día catorce. Les tocaron tres casos el fin de semana y este esta mañana. Así que el equipo de servicios mínimos no da para más. Es vuestro turno y os toca el caso del atraco. Punto. ¿Alguna pregunta? La patrulla está esperando allí con un testigo.

—Allá vamos, jefe —dijo Bosch, zanjando la discusión.

—Espero noticias.

Gandle se dirigió de nuevo a su despacho. Bosch cogió la americana del respaldo de su silla, se la puso y abrió el cajón de en medio de su escritorio. Cogió el cuaderno de cuero del bolsillo de atrás y sustituyó el bloc de papel rayado por uno nuevo. Asesinato nuevo, bloc nuevo. Era su rutina. Miró la placa de detective repujada en la tapa del cuaderno y volvió a guardárselo en el bolsillo trasero. La verdad era que no le importaba qué clase de caso fuera. Solo quería un caso. Como con cualquier otra cosa, si pierdes la práctica, pierdes la ventaja. Bosch no quería que le ocurriera eso.

Ferras se quedó con los brazos en jarras, mirando el reloj situado encima del tablón de anuncios.

−Mierda −dijo−. Otra vez.

−¿Cómo que «otra vez»? −preguntó Bosch−. No hemos tenido ningún caso en un mes.

−Sí, pero ya me estaba acostumbrando a eso.

−Bueno, si no quieres trabajar en Homicidios, seguro que encuentras un puesto de nueve a cinco en robos de coches.

−Sí, claro.

−Pues vamos.

Bosch salió al pasillo y se encaminó a la puerta. Ferras lo siguió sacando el teléfono para llamar a su mujer y darle la mala noticia. Antes de salir, los dos hombres levantaron el brazo y tocaron el hocico del jabalí para que les diera buena suerte.

2

Bosch no tuvo que sermonear a Ferras de camino a South L. A. Conducir en silencio fue su sermón. Su joven compañero daba la impresión de marchitarse con la presión de lo que no se estaba diciendo y por fin se sinceró.

–Esto me está volviendo loco –dijo.

–¿Qué? –preguntó Bosch.

–Los gemelos. Demasiado trabajo, demasiados llantos. Es un efecto dominó. Uno se despierta y eso despierta al otro. Entonces se despierta el mayor. Nadie puede dormir y mi mujer está…

–¿Qué?

–No lo sé, se está volviendo loca. Me llama a todas horas para preguntarme cuándo volveré a casa. Así que vuelvo a casa y entonces es mi turno de ocuparme de los niños y no descanso. Es trabajo, niños, trabajo, niños, trabajo, niños, todos los días.

–¿Y una niñera?

–Tal y como están las cosas, no podemos pagar a una niñera. Y ya no hay horas extra.

Bosch no sabía qué decir. Su hija, Madeline, había cumplido trece años el mes anterior y se hallaba a más de quince mil kilómetros. Harry nunca había participado de manera directa en su educación. La veía cuatro veces al año –dos en Hong Kong y otras dos en Los

Ángeles– y nada más. ¿Qué legitimidad tenía para darle consejo a un padre a tiempo completo con tres hijos, dos de los cuales eran gemelos?

–Mira, no sé qué decirte. Ya sabes que te cubro las espaldas. Hago lo que puedo siempre que puedo. Pero…

–Lo sé, Harry. Te lo agradezco. Es solo el primer año con los gemelos, ¿sabes? Será mucho más fácil cuando sean un poco mayores.

–Sí, pero lo que estoy intentando decirte es que quizá haya algo más que los gemelos. Tal vez se trate de ti, Ignacio.

–¿De mí? ¿Qué estás diciendo?

–Estoy diciendo que tal vez se trate de ti. Quizá volviste demasiado pronto, ¿alguna vez has pensado en eso?

A Ferras le hirvió la sangre, pero no respondió.

–Eh, ocurre a veces –dijo Bosch–. Te pegan un balazo y empiezas a pensar que un rayo puede caerte dos veces.

–Mira, Harry, no sé de qué chorrada hablas, pero no me pasa nada en ese sentido. Estoy bien. Se trata de falta de sueño y de que me siento agotado permanentemente y no consigo recuperarme porque mi mujer me muerde el culo desde el momento en que llego a casa, ¿vale?

–Lo que tú digas, compañero.

–Exacto, compañero. Lo que yo digo. Créeme, ya tengo bastante con ella. No necesito que tú también te sumes.

Bosch asintió, ya se había dicho suficiente. Sabía cuándo dejarlo.

La dirección que les había dado Gandle correspondía a South Normandie Avenue, a la altura de la calle 70.

Se hallaba a solo un par de manzanas del infame cruce de Florence y Normandie, donde en 1992 los helicópteros habían grabado algunas de las escenas más horribles que luego se emitieron por todo el mundo. Al parecer, era la imagen más perdurable de Los Ángeles para muchos.

No obstante, Bosch enseguida se dio cuenta de que conocía la zona y la tienda a la que se dirigía de un disturbio diferente y por una razón diferente.

Fortune Liquors ya estaba acordonada como escenario del crimen con cinta amarilla. Se había congregado un pequeño número de mirones, pero un asesinato en ese barrio no generaba mucha curiosidad. La gente de allí lo había visto antes muchas veces. Bosch aparcó su sedán en medio de un grupo de tres coches patrulla. Después de sacar el portafolios del maletero, cerró el coche y se encaminó hacia la cinta.

Bosch y Ferras dieron su nombre y número de identificación al agente de patrulla que se ocupaba del registro de asistentes a la escena del crimen y pasaron por debajo de la cinta. Al acercarse a la puerta de la tienda, Bosch se metió la mano en el bolsillo derecho de la chaqueta y sacó un librito de fósforos. Estaba viejo y gastado. En la cubierta decía «FORTUNE LIQUORS» y figuraba la dirección del pequeño edificio amarillo que tenía delante. Abrió el librito. Solo faltaba una cerilla y en la cara interna de la cubierta se leía el aforismo escrito en todos los libritos de fósforos.

DICHOSO AQUEL
QUE HALLA SOLAZ EN SÍ MISMO.

Bosch llevaba aquellas cerillas en el bolsillo desde hacía más de diez años. No tanto porque pensara que eso le traería buena suerte como porque creía en lo que decía. Era por la cerilla que faltaba y por lo que le recordaba.

—Harry, ¿qué pasa? —preguntó Ferras.

Bosch se dio cuenta de que había hecho una pausa al acercarse a la tienda.

—Nada, he estado aquí antes.

—¿Cuándo? ¿En un caso?

—Más o menos. Pero fue hace mucho tiempo. Vamos.

Bosch pasó al lado de su compañero y entró en la licorería.

Había varios agentes de patrulla y un sargento en el interior del establecimiento, largo y estrecho. La distribución consistía básicamente en tres pasillos. Bosch miró por el pasillo central, que terminaba en otro pasillo perpendicular con una puerta abierta que daba al aparcamiento de detrás de la tienda. Las neveras con las bebidas frías ocupaban la pared del pasillo de la izquierda y toda la parte trasera. El licor estaba en el pasillo derecho, mientras que el central lo habían reservado para el vino, con el tinto a la derecha y el blanco a la izquierda.

Bosch vio a otros dos agentes uniformados en el pasillo del fondo y supuso que estaban reteniendo al testigo en lo que probablemente era un almacén o un despacho. Dejó el maletín en el suelo, al lado de la puerta, y sacó dos pares de guantes de látex del bolsillo de la chaqueta. Le dio un par a Ferras y ambos se los pusieron.

El sargento reparó en la llegada de los dos detectives y se separó de sus hombres.

–Ray Lucas –dijo a modo de saludo–. Tenemos una víctima detrás del mostrador. Se llama John Li. Ele i. Creemos que ha ocurrido hace menos de dos horas. Parece un atraco en el que el tipo no quiso dejar testigos. En la Setenta y Siete muchos de nosotros conocíamos al señor Li. Era un buen hombre.

Lucas hizo una señal a Bosch y Ferras para que se acercaran al lugar donde se hallaba el cadáver. Bosch se agarró la chaqueta para que no rozarla con nada al rodear el mostrador hasta el pequeño espacio que había detrás. Se agachó como un *catcher* de béisbol para mirar más de cerca al hombre que yacía sin vida en el suelo. Ferras se inclinó sobre él como un *umpire*.

La víctima era asiática y aparentaba casi setenta años. Estaba tumbada bocarriba, mirando con ojos inexpresivos al techo. Tenía la mandíbula apretada, casi en una mueca, y al morir había expectorado sangre en los labios, las mejillas y la barbilla. La parte delantera de la camisa estaba empapada de sangre y Bosch vio al menos tres orificios de bala en el pecho. El hombre tenía la pierna derecha doblada y torcida de manera extraña bajo la otra pierna. Obviamente, se había desplomado en el mismo sitio donde se hallaba antes de que le dispararan.

–No hemos encontrado casquillos –dijo Lucas–. El que disparó los recogió y fue lo bastante listo como para sacar el disco de la grabadora que hay en la parte de atrás.

Bosch asintió. Los tipos de la patrulla siempre querían ser útiles, pero era información que Bosch todavía no necesitaba y que podía despistar.

–A menos que usara un revólver –dijo–. En ese caso, no habría tenido que recoger casquillos.

–Quizá –dijo Lucas–. Pero ya no se ven muchos revólveres por aquí. Nadie quiere que lo pillen en un tiroteo desde un coche con solo seis balas en su arma.

Lucas quería que Bosch supiera que conocía el terreno que pisaba. Harry era solo un visitante.

–Lo tendré en cuenta –dijo.

Se concentró en el cadáver y estudió la escena en silencio. Estaba casi seguro de que la víctima era el mismo hombre que había conocido en la tienda tantos años antes. Incluso estaba en el mismo sitio, en el suelo, detrás del mostrador. Y Bosch vio un paquete blando de cigarrillos en el bolsillo de la camisa.

Se fijó en que la mano derecha de la víctima tenía una mancha de sangre. No le pareció extraño. Desde la más tierna infancia, las personas se llevan la mano a una herida para tratar de protegerse y aliviar el dolor. Es un instinto natural. Esa víctima había hecho lo mismo, seguramente para agarrarse el pecho después de que le dispararan por primera vez.

Había una separación de diez centímetros entre las heridas de bala, que formaban los vértices de un triángulo. Bosch sabía que una rápida sucesión de tres disparos desde cerca normalmente habría formado una figura más cerrada. Este hecho lo llevó a pensar que la víctima había caído al suelo tras el primer disparo. Lo más probable era que el asesino se hubiera inclinado luego sobre el mostrador para disparar dos veces más.

Las balas atravesaron el pecho de la víctima y causaron una enorme herida en el corazón y en los pulmones. La sangre expectorada revelaba que la muerte no había sido inmediata. La víctima había tratado de respirar. Después de todos sus años trabajando en casos de asesinatos, Bosch estaba seguro de una cosa: no había una forma fácil de morir.

—No hubo disparo en la cabeza —dijo Bosch.

—Correcto —dijo Ferras—. ¿Qué significa?

Bosch se dio cuenta de que debía de haber musitado en voz alta.

—Quizá nada. Solo parece que con tres tiros en el pecho, el asesino no quería dudas. Pero luego no le disparó en la cabeza.

—Una contradicción.

—Quizá.

Bosch apartó los ojos del cadáver por primera vez y miró a su alrededor desde el ángulo que le daba esa posición baja. De inmediato reparó en una cartuchera fijada en la parte inferior del mostrador y en la pistola que contenía. Estaba situada en un lugar que permitía acceder a ella con facilidad en caso de un atraco o algo peor, pero la víctima no la había sacado de su funda.

—Tenemos una pistola ahí debajo —dijo Bosch—. Parece una cuarenta y cinco en una cartuchera, pero el viejo no tuvo la oportunidad de sacarla.

—El asesino entró deprisa y le disparó antes de que pudiera alcanzarla —dijo Ferras—. Quizá se sabía en el barrio que el viejo tenía la pistola bajo el mostrador.

Lucas hizo un ruido con la boca, como si no estuviera de acuerdo.

—¿Qué ocurre, sargento? —preguntó Bosch.

—La pistola ha de ser nueva —dijo Lucas—. Al tipo lo atracaron al menos seis veces en los cinco años que llevo aquí. Por lo que sé, nunca sacó un arma. Es la primera noticia de un arma.

Bosch asintió. Era una observación válida. Volvió la cabeza para hablar por encima del hombro al sargento.

—Hábleme del testigo —dijo.

—Uh, en realidad no es un testigo —dijo Lucas—. Es la señora Li, la esposa. Entró y encontró a su marido cuando le estaba trayendo la comida. La tenemos en la sala de atrás, pero le hará falta un traductor. Hemos llamado a la UDA para que envíen a un chino.

Bosch echó otra mirada al rostro del hombre muerto, luego se levantó y las dos rodillas le crujieron sonoramente. Lucas se refería a lo que se había conocido como la Unidad de Delitos Asiáticos. Recientemente había cambiado el nombre a Unidad de Bandas Asiáticas para atender las quejas de que el nombre de la unidad mancillaba el honor de la población asiática de la ciudad al dar a entender que todos los asiáticos estaban implicados en la delincuencia. Pero los perros viejos como Lucas todavía la llamaban UDA. Al margen del nombre o las siglas, la decisión de llamar a un investigador adicional de cualquier clase debería haberse dejado a Bosch como jefe de la investigación.

—¿Habla chino, sargento?

—No, por eso he llamado a la UDA.

—Entonces, ¿cómo sabía que tenía que pedir un chino y no un coreano o incluso un vietnamita?

—Llevo veintiséis años en el trabajo, detective. Y...

—Y conoce a un chino cuando lo ve.

—No, lo que estoy diciendo es que me cuesta aguantar todo el turno estos días, ¿sabe? Así que una vez al día pasó por aquí para comprar una de esas bebidas energéticas. Te da cinco horas de estimulación. La cuestión es que conocía un poco al señor Li de entrar aquí. Me dijo que él y su mujer vinieron de China, por eso lo sabía.

Bosch asintió con la cabeza y se sintió avergonzado de su intento de poner en evidencia a Lucas.

–Supongo que tendré que probar una de esas bebidas –dijo–. ¿La señora Li llamó a Urgencias?

–No; como le he dicho, casi no sabe inglés. Según me han informado, la señora Li llamó a su hijo y fue él quien llamó a Urgencias.

Bosch pasó al otro lado del mostrador. Ferras se quedó un poco atrás, agachándose para tener la misma perspectiva del cadáver y de la pistola que Bosch acababa de examinar.

–¿Dónde está el hijo? –preguntó Bosch.

–Viene en camino, pero trabaja en el valle de San Fernando –explicó Lucas–. Llegará en cualquier momento.

Bosch señaló el mostrador.

–Cuando llegue aquí, usted y sus hombres manténganlo alejado de esto.

–Entendido.

–Y hemos de conservar este sitio lo más despejado posible.

Lucas entendió el mensaje y sacó a sus agentes de la tienda. Después de terminar su observación detrás del mostrador, Ferras se unió a Bosch cerca de la puerta de la calle, donde Harry estaba mirando la cámara montada en el techo en el centro de la tienda.

–¿Por qué no te fijas en la parte de atrás? –propuso Bosch–. Mira si el tipo de verdad se llevó el disco y echa un vistazo a nuestro testigo.

–Entendido.

–Ah, y busca el termostato y baja la temperatura. Hace demasiado calor. No quiero que se descomponga el cadáver.

Ferras se alejó por el pasillo central. Bosch miró atrás para asimilar la escena en su conjunto. El mostrador tenía unos cuatro metros de largo. La caja registradora estaba en el centro, junto a un espacio abierto para que los clientes dejaran sus compras. A un lado de ese espacio había un expositor con chicles y caramelos. En el otro lado de la caja se exponían otros productos de punto de venta como bebidas energéticas, una caja de plástico que contenía cigarros baratos y un exhibidor de lotería. Encima había una estantería metálica para cartones de cigarrillos.

Detrás del mostrador estaban los estantes donde se almacenaban los licores caros y que los clientes tenían que pedir. Bosch vio seis filas de Hennessy. Sabía que el coñac caro era muy apreciado por los miembros de las bandas. Estaba casi seguro de que la situación de Fortune Liquors lo situaba en el territorio de la Hoover Street Criminals, una banda callejera que había formado parte de los Crips, pero que luego se hizo tan poderosa que sus líderes decidieron forjarse su propio nombre y reputación.

Bosch se fijó en dos cosas y se acercó más al mostrador.

La caja registradora estaba torcida respecto a la mesa, revelando un cuadrado de arenilla y polvo en la formica donde había estado situada. Bosch razonó que el asesino había tirado de ella al sacar el dinero del cajón. Era una hipótesis reveladora, porque quería decir que el señor Li no había abierto el cajón para darle el dinero a su atracador. Este hecho probablemente significara que ya le habían disparado. La teoría de Ferras según la cual el asesino había entrado disparando podría ser correcta. Sería un dato importante en una posible acusación para probar la intención de matar. Y algo más importante, le dio a Bosch una idea más clara de lo que había ocurrido en la tienda y de la clase de persona que estaban buscando.

Harry sacó del bolsillo las gafas para ver de cerca. Se las puso sin tocar nada y se inclinó sobre el mostrador para estudiar el teclado de la caja registradora. No vio ningún botón ABRIR ni ninguna indicación obvia de cómo se desbloqueaba el cajón. Bosch no estaba seguro de cómo funcionaba la caja registradora y se preguntó cómo lo sabría el asesino.

Se enderezó de nuevo y examinó los estantes de botellas de la pared de detrás del mostrador. El Hennessy estaba delante y en el centro, con un acceso fácil para el señor Li cuando entraran los miembros de la Hoover Street. Pero las filas estaban bien alineadas. No faltaba ninguna botella.

Una vez más, Bosch se inclinó sobre el mostrador. Esta vez trató de alcanzar una de las botellas de Hennessy. Se dio cuenta de que si apoyaba una mano en el mostrador para equilibrarse podía llegar al estante y coger fácilmente una de las botellas.

–¿Harry?

Bosch se enderezó y se volvió hacia su compañero.

–El sargento tenía razón –dijo Ferras–. El sistema de cámara no tiene disco. No hay ningún disco en la máquina. O lo quitaron o no estaba grabando y la cámara era solo para asustar.

–¿Hay copias de seguridad?

–Hay un par en el mostrador, pero es un sistema de un solo disco. Solo graba una y otra vez en el mismo disco. Vi muchos sistemas así cuando trabajaba en Robos. Duran alrededor de un día y luego grabas encima. Quitas el disco si quieres ver algo, pero has de hacerlo el mismo día.

–Vale, no te olvides de esos discos extra.

Lucas volvió a entrar por la puerta de la calle.

–El tipo de la UDA está aquí –dijo–. ¿Lo hago pasar?

Bosch miró a Lucas un momento largo antes de responder.

–Es UBA –dijo al fin–. Pero no lo haga entrar. Ahora salgo.

3

Bosch salió de la tienda a la luz del sol. Aunque estaba cayendo la tarde, todavía hacía calor. En la ciudad soplaban los vientos secos de Santa Ana. Los incendios de las colinas habían dejado la palidez del humo en el aire. Bosch notó que se le secaba el sudor en la nuca.

Casi de inmediato, se encontró en la puerta con un detective de paisano.

–¿Detective Bosch?

–Soy yo.

–Detective David Chu, UBA. Me ha llamado la patrulla. ¿En qué puedo ayudarle?

Chu era bajo y de complexión delgada. No había rastro de acento en su voz. Bosch le hizo una señal para que lo siguiera, pasó por debajo de la cinta y se dirigió a su coche. Se quitó la chaqueta mientras caminaba. Sacó el librito de fósforos y se lo guardó en el bolsillo de los pantalones, luego dobló la chaqueta del revés y la dejó en una caja de cartón que llevaba en el maletero de su coche de trabajo.

–Hace calor dentro –le dijo a Chu.

Bosch se soltó el botón del medio de la camisa y se metió la corbata por dentro. Pensaba participar de lleno en la investigación de la escena del crimen y no quería que nada se interpusiera.

–Hace calor aquí fuera también –dijo Chu–. El sargento de la patrulla me ha dicho que esperara hasta que usted saliera.

–Sí, lo siento. Veamos, lo que tenemos es a un hombre mayor que hace años que regentaba la licorería muerto detrás del mostrador. Le han disparado al menos tres veces en lo que parece un atraco. Su mujer, que no habla inglés, lo encontró al entrar en la tienda. Llamó a su hijo, que avisó a la policía. Obviamente, hemos de hablar con ella y por eso está usted aquí. También podríamos necesitar su ayuda con el hijo cuando llegue. Es lo que sé por el momento.

–¿Y estamos seguros de que son chinos?

–Casi seguros. El sargento de la patrulla que hizo la llamada conocía a la víctima, el señor Li.

–¿Sabe qué dialecto habla la señora Li?

Volvieron a dirigirse a la cinta.

–No. ¿Puede ser un problema?

–Conozco los cinco dialectos principales del chino y hablo bien en cantonés y mandarín. Esos son los dos que más encontramos aquí en Los Ángeles.

Esta vez Bosch sostuvo la cinta para que Chu pasara por debajo.

–¿Y usted cuál habla?

–Yo nací aquí, detective. Pero mi familia es de Hong Kong y me educaron hablando mandarín en casa.

–¿Sí? Yo tengo una hija que vive en Hong Kong con su madre. Está empezando a hablar en mandarín.

–Bueno para ella. Espero que le sea útil.

Entraron en la tienda y Bosch dejó que Chu viera un momento el cadáver detrás del mostrador y enseguida lo acompañó a la trastienda. Ferras los recibió y utilizaron a Chu para que hiciera las presentaciones con la señora Li.

La nueva viuda parecía en estado de shock. Bosch no vio ningún indicio de que hubiera vertido ni una sola lágrima por su marido hasta el momento. Daba la impresión de hallarse en un estado disociado que Bosch había visto antes. Su marido yacía muerto en la parte delantera de la tienda y ella estaba rodeada por desconocidos que hablaban un idioma diferente. Bosch supuso que estaba esperando que llegara su hijo y entonces caerían las lágrimas.

Chu conversó con ella con amabilidad. Bosch creía que estaban hablando mandarín. Su hija le había enseñado que el mandarín era más cantarín y menos gutural que el cantonés y otros dialectos.

Al cabo de unos minutos, Chu hizo una pausa para informar a Bosch y Ferras.

—El marido se quedó solo en la tienda mientras ella se fue a casa a preparar la cena. Cuando volvió pensó que la tienda estaba vacía. Entonces lo encontró detrás del mostrador. No vio a nadie en la tienda al entrar. Aparcó en la parte de atrás y abrió con la llave de la puerta trasera.

Bosch asintió.

—¿Cuánto tiempo estuvo ausente? Pregúntele qué hora era cuando se fue de la tienda.

Chu hizo lo que le pidieron y se volvió hacia Bosch con la respuesta.

—Se va a las dos y media todos los días para recoger la cena. Luego vuelve.

—¿Hay más empleados?

—No, ya se lo había preguntado. Solo la señora Li y su marido. Trabajan todos los días de once a diez. Cerrado los domingos.

Una típica historia de inmigrantes, pensó Bosch. Solo que no contaban con que las balas le pusieran fin.

Bosch oyó voces procedentes de la parte delantera de la tienda y se asomó al pasillo. Había llegado el equipo de criminalística de la División de Investigaciones Científicas y se estaba poniendo a trabajar.

Volvió a entrar en el almacén, donde continuaba la entrevista con la señora Li.

—Chu —lo interrumpió Bosch.

El detective de la UBA levantó la mirada.

—Pregúntele por el hijo. ¿Estaba en casa cuando lo llamó?

—Ya se lo he preguntado. Hay otra tienda. Está en el valle de San Fernando. Estaba trabajando allí. La familia vive junta a mitad de camino. En el distrito de Wilshire.

A Bosch le quedaba claro que Chu sabía lo que estaba haciendo. No necesitaba que él lo ayudara con preguntas.

—Muy bien, vamos a la parte de delante otra vez. Usted ocúpese de ella, cuando llegue el hijo puede que sea mejor que llevemos a todos al centro, ¿de acuerdo?

—Me parece bien —dijo Chu.

—Bueno, avíseme si necesita algo.

Bosch y Ferras recorrieron el pasillo y fueron a la parte delantera de la tienda. Bosch ya conocía a todos los del equipo científico. También había llegado un equipo de la oficina del forense para documentar la escena de la muerte y llevarse el cadáver.

Bosch y Ferras decidieron separarse en ese punto. Bosch se quedaría en el lugar de los hechos. Como investigador jefe, supervisaría la recogida de indicios y el levantamiento del cadáver. Ferras se marcharía para ir de puerta en puerta. La licorería estaba situada en una zona de pequeños comercios. Iría preguntando con el objetivo de encontrar a alguien que hubiera oído o visto algo relacionado con el crimen. Ambos investigadores sabían que probablemente el esfuerzo resultaría infructuoso, pero había que hacerlo. Una descripción de un coche o de una persona sospechosa podía ser la pieza del rompecabezas que permitiera resolver el caso. Era el abecé de la investigación de homicidios.

–¿Te importa si me llevo a uno de los tipos de la patrulla? –preguntó Ferras–. Conocen el barrio.

–Claro.

Bosch pensó que el conocimiento del terreno no era el verdadero motivo de que Ferras se llevara a un agente. Su compañero pensaba que necesitaba refuerzos para visitar las casas y tiendas del barrio.

Dos minutos después de que Ferras se fuera, Bosch oyó voces y una conmoción fuera de la tienda. Salió y vio a dos de los agentes de la patrulla de Lucas tratando de detener físicamente a un hombre en la cinta amarilla. El hombre que se resistía, un asiático de veintitantos años, llevaba una camiseta ajustada que mostraba su complexión delgada. Bosch se acercó con rapidez.

–Muy bien, basta ya –dijo con energía para que a nadie le quedara duda de quién estaba al mando de la situación–. Suéltenlo.

–Quiero ver a mi padre –dijo el joven.

–Bueno, no es la forma de hacerlo.

Bosch se acercó e hizo una señal a los dos agentes.

–Yo me ocuparé del señor Li.

Dejaron a Bosch solo con el hijo de la víctima.

–¿Cuál es su nombre completo, señor Li?

–Robert Li. Quiero ver a mi padre.

–Lo entiendo. Voy a dejarle ver a su padre si de verdad quiere hacerlo, pero todavía no es posible. Soy el detective encargado de la investigación y ni siquiera yo puedo ver a su padre aún. Así que necesito que se calme. La única manera de conseguir lo que quiere es calmándose.

El joven bajó la mirada al suelo y asintió. Bosch estiró el brazo y le tocó el hombro.

–Muy bien –dijo.

–¿Dónde está mi madre?

–Está dentro, en la trastienda, hablando con otro detective.

–¿Puedo verla al menos a ella?

–Sí, puede. Lo acompañaré en un minuto. Solo he de hacerle unas preguntas antes. ¿Le parece bien?

–Adelante.

–Para empezar, me llamo Harry Bosch. Soy el detective jefe de esta investigación. Voy a encontrar a la persona que mató a su padre. Se lo prometo.

–No haga promesas que no piensa cumplir. Ni siquiera lo conocía. No le importa. Es solo otro... No importa.

–¿Otro qué?

–He dicho que no importa.

Bosch lo miró un momento antes de responder.

–¿Qué edad tiene, Robert?

–Tengo veintiséis años y quiero ver a mi madre ahora.

Hizo un movimiento para dirigirse a la trastienda, pero Bosch lo asió por el brazo. El joven era fuerte, pero Bosch lo había agarrado bien. Robert Li se detuvo y miró la mano que le sujetaba el brazo.

–Deje que le enseñe algo y luego lo acompañaré a ver a su madre.

Soltó el brazo de Li y sacó del bolsillo el librito de fósforos. Se lo entregó. Li lo miró sin mostrar sorpresa.

–¿Qué ocurre? Los regalábamos hasta que la economía empeoró y no pudimos soportar los extras.

Bosch volvió a coger las cerillas y asintió.

–Me las dieron en la tienda de su padre hace doce años –dijo–. Supongo que usted tenía unos catorce años entonces. Casi tuvimos un disturbio en esta ciudad. Ocurrió justo aquí. En este cruce.

–Me acuerdo. Saquearon la tienda y pegaron a mi padre. No tendría que haber vuelto a abrir aquí. Mi madre y yo le dijimos que abriera la tienda en el valle, pero no nos quiso escuchar. No iba a dejar que nadie lo echara y mire lo que ha pasado. –Hizo un gesto de impotencia en dirección a la puerta de la tienda.

–Sí, bueno, yo también estuve aquí esa noche –dijo Bosch–. Hace doce años. Hubo un conato de disturbio, pero acabó enseguida. Aquí mismo. Una víctima.

–Un policía. Lo sé. Lo sacaron de su coche.

–Yo iba en ese coche con él, pero no me alcanzaron. Y cuando llegué aquí ya estaba a salvo. Necesitaba un cigarrillo y entré en la tienda de su padre. Lo encontré allí, detrás del mostrador, pero los saqueadores se habían llevado hasta el último paquete de cigarrillos.

Bosch sostuvo el librito de fósforos.

–Encontré muchas cerillas, pero no cigarrillos. Y entonces su padre se metió la mano en el bolsillo y sacó un paquete. Solo le quedaba un cigarrillo y me lo dio a mí. –Bosch asintió. Esa era la historia. Nada más–. No conocí a su padre, Robert. Pero voy a encontrar a la persona que lo mató. Es una promesa que cumpliré.

Robert Li asintió y bajó la mirada al suelo.

–Muy bien –dijo Bosch–. Vamos a ver a su madre.

4

Cuando los detectives terminaron en la escena del crimen y volvieron a la sala de brigada, ya era casi medianoche. Para entonces Bosch había decidido no llevar a la familia de la víctima al Edificio de Administración de la Policía para hacer un interrogatorio formal. Después de citarlos para que fueran el miércoles por la mañana, los dejó irse a casa a llorar. Poco después de volver a la sala de brigada, Bosch también envió a Ferras a casa para que tratara de reparar los daños con su propia familia. Harry se quedó solo para organizar el inventario de pruebas y contemplar los hechos del caso por primera vez sin interrupción. Sabía que el miércoles estaba cobrando la forma de un día atareado, con citas con la familia por la mañana y los resultados de parte del trabajo forense y de laboratorio, así como el posible calendario de la autopsia.

Pese a que el examen de los comercios vecinos por parte de Ferras había sido infructuoso, tal y como cabía esperar, el trabajo vespertino había generado un posible sospechoso. El sábado por la tarde, tres días antes de su muerte, el señor Li se había enfrentado a un joven del que pensaba que venía robando en la tienda desde hacía tiempo. El adolescente, según manifestó la señora Li y tradujo el detective Chu, había negado muy enfadado que hubiera robado nada y había jugado la carta racial, asegurando que el señor Li solo lo acusaba porque era negro. Sonaba ridículo, puesto que el noventa por ciento del negocio de la tienda procedía de residentes del barrio de raza negra. No obstante, Li no llamó a la policía. Simplemente echó al chico de la tienda y le dijo que no volviera más. La señora Li le explicó a Chu que desde la puerta el chico le había gritado a su marido que la próxima vez que volviera sería para volarle la cabeza. Li, a su vez, había sacado el arma de debajo del mostrador y había apuntado al joven, asegurándole que estaría preparado para su vuelta.

Eso significaba que el adolescente conocía la existencia del arma que Li guardaba bajo el mostrador. Si quería hacer valer su amenaza, tendría que entrar en la licorería y actuar con rapidez, disparando a Li antes de que este pudiera alcanzar el arma.

La señora Li miraría los libros de las bandas por la mañana para ver si reconocía en alguna de las fotos al joven que había hecho la amenaza. Si estaba relacionado con los Hoover Street Criminals, cabía la posibilidad de que su foto se encontrara en los libros.

Sin embargo, Bosch no estaba del todo convencido de que se tratara de una pista viable o de que el chico fuera un sospechoso válido. Había elementos en la escena del crimen que no cuadraban con un asesinato por venganza. No cabía duda de que tendría que examinar la pista y hablar con el chico, pero Bosch no confiaba en cerrar el caso con él. Eso sería demasiado fácil y había cosas en la investigación que no lo eran tanto.

Junto al despacho del capitán había una sala de reuniones con una larga mesa de madera. Se usaba sobre todo como espacio para comer y en ocasiones para hacer reuniones de equipo o para discusiones privadas de investigaciones que implicaban a varios equipos de detectives. Bosch se había apropiado de la sala vacía y había esparcido sobre la mesa varias fotografías del escenario del crimen que acababan de llegar de criminalística.

Había colocado las fotos como un mosaico inconexo de imágenes que se solapaban y en conjunto creaban la escena del crimen total. Se parecía al trabajo fotográfico del artista británico David Hockney, que había vivido un tiempo en Los Ángeles y había creado varios *collages* artísticos que documentaban escenas del sur de California. Bosch conocía los mosaicos de fotos y al artista porque Hockney había sido vecino suyo durante un tiempo en las colinas que se alzaban sobre el paso de Cahuenga. Aunque Bosch nunca había visto a Hockney, tenía una conexión con el artista, porque acostumbraba a esparcir las fotos de la escena de un crimen como un mosaico que le permitiera buscar nuevos detalles y ángulos. Hockney hacía lo mismo con su trabajo.

Mirando en ese momento las fotos mientras daba sorbos a una taza de café que él mismo había preparado, a Bosch le atrajeron las mismas cosas que lo habían atraído en la licorería. En medio y en el centro estaba la fila sin tocar de botellas de Hennessy, justo encima del mostrador. Harry dudaba de que el asesinato estuviera relacionado con las bandas porque le costaba creer que un pandillero se llevara el dinero y no cogiera ninguna botella de Hennessy. El coñac sería un trofeo. Estaba allí mismo, a su alcance, especialmente si el asesino tuvo que inclinarse por encima del mostrador para recoger los casquillos. ¿Por qué no había cogido también el Hennessy?

La conclusión de Bosch era que estaban buscando a un asesino al que no le importaba el Hennessy. Un asesino que no era pandillero.

El siguiente punto de interés eran las heridas de la víctima. Para Bosch, con eso bastaba para excluir al misterioso ladronzuelo como sospechoso. Tres balas en el pecho no dejaban lugar a dudas de que el objetivo era matar, pero no había ningún disparo en el rostro que indicara que se trataba de una muerte motivada por la rabia o la venganza. Bosch había investigado cientos de asesinatos, la mayoría de ellos relacionados con el uso de armas de fuego, y sabía que, cuando se encontraba con un disparo en la cara, el crimen muy probablemente era personal, y el asesino, alguien que conocía a la víctima. Por consiguiente, lo contrario también tenía que ser cierto. Tres disparos en el pecho no era algo personal, sino un asunto de negocios. Bosch estaba seguro de que el ladronzuelo desconocido no era su asesino. En cambio, estaban buscando a alguien que podía ser un absoluto desconocido para John Li. Alguien que había entrado con frialdad le había metido tres balas en el pecho a Li y luego había vaciado con calma la caja registradora, había recogido los casquillos y se había ido a la trastienda a sacar el disco de la cámara de vigilancia.

Bosch sabía que era probable que no se tratara de un primer crimen. Por la mañana tendría que buscar casos similares en Los Ángeles y alrededores.

Al mirar la imagen del rostro de la víctima, Bosch se fijó de repente en algo nuevo. La sangre de la mejilla y de la barbilla de Li era una mancha. Además, los dientes estaban limpios. No tenía sangre en ellos.

Bosch se acercó la foto y trató de entender el sentido. Había supuesto que la sangre del rostro de Li era expectorada, sangre que había salido de sus pulmones destrozados en los últimos jadeos irregulares en busca de oxígeno. Ahora bien, ¿cómo podía ocurrir eso sin que los dientes se mancharan de sangre?

Dejó la foto y recorrió con la mirada el mosaico hasta la imagen de la mano derecha de la víctima. Había caído a un costado. Se apreciaba sangre en los dedos y el pulgar, una línea que goteaba hacia la palma.

Bosch volvió a mirar la mancha de sangre de la cara. De repente se dio cuenta de que Li se había tocado la boca con la mano ensangrentada. Eso significaba que se había producido una doble transferencia. Li se había tocado el pecho con la mano, manchándola de sangre, y luego había transferido sangre de la mano a la boca.

La cuestión era por qué. ¿Esos movimientos formaban parte de los últimos estertores o Li había hecho otra cosa?

Bosch sacó el móvil y llamó al número de los investigadores de la oficina del forense. Lo tenía en marcación rápida. Miró el reloj al sonar el teléfono. Eran las doce y diez.

—Forense.

—¿Está ahí Cassel?

Max Cassel era el investigador que había trabajado en la escena de Fortune Liquors y había recogido el cadáver.

—No, acaba de… Un momento, aquí está.

Pusieron la llamada en espera y respondió Cassel.

–No me importa quién sea, me largo. Solo he vuelto porque me he dejado el calentador de café.

Bosch sabía que Cassel vivía en Palmdale, a una hora de viaje como mínimo. La tazas de café con calentador que conectabas al mechero del coche eran obligadas para los trabajadores del centro con largos trayectos de regreso a casa.

–Soy Bosch. ¿Ya has metido a mi hombre en un cajón?

–No, todos los cajones están ocupados. Está en la nevera tres. Pero he terminado con él y me voy a casa, Bosch.

–Entiendo. Solo tengo una pregunta rápida. ¿Le has mirado la boca?

–¿Qué quieres decir con que si le he mirado la boca? Claro que le he mirado la boca. Es mi trabajo.

–¿Y había algo ahí? ¿No había nada en la boca o en la garganta?

–Sí, había algo.

Bosch sintió un subidón de adrenalina.

–¿Por qué no me lo has dicho? ¿Qué había?

–La lengua.

La adrenalina se secó y Bosch se sintió decepcionado al tiempo que Cassel se reía entre dientes. Harry creía que había encontrado alguna pista.

–Muy gracioso. ¿Y sangre?

–Sí, había una pequeña cantidad de sangre en la lengua y en la garganta. Consta en mi informe, que recibirás mañana.

–Pero tres disparos… Los pulmones deberían de estar como un queso de Gruyère. ¿No debería haber mucha sangre?

–No si ya estaba muerto. No si el primer disparo le destrozó el corazón y dejó de latir. Mira, he de irme, Bosch. Estás agendado mañana a las dos con Laksmi. Pregúntale a ella.

–Lo haré. Pero ahora estoy hablando contigo. Creo que se nos ha pasado algo.

–¿De qué estás hablando?

Bosch miró las fotos que tenía delante y pasó la mirada de la mano a la cara.

–Creo que se puso algo en la boca.

–¿Quién?

–La víctima. El señor Li.

Hubo una pausa mientras Cassel consideraba la idea y probablemente también consideraba si se le había pasado algo.

–Bueno, si lo hizo, no lo vi en la boca ni en la garganta. Si fue algo que se tragó, no es de mi jurisdicción. Es cosa de Laksmi y ella encontrará lo que sea mañana.

–¿Le dejarás una nota?

–Bosch, estoy tratando de salir de aquí. Puedes decírselo tú cuando vengas a la autopsia.

–Ya lo sé, pero, por si acaso, deja una nota.

–Muy bien, como quieras, le dejaré una nota. Sabes que aquí ya nadie hace horas extra, Bosch.

–Sí, lo sé. Aquí igual. Gracias, Max.

Bosch cerró el teléfono y decidió dejar de lado las fotos por el momento. La autopsia determinaría si su conclusión era correcta y no había nada que pudiera hacer hasta entonces.

Había dos sobres de pruebas que contenían los dos discos que habían encontrado junto a la grabadora en sendas cajas de plástico. En cada caja había una fecha escrita con un rotulador. Una estaba marcada 1-9, justo una semana antes, y la otra 27-8. Bosch se llevó los discos al equipo audiovisual que había al fondo de la sala de reuniones y puso primero el disco del 27 de agosto en el reproductor de DVD.

Las imágenes aparecieron en una pantalla partida. Un ángulo de cámara mostraba la parte delantera de la tienda, incluida la caja registradora, y la otra correspondía a la parte de atrás. La fecha y la hora figuraban en la parte superior. Las actividades en la tienda se reproducían en tiempo real. Bosch comprendió que, puesto que la licorería estaba abierta de once de la mañana a diez de la noche, tenía veintidós horas de vídeo para ver a menos que usara el botón de avance rápido.

Volvió a mirar el reloj. Sabía que podía trabajar toda la noche y tratar de resolver el misterio de por qué John Li había separado esos dos discos o bien irse a casa y descansar unas horas. Nunca se sabía adónde podía llevarte un caso y descansar siempre era importante. Además, no había nada en aquellos discos que sugiriera que tuvieran algo que ver con el asesinato. El disco que estaba en la máquina se lo habían llevado. Ese era el importante y no lo tenía.

«Qué demonios», pensó. Decidió mirar el primer disco y ver si podía resolver el misterio. Apartó una silla de la mesa, se colocó delante de la televisión y puso la velocidad de reproducción a cuatro veces la real. Supuso que tardaría menos de tres horas en terminar con el primer disco. Luego podría ir a casa, dormir unas horas y volver al mismo tiempo que todos los demás por la mañana.

–Me parece un buen plan –se dijo a sí mismo.

5

A Bosch lo despertaron bruscamente y abrió los ojos para ver al teniente Gandle mirándolo desde arriba. Harry tardó un momento en despejarse y comprender dónde estaba.

–¿Teniente?

–¿Qué estás haciendo en mi oficina, Bosch?

Bosch se incorporó en el sofá.

–Estaba… Estaba mirando el vídeo en la sala de reuniones y se hizo tan tarde que no merecía la pena ir a casa. ¿Qué hora es?

–Casi las siete, pero eso sigue sin explicar por qué estás en mi oficina. Cuando me marché ayer, cerré la puerta.

–¿De verdad?

–Sí, de verdad.

Bosch asintió y actuó como si todavía se estuviera aclarando las ideas. Se alegró de haber guardado sus ganzúas en la cartera después de abrir la puerta. Gandle tenía el único sofá de Robos y Homicidios.

–A lo mejor han pasado a limpiar y han olvidado cerrarla –propuso.

–No, no tienen llave. Mira, Harry, no me importa que usen el sofá para dormir. Pero si la puerta está cerrada es por una razón. No puede ser que la abran después de que yo la cierre.

–Tiene razón, teniente. ¿Cree que podríamos tener un sofá en la brigada?

–Lo intentaré, pero no es la cuestión.

Bosch se levantó.

–Entiendo la cuestión. Ahora voy a volver a trabajar.

–No tan deprisa. Háblame de ese vídeo que te ha tenido aquí toda la noche.

Bosch explicó brevemente que se había pasado cinco horas viendo los dos discos en plena noche y que John Li había dejado de manera no intencionada lo que parecía una pista sólida.

–¿Quiere que lo prepare para usted en la sala de conferencias?

–¿Por qué no esperas a que llegue tu compañero? Podemos mirarlo juntos. Ve a buscar un poco de café antes.

Bosch dejó a Gandle y cruzó la sala de brigada, un impersonal laberinto de cubículos y mamparas de sonido. Parecía una oficina de seguros, y la verdad era que en ocasiones a Bosch le costaba concentrarse con tanto silencio. Todavía estaba desierta, pero pronto empezaría a llenarse rápidamente. Gandle siempre era el primero en llegar. Le gustaba dar ejemplo a la brigada.

Harry bajó a la cafetería. Había abierto a las siete, pero estaba vacía porque el grueso del personal del Departamento de Policía todavía trabajaba desde el Parker Center. El traslado al nuevo Edificio de Administración de la Policía progresaba con lentitud. Primero, algunas brigadas de detectives; luego, personal administrativo y después el resto. Era una apertura progresiva y el edificio no se inauguraría formalmente hasta pasados otros dos meses. Por el momento, signi-ficaba que no había colas en la cafetería, pero tampo-co disponían de un menú completo. Bosch pidió el desayuno del poli: dos dónuts y un café. También co-gió un café para Ferras. Dio rápida cuenta de los dó-nuts mientras echaba nata líquida y azúcar en la taza de su compañero y volvía a tomar el ascensor. Como esperaba, cuando volvió a la sala de brigada, Ferras estaba en su escritorio. Dejó uno de los cafés delante de él y se acercó a su propio cubículo.

—Gracias, Harry —dijo Ferras—, debería haber su-puesto que llegarías antes. Eh, llevas el mismo traje que ayer. No me digas que has estado trabajando toda la noche.

Bosch se sentó.

He dormido un par de horas en el sofá del teniente. ¿A qué hora van a venir la señora Li y su hijo?

—Les dije que a las diez, ¿por qué?

—Creo que tenemos algo que hemos de investigar. Anoche vi los discos extra de las cámaras de la tienda.

—¿Qué has encontrado?

—Coge el café y te lo enseñaré. El teniente también quiere verlo.

Al cabo de diez minutos, Bosch estaba delante del equipo de vídeo con el mando a distancia en la mano. Ferras y Gandle se habían sentado al extremo de la mesa de la sala de reuniones. Bosch buscó la posición adecuada en el disco marcado 1-9 y congeló la repro-ducción hasta que estuvo preparado.

—Vale, nuestro asesino sacó el disco de la graba-dora, así que no tenemos vídeo de lo que ocurrió ayer en la tienda. Pero lo que sí dejó fueron dos discos marcados con el 27 de agosto y el 1 de septiembre.

Este es el disco del 1 de septiembre, es decir, justo una semana antes de ayer. ¿Se entiende?

–Entendido –dijo Gandle.

–Bueno, lo que el señor Li estaba haciendo era documentar un equipo de ladrones. El punto en común de estos dos discos es que ambos días estos dos tipos entran y uno va al mostrador y pide cigarrillos mientras el otro se va al pasillo de los licores. El primer tipo distrae a Li para que no vea a su compañero ni la pantalla de la cámara que hay detrás del mostrador. Mientras Li saca los cigarrillos para el tipo que está en el mostrador, el otro se guarda un par de petacas de vodka en los pantalones, luego coge una tercera y la lleva al mostrador para pagarla. El tipo del mostrador saca la billetera, ve que se ha dejado el dinero en casa o lo que sea y se va sin comprar nada. Ocurre los dos días con los tipos alternando su papel. Creo que por eso Li se guardó los discos.

–¿Crees que estaba tratando de recoger pruebas? –preguntó Ferras.

–Quizá –dijo Bosch–. Si los tenía grabados, era algo que llevarle a la policía.

–¿Esta es tu pista? –dijo Gandle–. ¿Has trabajado toda la noche para esto? He estado leyendo los informes. Creo que me convence más el tipo al que Li le sacó la pistola.

–Esta no es la pista –dijo Bosch, perdiendo la paciencia–. Solo estaba explicando la razón de que guardara los discos. Li sacó los discos de la cámara porque sabía que estos tipos pretendían algo y quería preservar una grabación. Inadvertidamente, también preservó esto en la cinta del 1 de septiembre.

Bosch pulsó el botón de reproducción y la imagen empezó a moverse. En la pantalla partida, los dos ángulos de cámara mostraban que la tienda estaba vacía, a excepción de la presencia de Li detrás del mostrador. La hora estampada en la parte superior mostraba que eran las 15:03 del martes, 1 de septiembre.

Se abrió la puerta de la licorería y entró un cliente. Saludó como si tal cosa a Li en el mostrador y se dirigió a la parte de atrás. La imagen tenía grano, pero era lo suficientemente clara como para que los tres espectadores vieran que el cliente era un hombre asiático de treinta y pocos años. Lo captó la segunda cámara cuando iba a una de las neveras del fondo y cogía una sola lata de cerveza. La llevó al mostrador.

–¿Qué está haciendo? –preguntó Gandle.

.–Solo mire –dijo Bosch.

En el mostrador, el cliente dijo algo a Li y el dueño de la tienda se estiró al estante superior y bajó un cartón de cigarrillos Camel. Los puso en el mostrador y luego metió la lata de cerveza en una pequeña bolsa marrón.

El cliente era de complexión imponente. Aunque era de corta estatura, tenía los brazos gruesos y los hombros musculosos. Dejó un solo billete en el mostrador. Li lo cogió y abrió la caja registradora. Puso el billete en el último espacio y luego contó varios billetes de cambio y le pasó el dinero por encima del mostrador. El cliente cogió el dinero y se lo embolsó. Se metió el cartón de cigarrillos bajo un brazo, cogió la cerveza y con la mano libre apuntó con un dedo a Li como si fuera una pistola. Apretó el pulgar como si disparara el arma y salió de la tienda.

Bosch detuvo la reproducción.

–¿Qué ha sido eso? –preguntó Gandle–. ¿Era eso una amenaza con el dedo? ¿Eso es lo que tienes?

Ferras no dijo nada, pero Bosch estaba casi seguro de que su joven compañero había visto lo que él quería que viera. Retrocedió la película y empezó a reproducirla de nuevo.

–¿Qué ves, Ignacio?

Ferras se levantó para poder señalar en la pantalla.

–Para empezar, el tipo es asiático, así que no es del barrio.

Bosch asintió.

–He visto veintidós horas de vídeo –dijo–. Es el único asiático que entra en la tienda aparte de Li y su mujer. ¿Qué más, Ignacio?

–Mire el dinero, teniente –dijo Ferras–. Recibe más de lo que da.

En la pantalla, Li estaba cogiendo los billetes de la caja registradora.

–Mire, pone el dinero del tipo en el cajón y luego empieza a recoger el dinero, incluido lo que el tipo le había dado a él. Así que recibe la cerveza y los cigarrillos gratis y luego el dinero.

Bosch asintió. Ferras era bueno.

–¿Cuánto recibe? –preguntó Gandle.

Era una buena pregunta, porque la imagen de vídeo tenía demasiado grano para distinguir el valor de la moneda que se intercambiaba.

–Hay cuatro espacios en el cajón –explicó Bosch–. Así que hay de uno, de cinco, de diez y de veinte. Lo pasé en cámara lenta anoche. Guarda el billete del cliente en el cuarto espacio. Un cartón de tabaco y una cerveza, supongamos que es el espacio de los billetes de veinte. En ese caso, le da uno de un dólar, uno de cinco, uno de diez y luego once de veinte. Diez de veinte si no contamos el que entrega primero el cliente.

–Es un chantaje –dijo Ferras.

–¿Doscientos treinta y seis dólares? –preguntó Gandle–. Parece una cantidad extraña y se ve que aún hay dinero en el cajón. Así que es una cantidad fija.

–En realidad –dijo Ferras–, doscientos dieciséis si restamos los veinte dólares que da el cliente primero.

–Exacto –dijo Bosch.

Los tres se quedaron mirando la imagen congelada durante unos segundos, sin hablar.

–Así pues, Harry… –dijo finalmente Gandle–. Has estado pensando en esto un par de horas, ¿qué significa?

Bosch señaló la hora estampada en la parte superior de la pantalla.

–El chantaje se hizo justo una semana antes del crimen. A las tres en punto del martes, hace una semana. Este martes, hacia las tres, dispararon al señor Li. Quizá esta semana decidió no pagar.

–O no tenía dinero para pagar –propuso Ferras–. El hijo nos dijo ayer que el negocio había ido a menos y abrir la tienda en el valle de San Fernando los había dejado al borde de la bancarrota.

–Así que el anciano dice que no y le disparan –dijo Gandle–. ¿No es un poco extremo? Matas al tipo y, como dicen en las altas finanzas, pierdes el flujo de ingresos.

Ferras se encogió de hombros.

–Siempre están la mujer y el hijo –dijo–. Ellos reciben el mensaje.

–Van a venir a las diez para firmar sus declaraciones –añadió Bosch.

Gandle asintió.

–Entonces, ¿cómo vas a manejar esto? –preguntó.

—Bueno, pondremos a la señora Li con Chu, el tipo de la UBA, e Ignacio y yo hablaremos con el hijo. Descubriremos de qué se trata.

La expresión normalmente severa de Gandle se suavizó. Estaba complacido con el progreso del caso y la pista que había surgido.

—Muy bien, caballeros, quiero estar informado –dijo.

—Por supuesto –dijo Bosch.

Gandle se marchó de la sala de reuniones y Bosch y Ferras se quedaron de pie delante de la pantalla.

—Buena, Harry. Lo has hecho feliz.

—Estará más feliz si resolvemos esto.

—¿Qué opinas?

—Creo que tenemos trabajo que hacer antes de que llegue la familia Li. Llama al laboratorio a ver qué han hecho. A ver si han terminado con la caja registradora. Tráela aquí si puedes.

—¿Y tú?

Bosch apagó la pantalla y sacó el disco.

—Voy a hablar con el detective Chu.

—¿Crees que se está guardando algo?

—Eso es lo que voy a averiguar.

6

La UBA formaba parte de la sección de bandas de la División de Apoyo a Operaciones Especiales, desde la cual se dirigían muchas operaciones secretas y a muchos agentes. La DAOE se hallaba en un edificio sin identificar, a varias manzanas del Edificio de Administración de Policía. Bosch decidió ir caminando porque sabía que tardaría más si iba a buscar el coche al garaje, se enfrentaba al tráfico y buscaba aparcamiento. Llegó a la puerta de entrada de la oficina de la UBA a las ocho y media. Pulsó el timbre, pero nadie salió a abrir. Sacó el teléfono, dispuesto a llamar al detective Chu, cuando oyó a su espalda un voz familiar.

—Buenos días, detective Bosch. No esperaba verle aquí.

Bosch se volvió. Era Chu, que llegaba con su maletín.

—Buenas horas de llegar —soltó Bosch.

—Sí, nos gusta tomárnoslo con calma.

Bosch se apartó para que Chu pudiera abrir con una tarjeta magnética.

—Vamos, pase.

Chu lo guio hasta una pequeña sala de brigada con alrededor de una docena de mesas y una oficina para el teniente a la derecha, se colocó detrás de uno de los escritorios y dejó el maletín en el suelo.

–¿Qué puedo hacer por usted? –preguntó–. Ya estaba pensando en ir a Robos y Homicidios a las diez, cuando llega la señora Li.

Chu empezó a sentarse, pero Bosch se quedó de pie.

–Tengo algo que quiero mostrarle. ¿Hay una sala de vídeo?

–Sí, por aquí.

La UBA disponía de cuatro salas de interrogatorios en la parte de atrás del espacio de la brigada. Una había sido convertida en sala de vídeo y contaba con la habitual pantalla de televisión encima del DVD. Bosch vio que en la pila de aparatos había también una impresora de fotos y eso era algo con lo que ellos todavía no contaban en la sala de brigada de Robos y Homicidios.

Bosch le pasó el DVD de Fortune Liquors a Chu y este lo puso. Bosch cogió el mando y usó el avance rápido hasta que la hora sobreimpresa indicó las tres de la tarde.

–Quiero que eche un vistazo al tipo que entra –dijo.

Chu observó en silencio al hombre asiático que entraba en la tienda, compraba una cerveza y un cartón de cigarrillos y se llevaba un buen pellizco por su inversión.

–¿Eso es todo? –preguntó después de que el cliente saliera de la tienda.

–Es todo.

–¿Puede pasarlo otra vez?

–Claro.

Bosch volvió a pasar el episodio de dos minutos, luego congeló la reproducción cuando el cliente se volvía del mostrador para irse. Jugó con la grabación, haciendo ligeros avances en la reproducción hasta que congeló la mejor imagen posible del rostro del hombre al volverse del mostrador.

—¿Lo conoce? –preguntó Bosch.

—No, por supuesto que no.

—¿Qué ve ahí?

—Obviamente, un chantaje de algún tipo. Recibe mucho más de lo que da.

—Sí, doscientos dieciséis, además de sus veinte. Lo hemos contado.

Bosch vio que las cejas de Chu se arqueaban.

—¿Qué significa? –preguntó Bosch.

—Bueno, probablemente significa que es una tríada –dijo Chu como si tal cosa.

Bosch asintió. Nunca había investigado un asesinato relacionado con las tríadas antes, pero sabía que las llamadas sociedades secretas de China habían saltado el Pacífico tiempo atrás y ya operaban en la mayoría de las principales ciudades de Estados Unidos. Los Ángeles, con su gran población china, era uno de sus puntos de apoyo, además de San Francisco, Nueva York y Houston.

—¿Qué le ha hecho decir que es un tipo de la tríada?

—Ha dicho que el pago era de doscientos dieciséis dólares, ¿no?

—Exacto. Li le devolvió al hombre su billete. Además le dio diez de veinte, uno de diez, uno de cinco y uno de uno. ¿Qué significa?

—El negocio de extorsión de las tríadas se basa en pagos semanales de dueños de pequeños comercios a cambio de protección. El pago es normalmente de ciento ocho dólares. Por supuesto, doscientos dieciséis es un múltiplo de eso. Un pago doble.

–¿Por qué ciento ocho? ¿Pagan impuestos además del soborno? ¿Mandan los ocho pavos extra al estado o qué?

Chu no hizo caso del sarcasmo de Bosch y respondió como si estuviera dándole una clase a un niño.

–No, detective, el número no tiene nada que ver con eso. Deje que le dé una pequeña lección de historia que, con suerte, le hará comprender.

–Adelante –dijo Bosch.

–La formación de las tríadas en China se remonta al siglo XVII. Había ciento trece monjes en el monasterio de Shaolin. Monjes budistas. Los invasores manchúes atacaron y mataron a todos los monjes, menos a cinco. Los cinco que quedaron crearon las sociedades secretas con el objetivo de derrocar a los invasores. Las tríadas habían nacido. Pero, a lo largo de los siglos, cambiaron. Abandonaron la política y el patriotismo y se convirtieron en organizaciones criminales. Recurren a la extorsión y a negocios de protección de manera similar a las mafias italiana y rusa. Para honrar a los fantasmas de los monjes asesinados, las cifras de la extorsión suelen ser múltiplo de ciento ocho.

–Quedaron cinco monjes, no tres –dijo Bosch–. ¿Por qué los llamaron tríadas?

–Porque cada monje empezó su propia tríada. *Tian di hui*. Significa 'sociedad del cielo y la tierra'. Cada grupo tiene una bandera con forma de triángulo que representa la relación entre cielo, tierra y hombre. A partir de ahí se las conoció como tríadas.

–Genial. Y lo importaron aquí.

–Llevan mucho tiempo aquí. Pero no fueron ellos. Las importaron los estadounidenses. Llegaron con la

mano de obra china que trajeron para construir ferro-
carriles.

—Y extorsionan a su propia gente.

—En su mayoría, sí. Pero el señor Li era religioso.
¿Vio el templo budista ayer en el almacén?

—Eso se me pasó.

—Estaba allí y hablé de ello con su mujer. El señor
Li era muy espiritual. Creía en fantasmas. Para él, pagar a la tríada podría haber sido como hacer una
ofrenda a un fantasma. A un ancestro. Usted lo ve
desde fuera, detective Bosch. Si desde el primer día
supiera que parte de su dinero va a la tríada con la
misma sencillez que uno paga impuestos, no se vería
como una víctima. Era solo un dato, parte de la vida.

—Pero el fisco no te mete tres balas en el pecho si
no pagas.

—¿Cree que al señor Li lo mató este hombre o la
tríada? —Señalando al hombre de la pantalla, Chu estaba casi indignado al formular la pregunta.

—Creo que es la mejor pista que tenemos en este
momento —repuso Bosch.

—¿Y la pista que encontramos a través de la señora
Li? El pandillero que amenazó a su marido el sábado.

Bosch negó con la cabeza.

—Las cosas no cuadran ahí. Sigo queriendo que la
señora Li mire los libros e identifique al chico, pero
creo que será trabajo en balde.

—No lo entiendo, dijo que volvería y mataría al señor Li.

—No, dijo que volvería y le volaría la cabeza. Al señor Li le dispararon en el pecho. No fue un crimen de
rabia, detective Chu. No encaja. Pero no se preocupe,
lo investigaremos aunque sea una pérdida de tiempo.

Esperó a que Chu respondiera, pero el detective más joven no lo hizo. Bosch señaló la hora estampada en la pantalla.

–Li fue asesinado a la misma hora y el mismo día de la semana. Hemos de asumir que Li hacía pagos semanales. Hemos de asumir que ese hombre estaba allí cuando mataron a Li. Eso lo convierte en el mayor sospechoso.

La sala de interrogatorios era muy pequeña y habían dejado la puerta abierta. Bosch ahora se acercó y la cerró. Miró a Chu.

–Así que dígame que no tenía idea de nada de esto ayer.

–No, por supuesto que no.

–¿La señora Li no mencionó que hacían pagos a la tríada local?

Chu se puso tenso. Era mucho más pequeño que Bosch, pero su postura sugería que estaba preparado para una pelea.

–Bosch, ¿qué está insinuando?

–Estoy insinuando que este es su mundo y que debería habérmelo dicho. Lo descubrí por casualidad. Li guardó ese disco porque hay un ladrón en él. No por la extorsión.

Ahora se estaban mirando el uno al otro a menos de medio metro de distancia.

–Bueno, ayer no había nada que sugiriera esto –dijo Chu–. Me llamaron para que fuera a traducir. No me pidió mi opinión sobre nada más. Me dejó deliberadamente al margen, Bosch. Quizá, si me hubiera incluido, habría visto u oído algo.

–Eso es una estupidez. No lo han formado como detective para que se quede ahí chupándose el dedo.

No necesita una invitación para hacerme una pregunta.

—Con usted pensaba que sí.

—¿Qué se supone que significa eso?

—Significa que lo he observado, Bosch. Cómo trató a la señora Li, a su hijo…, a mí.

—Oh, ya estamos.

—¿Qué fue, Vietnam? ¿Sirvió en Vietnam?

—No pretenda saber nada de mí, Chu.

—Sé lo que veo y lo que he visto antes. Yo no soy de Vietnam, detective. Soy estadounidense. Nacido aquí, igual que usted.

—Mire, ¿podemos dejar esto y concentrarnos en el caso?

—Lo que usted diga. Usted manda.

Chu puso los brazos en jarras y se volvió a la pantalla. Bosch trató de contener sus emociones. Se veía obligado a reconocer que Chu tenía parte de razón. Y le avergonzaba que lo hubieran etiquetado tan fácilmente como alguien que había vuelto de Vietnam con prejuicios raciales.

—Muy bien —dijo—. Tal vez la forma en que le traté ayer fue un error. Lo siento. Pero ahora forma parte de esto y he de saber lo que sabe. No se guarde nada.

Chu también se relajó.

—Ya se lo he dicho todo. La única otra cosa en la que estaba pensando era en los doscientos dieciséis.

—¿Qué pasa?

—Es un pago doble. Puede ser que el señor Li se saltara una semana. Quizá estaba teniendo problemas para pagar. Su hijo dijo que el negocio iba mal.

—Y quizá por eso lo mataron. —Bosch señaló de nuevo la pantalla.

–¿Puede hacerme una copia?

–Yo también querría una.

Chu pasó a la impresora y pulsó un botón dos veces. Enseguida aparecieron dos copias de la imagen del hombre que se volvía ante el mostrador.

–¿Tiene libros de fotos? –preguntó Bosch–. ¿Archivos de inteligencia?

–Por supuesto –dijo Chu–. Trataré de identificarlo. Haré preguntas.

–No quiero que nos vean venir.

–Gracias, detective, pero eso ya lo suponía.

Bosch no respondió. Otro paso en falso. Estaba pasándolo mal con Chu. Se veía incapaz de confiar en él, pese a que llevaban la misma placa.

–También me gustaría tener una impresión del tatuaje –dijo Chu.

–¿Qué tatuaje? –preguntó Bosch.

Chu le quitó a Bosch el mando a distancia y pulsó el botón de retroceso. Finalmente congeló la imagen en el momento en que el hombre extendía la mano izquierda para coger el dinero del señor Li. Chu trazó con el dedo el contorno de una silueta apenas visible en la cara interna del brazo del hombre. Chu tenía razón. Era un tatuaje, pero la marca era tan leve en la imagen granulosa que a Bosch se le había pasado completamente.

–¿Qué es? –preguntó.

–Parece la silueta de un cuchillo. Un autotatuaje.

–Ha estado en prisión.

Chu pulsó el botón para hacer copias de la imagen.

–No, normalmente los hacen en el barco. Al cruzar el océano.

–¿Qué significa para usted?

–Cuchillo es *kim*. Hay al menos tres tríadas con presencia en el sur de California: Yee Kim, Sai Kim y Ying Kim. Significan Cuchillo Justo, Cuchillo Occidental y Cuchillo Valeroso. Existe una rama de una tríada de Hong Kong llamada 14 K. Muy fuerte y poderosa.

–¿Aquí o allí?

–En los dos sitios.

–¿Catorce K?

–Catorce es un número de mala suerte. En chino catorce suena igual que muerte. K es de *kill*.

Bosch sabía por su hija y por sus frecuentes visitas a Hong Kong que cualquier permutación del número cuatro se consideraba mala suerte. Su hija vivía con su exmujer en un edificio donde no había pisos marcados con el número 4. La cuarta planta estaba marcada con la P de párking y la catorce se saltaba, del mismo modo que se saltaba la trece en muchos edificios occidentales. Las plantas del edificio que eran en realidad la catorce y la veinticuatro albergaban residencias de hablantes ingleses que no tenían las mismas supersticiones que los chinos han.

Bosch hizo un gesto hacia la pantalla.

–¿Así que piensa que este tipo podría ser de una rama de la 14 K? –preguntó.

–Quizá sí –dijo Chu–. Empezaré a hacer averiguaciones en cuanto se marche.

Bosch miró a Chu y trató de interpretarlo otra vez. Creía que había comprendido el mensaje. Chu quería que Bosch se fuera para ponerse a trabajar. Harry se acercó al reproductor de DVD, sacó el disco y lo cogió.

–Estaremos en contacto, Chu –dijo.

—Claro —respondió Chu, cortante.

—En cuanto tenga algo, me lo da.

—Entendido, detective. Perfectamente.

—Bien. Y nos vemos a las diez con la señora Li y su hijo.

Bosch abrió la puerta y salió.

7

Ferras tenía la caja registradora de Fortune Liquors en su escritorio y había conectado un cable a su portátil. Bosch puso en la mesa las imágenes impresas de las capturas de pantalla y miró a su compañero.

—¿Qué está pasando?

—He ido a criminalística. Han terminado con esto. No hay más huellas que las de la víctima. Ahora estoy copiando la memoria. Puedo decirte que los ingresos del día hasta el momento del crimen eran de menos de doscientos dólares. La víctima lo habría pasado mal para hacer un pago de doscientos dieciséis dólares, si es eso lo que crees que ocurrió.

—Bueno, tengo material nuevo para contarte sobre eso. ¿Algo más de criminalística?

—No mucho. Están procesando todo; ah, el test de la viuda dio negativo. Pero supongo que eso ya lo esperábamos.

Bosch asintió. Puesto que la señora Li había descubierto el cadáver de su marido, era rutina examinarle manos y brazos en busca de residuos de pólvora para determinar si había disparado un arma recientemente. Como se esperaba, el test había dado negativo. Bosch estaba convencido de que podía tacharla de la lista de posibles sospechosos, aunque nunca había estado en ella.

–¿Cuánta memoria tiene eso? –preguntó Bosch.

–Parece que almacena un año entero. He hecho algunos promedios. Los ingresos brutos de la tienda eran de algo menos de tres mil por semana. Si contamos gastos indirectos, materia prima, seguros y cosas así, este tipo tenía suerte si sacaba cincuenta al año para él. No es manera de ganarse la vida. Probablemente es más peligroso estar allí haciendo lo que hace que ser policía en aquellas calles.

–Ayer el hijo dijo que el negocio andaba flojo últimamente.

–Mirando esto, no veo cuándo fue bien.

–Es un negocio de efectivo. Podría haber sacado dinero de otras maneras.

–Probablemente. Y luego está el tipo al que pagaba. Si le estaba pasando doscientos y pico a la semana, hay que sumarlos. Eso serían diez mil menos al año.

Bosch le contó a Ferras lo que había averiguado por medio de Chu y que esperaba que la UBA lograra una identificación. Ambos coincidieron en que el punto de mira de la investigación se estaba desplazando hacia el hombre que aparecía en la imagen granulada obtenida de la cámara de vigilancia de la tienda. El matón de la tríada. Entretanto, aún había que identificar e interrogar al posible pandillero que había discutido con John Li el sábado anterior al crimen, aunque las contradicciones entre la escena del crimen y un asesinato tipo rabia-venganza colocaban esa pista en segundo lugar.

Se pusieron a trabajar en las declaraciones y en el voluminoso papeleo que acompañaba toda investigación. Chu llegó el primero, a las diez en punto, y se acercó a la mesa de Bosch sin anunciarse.

–¿Aún no ha llegado Yee-ling? –preguntó a modo de saludo.

Bosch levantó la mirada de su trabajo.

–¿Quién es Yee-ling?

–Yee-ling Li, la madre.

Bosch se dio cuenta de que no sabía el nombre completo de la mujer de la víctima. Le molestó, porque era una señal de lo poco que sabía del caso en realidad.

–No ha llegado todavía. ¿Ha encontrado algo?

–He revisado nuestros álbumes de fotos. No he visto a nuestro hombre, pero estamos haciendo averiguaciones.

–Sí, no para de decirlo. ¿Qué significa exactamente «hacer averiguaciones»?

–Significa que la UBA tiene una red de conexiones entre la comunidad y haremos averiguaciones discretas sobre quién es este hombre y cuál era la afiliación del señor Li.

–¿Afiliación? –preguntó Ferras–. Lo estaban extorsionando. Su afiliación era la de víctima.

–Detective Ferras –dijo Chu con paciencia–, lo está mirando desde el típico punto de vista occidental. Como le he explicado al detective Bosch esta mañana, el señor Li podría haber tenido una relación de toda la vida con una sociedad triádica. Se llama *quang xi* en su dialecto nativo. No tiene traducción directa, pero tiene que ver con la propia red social y una relación de tríada se incluiría en eso.

Ferras se quedó mirando a Chu.

–Da igual –dijo al fin–. Aquí creo que lo llamamos chorradas. La víctima llevaba casi treinta años viviendo aquí. No me importa cómo lo llamen en China. Aquí es extorsión.

Bosch admiró la reacción firme de su joven compañero.

Estaba sopesando sumarse a la refriega cuando sonó el teléfono de su mesa y lo descolgó.

–Bosch.

–Soy Rogers, de abajo. Tiene dos visitas, las dos se llaman Li. Dicen que tienen una cita.

–Que suban.

–De acuerdo.

Bosch colgó.

–Vale, están subiendo. Así es como quiero que lo hagamos. Chu, usted se ocupa de la señora en una de las salas de interrogatorios, repasa su declaración y que la firme. Después de que firme, quiero que le pregunte sobre la extorsión y el hombre del vídeo. Enséñele la foto y no le deje que se haga la tonta. Ha de estar informada. Su marido tiene que haberle hablado de ello.

–Le sorprendería –dijo Chu–. Maridos y mujeres no han de hablar necesariamente de esto.

–Bueno, inténtelo. Puede que sepa mucho tanto si ella y su marido hablaban como si no. Ferras y yo hablaremos con el hijo. Quiero averiguar si estaban pagando por protección en el valle de San Fernando. Si es así, podríamos pillar al tipo allí.

Bosch miró a través de la sala de brigada y vio que entraba la señora Li, pero no iba con su hijo. Iba con una mujer más joven. Bosch levantó la mano para atraer su atención y decirles que se acercaran.

–Chu, ¿quién es?

Chu se volvió cuando las dos mujeres se dirgían hacia ellos. No dijo nada. No lo sabía. Al ir acercándose, Bosch vio que la más joven tenía treinta y tantos años y era atractiva de un modo sencillo, recatado. Iba vestida con tejanos y blusa blanca. Caminaba medio paso por detrás de la señora Li y tenía la mirada clavada en el suelo. La impresión inicial de Bosch fue que se trataba de una empleada. Una doncella contratada como chófer. Sin embargo, el agente de la entrada había dicho que las dos se llamaban Li.

Chu se dirigió a la señora Li en chino. Después de que ella respondiera, tradujo.

—Es la hija del señor y la señora Li. Mia ha traído a su madre porque Robert Li viene con retraso.

Bosch se quedó inmediatamente frustrado por la noticia y negó con la cabeza.

—Genial —le dijo a Chu—. ¿Cómo es que no sabíamos que había una hija?

—No hicimos las preguntas adecuadas ayer —dijo Chu.

—Era usted el que hacía las preguntas ayer. Pregúntele a Mia dónde vive.

La mujer joven se aclaró la garganta y miró a Bosch.

—Vivo con mi madre y con mi padre —dijo—. O al menos hasta ayer. Supongo que ahora vivo solo con mi madre.

Bosch se sintió avergonzado por haber supuesto que no hablaba inglés y por el hecho de que hubiera oído y comprendido la reacción enfadada a su aparición.

—Lo siento, es que necesitamos toda la información posible. —Miró a los otros dos detectives—. Muy bien, vamos a necesitar interrogarla, Mia. Detective Chu, ¿por qué no continúa con el plan y se lleva a la señora Li a una sala de interrogatorios para que haga la declaración? Yo hablaré con Mia, y tú, Ignacio, espera a que aparezca Robert.

Se volvió hacia Mia.

–¿Sabe cuánto retraso lleva su hermano?

–Debería estar en camino. Dijo que iba a salir de la tienda a las diez.

–¿Qué tienda?

–Su tienda del valle.

–Vale, Mia, ¿por qué no viene conmigo y que su madre vaya con el detective Chu?

Mia habló con su madre en chino y esta y Chu se dirigieron a la hilera de salas de interrogatorios de la parte de atrás del espacio de la brigada. Bosch cogió un bloc amarillo y la carpeta que contenía la imagen impresa de la cámara de vídeo antes de mostrarle el camino. Ferras se quedó atrás.

–Harry, ¿quieres que empiece con el hijo cuando llegue? –preguntó.

–No –dijo Bosch–. Ven a buscarme. Estaré en la sala dos.

Bosch condujo a la hija de la víctima a una pequeña sala sin ventanas y con una mesa en medio. Se sentaron uno a cada lado de la mesa y Bosch trató de poner una expresión agradable. Era difícil. La mañana estaba empezando con una sorpresa y no le gustaba encontrarse con sorpresas en sus investigaciones de asesinato.

–Muy bien, Mia –dijo Bosch–. Empecemos otra vez. Soy el detective Bosch. Me han asignado como investigador jefe en el caso del asesinato de su padre. La acompaño en el sentimiento.

–Gracias. –Tenía la mirada clavada en la mesa.

–¿Puede decirme su nombre completo?

—Mia-ling Li.

Había occidentalizado su nombre con el nombre primero y el apellido después, pero no había adoptado un nombre completamente occidental, como habían hecho su padre y su hermano. Bosch se preguntó si eso era porque se esperaba que los hombres se integraran en la sociedad occidental mientras que las mujeres se mantenían alejadas de ella.

—¿Cuál es su fecha de nacimiento?

—14 de febrero de 1980.

—El Día de San Valentín.

Bosch sonrió. No sabía por qué. Solo quería empezar de nuevo con la relación. Entonces se preguntó si existiría el Día de San Valentín en China. Siguió adelante en sus reflexiones, haciendo cálculos. Se dio cuenta de que, aunque seguía siendo muy atractiva, Mia era más joven de lo que aparentaba y solo unos pocos años mayor que su hermano Robert.

—¿Vino aquí con sus padres? ¿Cuándo fue eso?

—En 1982.

—Solo tenía dos años.

—Sí.

—¿Y su padre abrió la tienda entonces?

—No la abrió. La compró a otra persona y le cambió el nombre a Fortune Liquors. Antes se llamaba de otra forma.

—Bien. ¿Hay más hermanos o hermanas además de usted y Robert?

—No, solo nosotros.

—Muy bien. Veamos, ha dicho que estaba viviendo con sus padres. ¿Desde cuándo?

Ella levantó brevemente la mirada y volvió a bajarla.

–Toda mi vida. Salvo un par de años cuando era más joven.

–¿Se casó?

–No. ¿Qué tiene esto que ver con quién mató a mi padre? ¿No debería estar buscando al asesino?

–Lo siento, Mia. Necesito cierta información básica y luego sí, saldré de aquí a buscar al asesino. ¿Ha hablado con su hermano? ¿Le ha dicho que yo conocía a su padre?

–Dijo que lo vio una vez. En realidad, no lo conocía. Eso no es conocerlo.

Bosch asintió.

–Tiene razón. Fue una exageración. No lo conocía, pero por la situación en la que estábamos cuando… lo vi, me sentí como que lo conocía un poco. Quiero encontrar a su asesino, Mia. Y lo haré, solo necesito que usted y su familia me ayuden en todo lo posible.

–Lo entiendo.

–No se guarden nada, porque nunca se sabe qué puede ayudarnos.

–No lo haré.

–Muy bien, ¿cómo se gana la vida?

–Cuido de mis padres.

–¿En casa? ¿Se queda en casa y cuida de sus padres?

Esta vez Mia lo miró a los ojos. Sus pupilas eran tan oscuras que era difícil leer algo en ellas.

–Sí.

Bosch se dio cuenta de que podía haber cruzado alguna barrera cultural que desconocía. Mia pareció percatarse.

–Es una tradición en mi familia que la hija cuide de sus padres.

—¿Estudió?

—Sí, fui dos años a la universidad. Pero luego volví a casa. Cocino, limpio y mantengo la casa. Para mi hermano también, aunque él quiere irse a su propia casa.

—Pero hasta ayer todos vivían juntos.

—Sí.

—¿Cuándo fue la última vez que vio a su padre con vida?

—Cuando se fue a trabajar ayer por la mañana. Se va hacia las nueve y media. Le preparé el desayuno.

—¿Y su madre también se fue entonces?

—Sí, siempre se van juntos.

—¿Y luego su madre volvió por la tarde?

—Sí, preparo la cena y ella viene a buscarla. Todos los días.

—¿A qué hora llegó a casa?

—Llegó a casa a las tres en punto. Como siempre.

Bosch sabía que la casa familiar se hallaba en la zona de Larchmont del distrito de Wilshire y a al menos media hora de coche de la tienda. La ruta directa habría sido por calles de la superficie todo el camino.

—¿Cuánto tiempo pasó ayer antes de que cogiera la cena y volviera a la tienda?

—Se quedó media hora y se fue.

Bosch asintió. Todo coincidía con la declaración de la madre y con el cronograma y el resto de la información que conocían.

—Mia, ¿su padre habló de alguien en el trabajo del que tuviera miedo? ¿De algún cliente u otra persona?

—No, mi padre era muy callado. No hablaba del trabajo en casa.

—¿Le gustaba vivir en Los Ángeles?

–No, creo que no.

–¿Por qué?

–Quería volver a China, pero no podía.

–¿Por qué no?

–Porque cuando te vas no vuelves. Se fueron porque Robert estaba en camino.

–¿Quiere decir que su familia se marchó por Robert?

–En nuestra provincia solo se puede tener un hijo. Ya me tenían a mí y mi madre no iba a meterme en el orfanato. Mi padre quería un hijo y, cuando mi madre se quedó embarazada, vinimos a Estados Unidos.

Bosch no conocía las particularidades de la política sobre tener hijos de China, pero había oído hablar de ellas: un plan de contención de la población cuyo resultado era que se daba más importancia al nacimiento de varones. Muchas niñas recién nacidas eran abandonadas en orfanatos o algo peor. En lugar de renunciar a Mia, la familia había emigrado a Estados Unidos.

–¿Así que su padre siempre lamentó quedarse y no mantener a su familia en China?

–Sí.

Bosch decidió que había recopilado suficiente información en ese sentido. Abrió el archivo y sacó la imagen impresa del vídeo de seguridad. La colocó delante de Mia.

–¿Quién es, Mia?

La mujer entrecerró los ojos al estudiar la imagen granulada.

–No lo conozco. ¿Mató a mi padre?

–No lo sé. ¿Está segura de que no sabe quién es?

–Estoy segura. ¿Quién es?

–Todavía no lo sabemos. Pero lo vamos a descubrir. ¿Su padre le habló alguna vez de las tríadas?

–¿Las tríadas?

–¿De que tenía que pagarles?

Parecía muy nerviosa con la pregunta.

–No sé nada de eso. No hablamos de eso.

–Habla chino, ¿verdad?

–Sí.

–¿Alguna vez oyó a sus padres hablando de ello?

–No. No sé nada de eso.

–Vale, Mia, entonces, creo que podemos parar ahora.

–¿Puedo llevar a mi madre a casa?

–En cuanto termine de hablar con el detective Chu. ¿Qué cree que ocurrirá ahora con la tienda? ¿Se ocuparán de ella su madre y su hermano?

Mia negó con la cabeza.

–Creo que se cerrará. Mi madre trabajará en la tienda de mi hermano ahora.

–¿Y usted, Mia? ¿Cambiará algo para usted ahora?

La joven se tomó un buen rato para contestar, como si no hubiera pensado en ello antes de que Bosch le preguntara.

–No lo sé –dijo al fin–. Quizá.

8

•

Cuando volvieron a la sala de brigada, la señora Li ya había terminado su interrogatorio con Chu y estaba esperando a su hija. Todavía no había rastro de Robert Li y Ferras explicó que había llamado para decir que no podía abandonar su tienda porque su ayudante había telefoneado para decir que estaba enfermo.

Después de escoltar a las dos mujeres a la zona de ascensores, Bosch miró su reloj y decidió que aún les quedaba tiempo para ir al valle, hablar con el hijo de la víctima y luego volver al centro de la ciudad para asistir a la autopsia, programada para las dos de la tarde. Además, no necesitaba estar en la oficina del forense para los procedimientos preliminares. Podía pasarse después.

Se decidió que Ferras se quedaría trabajando con la policía científica sobre los resultados de los indicios recogidos el día anterior. Bosch y Chu irían al valle a hablar con Robert Li.

Bosch condujo su Crown Vic, con el que ya había recorrido más de trescientos cincuenta mil kilómetros. El aire acondicionado apenas funcionaba. Al acercarse al valle, la temperatura empezó a ascender y Bosch lamentó no haberse quitado la americana antes de subir al coche.

Por el camino, Chu fue el primero en hablar y explicó que la señora Li había firmado su declaración y no tuvo nada que añadir a ella. No había reconocido al hombre del vídeo de seguridad y aseguró no saber nada sobre pagos a la tríada. Bosch explicó entonces la escasa información que había recabado de Mia-ling Li y preguntó a Chu qué sabía de la tradición de mantener a una hija adulta en casa para cuidar de los padres.

—Es una *chinacienta* —dijo Chu—. Se queda en casa y se ocupa de cocinar y limpiar. Casi como una criada de sus padres.

—¿No quieren que se casen y se vayan de la casa?

—Ni hablar, es mano de obra gratuita. ¿Por qué iban a querer que se casara? Entonces tendrían que contratar a una criada, un cocinero y un chófer. Así lo tienen todo sin tener que pagar.

Bosch condujo en silencio durante un rato después de eso, pensando en la vida que le tocaba vivir a Mia-ling Li. No creía que cambiara nada tras la muerte de su padre. Seguía teniendo que ocuparse de la madre.

Recordó algo relacionado con el caso y volvió a hablar.

—Dijo que la familia probablemente cerraría la tienda y se quedaría solo con la del valle.

—No estaban ganando nada de todos modos —dijo Chu—. Puede que logren vendérsela a alguien de la comunidad y saquen algo de dinero.

—No es mucho después de casi treinta años aquí.

—La historia del inmigrante chino no siempre es una historia feliz —dijo Chu.

—¿Y usted, Chu? Usted tiene éxito.

—Yo no soy inmigrante. Mis padres lo fueron.

—¿Fueron?

—Mi madre murió joven. Mi padre era pescador. Un día su barco zarpó y nunca volvió a puerto.

Bosch se quedó en silencio por la naturalidad con que Chu había contado su tragedia familiar. Se concentró en conducir. El tráfico era denso y tardaron cuarenta y cinco minutos en llegar a Sherman Oaks. Fortune Fine Foods & Liquor estaba en Sepulveda Boulevard, a solo una manzana de Ventura Boulevard. Esto lo situaba en un barrio elegante de apartamentos y bloques de pisos, a los pies de las residencias aún más selectas de la ladera. Era una buena ubicación, pero no parecía haber aparcamiento suficiente. Bosch encontró un sitio en la calle, delante de una boca de riego. Bajó la visera, que tenía una tarjeta enganchada que identificaba el vehículo como municipal, y salió.

Bosch y Chu habían elaborado un plan durante el largo trayecto. Creían que si alguien sabía de los pagos a la tríada, además de la víctima, tenía que ser el hijo que también regentaba una tienda, Robert. La gran pregunta era por qué no se lo había dicho a los detectives el día anterior.

Fortune Fine Foods & Liquor era completamente diferente a su homóloga de South L. A. La tienda era al menos cinco veces más grande y estaba llena de toques de distinción acordes con el barrio.

Había una barra de autoservicio de café. Los pasillos de vino tenían carteles colgados del techo que anunciaban los varietales y las regiones de producción y no había garrafas apiladas al fondo. Las neveras estaban bien iluminadas con estantes abiertos en lugar de puertas de cristal. Había pasillos de platos preparados y mostradores de venta de comida caliente y fría donde los clientes podían pedir bistecs y pescado fresco o pollo asado, carne y costillas a la barbacoa. El hijo había tomado el negocio del padre y lo había mejorado varios niveles. Bosch estaba impresionado.

Chu preguntó a la mujer que estaba sentada tras una de las dos cajas dónde estaba Robert Li. Enviaron a los detectives a una puerta de doble hoja que daba a un almacén con estantes de tres metros apoyados contra la pared. Al fondo había una puerta que decía «DESPACHO». Bosch llamó y Robert Li salió a abrir enseguida.

Pareció sorprendido de verlos.

—Detectives, pasen —dijo—. Siento mucho no haber ido al centro hoy. Mi encargado llamó diciendo que estaba enfermo y no puedo dejar esto sin un supervisor. Lo siento.

—No pasa nada —dijo Bosch—, solo estamos tratando de encontrar al asesino de su padre.

Bosch quería poner al joven a la defensiva. Interrogarlo en su propio terreno le concedía cierta ventaja. Quería crear un poco de malestar en la situación. Si Li se posicionaba a la defensiva, sería más comunicativo y estaría más dispuesto a tratar de complacer a sus interrogadores.

—Bueno, lo siento. De todos modos, pensaba que lo único que tenía que hacer era firmar mi declaración.

—Tenemos su declaración, pero se trata de algo más que firmar papeles, señor Li. Hay una investigación en marcha. Las cosas cambian cuando llega más información.

—Lo único que puedo hacer es pedir disculpas. Siéntense, por favor. Lamento que haya tan poco espacio.

La oficina era estrecha y Bosch se dio cuenta de que era compartida. Había dos escritorios, uno al lado del otro, apoyados contra la pared de la derecha. Dos sillas de escritorio y otras dos plegables, probablemente para representantes de ventas y entrevistas de trabajo.

Li cogió el teléfono de su despacho, marcó un número y le pidió a alguien que no les molestaran. A continuación hizo un gesto de abrir las manos, dando a entender que estaba listo para empezar.

–Primero de todo, me sorprende un poco que esté trabajando hoy –dijo Bosch–. Ayer asesinaron a su padre.

Li asintió con solemnidad.

–Me temo que no he tenido tiempo de llorar por mi padre. He de dirigir el negocio o no habrá negocio que dirigir.

Bosch asintió e hizo una señal a Chu para que continuara. Él había redactado la declaración de Li. Mientras la repasaban, Bosch miró a su alrededor en el despacho. En la pared de encima de los escritorios había licencias del Estado enmarcadas, el diploma de 2004 de Li de la Facultad de Empresariales de la Universidad del Sur de California y un certificado con mención honorífica a la mejor tienda nueva de 2007 de la Asociación de Comerciantes de Comestibles de Estados Unidos. También había fotos enmarcadas de Li con Tommy Lasorda, el anterior director de los Dodgers, y un Li adolescente de pie en los escalones del Tian Tan Buddha de Hong Kong. Igual que había reconocido a Lasorda, Bosch reconoció la escultura de bronce de treinta metros conocida como el Gran Buda. En una ocasión había viajado con su hija a la isla de Lantau para verla.

Bosch estiró el brazo y enderezó el marco del diploma de la Universidad del Sur de California. Al hacerlo se dio cuenta de que Li se había graduado con honores. Pensó por un momento en Robert saliendo de la universidad con la oportunidad de coger el negocio de su padre y convertirlo en algo más grande y mejor. Mientras tanto, su hermana abandonó la universidad y volvió a casa a hacer las camas.

Li no pidió cambios en su declaración y firmó al pie de cada página. Cuando hubo terminado levantó la mirada a un reloj de pared colgado sobre la puerta y Bosch se dio cuenta de que pensaba que había terminado.

Pero no era así. Había llegado el turno de Bosch. Abrió el maletín y sacó una carpeta. De ella extrajo la foto impresa del matón que había recaudado del padre de Li el dinero de la extorsión. Bosch se la pasó a Robert Li.

—Hábleme de este hombre —dijo.

Li sostuvo la imagen con ambas manos y juntó las cejas al examinarla. Bosch sabía que la gente hacía eso para simular una profunda concentración, pero en general se trataba de ocultar otra cosa. Era muy probable que en la última hora Robert hubiera recibido una llamada de su madre y supiera que iban a enseñarle la foto. Respondiera como respondiese Li, Bosch sabía que no iba a decir la verdad.

—No puedo decirle nada —dijo Li al cabo de unos segundos—. No lo reconozco. Nunca lo he visto.

Le devolvió la hoja a Bosch, pero este no la cogió.

—Pero sabe quién es.

En realidad, no era una pregunta.

—No, lo cierto es que no —dijo Li con una suave incomodidad en la voz.

Bosch le sonrió, pero era una de esas sonrisas sin calidez ni gracia.

–Señor Li, ¿le ha llamado su madre y le ha dicho que iba a enseñarle esta foto?

–No.

–Podemos mirar los teléfonos, ¿sabe?

–¿Y qué si lo hizo? Ella no sabía quién era y yo tampoco.

–Quiere que encontremos a la persona que mató a su padre, ¿no?

–¡Por supuesto! ¿Qué clase de pregunta es esa?

–Es la clase de pregunta que hago cuando sé que alguien me oculta algo y que eso...

–¿Qué? ¡Cómo se atreve!

–... podría ser muy útil para mi investigación.

–¡No le oculto nada! No conozco a ese hombre. ¡No sé cómo se llama y nunca lo había visto! ¡Es la pura verdad!

Li se ruborizó. Bosch esperó un momento y a continuación habló con calma.

–Puede que esté diciendo la verdad. Puede que no sepa su nombre y puede que nunca lo haya visto. Pero sabe quién es, Robert. Sabe que su padre estaba pagando una extorsión. Quizá usted también. Si cree que hablar con nosotros entraña algún riesgo, entonces podemos ayudarle.

–Desde luego –intervino Chu.

Li negó con la cabeza y sonrió como si no pudiera creer la situación en la que se hallaba. Empezó a respirar con dificultad.

–Mi padre acaba de morir, lo han matado. ¿No puede dejarme en paz? ¿Por qué me están acosando? Yo también soy una víctima.

–Ojalá pudiéramos dejarlo en paz, Robert –dijo Bosch–. Pero si no encontramos al responsable, nadie lo hará. Supongo que no es eso lo que quiere.

Li pareció calmarse y negó con la cabeza.

–Mire –continuó Bosch–. Tenemos una declaración firmada. Nada de lo que nos diga ahora ha de salir de este despacho. Nadie sabrá nunca lo que nos ha dicho.

Bosch se inclinó hacia delante y tocó la imagen con un dedo. Li todavía la sujetaba.

–Quien mató a su padre se llevó el disco de la grabadora, pero dejó discos viejos. Este tipo estaba en uno. Cobra dinero de su padre una semana antes del crimen, el mismo día y a la misma hora. Su padre le dio doscientos dieciséis dólares. Este tipo es de la tríada y creo que lo sabe. Ha de ayudarnos con eso, Robert. Nadie más puede hacerlo.

Bosch esperó. Li puso la imagen sobre la mesa y se frotó las manos, sudorosas, en los vaqueros.

–De acuerdo, sí, mi padre pagaba a la tríada –dijo.

Bosch respiró pausadamente. Acababan de dar un gran paso. Quería que Li continuara hablando.

–¿Durante cuánto tiempo? –preguntó.

–No lo sé, toda su vida; toda mi vida, supongo. Era algo que hizo siempre. Para él formaba parte de ser chino. Pagas.

Bosch asintió.

–Gracias, Robert, por decírnoslo. Veamos, ayer nos dijo que con la situación económica y demás las cosas no marchaban bien en la tienda. ¿Sabe si su padre iba atrasado en los pagos?

–No lo sé, quizá. No me lo dijo. No nos pusimos de acuerdo con eso.

–¿Qué quiere decir?

–Yo creía que no debía pagar. Se lo dije un millón de veces. «Esto es América, padre, no ha de pagarles.»

–Pero seguía pagando.

–Sí, todas las semanas. Era de la vieja escuela.

–Entonces, ¿usted no paga aquí?

Li negó con la cabeza, pero apartó los ojos un momento. Una revelación involuntaria.

–Paga, ¿verdad?

–No.

–Robert, hemos de...

–No pago porque él pagaba por mí. Ahora no sé lo que ocurrirá.

Bosch se acercó a él.

–Quiere decir que su padre pagaba por las dos tiendas.

–Sí.

Li miraba hacia abajo. Volvió a frotarse las palmas en los pantalones.

–El doble pago (ciento ocho por dos) cubría las dos tiendas.

–Sí. La semana pasada.

Li asintió y Bosch creyó ver lágrimas agolpándose en sus ojos. Harry sabía que la siguiente pregunta era la más importante de todas.

–¿Qué pasó esta semana?

–No lo sé.

–Pero tiene una idea, ¿verdad, Robert?

Volvió a asentir.

–Las dos tiendas están perdiendo dinero. Nos expandimos en el momento equivocado, justo antes de la crisis. Los bancos tienen ayuda del Gobierno, pero nosotros no. Podíamos perderlo todo. Le dije... le dije a mi padre que no podíamos seguir pagando. Le dije que estábamos pagando por nada y que íbamos a perder las tiendas si no parábamos.

—¿Dijo que dejaría de pagar?

—No lo dijo. No dijo nada. Pensé que iba a seguir pagando hasta que tuviéramos que cerrar. Iba sumando. Ochocientos dólares al mes es mucho en un negocio como este. Mi padre pensaba que si encontraba otras formas… —Su voz se apagó.

—¿Otras formas de qué, Robert?

—Otras formas de ahorrar dinero. Estaba obsesionado con pillar a los ladronzuelos. Pensaba que si contenía las pérdidas cambiaría las cosas. Era de otra época. No lo entendía.

Bosch se recostó en la silla y miró a Chu. Habían logrado que Li se sincerara. Ahora era el turno de que Chu se ocupara de preguntas concretas en relación con la tríada.

—Robert, ha sido de gran ayuda —dijo Chu—. Quiero hacerle unas preguntas en relación con el hombre de la foto.

—Estaba diciendo la verdad. No sé quién es. Nunca en mi vida lo había visto.

—Vale, pero ¿alguna vez habló de él su padre cuando estaban discutiendo sobre los pagos?

—Nunca mencionó su nombre. Solo dijo que se enfadaría si dejábamos de pagar.

—¿Alguna vez mencionó el nombre del grupo al que pagaba? ¿La tríada?

Li negó con la cabeza.

—No, nunca… Espere, sí, una vez. Era algo sobre un cuchillo. Como si el nombre procediera de una clase de cuchillo o algo. Pero no lo recuerdo.

–¿Está seguro? Eso podría ayudarnos a reducir el círculo.

Li negó con la cabeza otra vez.

–Trataré de recordarlo. Ahora mismo no puedo.

–Vale, Robert.

Chu continuó con el interrogatorio, pero las preguntas eran demasiado específicas y Li continuamente respondía que no lo sabía. Para Bosch estaba bien. Habían avanzado mucho. Ahora veía que el caso quedaba mucho mejor enfocado.

Al cabo de un rato, Chu terminó y volvió a cederle la batuta a Bosch.

–Vale, Robert –dijo Harry–. ¿Cree que el hombre o los hombres a los que su padre pagaba vendrán a pedirle el dinero a usted ahora?

La pregunta suscitó un enarcado de cejas de Li.

–No lo sé –dijo.

–¿Quiere protección del Departamento de Policía de Los Ángeles?

–Eso tampoco lo sé.

–Bueno, tiene nuestros números. Si aparece alguien, coopere. Prométale el dinero si ha de hacerlo.

–¡No tengo el dinero!

–Esa es la cuestión. Prométale el dinero, pero dígale que tardará un día en conseguirlo. Entonces nos llama. Nos ocuparemos nosotros.

–¿Y si simplemente lo coge de las cajas registradoras? Me dijo ayer que el cajón estaba vacío en la tienda de mi padre.

–Si hace eso, déjele hacerlo y nos llama. Lo cogeremos cuando vuelva la próxima vez.

Li asintió y Bosch vio que había asustado al joven en serio.

–Robert, ¿tiene un arma en la tienda?

Era una prueba. Habían comprobado los registros de armas. Solo estaba registrada el arma de la otra tienda.

–No, mi padre tenía el arma. Estaba en la zona mala.

–Bien. No traiga un arma aquí. Si aparece el tipo, simplemente coopere.

–Bien.

–Por cierto, ¿por qué compró su padre esa arma? Llevaba allí casi treinta años y hace seis meses la compró.

–La última vez que lo atracaron le hicieron daño. Dos pandilleros. Le golpearon con una botella. Le dije que, si no vendía la tienda, tenía que conseguir una pistola. Pero no le hizo ningún bien.

–Normalmente no hacen ningún bien.

Los detectives le dieron las gracias a Li y dejaron en su despacho a un joven de veintiséis años que ahora parecía dos décadas mayor. Mientras caminaban por la tienda, Bosch miró el reloj y vio que era más de la una. Tenía mucha hambre y quería comer algo antes de dirigirse a la sala de autopsias a las dos. Se paró delante de la comida caliente y señaló el pan de carne. Cogió un número de servicio del dispensador. Cuando le ofreció comprarle un trozo a Chu, este le dijo que era vegetariano.

Bosch negó con la cabeza.

–¿Qué? –preguntó Chu.

–No creo que pudiéramos ser compañeros, Chu –dijo Bosch–. No me fío de un tipo que no puede comerse un perrito caliente de vez en cuando.

–Como perritos calientes de tofu.

Bosch hizo una mueca.

–Esos no cuentan.

Entonces vio que se les acercaba Robert Li.

–Olvidé preguntarlo. ¿Cuándo nos entregarán el cadáver de mi padre?

–Probablemente mañana –dijo Bosch–. La autopsia es hoy.

Li pareció alicaído.

–Mi padre era una persona muy espiritual. ¿Han de profanar su cuerpo?

Bosch asintió.

–Es la ley. Hay una autopsia después de cualquier asesinato.

–¿Cuándo la harán?

–Dentro de una hora.

Li asintió en señal de aceptación.

–Por favor, no se lo diga a mi madre. ¿Me llamarán cuando pueda disponer del cadáver?

–Me aseguraré de que lo llamen.

Li les dio las gracias y volvió a su despacho. Bosch oyó que el hombre de detrás del mostrador decía su número.

9

De camino al centro, Chu informó a Bosch de que en catorce años en el departamento aún no había presenciado una autopsia y no era algo que quisiera cambiar. Explicó que iba a volver a la oficina de la UBA para proseguir intentando identificar al matón de la tríada. Bosch lo dejó allí y se dirigió a la oficina del forense en Mission Road. Cuando llegó, se puso la bata y entró en la sala número 3, la autopsia ya estaba en marcha. La oficina del forense llevaba a cabo seis mil autopsias al año. Las salas de autopsias seguían un horario y control estrictos y los forenses no esperaban a policías que llegaran tarde. Un buen profesional podía terminar una autopsia quirúrgica en una hora.

A Bosch todo eso no le importaba. Le interesaban los hallazgos de la autopsia, no el proceso.

El cuerpo de John Li yacía desnudo y profanado en la fría mesa de autopsias de acero inoxidable. Le habían abierto el pecho y extraído los órganos vitales. La doctora Sharon Laksmi estaba trabajando en una mesa contigua, colocando muestras de tejido en diversos portaobjetos.

–Buenas tardes, doctora –dijo Bosch.

Laksmi se volvió y lo miró. Por la mascarilla y el gorro que llevaba Bosch, ella no consiguió identificarlo enseguida. Hacía mucho tiempo que los detectives no podían limitarse a entrar y mirar. La normativa sanitaria del condado requería un equipo de protección completo.

—¿Bosch o Ferras?

—Bosch.

—Llega tarde. He empezado sin usted.

Laksmi era pequeña y de tez oscura. Lo que más llamaba la atención en ella eran los ojos con mucho maquillaje tras la protección plástica de su mascarilla. Era como si se diera cuenta de que los ojos constituían el único rasgo que la gente veía detrás del atuendo de seguridad que llevaba casi todo el tiempo. Habló con un ligero acento. Pero quién no en Los Ángeles. Incluso el jefe de policía saliente sonaba como si fuera del sur de Boston.

—Sí, lo siento. Estaba con el hijo de la víctima y la cosa se alargó.

No mencionó el sándwich de pastel de carne que también le había demorado un rato.

—Aquí está lo que probablemente está buscando.

Dio unos golpecitos con la hoja del escalpelo en uno de los cuatro recipientes de acero alineados a la izquierda de la mesa. Bosch se acercó a mirar. Cada uno de los recipientes contenía un elemento probatorio extraído del cadáver. Vio tres balas deformadas y un casquillo.

—¿Ha encontrado un casquillo? ¿Estaba sobre el cuerpo?

—Dentro del cuerpo, en realidad.

—¿Dentro?

—Exacto. Alojado en el esófago.

Bosch pensó en lo que había descubierto al mirar las fotos de la escena del crimen. Sangre en los dedos, barbilla y labios de la víctima. Pero no en los dientes: Había estado en lo cierto con su corazonada.

–Parece que está buscando a un asesino muy sádico, detective Bosch.

–¿Por qué dice eso?

–Porque o le metió un casquillo por la garganta o de alguna manera el casquillo aterrizó en su boca. Como las posibilidades de esto último son de una entre un millón, apuesto por la primera alternativa.

Bosch asintió. No porque suscribiera lo que ella estaba diciendo, sino porque estaba pensando en un escenario que la doctora Laksmi no había contemplado. Pensó que ahora tenía una idea de lo que había ocurrido detrás del mostrador de Fortune Liquors. Uno de los casquillos de la pistola del asesino había aterrizado encima de John Li o cerca cuando este yacía agonizando en el suelo. O bien vio que el asesino recogía los casquillos o supo que podría ser una prueba valiosa para la investigación de su homicidio. En su último momento, Li había cogido el casquillo y había tratado de tragárselo para que no lo cogiera el asesino.

El acto final de John Li fue un intento de proporcionar a Bosch una pista importante.

–¿Ha limpiado el casquillo, doctora? –preguntó.

–Sí, la sangre había subido por la garganta y el casquillo actuó como un dique, impidiendo que saliera más sangre por la boca. Tuve que limpiarlo para ver lo que era.

–Bien.

Bosch sabía que las posibilidades de que hubiera huellas dactilares en el casquillo eran irrisorias de todos modos. La explosión de gases al disparar una bala casi siempre evaporaban las huellas del casquillo.

Aun así, el casquillo sería útil para identificar el arma si las balas recuperadas estaban demasiado dañadas. Bosch se fijó en los recipientes que contenían las balas. Enseguida determinó que eran de punta hueca. Habían estallado tras el impacto y estaban muy deformadas. No sabía si alguna de ellas sería útil a efectos de comparación. En cambio, el casquillo era probablemente una prueba sólida. Las marcas causadas por la uña extractora, el percutor y el botador del arma podían servir para la identificación y comparación del arma si se encontraba. El casquillo relacionaría a la víctima con el arma.

–¿Quiere escuchar mi resumen y así ya puede marcharse? –preguntó Laksmi.

–Claro, doctora, adelante.

Mientras Laksmi ofrecía un informe preliminar de sus hallazgos, Bosch cogió bolsas de pruebas transparentes del estante de encima de la mesa y guardó las balas y el casquillo por separado. El casquillo parecía proceder de una bala de nueve milímetros, pero esperaría la confirmación de balística. Marcó cada sobre con su nombre y con el de Laksmi y el número de caso. Por último, se levantó la bata y se los guardó en el bolsillo de la chaqueta.

–El primer disparo fue a la parte superior izquierda del pecho. El proyectil rasgó el ventrículo derecho del corazón e impactó en las vértebras torácicas, seccionando la médula. La víctima caería al suelo de inmediato. Los otros dos disparos fueron a los lados derecho e izquierdo del esternón inferior. Es imposible ordenar estos dos disparos. Las balas atravesaron los lóbulos derecho e izquierdo de los pulmones y se alojaron en la musculatura de la espalda. El resultado de los tres disparos fue una pérdida instantánea de la función cardiopulmonar y la consecuente muerte. Diría que no duró más de treinta segundos.

El informe sobre la lesión medular aparentemente ponía en riesgo la hipótesis de Bosch según la cual la víctima se había tragado voluntariamente el casquillo.

—¿Con la médula dañada podría haber tenido movimiento en la mano y el brazo?

—No mucho tiempo. La muerte fue casi instantánea.

—Pero no estaba paralizado, ¿no? ¿En esos últimos treinta segundos podría haber cogido el casquillo y ponérselo en la boca?

Laksmi consideró las posibilidades durante unos segundos antes de responder.

—Creo que, de hecho, habría estado paralizado. Pero el proyectil se alojó en la cuarta vértebra torácica y seccionaría la médula en ese punto. Sin duda, causaría parálisis, pero esta habría empezado en ese punto. Los brazos podían seguir funcionando. Sería cuestión de tiempo. Como he dicho, su organismo habría dejado de funcionar enseguida.

Bosch asintió. Su teoría aún se sostenía. Li podría haber cogido rápidamente el casquillo con sus últimas fuerzas y ponérselo en la boca.

Bosch se preguntó si el asesino lo sabría. Lo más probable era que hubiera tenido que rodear el mostrador para buscar los casquillos. En ese momento Li podría haber cogido uno de ellos. La sangre hallada bajo el cuerpo de la víctima indicaba que lo habían movido. Bosch se dio cuenta de que lo más probable era que eso ocurriera durante la búsqueda del casquillo que faltaba.

Bosch sintió una creciente excitación. El casquillo era un hallazgo significativo, pero la idea de que el asesino hubiera cometido un error era aún mayor. Quería llevar la prueba a balística lo antes posible.

–Vale, doctora, ¿qué más tenemos?

–Hay algo que tal vez quiera ver ahora mejor que esperar a las fotos. Ayúdeme a darle la vuelta.

Se acercaron a la mesa de autopsias y con cuidado hicieron rodar el cuerpo. El *rigor mortis* ya había desaparecido y la operación resultó sencilla. Laksmi señaló los tobillos. Bosch se acercó y vio que había pequeños símbolos chinos tatuados en la parte de atrás de los pies de Li. Había dos o tres símbolos en cada pie, situados a ambos lados del tendón de Aquiles.

运气　　钱　　　　　　爱　　家庭

–¿Los ha fotografiado?

–Sí, estará en el informe.

–¿Hay alguien aquí que pueda traducirlo?

–No creo. Tal vez el doctor Ming, pero está de vacaciones esta semana.

–Vale, ¿podemos arrastrarlo un poco hacia abajo para que le cuelguen los pies y pueda hacerle una foto?

Laksmi le ayudó a mover el cadáver por la mesa. Los pies salieron por el borde y Bosch situó los tobillos uno junto al otro de manera que los símbolos chinos quedaran alineados. Buscó bajo su bata y sacó el teléfono móvil. Pasó al modo cámara y sacó dos fotos de los tatuajes.

–Listo.

Bosch dejó el teléfono y volvieron a dar la vuelta al cadáver y a colocarlo en su lugar en la mesa.

Bosch se quitó los guantes y los arrojó al receptáculo de residuos médicos. Cogió el teléfono y llamó a Chu.

—¿Cuál es su dirección de correo electrónico? Quiero enviarle una foto.

—¿De qué?

—Símbolos chinos tatuados en los tobillos del señor Li. Quiero saber qué significan.

—Vale.

Chu le dio el correo de su departamento. Bosch comprobó su cámara y le envió la foto más nítida, luego guardó el teléfono.

—Doctora Laksmi, ¿hay algo más que necesite saber?

—Creo que es todo, detective. Salvo una cosa que tal vez la familia quiera saber.

—¿Qué?

La doctora hizo un gesto hacia uno de los órganos que había colocado sobre la mesa de trabajo.

—Las balas solo aceleraron lo inevitable. El señor Li se estaba muriendo de cáncer.

Bosch se acercó y miró la bandeja. Laksmi había extraído del cuerpo los pulmones de la víctima para pesarlos y examinarlos. Los había abierto para extraer las balas y ambos lóbulos se veían de color gris oscuro por las células cancerosas.

—Era fumador —dijo Laksmi.

—Lo sé —dijo Bosch—. ¿Cuánto tiempo cree que le quedaba?

—Quizá un año. Tal vez algo más.

—¿Sabe si lo habían tratado?

—No lo parece. Desde luego, no hubo cirugía. Y no veo signos de quimioterapia ni radiación. Puede que no lo diagnosticaran en ese punto. Pero lo habría sabido muy pronto.

Bosch pensó en sus propios pulmones. Llevaba años sin fumar, pero decían que el daño se causa pronto. En ocasiones, por las mañanas, sentía los pulmones cargados y pesados. Años antes había tenido un caso por el cual había quedado expuesto a altos niveles de radiación. Había salido bien librado médicamente, pero siempre había pensado o deseado que la exposición hubiera terminado con cualquier cosa que creciera en su pecho.

Bosch sacó de nuevo el teléfono móvil y una vez más lo puso en función cámara.

–¿Qué está haciendo? –preguntó Laksmi.

–Quiero enviárselo a alguien.

Comprobó la foto y vio que era bastante clara. Entonces la envió por correo.

–¿A quién? Espero que no sea a la familia.

–No, a mi hija.

–¿A su hija? –Había un tono de indignación en la voz.

–Ha de saber lo que puede causar el tabaco.

–Muy bonito.

Laksmi no dijo nada más. Bosch apartó el teléfono y miró el reloj. Era un reloj con doble visualización que mostraba la hora de Los Ángeles y la de Hong Kong; un regalo de su hija después de demasiadas llamadas en plena noche por calcular mal el cambio horario. Eran poco más de las tres en Los Ángeles. Su hija le llevaba quince horas de ventaja y estaba durmiendo. Se levantaría para ir a la escuela al cabo de una hora y recibiría la foto entonces. Sabía que suscitaría una llamada de protesta, pero incluso una llamada así era mejor que nada.

Sonrió al pensar en ello y volvió a concentrarse en el trabajo. Estaba listo para seguir en marcha.

–Gracias, doctora –dijo–. Para que conste, me llevo las pruebas balísticas a criminalística.

–¿Ha firmado?

Laksmi señaló una tablilla con portapapeles que había sobre la mesa y Bosch vio que ella ya había rellenado el informe de cadena de pruebas. Harry firmó en el lugar correspondiente para atestiguar que tomaba posesión de las pruebas mencionadas. Se dirigió a la puerta de la sala de autopsias.

–Deme un par de días para el informe escrito –dijo Laksmi.

Se refería al informe formal de la autopsia.

–Concedido –dijo Bosch al tiempo que salía.

10

De camino a criminalística, Bosch llamó a Chu y preguntó por los tatuajes.

–Todavía no los he traducido –dijo Chu.

–¿Qué quiere decir, no los ha mirado?

–Sí, los he mirado, pero no puedo traducirlos. Estoy tratando de encontrar a alguien que pueda.

–Chu, le vi hablando con la señora Li. Usted la tradujo.

–Bosch, que hable chino no significa que pueda leerlo. Hay ocho mil caracteres como estos. Toda mi educación fue en inglés. Hablaba chino en casa, pero nunca lo leí.

–Muy bien, ¿hay alguien ahí que pueda traducirlo? Es la Unidad de Delitos Asiáticos, ¿no?

–Unidad de Bandas Asiáticas. Y, sí, hay gente aquí que puede hacerlo, pero no están aquí ahora mismo. En cuanto lo tenga, le llamaré.

–Genial. Llámeme.

Bosch colgó. Se sentía frustrado por el retraso. Un caso tenía que moverse como un tiburón. Detener el impulso podía resultar fatal. Miró el reloj para ver qué hora era en Hong Kong, aparcó junto al bordillo y envió la foto de los tatuajes del tobillo de Li a su hija por correo electrónico. Ella lo recibiría en su teléfono, justo después de ver las fotos de los pulmones que le había enviado.

Complacido consigo mismo, Bosch volvió a incorporarse al tráfico. Cada vez era más adepto a la comunicación digital gracias a su hija. Ella había insistido en que se comunicaran por medios modernos: correo electrónico, mensajes de texto, vídeo; su hija incluso había intentado sin éxito introducirlo en algo llamado Twitter. Bosch, por su parte, insistió en que se comunicaran también a la vieja usanza: conversación verbal. Se aseguró de que sus teléfonos contaran con plan de llamadas internacionales.

Volvió al EAP al cabo de unos minutos y fue derecho a la unidad de balística del cuarto piso. Llevó las cuatro bolsas de plástico a un técnico llamado Ross Malone. Su trabajo consistía en coger las balas y los casquillos y usarlos para intentar identificar la marca y el modelo del arma de fuego de la que procedían. Después, en el caso de que se recuperara una pistola, podría relacionar las balas con el arma por medio de pruebas balísticas y análisis.

Malone empezó con el casquillo usando unas pinzas para sacarlo del envoltorio y sosteniéndolo bajo una lupa de gran potencia con un borde iluminado. Lo estudió un buen rato antes de hablar.

—Cor Bon nueve milímetros —dijo—. Y probablemente está buscando una Glock.

Bosch confiaba en que le confirmara el tamaño de la bala e identificara la marca de esta, pero no que mencionara la marca del arma que había disparado la bala.

—¿Cómo lo sabe?

—Eche un vistazo.

Malone estaba sentado en un taburete, delante de una lupa fijada a la mesa de trabajo con un brazo ajustable. La movió lentamente para que Bosch pudiera ver por encima de su hombro la parte de atrás del casquillo. Bosch leyó las palabras «Cor Bon» estampadas en el exterior del casquillo. En el centro se apreciaba una depresión causada cuando el percutor de la pistola había golpeado la base y disparado la bala.

–¿Ve que la impresión es alargada, casi rectangular? –preguntó Malone.

–Sí, lo veo.

–Es una Glock. Solo las Glock dejan un rectángulo, porque el percutor es rectangular. Así que ha de buscar una Glock de nueve milímetros. Hay varios modelos posibles.

–Gracias, eso ayuda. ¿Algo más?

Malone recolocó la lupa y giró el casquillo de bala por debajo del cristal de aumento.

–Hay marcas claras de la uña extractora y el botador. Si me trae la pistola, creo que podré relacionarlas.

–En cuanto la encuentre. ¿Qué hay de las balas?

Malone volvió a poner el casquillo en la bolsa de plástico. Sacó uno por uno los proyectiles y los estudió bajo el cristal. Examinó cada uno de ellos rápidamente antes de dejarlos. A continuación volvió al segundo y echó otro vistazo. Negó con la cabeza.

No son muy útiles. No están en buen estado. El casquillo será nuestra mejor baza en la comparación. Como he dicho, tráigame el arma y la relacionaré.

Bosch se dio cuenta de que el último acto de John Li estaba creciendo en importancia. Se preguntó si el viejo podía haber sabido lo importante que podría resultar.

La contemplación silenciosa de Bosch incitó a Malone a hablar.

—¿Ha tocado este casquillo, Harry?

—No, pero la doctora Laksmi, de la oficina del forense, quitó la sangre con agua. Lo encontraron dentro de la víctima.

—¿Dentro? Eso es imposible. No hay manera de que un casquillo pueda…

—No me refiero a que le dispararan con él. Trató de tragárselo. Estaba en su garganta.

—Ah, eso es diferente.

—Sí.

—Y Laksmi llevaría guantes cuando lo encontró.

—Sí. ¿Qué pasa, Ross?

—Bueno, estaba pensando. Recibimos un aviso de dactiloscopia hace un mes. Decía que iban a empezar a usar un método supermoderno electronosecuantos para sacar huellas de casquillos de latón y estaban buscando casos de prueba. Para usarlo en juicios.

Bosch miró a Malone. En todos sus años de trabajo como detective nunca había oído hablar de que sacaran huellas dactilares de un casquillo disparado por un arma de fuego. Las huellas dactilares estaban formadas por aceites de la piel. Se quemaban en la fracción de segundo en que se producía la explosión en la recámara.

—Ross, ¿estás seguro de que hablamos de casquillos usados?

—Sí, es lo que decía. Teri Sopp es la técnica que se ocupa de ello. ¿Por qué no vas a verla?

—Iré si me devuelves el casquillo.

Al cabo de quince minutos, Bosch estaba con Teri Sopp en el laboratorio de huellas dactilares del Departamento de Investigaciones Científicas. Sopp era técnica superior y llevaba en el departamento casi tanto tiempo como Harry. Mantenían una buena relación, pero Bosch aún sentía que tenía que afinar la reunión y camelar a Sopp.

—Harry, ¿qué te cuentas? —Era la forma en que siempre saludaba a Bosch.

—Me cuento que me tocó un caso ayer y hoy hemos recuperado un casquillo de la pistola del asesino.

Bosch levantó la mano, mostrando la bolsa de pruebas con el casquillo dentro. Sopp la cogió, la levantó y entrecerró los ojos mientras lo examinaba a través del plástico.

—¿Disparado?

—Sí. Sé que es muy complicado, pero quizá haya una huella en él. No tengo mucho más en el caso ahora mismo.

—Vamos a ver. Normalmente, deberías esperar tu turno, pero teniendo en cuenta que llevamos cuatro jefes de policía de retraso…

—Por eso he acudido a ti, Teri.

Sopp se sentó en una mesa de examen y, como Malone, usó unas pinzas para sacar el casquillo de la bolsa de pruebas. Primero le echó vapor de cianocrilato y luego la sostuvo bajo una luz ultravioleta. Bosch estaba mirando por encima del hombro y tuvo la respuesta antes de que Sopp la expresara.

—Hay una mancha aquí. Parece que alguien la manejó después de que la dispararan. Pero nada más.

—Mierda.

Bosch suponía que la mancha la había dejado casi con toda seguridad Li cuando cogió el casquillo y se lo puso en la boca.

–Lo siento, Harry.

Bosch bajó los hombros. Sabía que era una posibilidad remota, o quizá ni eso, pero esperaba expresarle a Sopp lo mucho que había contado con conseguir una huella.

Sopp empezó a poner el casquillo de nuevo en el sobre.

–¿Balística ya lo ha mirado?

–Sí, vengo de allí.

Ella asintió. Bosch se dio cuenta de que estaba pensando en algo.

–Harry, háblame del caso. Dime los parámetros.

Bosch hizo un resumen del caso, pero omitió el detalle del sospechoso captado por el vídeo de vigilancia. Lo explicó como si la investigación fuera casi desesperada. Ni pruebas, ni sospechosos, ni otro motivo que el robo común. Nada de nada.

–Bueno, hay una cosa que podríamos hacer –dijo Sopp.

–¿Qué?

–A final de mes publicaremos un boletín sobre esto. Estamos trabajando en mejora electrostática. Este podría ser un buen primer caso para nosotros.

–¿Qué demonios es una mejora electrostática?

Sopp sonrió como el chico al que todavía le quedan caramelos cuando a ti ya se te han acabado.

–Es un proceso que se desarrolló en Inglaterra con la policía de Northamptonshire mediante el cual pueden obtenerse huellas dactilares de superficies de latón, como casquillos de bala, usando electricidad.

Bosch miró a su alrededor, vio un taburete vacío en una de las mesas de trabajo y lo arrastró. Se sentó.

–¿Cómo funciona?

–La cosa va así. Introducir balas en un revólver o en un cargador en el caso de una automática es un proceso preciso. Sostienes la bala entre los dedos y empujas. Aplicas presión. Parecería una situación perfecta para dejar huellas, ¿no?

–Bueno, hasta que se dispara el arma.

–Exactamente. Una huella dactilar es esencialmente un depósito de sudor que se forma entre las hendiduras de tus huellas dactilares. El problema es que, cuando disparas una pistola y se expulsa el casquillo, la huella normalmente desaparece en la explosión. Es raro que consigas una huella de un casquillo usado, a menos que pertenezca a la persona que lo recogió en el suelo después.

–Todo eso lo sé –manifestó Bosch–. Dime algo que no sepa.

–Vale, vale. Bueno, este proceso funciona mejor si la pistola no se dispara de inmediato. En otras palabras, para que el proceso tenga éxito, necesitas que la bala se haya cargado en la pistola pero luego se haya quedado allí durante al menos unos días. Cuantos más, mejor. Porque si está allí, el sudor que forma las huellas reacciona con el latón. ¿Lo entiendes?

–Quieres decir que hay una reacción química.

–Una reacción química microscópica. Tu sudor está formado por un montón de cosas distintas, pero sobre todo cloruro sódico, sal. Reacciona con el latón (lo corroe) y deja su huella. Pero no podemos verla.

–Y la electricidad te permite verla.

–Exactamente. Aplicamos una descarga de dos mil quinientos voltios al casquillo, lo pintamos con carbón y entonces lo vemos. Hasta ahora hemos hecho varios experimentos. Lo he visto funcionar. Lo inventó ese tipo llamado Bond en Inglaterra.

Bosch estaba cada vez más entusiasmado.

—Entonces, ¿por qué no lo hacemos?

Sopp separó los dedos en un gesto de calma.

—Uf, espera, Harry. No podemos hacerlo sin más.

—¿Por qué no? ¿A qué estás esperando, a una ceremonia con el jefe cortando la cinta?

—No, no es eso. Esta clase de prueba y procedimiento todavía no se ha introducido en los tribunales de California. Estamos trabajando con el fiscal del distrito en protocolos y nadie quiere salir con esto por primera vez en un caso que no esté cantado. Hemos de pensar en el futuro. La primera vez que usemos este proceso como prueba establecerá un precedente. Si no es el caso adecuado, la cagaremos y nos salpicará.

—Bueno, quizá este es el caso. ¿Quién decide eso?

—Primero va a ser decisión de Brenneman elegir el caso y luego lo llevará al fiscal.

Chuck Brenneman era el jefe de la División de Investigaciones Científicas. Bosch se dio cuenta de que el proceso de elegir el primer caso llevaría semanas o meses.

—Mira, has dicho que aquí habéis estado experimentando con eso, ¿sí?

—Sí, hemos de estar seguros de que sabemos exactamente lo que estamos haciendo.

—Bien, entonces experimenta con este casquillo. Veamos lo que encuentras.

—No podemos, Harry. Usamos balas de fogueo en un experimento controlado.

—Teri, lo necesito. Puede que no haya nada ahí, pero la huella del asesino podría estar en ese casquillo. Puedes descubrirlo.

Sopp pareció darse cuenta de que la había arrinconado alguien que no iba a ceder.

–Muy bien, escucha. La siguiente tanda de experimentos no está prevista hasta la semana que viene. No puedo prometerte nada, pero veré qué puedo hacer.

–Gracias, Teri.

Bosch cumplimentó el formulario de cadena de pruebas y salió del laboratorio. Estaba entusiasmado con la posibilidad de usar la nueva ciencia para posiblemente conseguir las huellas del asesino. Casi sentía que John Li había tenido conocimientos de potenciaciones electrostáticas desde el principio. La idea produjo una clase distinta de electricidad en la columna de Bosch.

Al salir del ascensor en la quinta planta miró el reloj y vio que era hora de llamar a su hija. Estaría caminando por Stubbs Road para ir a la Happy Valley Academy. Si no la localizaba, tendría que esperar a que terminara la escuela. Se paró en el pasillo, fuera de la sala de brigada, sacó el teléfono y pulsó el botón de marcado rápido. La llamada transpacífica tardó treinta segundos en establecerse.

–¡Papá! ¿Qué es esa foto de una persona muerta?

Bosch sonrió.

–Sí, hola. ¿Cómo sabes que está muerto?

–Mmm, a ver. Mi padre investiga asesinatos y me envía unos pies desnudos en una mesa de acero. ¿Y qué es la otra foto? ¿Los pulmones del tío? ¡Es asqueroso!

–Era fumador. Pensaba que deberías verlo.

Hubo un momento de silencio y entonces su hija habló con voz muy calmada. No había rastro de niña pequeña en la voz.

—Papá, yo no fumo.

—Sí, bueno, tu madre me dijo que olías a tabaco cuando volvías a casa después de estar con los amigos en el centro comercial.

—Sí, eso puede ser verdad, pero no es verdad que yo fume con ellos.

—Entonces, ¿con quién fumas?

—¡Papá, no! El hermano mayor de mi amiga se pasa a veces a vigilarla. Yo no fumo y tampoco He.

—¿He?

Madeline repitió el nombre, esta vez poniendo un marcado acento chino. Sonó como *Heiu*.

—Mi amiga se llama He. Significa 'río'.

—Entonces, ¿por qué no la llamas Río?

—Porque es china y la llamo con su nombre chino.

—Bueno, olvídate de los pulmones, Maddie. Si me dices que no fumas, te creo. Pero no te llamaba por eso. ¿Puedes leer los tatuajes de los tobillos?

—Sí, es asqueroso. Tengo los pies de un muerto en mi teléfono.

—Bueno, puedes borrarlo en cuanto me digas qué ponen los tatuajes. Sé que estudias esas cosas en el cole.

—No voy a borrarlos. Voy a enseñárselos a mis amigas. Pensarán que es guay.

—No, no lo hagas. Es parte de un caso en el que estoy trabajando y nadie más debería verlo. Te lo mandé porque pensaba que podrías darme una traducción rápida.

—¿Quieres decir que en todo el Departamento de Policía de Los Ángeles no hay ni una persona que te lo pueda decir? ¿Has de llamar a tu hija a Hong Kong para una cosa tan sencilla?

–En este momento es correcto. Uno hace lo qué tiene que hacer. ¿Sabes lo que significan esos símbolos o no?

–Sí, papá. Era fácil.

–Bueno, ¿qué significan?

–Es como un augurio. En el tobillo izquierdo están los símbolos *Fu* y *Cai*, que significan 'suerte' y 'dinero'. En el lado izquierdo están *Ai* y *Xi*, que es 'amor' y 'familia'.

Bosch pensó en ello. Le pareció que los símbolos representaban las cosas importantes para John Li. El hombre esperaba que esas cosas siempre caminaran con él.

Entonces pensó en el hecho de que los símbolos estaban colocados a ambos lados del tendón de Aquiles de Li. Quizá Li había colocado los tatuajes allí de manera intencionada, dándose cuenta de que las cosas que más quería también lo hacían vulnerable. Eran también su talón de Aquiles.

–Hola, ¿papá?

–Sí, estoy aquí, solo estaba pensando.

–Bueno, ¿ayuda? ¿He resuelto el caso?

Bosch sonrió, pero inmediatamente se dio cuenta de que ella no podía verlo.

–No del todo, pero ayuda.

–Bueno, me debes una.

Bosch asintió.

–Eres una chica muy lista, ¿verdad? ¿Qué edad tienes, trece camino de los veinte?

–Por favor, papá.

–Bueno, tu madre ha tenido que hacer algo bien.

–No mucho.

–Eh, esa no es forma de hablar de tu madre.

—Papá, tú no has de vivir con ella. Yo sí. Y no me hace gracia. Te lo dije cuando estuve en Los Ángeles.

—¿Aún sale con alguien?

—Sí, y yo soy cosa del pasado.

—No es así, Maddie. Es solo que ha pasado mucho tiempo para ella.

«Y mucho tiempo para mí también», pensó Bosch.

—Papá, no te pongas de su parte. Para ella solo estoy en medio todo el tiempo, pero cuando digo «pues me iré a vivir con papá» dice que ni hablar.

—Deberías estar con tu madre. Ella te ha educado. Mira, dentro de un mes iré a pasar una semana. Podemos hablar de todo esto entonces. Con tu madre.

—Claro. He de colgar. Estoy en el cole.

—Muy bien. Saluda de mi parte a He.

—Claro, papá. Pero no me mandes más fotos de pulmones, ¿vale?

—La próxima vez será un hígado. O tal vez un bazo. Los bazos quedan muy bien en las fotos.

—¡Papááá!

Bosch colgó el teléfono. Pensó en lo que se había dicho en la conversación. Tenía la sensación de que las semanas y los meses que pasaba sin ver a Maddie se estaban complicando. A medida que se iba haciendo más independiente y cada vez más brillante y comunicativa, la quería más y la echaba de menos todo el tiempo. Había venido a Los Ángeles en julio, haciendo el largo vuelo sola por primera vez. Apenas adolescente y ya viajaba por el mundo: era más lista que la edad que tenía. Él había pedido vacaciones y habían disfrutado de hacer cosas juntos explorando la ciudad. Había sido una temporada maravillosa para él y fue la primera vez que su hija había mencionado que quería vivir en Los Ángeles. Con él.

Bosch era lo bastante listo como para darse cuenta de que esos sentimientos los había expresado después de dos semanas de atención plena de un padre que empezaba cada día preguntando qué quería hacer. Era muy diferente del compromiso a tiempo completo de su madre, que la educaba día a día al tiempo que se ganaba la vida para los dos. Aun así, el día más duro de Bosch como padre a tiempo parcial fue el día en que se llevó a su hija al aeropuerto y la puso en el avión de vuelta a casa. Medio había esperado que echara a correr, pero solo continuó protestando hasta el momento de embarcar. Bosch se había sentido vacío por dentro.

Ahora faltaba un mes para sus siguientes vacaciones y viaje a Hong Kong y sabía que la espera hasta entonces sería larga y dura.

—Harry, ¿qué estás haciendo aquí?

Bosch se volvió. Su compañero, Ferras, estaba allí de pie. Había salido de la sala de brigada probablemente para ir al lavabo.

—Estaba hablando con mi hija. Quería un poco de intimidad.

—¿Está bien?

—Está bien. Te veo en la sala de brigada.

Bosch se dirigió a la puerta y volvió a guardarse el teléfono en el bolsillo.

11

Bosch llegó a casa a las ocho de la tarde con una bolsa de comida para llevar del In-N-Out de Cahuenga.

–Cielo, estoy en casa –dijo en voz alta mientras pugnaba con la llave, la bolsa y el maletín.

Sonrió para sus adentros y fue directamente a la cocina. Dejó el maletín sobre la encimera, cogió una botella de cerveza de la nevera y salió a la terraza. Por el camino encendió el reproductor de discos y dejó abierta la puerta corredera para que la música pudiera mezclarse en la terraza con el ruido de la 101 en el desfiladero.

La situación de la terraza ofrecía una vista al noreste que se extendía por Universal City, Burbank y hasta las montañas de San Gabriel. Harry se comió sus dos hamburguesas sosteniéndolas por encima de la bolsa abierta para que no gotearan en el suelo y observó el sol agonizante que cambiaba el color de las laderas de las montañas. Escuchó «Seven Steps to Heaven», del álbum *Dear Miles*, de Ron Carter. Carter era uno de los bajistas más importantes de las últimas cinco décadas. Había tocado con todo el mundo y Bosch en ocasiones se preguntaba por las historias que podría contar, por las sesiones en las que había participado y los músicos a los que conocía. Tanto en sus propias grabaciones como en las de los demás, el trabajo de Carter siempre destacaba. Harry creía que esto ocurría porque como bajista nunca podía ser un *sideman*. Siempre era el sostén. Siempre llevaba el ritmo, aunque fuera detrás de la trompeta de Miles Davis.

El tema que sonaba en ese momento tenía un ímpetu innegable. Como una persecución en coche. Le hizo pensar en su propia persecución y en los avances que había hecho durante el día. Estaba satisfecho con su propio ímpetu, pero no estaba a gusto al darse cuenta de que el caso había llegado a un punto en el que tenía que confiar en el trabajo de los demás. Tenía que esperar a que otros identificaran al matón de la tríada. Tenía que esperar a que otros decidieran si usaban el casquillo de bala como caso de prueba para su nueva tecnología de huellas dactilares. Tenía que esperar a que alguien llamara.

Se sentía más a gusto en un caso cuando él mismo impulsaba la acción, cuando dejaba las huellas para que los demás las siguieran. No era un *sideman*. Tenía que marcar el ritmo. Y en esa coyuntura, había llegado lo más lejos posible. Podía empezar a ir por los negocios chinos de South L. A. con la foto del hombre de la tríada. Pero sabía que sería un ejercicio fútil. La brecha cultural era muy grande. Nadie iba a identificar voluntariamente para la policía a un hombre de la tríada.

Sin embargo, estaba preparado para recorrer ese camino si no surgía nada pronto. Al menos, lo mantendría activo. El impulso era el impulso, tanto si lo encontrabas en la música, en la calle o en los latidos de tu propio corazón.

Cuando la luz empezó a desaparecer del cielo, Bosch buscó en un bolsillo y sacó el librito de fósforos que siempre había llevado. Lo abrió con el pulgar y estudió el aforismo. Desde la primera noche que lo había leído se lo había tomado en serio. Creía que era un hombre que había encontrado solaz en sí mismo. De vez en cuando, al menos.

El teléfono móvil sonó mientras mascaba el último bocado. Sacó el teléfono y miró la pantalla. La identificación estaba bloqueada, pero respondió de todos modos.

—Bosch.

—Harry, David Chu. Parece que está comiendo. ¿Dónde está?

Su voz sonaba tensa por la emoción.

—Estoy en casa. ¿Dónde está?

—En Monterey Park. Lo tenemos.

Bosch hizo una pausa. Monterey Park era una ciudad del este del condado donde casi tres cuartas partes de la población era china. A quince minutos del centro, era como un país extranjero con un lenguaje y una cultura impenetrables.

—¿A quién tiene? —preguntó al fin.

—A nuestro hombre. Al sospechoso.

—¿Quiere decir que lo ha identificado?

—Hemos hecho más que identificarlo. Lo tenemos. Lo estamos viendo ahora mismo.

Había varias cosas en lo que estaba diciendo Chu que inmediatamente molestaron a Bosch.

—Para empezar, ¿con quién está?

—Estoy con el Departamento de Policía de Monterey Park. Han identificado a nuestro hombre del vídeo y me han llamado.

Bosch sintió el pulso en la sien. Sin duda, conseguir la identificación del matón de la tríada —si era correcta– era un gran paso en la investigación. En cambio, todo lo demás que estaba oyendo no lo era. Meter a otro Departamento de Policía en el caso y acercarse al sospechoso constituían errores potencialmente fatales y no deberían haberse contemplado sin el conocimiento y aprobación del jefe de la investigación. Aun así, Bosch sabía que no podía saltarle encima a Chu. Todavía no. Tenía que mantener la calma y hacer lo posible para contener una situación mala.

–Detective Chu, escúcheme atentamente. ¿Ha establecido contacto con el sospechoso?

–¿Contacto? No, todavía no. Estábamos esperando el momento adecuado. Ahora mismo no está solo.

«Gracias a Dios», pensó Bosch, aunque no lo dijo.

–¿El sospechoso le ha visto?

–No, Harry, está al otro lado de la calle.

Bosch dejó escapar un poco más de aire. Estaba empezando a pensar que podría salvarse la situación.

–Vale, quiero que se quede donde está y me diga qué movimientos ha hecho y dónde está exactamente. ¿Cómo ha ido a Monterey Park?

–La UBA tiene una fuerte relación con el grupo de bandas de Monterey Park. Esta noche, al salir de trabajar, he llevado la foto de nuestro tipo para ver si alguien lo reconocía. Conseguí una identificación positiva del tercer tipo al que se la mostré.

–¿El tercero? ¿Quién era?

–El detective Tao. Estoy con él y su compañero ahora mismo.

–Bueno, dígame el nombre que tiene.

–Bo-jing Chang. –Deletreó el nombre.

–¿El apellido es Chang? –preguntó Bosch.

—Exacto. Y según la información, está en Yung Kim, Cuchillo Valeroso. Encaja con el tatuaje.

—Bien, ¿qué más?

—Nada más por el momento. Se supone que es un tipo de nivel bajo. Todos estos tipos tienen trabajo de verdad. Trabaja en un concesionario de coches usados aquí en Monterey Park. Lleva aquí desde el noventa y cinco y tiene doble nacionalidad. No tiene historial, al menos aquí.

—Y tiene un veinte sobre él ahora mismo.

—Estoy vigilando cómo juega a las cartas. Cuchillo Valeroso se centra sobre todo en Monterey Park. Y hay un club aquí en el que les gusta reunirse al final del día. Tao y Herrera me han llevado.

Bosch supuso que Herrera era el compañero de Tao.

—¿Dice que está al otro lado de la calle?

—Sí, el club está en un pequeño centro comercial. Estamos al otro lado de la calle. Los vemos jugando a las cartas. Vemos a Chang con los prismáticos.

—Vale, escuche, voy para allá. Quiero que retrocedan hasta que llegue allí. Aléjense al menos otra manzana.

Hubo una larga pausa antes de que Chu respondiera.

—No necesitamos retroceder, Harry. Si le perdemos la pista, podría largarse.

—Escuche, detective, necesito que retroceda. Si se escapa será culpa mía, no suya. No quiero arriesgarme a que detecte presencia policial.

—Estamos al otro lado de la calle —protestó Lane—. A cuatro carriles.

—Chu, no me está escuchando. Si pueden verlo, entonces él puede verlos. Aléjense. Quiero que se alejen al menos una manzana y que me esperen. Estaré allí en menos de media hora.

—Esto va a ser embarazoso —dijo Chu casi en un susurro.

—No me importa. Si lo hubiera manejado bien, me habría llamado en el momento en que identificó al tipo. En cambio, está allí haciendo de vaquero con mi caso y yo voy a pararlo antes de que la cague.

—Se equivoca, Harry. Lo llamé.

—Sí, bueno, se lo agradezco. Ahora retroceda. Llamaré cuando esté cerca. ¿Cuál es el nombre del local?

Después de una pausa, Chu respondió con voz enfurruñada.

—Se llama Club 88. Está en Garvey, a cuatro manzanas al oeste de Garfield. Coja la 10 hasta…

—Sé cómo llegar. Ahora salgo.

Cerró el teléfono para no dar pie a ninguna discusión o debate posterior. Chu estaba avisado. Si no retrocedía o controlaba a los dos agentes de Monterey Park, estaría en manos de Bosch en un proceso de investigación interna.

12

Harry salió al cabo de dos minutos. Bajó por las colinas y tomó la 101 por Hollywood hasta el centro. Tomó la 10 y se dirigió al este. Monterey Park estaba a otros diez minutos con tráfico ligero. Por el camino, Bosch llamó a Ignacio Ferras a casa, le informó de lo que estaba ocurriendo y le ofreció la oportunidad de reunirse con él en Monterey Park. Ferras declinó el ofrecimiento, argumentando que sería mejor que estuviera fresco por la mañana. Además, estaba hasta el cuello con los análisis criminalísticos y los aspectos económicos del caso, tratando de determinar hasta qué punto le iba mal el negocio a John Li y lo implicado que podía estar con la tríada.

Bosch estuvo de acuerdo y cerró el teléfono. Ya esperaba esa respuesta de Ferras. Su temor a las calles se estaba volviendo cada vez más evidente y Bosch se estaba cansando de darle tiempo. Sin embargo, Ferras parecía desvivirse por encontrar trabajo que pudiera hacerse en la sala de brigada. El papeleo, las comprobaciones informáticas y los historiales económicos se habían convertido en su especialidad. A veces, Bosch tenía que reclutar a otros detectives para que salieran del edificio con él, incluso para asignaciones sencillas como interrogar a testigos. Bosch había hecho lo posible por darle a Ferras tiempo para recuperarse, pero la

situación había alcanzado un punto en el que tenía
que pensar en las víctimas que no estaban obteniendo
la atención que merecían. Era difícil llevar a cabo una
investigación implacable cuando tu compañero estaba
pegado a la silla.

Garfield era una avenida principal norte-sur que
ofrecía una panorámica completa del distrito comercial de la ciudad al dirigirse al sur. Monterey Park podía pasar fácilmente por un barrio de Hong Kong. El
neón, los colores, las tiendas y el idioma de los carteles estaban pensados para una población de habla china. Lo único que faltaba eran los rascacielos. Hong
Kong era una ciudad vertical. Monterey Park no.

Dobló a la izquierda en Garvey y sacó el teléfono
para llamar a Chu.

—Vale, estoy en Garvey. ¿Dónde está?

—Siga y verá un supermercado grande en el lado
sur. Estamos en el aparcamiento. Pasará el club en el
lado norte antes de llegar ahí.

—Entendido.

Cerró el teléfono y siguió conduciendo, buscando
con la mirada el neón del lado izquierdo. Enseguida
vio el 88 brillante encima de la puerta de un pequeño
club sin más denominación. Al ver el número en lugar de oírlo en voz de Chu se dio cuenta de algo. No
era la dirección del local, sino una bendición. Bosch
sabía por su hija y por sus numerosas visitas a Hong
Kong que el 8 era el número de la suerte en la cultura
china. El numeral simbolizaba el infinito, el infinito
en suerte, amor, dinero o lo que quisieras en la vida.
Aparentemente, los miembros de Cuchillo Valeroso
estaban deseando un doble infinito al poner el 88 en
la puerta.

Al pasar por al lado vio luz detrás de la ventana delantera. Las persianas estaban ligeramente abiertas y Bosch contó una decena de hombres sentados o de pie en torno a una mesa. Continuó y tres manzanas después metió el coche en el aparcamiento del supermercado Big Lau. Vio un Crown Victoria en un extremo del parking. Parecía demasiado nuevo para ser del Departamento de Policía de Los Ángeles y supuso que Chu iba con el Departamento de Policía de Monterey Park. Se colocó en el espacio de al lado.

Todo el mundo bajó las ventanas y Chu hizo las presentaciones desde el asiento de atrás. Herrera se hallaba al volante y Tao iba al lado. Ninguno de los agentes de Monterey Park llegaba a los treinta años, pero era de esperar. Los pequeños departamentos de policía de las ciudades que rodeaban Los Ángeles funcionaban como semilleros del Departamento de Policía de Los Ángeles. Los policías empezaban jóvenes, conseguían unos años de experiencia y luego se presentaban al Departamento de Policía de Los Ángeles o al Departamento del Condado del Sheriff, donde llevar placa se veía como más atractivo y divertido, y la experiencia adicional les daba cierta ventaja.

–¿Usted identificó a Chang? –preguntó Bosch a Tao.

–Exacto –dijo Tao–. Lo detuve en un IC hace seis meses. Cuando Davy vino con la foto, lo recordé.

–¿Cuándo fue eso?

Mientras Tao hablaba, su compañero mantenía la mirada en el Club 88, calle abajo. Ocasionalmente, levantaba unos prismáticos para ver más de cerca a la gente que iba y venía.

–Me lo encontré en la zona de almacenes, al final de Garvey. Era tarde y conducía una furgoneta. Parecía perdido. Nos dejó mirar y la furgoneta estaba vacía, pero supuse que iba a hacer una recogida. Por allí pasan muchos artículos falsos. Es fácil perderse porque hay muchos almacenes y todos parecen iguales. La cuestión es que la furgoneta no era suya. Estaba registrada a nombre de Vincent Tsing. Vive en South Pasadena, pero lo conocemos bien como miembro de Cuchillo Valeroso. Es una cara conocida. Tiene un concesionario de coches usados aquí en Monterey Park y Chang trabaja para él.

Bosch comprendió el procedimiento. Tao había parado la furgoneta, pero, sin causa probable para registrar o detener a Chang, dependía de la buena voluntad de Chang. Cumplimentaron un interrogatorio de campo con la información proporcionada y miró en la parte de atrás de la furgoneta tras recibir permiso.

—Y qué, ¿dijo voluntariamente que era de la tríada de Cuchillo Valeroso?

—No —respondió Tao con indignación—. Nos fijamos en el tatuaje y en la propiedad del vehículo. Sumamos dos y dos, detective.

—Está bien. ¿Tenía carné de conducir?

—Sí. Pero ya hemos verificado la dirección esta noche. No es correcta. Se mudó.

Bosch volvió a mirar a Chu en el asiento trasero. Eso significaba que, si la dirección del carné de conducir de Chang hubiera sido correcta, probablemente ya se habrían enfrentado con el sospechoso sin Bosch.

Chu rehuyó la mirada de Bosch, que se calmó y trató de no perder la compostura. Si estallaba con ellos, perdería toda cooperación y el caso se resentiría. No era eso lo que quería.

–¿Tiene aquí la tarjeta de acoso? –le preguntó a Tao.

Tao le pasó por la ventanilla una tarjeta de 3×5. Harry encendió la luz del techo y leyó la información escrita a mano en la tarjeta. Como los interrogatorios de campo habían sido cuestionados repetidamente a lo largo de los años por parte de los grupos de derechos civiles como acosos injustificados, todo el mundo se refería a los formularios de información rellenados por los agentes como «tarjetas de acoso».

Bosch estudió la información sobre Bo-Jing Chang. La mayoría de los datos ya se los habían comunicado, pero Tao había llevado a cabo un interrogatorio de campo muy concienzudo. Había un número de teléfono móvil escrito en la tarjeta. Era un momento decisivo.

–¿Este número es bueno?

–No lo sé, estos tipos tiran los teléfonos todo el tiempo. Pero era bueno entonces. Llamé allí mismo para asegurarme de que no me estaba tomando el pelo. Así que lo único que puedo decir es que era bueno entonces.

–Vale, hemos de confirmarlo.

–¿No irá a llamarlo y preguntarle qué tal está?

–No, lo hará usted. Bloquee su identificación y llame al número dentro de cinco minutos. Si responde, dígale que se ha equivocado de número. Présteme los prismáticos y, Davy, usted viene conmigo.

–Espere un momento –dijo Tao–. ¿Qué estamos haciendo con los teléfonos?

–Si el número aún es bueno, podemos pedir una escucha. Déjeme esos prismáticos. Llame mientras yo miro y lo confirmaremos, ¿entendido?

–Claro.

Bosch le devolvió la tarjeta a Tao y cogió los prismáticos. Chu bajó del coche y entró en el vehículo de Bosch.

Bosch salió a Garvey y se dirigió al Club 88. Examinó los aparcamientos buscando un lugar para acercarse.

–¿Dónde había aparcado antes?

–Arriba a la izquierda.

Señaló a un aparcamiento y Bosch se metió, dio la vuelta y apagó las luces tras aparcar en un espacio que estaba enfrente del Club 88, al otro lado de la calle.

–Coja los prismáticos y mire si coge el teléfono –le dijo a Chu.

Mientras Chu se concentraba en Chang, Bosch estudió la vista completa del club, buscando a alguien que pudiera estar mirando por la ventana en su dirección.

–¿Cuál es Chang? –preguntó.

–Está a la izquierda, al lado del tipo con el sombrero.

Bosch lo localizó, aunque estaba demasiado lejos para confirmar que Chang era el hombre del vídeo de Fortune Liquors.

–¿Cree que es él o se fía de la identificación de Tao?

–No, es una buena identificación –dijo Chu–. Es él.

Bosch miró su reloj. Herrera debería haber hecho la llamada. Se estaba impacientando.

–¿Qué estamos haciendo de todos modos? –preguntó Chu.

–Estamos construyendo un caso, detective. Confirmamos el número, luego conseguimos una orden de escucha. Empezamos a escucharlo y descubrimos cosas. Con quién habla, qué pretende. Quizá lo oímos hablando de Li. Quizá no y lo asustamos y vemos a quién llama. Empezamos a rodearlo. La cuestión es que nos tomamos tiempo para hacerlo bien. No vamos a caballo disparando por la ciudad.

Chu no respondió. Mantuvo los prismáticos pegados a los ojos.

—Dígame una cosa —dijo Bosch—. ¿Se fía de esos dos tipos, Tao y Herrera?

Chu no vaciló.

—Me fío de ellos. ¿Usted no?

—No los conozco, o sea que no me fío de ellos. Lo único que sé es que ha cogido mi caso y mi sospechoso y ha mostrado todo en ese Departamento de Policía.

—Mire, estaba tratando de avanzar en el caso y lo he hecho. Tenemos la identificación.

—Sí, tenemos la identificación y ojalá nuestro sospechoso no se entere.

Chu bajó los prismáticos y miró a Bosch.

—Creo que está cabreado porque no lo ha hecho usted.

—No, Chu, no me importa quién logre la identificación siempre que la maneje bien. Mostrar mis cartas a personas que no conozco no es mi idea de un buen control del caso.

—¿No se fía de nadie?

—Mire al club —respondió Bosch de manera severa.

Chu obedeció y volvió a subirse los prismáticos.

—Confío en mí —dijo Bosch.

—Me pregunto si tiene que ver con Tao y conmigo. Si se trata de eso.

Bosch se volvió hacia él.

–No empiece con esa mierda otra vez, Chu. Me da igual lo que se pregunte. Puede volver a la UBA y alejarse de mi caso. No le habría llamado si no…

–Chang acaba de responder.

Bosch miró al club. Creyó ver al hombre que Chu había identificado como Chang con un teléfono pegado a la oreja. Enseguida bajó el brazo.

–Ha colgado –dijo Chu–. El número es bueno.

Bosch arrancó y empezó a dirigirse al supermercado.

–Todavía no sé porque estamos haciendo el tonto con un número –dijo Chu–. ¿Por qué no lo detenemos? Lo tenemos en cinta. El mismo día, a la misma hora. La usamos para que confiese.

–¿Y si no confiesa? No nos queda nada. La fiscalía se reirá y nos mandará a casa si vamos solo con esa cinta. Necesitamos más. Es lo que estoy tratando de enseñarle.

–No necesito un maestro, Bosch. Y sigo creyendo que podemos vencerlo.

–Sí, váyase a casa y mire un poco más la tele. ¿Por qué demonios iba a decirnos una sola palabra? A estos tipos les enseñan desde el primer día que si los detienen no dicen nada. Si te condenan, te condenan y cuidamos de ti.

–Dijo que no había trabajado nunca en un caso de la tríada.

–No, pero algunas cosas son universales y esta es una de ellas. Hay una oportunidad con estos casos. Hay que hacerlo bien.

–Vale, entonces, lo hacemos a su manera. ¿Ahora qué?

–Volvemos al aparcamiento y dejamos a sus amigos. Nosotros nos ocupamos a partir de aquí. El caso es nuestro, no suyo.

—No les va a gustar.

—No me importa si les gusta o no. Va a ser así. Se busca una manera bonita de deshacerse de ellos. Dígales que volveremos a llamarlos cuando estemos listos para actuar sobre el tipo.

—¿Yo?

—Sí, usted. Usted los ha invitado, usted los echa.

—Gracias, Bosch.

—De nada, Chu. Bienvenido a Homicidios.

13

Bosch, Ferras y Chu estaban sentados a un lado de la mesa de reuniones, enfrente del teniente Gandle y del capitán Bob Dodds, jefe de Robos y Homicidios. Había documentos y fotografías del caso, empezando por la imagen de Bo-Jing Chang de la cámara de seguridad de Fortune Liquors, esparcidos sobre la mesa pulida.

–No estoy convencido –dijo Dodds.

Era jueves por la mañana, seis horas después de que Bosch y Chu dieran por terminada su vigilancia de Chang después de que el sospechoso llegara a un apartamento en Monterey Park y aparentemente se quedara allí.

–Bueno, capitán, aún no tiene que estar convencido –se explicó Bosch–. Por eso queremos continuar con la vigilancia y conseguir la escucha.

–Lo que quiero decir es que no estoy convencido de que sea la forma de actuar –dijo Dodds–. La vigilancia está bien. Pero una escucha supone mucho trabajo y esfuerzo y es poco probable que se consigan buenos resultados.

Bosch lo comprendió. Dodds poseía una excelente reputación como detective, pero en ese momento era administrador y estaba tan alejado del trabajo de los detectives como un ejecutivo de Houston de un pozo de petróleo. Trabajaba con cifras de personal y presupuestos. Tenía que encontrar la forma de hacer más con menos y no permitir nunca un bajón en las estadísticas de detenciones realizadas y casos cerrados. Eso lo convertía en una persona realista y la realidad era que la vigilancia electrónica costaba muy cara. No solo se requerían muchas horas para preparar un escrupuloso afidávit de más de cincuenta páginas para conseguir el permiso del juez, sino que, una vez obtenido este, había que dotar de personal una sala de escucha que debía estar controlada por un detective las veinticuatro horas del día. Con frecuencia, pinchar un número hacía que fuera necesario pinchar otros y, por imperativo legal, cada línea tenía que contar con su propio encargado. Una operación así chupaba horas extra como una esponja gigante. Con el presupuesto de horas extra de Robos y Homicidios drásticamente reducido por los recortes económicos en el departamento, Dodds se mostraba reacio a abrir el grifo para la investigación del asesinato del dueño de una tienda de licores de la zona sur. Prefería guardar los recursos para un caso importante con plena atención de los medios.

Dodds, por supuesto, no diría nada de esto en voz alta, pero Bosch, igual que el resto de los presentes en la sala, sabía que esa era la cuestión con la que batallaba el capitán. Era eso lo que no le convencía. No tenía nada que ver con las particularidades del caso.

Bosch hizo un último intento para persuadirlo.

—Esto es la punta del iceberg, capitán —dijo—. No solo estamos hablando de un tiroteo en una tienda de licores; es solo el principio. Podemos acabar con toda una tríada antes de que esto termine.

–¿Antes de que esto termine? Me retiro dentro de diecinueve meses, Bosch. Esta clase de cosas pueden prolongarse eternamente.

Bosch se encogió de hombros.

–Podemos llamar al FBI, conseguir socios. Ellos siempre están a punto para un caso internacional y tienen dinero para escuchas y vigilancia.

–Pero tendríamos que compartirlo todo –dijo Gandle, refiriéndose al botín de la detención: titulares, conferencias de prensa, todo.

–No me gusta la idea –dijo Dodds al tiempo que levantaba la foto de Bo-Jing Chang.

Bosch jugó su última carta.

–¿Y si lo hacemos sin horas extra? –preguntó.

El capitán sostenía un bolígrafo en la mano. Probablemente le recordó su autoridad. Era él quien firmaba, era él quien decidía. Jugueteó con el bolígrafo mientras consideraba la inesperada pregunta de Bosch, pero enseguida negó con la cabeza.

–Sabe que no puedo pedirle eso –dijo–. Ni siquiera puedo saberlo.

Era cierto. El departamento había sido demandado en tantas ocasiones por condiciones laborales injustas que ningún administrador daría nunca ni siquiera una aprobación tácita a que los detectives trabajaran fuera de horario.

La frustración de Bosch con los presupuestos y la burocracia finalmente pudo con él.

–Entonces, ¿qué hacemos? Detenemos a Chang. Todos sabemos que no va a decirnos ni una palabra y que el caso morirá ahí mismo.

El capitán jugó con el boli.

—Bosch, ya sabe cuál es la alternativa. Trabaja el caso hasta que surja algo. Trabaja con los testigos. Trabaja con las pruebas. Siempre hay un vínculo. Pasé quince años haciendo lo que usted hace ahora y siempre hay algo. Encuéntrelo. Una escucha es una probabilidad remota y lo sabe. El trabajo de campo es siempre lo mejor. Y bien, ¿hay algo más?

Harry sentía que se ponía colorado. El capitán lo estaba echando. Lo que le escocía era que, en el fondo, Bosch sabía que Dodds tenía razón.

—Gracias, capitán —dijo de manera cortante y se levantó.

Los detectives dejaron al capitán y al teniente en la sala de conferencias y se reunieron en el cubículo de Bosch. Bosch lanzó un boli en su escritorio.

—Ese tío es un capullo —dijo Chu.

—No —dijo Bosch con rapidez—. Tiene razón y por eso es el capitán.

—Entonces, ¿qué hacemos?

—Nos quedamos con Chang. No me importan las horas extra, y lo que el capitán no sabe no le hará daño. Vigilamos a Chang y esperamos a que cometa un error. No me importa lo que tarde. Puedo convertirlo en un *hobby* si es preciso.

Bosch miró a los otros dos, esperando que se negaran a participar en una vigilancia que superaría los límites de la jornada de ocho horas.

Para su sorpresa, Chu asintió.

—Ya he hablado con mi teniente. Estoy libre para trabajar en este caso. Puedo hacerlo.

Bosch asintió y al principio consideró que se había equivocado al sospechar de Chu. Su siguiente idea, no obstante, fue que la sospecha era válida y que el compromiso de Chu por mantenerse en el caso no era más que una forma de permanecer cerca de la investigación y controlar a Bosch.

Harry se volvió hacia su compañero.

–¿Y tú?

Ferras asintió con reticencia e hizo un gesto hacia la sala de conferencias, al otro lado de la sala de brigada. A través de la pared de cristal, vieron que Dodds continuaba hablando con Gandle.

–Ellos saben lo que estamos haciendo –dijo–. No van a pagarnos y nos dejan que decidamos si lo hacemos o pasamos. No es justo.

–¿Y? –dijo Bosch–. La vida no es justa. ¿Estás o no?

–Estoy, pero dentro de un límite. Tengo familia, tío. No voy a pasarme la noche de vigilancia. No puedo hacerlo, y menos por nada.

–Vale, muy bien –dijo Bosch, aunque su tono expresaba su desacuerdo con Ferras–. Haz lo que puedas. Te ocupas del trabajo interior y Chu y yo nos quedamos con Chang.

Al notar el tono de Bosch, Ferras reveló una suave protesta en su propio tono.

–Mira, Harry, no sabes lo que es. Tres hijos… Intenta explicarlo en casa. Que vas a sentarte en un coche toda la noche vigilando a algún tipo de la tríada y tu nómina va a ser la misma, te pases las horas que te pases.

Bosch levantó las manos como para decir «basta».

–Tienes razón. No he de explicarlo. Solo he de hacerlo. Ese es el trabajo.

14

Bosch vigilaba a Chang desde el asiento del conductor de su propio coche mientras este se ocupaba de tareas menores en Tsing Motors. El concesionario de Monterey Park había sido una gasolinera estilo años cincuenta con dos plazas de garaje y una oficina adjunta. Bosch había aparcado a media manzana, en la concurrida Garvey Avenue, y no corría riesgo de que lo detectaran. Chu estaba en su coche particular, a media manzana del aparcamiento en sentido contrario. Usar el coche particular para la vigilancia constituía una infracción de la política departamental, pero Bosch había llamado al garaje de la policía y no había vehículos sin identificar disponibles. Las opciones eran usar su coche de detective –lo cual les habría proporcionado el mismo camuflaje que un coche pintado de blanco y negro– o romper las normas. A Bosch no le importaba romper las normas porque tenía un cargador de seis discos en su coche. Ese día llevaba música de su último hallazgo. Tomasz Stańkosu era un trompetista polaco que sonaba como el fantasma de Miles Davis. Su instrumento era intenso y emotivo. Era buena música de vigilancia. Mantenía a Bosch alerta.

Durante las casi tres horas que llevaban vigilando al sospechoso, este se había ocupado de sus quehaceres cotidianos en el concesionario. Había lavado coches, abrillantado llantas para que parecieran nuevas, incluso había llevado al único potencial cliente a probar un Mustang de 1989. Y durante la última media hora había estado moviendo sistemáticamente las tres docenas de coches del aparcamiento para que pareciera que iban cambiando los vehículos disponibles, que había actividad comercial y que el negocio funcionaba.

A las cuatro de la tarde sonó *Soul of Things* en el reproductor de discos y Bosch no pudo evitar pensar que incluso Miles daría su reconocimiento a Stańko, aunque fuera a regañadientes. Harry estaba siguiendo el ritmo con los dedos en el volante cuando vio que Chang se dirigía a una pequeña oficina y se cambiaba de camisa. Cuando salió había terminado la jornada. Entró en el Mustang y se marchó solo.

El teléfono de Bosch sonó inmediatamente. Era una llamada de Chu. Harry apagó la música.

–¿Lo tiene? –preguntó Chu–. Se está moviendo.

–Sí, ya veo.

–Va hacia la 10. ¿Cree que ha terminado la jornada?

–Se ha cambiado de camisa. Creo que ha terminado. Yo iré delante. Prepárese.

Bosch lo siguió a cinco coches de distancia y se acercó cuando Chang tomó la 10 en dirección oeste, hacia el centro. No iba a casa. Bosch y Chu lo habían seguido la noche anterior a un apartamento en Monterey Park –también propiedad de Vincent Tsing– y habían vigilado la casa durante una hora después de que se apagaran las luces y se convencieran de que no iba a volver a salir esa noche.

Ahora se estaba dirigiendo a Los Ángeles y el instinto de Bosch le decía que iba a llevar a cabo negocios de la tríada. Aceleró y adelantó al Mustang, con el móvil pegado a la oreja para que Chang no pudiera verle la cara. Llamó a Chu y le dijo que iba delante.

Bosch y Chu continuaron intercambiando posiciones mientras Chang tomaba la autovía 101 en sentido norte y atravesaba Hollywood para dirigirse al valle. El atasco de la hora punta facilitaba el seguimiento del sospechoso. Chang tardó casi una hora en llegar a Sherman Oaks, donde finalmente salió por la rampa de Sepulveda Boulevard. Bosch llamó a Chu.

—Creo que está yendo a la otra tienda —le dijo a su compañero de vigilancia.

—Creo que tiene razón. ¿Deberíamos llamar a Robert Li y avisarlo?

Bosch se lo pensó. Era una buena pregunta. Tenía que decidir si Robert Li corría peligro. En ese caso, debería avisarlo. En cambio, si no estaba en peligro, una advertencia podía estropear toda la operación.

—No, todavía no. Veamos qué ocurre. Si Chang va a la tienda, entramos con él. Intervenimos si las cosas van mal.

—¿Está seguro, Harry?

—No, pero es lo que haremos. No se quede en el semáforo.

Mantuvieron la conexión. El semáforo que había al final de la rampa acababa de ponerse en verde. Bosch iba cuatro coches detrás de Chang, pero Chu estaba al menos a ocho.

El tráfico se movía despacio y Bosch continuó y miró el semáforo. Se puso ámbar justo cuando él llegaba al cruce. Logró pasar, pero Chu no.

–Vale, lo tengo –dijo al teléfono–. No hay problema.

–Bueno. Llegaré en tres minutos.

Bosch cerró el teléfono. En ese momento, oyó una sirena justo detrás y vio luces azules que destellaban en el retrovisor.

–¡Mierda!

Miró adelante y vio que Chang avanzaba hacia el sur por Sepulveda. Estaba a cuatro manzanas de Fortune Fine Foods & Liquor. Bosch se detuvo rápidamente y echó el freno. Abrió la puerta y salió. Llevaba la placa en la mano al acercarse al agente en motocicleta que lo había hecho parar.

–¡Estoy en vigilancia! ¡No puedo parar!

–Hablar por el móvil es ilegal.

–Entonces apúntelo y mándeselo al jefe. No voy a estropear una vigilancia por eso.

Se dio la vuelta y volvió a su coche. Se incorporó de nuevo al tráfico y miró adelante buscando el Mustang de Chang. No estaba. El siguiente semáforo se puso rojo y volvió a detenerse. Dio un manotazo al volante y empezó a preguntarse si debía llamar a Robert Li.

Sonó el teléfono. Era Chu.

–Estoy girando. ¿Dónde está?

–Solo una manzana por delante. Me ha parado un poli de tráfico por hablar por el móvil.

–¡Genial! ¿Dónde está Chang?

–Delante. Ahora me estoy moviendo.

El tráfico avanzaba con lentitud en el cruce. Bosch no se alarmó porque la calle estaba tan bloqueada de vehículos que sabía que Chang no podía estar mucho más adelante. Se quedó en su carril, sabiendo que podría atraer la atención de Chang en los espejos si empezaba a cambiar de carril.

Al cabo de otros dos minutos llegó al cruce de Sepulveda y Ventura Boulevard. Divisó las luces de Fortune Fine Foods & Liquor a una manzana, en el siguiente cruce de Sepulveda. No vio en ninguna parte el Mustang de Chang. Llamó a Chu.

—Estoy en el semáforo de Ventura y no lo veo. Puede que ya esté allí.

—Estoy a un semáforo de distancia. ¿Qué hacemos?

—Voy a aparcar y entrar. Quédese fuera y busque su coche. Llámeme cuando lo vea a él o al coche.

—¿Va a ir directo a Li?

—Ya veremos.

En cuanto el semáforo se puso verde, Bosch pisó el acelerador y estuvo a punto de atropellar a un peatón que cruzaba en rojo. Circuló despacio en la siguiente travesía y giró a la derecha en el aparcamiento de la tienda. No vio el coche de Chang ni ningún sitio libre, salvo el señalizado para minusválidos. Bosch cruzó el aparcamiento hasta el callejón y dejó el coche al lado de un cubo de basura que tenía un adhesivo de «PROHIBIDO APARCAR». Bajó del coche y trotó por el aparcamiento hasta la puerta de la tienda.

Justo cuando estaba cruzando la puerta automática que decía «ENTRADA» vio a Chang cruzando la puerta que indicaba «SALIDA». Bosch levantó la mano y se la pasó por el cabello, tapándose la cara con el brazo. Continuó caminando y sacó el teléfono del bolsillo.

Pasó entre las dos cajas, donde había dos mujeres, diferentes de las del día anterior, esperando clientes.

—¿Dónde está el señor Li? —preguntó Bosch sin detenerse.

—En la parte de atrás –dijo una mujer.

—En su oficina –dijo la otra.

Bosch llamó a Chu mientras caminaba rápidamente por el pasillo central hasta la parte de atrás de la tienda.

—Acaba de salir. Quédese con él. Yo hablaré con Li.

—Entendido.

Bosch colgó y se guardó el teléfono en el bolsillo. Siguió la misma ruta que el día anterior hasta la oficina de Li. Cuando llegó, la puerta de la oficina estaba cerrada. Sintió que le quemaba la adrenalina al poner la mano en el pomo.

Bosch abrió la puerta sin llamar y encontró a Li y a otro hombre asiático sentados ante dos escritorios. Mantenían una conversación que se detuvo abruptamente. Li se levantó de un salto y Bosch vio de inmediato que estaba ileso.

—¡Detective! –exclamó Li–. ¡Estaba a punto de llamarlo! ¡Ha estado aquí! ¡El hombre que me mostró ha estado aquí!

—Lo sé. Lo estaba siguiendo. ¿Está bien?

—Asustado, pero nada más.

—¿Qué ha ocurrido?

Li vaciló un momento para buscar las palabras.

—Siéntese y cálmese –dijo Bosch–. Ahora me lo cuenta. ¿Quién es usted? –Bosch señaló al hombre sentado detrás del otro escritorio.

—Es Eugene, mi ayudante.

El hombre se levantó y le ofreció la mano a Bosch.

—Eugene Lam, detective.

Bosch le estrechó la mano.

—¿Estaba aquí cuando entró Chang? –preguntó.

—¿Chang? –dijo Li.

—Se llama así. El hombre de la fotografía que le mostré.

—Sí, Eugene y yo estábamos los dos aquí. Acaba de entrar en la oficina.

—¿Qué quería?

—Dijo que ahora tenía que pagar yo a la tríada. Dijo que mi padre ya no estaba y que ahora tenía que pagar yo. Dijo que volvería dentro de una semana y que tendría que pagar.

—¿Mencionó algo sobre el asesinato de su padre?

—Dijo que ahora ya no estaba y que yo tenía que pagar.

—¿Dijo qué ocurriría si no pagaba?

—No tenía que hacerlo.

Bosch asintió. Li tenía razón. La amenaza era implícita, sobre todo después de lo que le había ocurrido a su padre. Bosch se entusiasmó. El hecho de que Chang acudiera a Robert Li ampliaba las posibilidades. Estaba intentando extorsionarlo y eso facilitaría una detención que en última instancia podía conducir a una acusación de asesinato.

Harry se volvió hacia Lam.

—Y ¿fue testigo de esto, de todo lo que se dijo?

Lam titubeó, pero asintió al fin. Bosch pensó que quizá era reticente a implicarse.

—¿Lo oyó o no, Eugene? Acaba de decirme que estaba aquí.

Lam asintió otra vez antes de responder.

—Sí, vi al hombre, pero... no hablo chino. Entiendo un poco, pero no mucho.

Bosch se volvió a Li.

—¿Le habló en chino?

Li asintió.

–Sí.

–Pero lo entendió y estaba claro que le dijo que tenía que empezar a hacer pagos ahora que su padre no estaba.

–Sí, eso estaba claro. Pero…

–¿Pero qué?

–¿Van a detener a ese hombre? ¿Tendré que presentarme en juicio?

Estaba claramente asustado por la posibilidad.

–Mire, es demasiado pronto para decir si esto saldrá alguna vez de esta sala. No queremos al tipo por extorsión. Si mató a su padre, lo queremos por eso. Y estoy seguro de que hará lo que sea necesario para ayudarnos a encerrar al asesino de su padre.

Li asintió, pero Bosch seguía viendo que vacilaba. Considerando lo que le había ocurrido a su padre, estaba claro que Robert no quería enfrentarse a Chang o a la tríada.

–He de hacer una llamada rápida a mi compañero –dijo Bosch–. Voy a salir un momento y enseguida vuelvo.

Bosch salió de la oficina y cerró la puerta. Llamó a Chu.

–¿Lo tiene?

–Sí, va otra vez hacia la autovía. ¿Qué ha pasado?

–Le ha dicho a Li que ha de empezar a hacer los pagos que hacía su padre. A la tríada.

–¡Joder! ¡Tenemos el caso!

–No se entusiasme. Un caso de extorsión tal vez y solo si el chico coopera. Todavía estamos muy lejos de un cargo por asesinato.

Chu no respondió y Bosch, de repente, se sintió mal por aguarle la fiesta.

–Pero tiene razón –dijo–. Nos estamos acercando. ¿Hacia qué lado va?

–Está en el carril de la derecha, en dirección sur, por la ciento uno. Me da la sensación de que tiene prisa. Está mordiéndole el culo al coche de delante, pero no parece que eso le ayude mucho.

Aparentemente, Chang estaba volviendo por donde había venido.

–Vale, voy a hablar con estos tipos un poco más y luego estaré libre. Llámeme cuando Chang pare en algún sitio.

–¿Estos tipos? ¿Quién más, además de Robert Li?

–Su ayudante, Eugene Lam. Estaba en la oficina cuando entró Chang y le dijo a Li cómo iban a ser las cosas. El problema es que Chang habló en chino y Lam solo sabe inglés. No será un buen testigo salvo para situar a Chang en el despacho de la tienda.

–Vale, Harry –dijo Chu–. Ahora estamos en la autovía.

–Quédese con él y llamaré en cuanto termine –dijo Bosch.

Bosch cerró el teléfono y volvió al despacho. Li y Lam seguían tras su escritorio, esperándolo.

–¿Tiene videovigilancia en la tienda? –preguntó en primer lugar.

–Sí –dijo Li–. El mismo sistema que tenemos en la tienda del sur. Solo que aquí hay más cámaras. Graba en múltiplex. Ocho pantallas a la vez.

Bosch levantó la mirada al techo y a la parte superior de las paredes.

–No hay cámara aquí, ¿verdad?

–No, detective –dijo Li–. En el despacho no.

—Bueno, todavía necesito el disco para que podamos probar que Chang vino a verlo.

Li asintió de manera vacilante, como un chico arrastrado a la pista de baile por alguien con quien no quiere bailar.

—Eugene, ¿puedes ir a buscar el disco para el detective Bosch? —dijo.

—No —repuso Bosch con rapidez—. Necesito ser testigo de cómo saca el disco. Hay que respetar la cadena de pruebas y custodia. Iré con usted.

—Como quiera.

Bosch pasó otros quince minutos en la tienda. Primero observó el vídeo de vigilancia y confirmó que Chang había entrado, se había dirigido al despacho de Li y había vuelto a marcharse después de tres minutos fuera de cámara con Li y Lam. A continuación, Bosch se guardó el disco y volvió al despacho para repasar una vez más el relato de Li de lo que había ocurrido con Chang. La reticencia de Li pareció crecer con el interrogatorio más detallado. Harry empezó a creer que el hijo de la víctima de asesinato finalmente se negaría a cooperar con una acusación. Aun así, había otro aspecto positivo en el último acontecimiento. El intento de extorsión de Chang podía usarse de otras maneras. Podía proporcionar una causa probable. Y con causa probable, Bosch podía detener a Chang y registrar sus pertenencias en busca de pruebas del crimen, tanto si Li cooperaba con una acusación como si no.

Al salir por la puerta automática de la tienda, Bosch se sentía animado. El caso cobraba nueva vida. Sacó el teléfono para conocer el paradero del sospechoso.

–Hemos vuelto a su apartamento –dijo Chu–. Sin paradas. Creo que no va a volver a salir.

–Es demasiado temprano. Aún no está oscuro.

–Bueno, lo único que puedo decirle es que ha llegado a casa. Y ha corrido las cortinas.

–Vale. Voy hacia allá.

–¿Le importa cogerme un perrito de tofu, Harry?

–Ni hablar, Chu.

Chu rio.

–Lo suponía –dijo.

Bosch cerró el teléfono. Chu, obviamente, también había captado la emoción del caso.

15

Chang no salió de su apartamento hasta las nueve de la mañana del viernes. Y cuando lo hizo llevaba algo que inmediatamente puso a Bosch en máxima alerta.

Una maleta grande.

Bosch llamó a Chu para asegurarse de que estaba despierto. Se habían repartido la vigilancia nocturna en turnos de cuatro horas, de manera que cada hombre dormía un rato en su coche. A Chu le correspondía el turno para dormir de cuatro a ocho, pero Bosch aún no había recibido noticias suyas.

−¿Está despierto? Chang está en marcha.

Chu todavía tenía voz somnolienta.

−Sí, ¿cómo que está en marcha? Tenía que llamarme a las ocho.

−Ha puesto una maleta en el coche. Se larga. Creo que le han avisado.

−¿De nosotros?

−No, de que compre acciones en Microsoft. No se haga el estúpido.

−Harry, ¿quién iba a avisarlo?

Chang se metió en el coche y salió marcha atrás de su espacio en el aparcamiento del complejo de apartamentos.

−Es una excelente pregunta −dijo Bosch−. Pero si alguien conoce la respuesta, es usted.

–¿Está sugiriendo que avisé al sospechoso de la investigación de un asesinato? –Chu parecía ultrajado por la acusación.

–No sé lo que hizo –dijo Bosch–, pero paseó nuestra investigación por todo Monterey Park, así que ahora no hay forma de saber quién avisó a ese tipo. Lo que sé ahora mismo es que parece que se va de la ciudad.

–¿Por todo Monterey Park? ¿De qué coño está hablando?

Bosch siguió al Mustang hacia el norte desde el aparcamiento, manteniéndose a una manzana.

–La otra noche me dijo que el tercer tipo al que le mostró la foto de Chang lo identificó. O sea que ya son tres tipos y todos tienen compañeros y todos tienen reuniones de turno y todos hablan.

–Bueno, quizá esto no habría ocurrido si no le hubiéramos dicho a Tao y a Herrera que se largaran como si no confiáramos en ellos.

Bosch miró por el espejo a Chu. Estaba tratando de no dejar que la rabia lo distrajera de la persecución. No podían perder a Chang en ese momento.

–Acelere. Nos dirigimos a la 10. Después de que entre, quiero que se cambie conmigo y se ponga delante.

–Entendido.

La voz de Chu todavía contenía rabia. A Bosch no le importaba. Si habían avisado a Chang de la investigación, Harry encontraría al que había hecho la llamada y lo quemaría vivo, aunque fuera Chu.

Chang se metió en la autovía 10 en dirección oeste y enseguida Chu pasó a Bosch y se colocó delante. Bosch miró y vio que Chu le hacía un gesto obsceno con el dedo.

Bosch cambió de carril, se quedó atrás y llamó al teniente Gandle.

–Harry, ¿qué pasa?

–Tenemos problemas.

–Cuéntame.

–El primero es que nuestro hombre ha metido una maleta en el coche esta mañana y se está dirigiendo por la 10 hacia el aeropuerto.

–Mierda, ¿qué más?

–Me parece que lo han avisado, quizá le hayan dicho que se marche de la ciudad.

–O quizá ya le habían dicho que se marchara después de matar a Li. No te precipites con esto, Harry. A menos que sepas algo seguro.

A Bosch le molestó que su propio teniente no lo respaldara, pero podía soportarlo. Si habían avisado a Chang y en algún lugar del proceso el cáncer de la corrupción estaba en la investigación, Harry lo encontraría. No le cabía ninguna duda. Lo dejó estar por el momento y se concentró en las elecciones que implicaban a Chang.

–¿Detenemos a Chang? –preguntó.

–¿Estás seguro de que se marcha? Quizá esté haciendo una entrega o algo. ¿De qué tamaño es la maleta?

–Grande. De las que preparas cuando no vas a volver.

Gandle suspiró al darse cuenta de que Bosch ponía en el plato de la balanza otro dilema y otra decisión que tomar.

–Vale, déjame hablar con algunas personas y volveré a llamarte.

Bosch supuso que hablaría con el capitán Dodds y posiblemente con alguien de la oficina del fiscal del distrito.

—Hay una buena noticia, teniente —dijo.

—Menos mal —exclamó Gandle—. ¿Qué buena noticia?

—Ayer por la noche seguimos a Chang a la otra tienda. La que el hijo de la víctima tiene en el valle de San Fernando. Lo extorsionó, le dijo al chico que tenía que empezar a pagar ahora que faltaba el padre.

—Vaya, ¡eso es genial! ¿Por qué no me lo habías dicho?

—Acabo de hacerlo.

—Eso nos da causa probable para detenerlo.

—Para detenerlo, pero probablemente no para acusarlo. El chico parece reacio a ser testigo. Tendría que declarar para que haya caso y no sé si aguantará. Y, además, no es una acusación de homicidio. Eso es lo que queremos.

—Bueno, al menos, podemos impedir que ese tipo suba a un avión.

Bosch asintió al tiempo que empezaba a formarse la idea de un plan.

—Es viernes. Si nos lo tomamos con calma y presentamos cargos a última hora, no tendrá que comparecer ante el juez hasta el lunes por la mañana. Eso nos dará al menos setenta y dos horas para montar el caso.

—Con la extorsión como mal menor.

—Exacto.

Bosch estaba recibiendo el pitido de otra llamada en el oído y supuso que era Chu. Le pidió a Gandle que volviera a llamarlo en cuanto hubiera analizado la situación con los que mandaban.

Bosch atendió la otra llamada sin mirar a la pantalla.

—¿Sí?

–¿Harry?

Era una mujer. Reconoció la voz, pero no la situaba.

–Sí ¿quién es?

–Teri Sopp.

–Ah, hola, pensaba que me llamaba mi compañero. ¿Qué pasa?

–Solo quería que supieras que los he convencido para que usen el casquillo que me diste ayer en el programa de potenciación electrostática. Ya veremos si conseguimos sacar una huella.

–Teri, ¡eres mi heroína! ¿Será hoy?

–No, hoy no. No volveremos a eso hasta la semana que viene. El martes probablemente.

Bosch odiaba pedir un favor cuando acababan de hacerle uno, pero sentía que no tenía elección.

–Teri, ¿hay alguna posibilidad de que pueda hacerse el lunes por la mañana?

–¿El lunes? No creo que tengamos la aplicación hasta…

–La razón es que podríamos tener al sospechoso entre rejas antes de que termine el día. Creemos que está tratando de dejar el país y podríamos necesitar detenerlo. Eso nos da hasta el lunes para presentar pruebas, Teri. Vamos a necesitar todo lo que podamos conseguir.

Hubo vacilación antes de que respondiera.

–Veré qué podemos hacer. Entretanto, si lo detienes, mándame una tarjeta con las huellas para que pueda hacer la comparación en cuanto tenga algo aquí. Si es que consigo algo.

–Concedido, Teri. Un millón de gracias.

Bosch cerró el teléfono y examinó la autovía que tenía por delante. No vio ni el coche de Chu –un Mazda Miata rojo– ni el Mustang plateado de Chang. Se dio cuenta de que se había quedado atrás. Pulsó la tecla de marcado rápido de Chu.

–Chu, ¿dónde está?

–Al sur, en la 405. Va al aeropuerto.

Bosch todavía estaba en la autovía 10 y vio el acceso de la 405 más adelante.

–Vale, le pillaré.

–¿Qué ocurre?

–Tengo a Gandle haciendo llamadas para ver si detenemos a Chang o no.

–No podemos dejarlo escapar.

–Es lo que he dicho. Veremos qué dicen ellos.

–¿Quiere que implique a mi jefe?

Bosch casi respondió diciendo que no quería meter en el ajo a otro jefe con la posibilidad de que hubiera una fuga en algún punto del conducto.

–Esperemos antes a ver qué dice Gandle –dijo en cambio, diplomáticamente.

–Entendido.

Bosch colgó y se abrió paso entre el tráfico en un esfuerzo por darle alcance. Cuando estaba en el paso superior que lo llevaba de la 10 a la 405, logró localizar los vehículos de Chu y Chang a ochocientos metros. Estaban atrapados en la cola donde se juntaban los carriles.

Cambiando dos veces más la posición, Bosch y Chu siguieron a Chang hasta la salida al aeropuerto LAX en Century Boulevard. Ya estaba claro que Chang iba a marcharse de la ciudad y ellos iban a impedirlo. Volvió a llamar a Gandle y le pusieron la llamada en espera.

Por fin, después de dos largos minutos, Gandle contestó.

—Harry, ¿qué tienes?

—Está en Century Boulevard, a cuatro manzanas del LAX.

—Todavía no he podido hablar con nadie.

—Yo digo que lo detengamos. Lo acusamos de asesinato y, en el peor de los casos, el lunes presentamos cargos por extorsión. Conseguirá fianza, pero el juez le impedirá viajar, sobre todo después de que tratara de irse hoy.

—Tú decides, Harry. Yo te apoyaré.

Lo que significaba que sería culpa de Bosch si se equivocaba y el lunes todo se desmontaba y salía en libertad con la posibilidad de irse de Los Ángeles para no volver.

—Gracias, teniente. Le tendré informado.

Bosch colgó el teléfono y al cabo de un momento Chang giró a la derecha hacia el aparcamiento de larga duración, que proporcionaba servicios de lanzadera a las terminales del aeropuerto. Como era de esperar, Chu llamó.

—Ya está. ¿Qué hacemos?

—Lo detenemos. Esperamos a que aparque y saque la maleta del coche. Lo detenemos y luego echamos un vistazo a la maleta con una orden.

—¿Dónde?

—Uso este aparcamiento cuando voy a Hong Kong. Hay un montón de filas y paradas de lanzaderas en las que pueden recogerte. Vamos a aparcar allí. Nos hacemos pasar por viajeros y lo detenemos en la estación de la lanzadera.

—Entendido.

Colgaron. Bosch iba delante en ese momento, así que entró en el aparcamiento justo detrás de Chang.

Cogió el tíquet de la máquina. Se levantó la barrera y Bosch pasó. Siguió a Chang por el aparcamiento principal y cuando este giró a la derecha por un carril secundario, Bosch continuó, pensando que Chu lo seguiría y giraría a la derecha.

Bosch aparcó en el primer espacio que vio, bajó del coche y regresó a pie al lugar donde habían girado Chang y Chu. Vio a Chang a un carril, de pie detrás del Mustang, sacando la maleta. Chu estaba aparcando ocho coches más allá.

Dándose cuenta de que parecería sospechoso no llevar equipaje en un aparcamiento de larga duración, Chu empezó a caminar hacia una parada de lanzadera cercana con un maletín y una gabardina, como un hombre en viaje de negocios.

Bosch no tenía con qué disfrazarse, así que avanzó por los pasillos centrales del aparcamiento usando los vehículos como escudo.

Chang cerró el coche y cargó la pesada maleta hacia la parada de la lanzadera. Era una maleta antigua, sin ruedas. Cuando llegó a la parada de la lanzadera, Chu ya estaba allí. Bosch atajó por detrás de un monovolumen y salió dos coches más allá. Eso le daría a Chang poco tiempo para reconocer que el hombre que se acercaba debería llevar equipaje en un aparcamiento de larga duración.

—Bo-Jing Chang —dijo Bosch en voz alta al acercarse.

El sospechoso se volvió para mirar a Bosch. De cerca, Chang parecía fuerte y ancho, imponente. Bosch vio que los músculos se le tensaban.

—Está detenido. Ponga las manos en la espalda.

La respuesta de lucha o huye de Chang no tuvo ocasión de aparecer. Chu se le acercó por detrás y le colocó una esposa en la muñeca derecha mientras le agarraba la izquierda. Chang se debatió un momento, más como respuesta a la sorpresa que otra cosa, pero Chu le puso la esposa en la otra muñeca y completó la detención.

—¿Qué es esto? —protestó Chang—. ¿Qué he hecho? —Tenía un acento muy marcado.

—Vamos a hablar de todo eso, señor Chang. En cuanto lleguemos al Edificio de Administración de Policía.

—He de coger un avión.

—Hoy no.

Bosch le mostró la placa y luego presentó a Chu, asegurándose de mencionar que Chu pertenecía a la Unidad de Bandas Asiáticas. Bosch quería que eso se fuera filtrando en la mente de Chang.

—¿Detenido por qué? —preguntó el sospechoso.

—Por el asesinato de John Li.

Bosch no vio sorpresa en la reacción de Chang. Notó que se ponía físicamente en modo hibernación.

—Quiero un abogado —dijo.

—Espere un momento, señor Chang —dijo Bosch—. Deje que le leamos antes sus derechos.

Bosch hizo una señal a Chu, quien se sacó una tarjeta del bolsillo. Leyó a Chang sus derechos y le preguntó si los entendía. La única respuesta de Chang fue volver a solicitar un abogado. Sabía lo que se hacía.

El siguiente movimiento de Bosch fue llamar a una unidad de patrulla para trasladar a Chang al centro y una grúa para que se llevara su coche al aparcamiento del garaje de la policía del centro de la ciudad. Bosch no tenía prisa en ese momento; cuanto más tardara en transportar a Chang al centro, más cerca estarían de las dos de la tarde, la hora de cierre del tribunal de delitos graves. Si retrasaban la comparecencia de Chang ante dicho tribunal, podría ser huésped del calabozo de la ciudad durante el fin de semana.

Al cabo de cinco minutos de quedarse allí en silencio, durante los cuales Chang se sentó en un banco de la parada de la lanzadera, Bosch se volvió, hizo un gesto hacia la maleta y habló con él en plan de charla, como si las preguntas y respuestas no importaran.

—Parece que eso pesa una tonelada —dijo—. ¿Adónde va?

Chang no dijo nada. No existe la charla cuando estás detenido. Miró hacia delante y no hizo caso de la pregunta de Bosch en modo alguno. Chu tradujo la pregunta, pero tampoco obtuvo respuesta.

Bosch se encogió de hombros, como si no le importara que Chang respondiera o no.

—Harry —dijo Chu.

Bosch notó que su teléfono vibraba dos veces, la señal de que había recibido un mensaje. Hizo una señal a Chu para que se apartara unos metros de la parada a fin de poder hablar sin que Chang los oyera.

—¿Qué opina? —preguntó Chu.

—Bueno, está claro que no va a hablar con nosotros y ha pedido un abogado. Así que en eso estamos.

—Bien, ¿qué hacemos?

—Para empezar, vamos con calma. Nos tomamos nuestro tiempo para llevarlo al centro y para presentar cargos. No llamará a su abogado hasta que sea acusado y con un poco de suerte no será hasta después de las dos. Entretanto, conseguimos órdenes. El coche, la maleta y el móvil si lo lleva encima. Después de eso, vamos a su apartamento y a su lugar de trabajo. Adonde el juez nos deje. Y rezamos para encontrar algo como la pistola antes del lunes a mediodía. Porque, si no lo hacemos, probablemente saldrá libre.

–¿Y la extorsión?

–Eso nos da causa probable, pero no iremos a ninguna parte si Robert Li no coopera.

Chu asintió.

–*Solo ante el peligro*, Harry. Era una peli. Un wéstern.

–No la vi –le dijo a Chu.

Bosch miró por la larga fila de coches aparcados y vio un coche patrulla que giraba hacia ellos. Saludó.

Sacó el teléfono para comprobar el mensaje. Vio en la pantalla que había recibido un vídeo de su hija.

Lo miraría después. Era muy tarde en Hong Kong y sabía que ella debería de estar en la cama. Probablemente no podía dormir y esperaba que él respondiera. Pero tenía trabajo que hacer. Guardó el teléfono cuando el coche patrulla se detuvo delante de ellos.

–Voy a ir con él –le dijo a Chu–. Por si decide decir algo.

–¿Y su coche?

–Lo recogeré después.

–Quizá debería ir yo con él.

Bosch miró a Chu. Era uno de esos momentos. Harry sabía que era mejor que Chu viajara con Chang porque conocía los dos idiomas y era chino. Pero eso significaría que Bosch estaría cediendo parte de su control del caso.

También significaría que estaba mostrando confianza en Chu solo una hora después de señalarlo con el dedo como culpable.

–Vale –dijo Bosch al fin–, usted va con él.

Chu asintió, al parecer comprendiendo el significado de la decisión de Bosch.

–Pero coja el camino largo –dijo Bosch–. Estos tipos probablemente trabajan desde Pacific. Pase primero por la comisaría, luego llámeme. Le diré que hay un cambio de planes y que vamos a acusarlo en el centro. Eso debería darnos una hora extra en el viaje.

–Entendido –dijo Chu–. Funcionará.

–¿Quiere que lleve su coche? –preguntó Bosch–. No me importa dejar el mío aquí.

–No, está bien, Harry. Dejaré el mío y vendré después. De todos modos, no le gustaría oír lo que hay en el equipo de música.

–¿El equivalente musical de un perrito caliente de tofu?

–Para usted probablemente sí.

–Vale, entonces cogeré el mío.

Bosch dijo a los dos agentes de patrulla que pusieran a Chang en la parte de atrás del coche patrulla y que metieran la maleta en el maletero. Entonces Harry se puso serio con Chu.

–Voy a poner a Ferras a trabajar en las órdenes de registro de las propiedades de Chang. Cualquier reconocimiento por su parte ayudará con la causa probable. Que nos dijera que tenía un vuelo es un reconocimiento que nos ayuda a argumentar su voluntad de huir. Trate de que cometa un error así cuando vaya con él en la parte de atrás.

–Pero ya ha pedido un abogado.

–Hágalo en plan de charla. No un interrogatorio. Trate de averiguar adónde iba. Eso ayudaría a Ignacio. Y recuerde, estírelo todo. Llévelo por la ruta panorámica.

–Entendido. Sé lo que he de hacer.

–Vale, voy a esperar aquí a la grúa. Si llega al EAP antes que yo, solo ponga a Chang en una sala y que se vaya macerando. No olvide poner el vídeo; Ignacio le explicará cómo hacerlo. Nunca se sabe, a veces estos tipos se quedan una hora solos en una sala y empiezan a confesar a las paredes.

–Entendido.

–Buena suerte.

Chu entró en la parte de atrás del coche patrulla y cerró la puerta. Bosch dio dos palmadas en el techo y observó cómo se alejaba el vehículo.

16

Era casi la una cuando Bosch volvió a la sala de brigada. Había esperado a la grúa y luego se había tomado
su tiempo para llegar: paró en el In-N-Out de al lado
del aeropuerto para comprarse una hamburguesa.
Encontró a Ignacio Ferras en su cubículo, trabajando
en su ordenador.

–¿Dónde estamos? –preguntó.

–Casi he terminado con la solicitud de registro.

–¿Qué vamos a pedir?

–Tengo un afidávit por la maleta, el teléfono y el
coche. ¿Entiendo que el coche está en el garaje?

–Acaban de llevarlo. ¿Y su apartamento?

–He llamado a la línea de ayuda de la fiscalía y le
he contado a la mujer lo que estamos haciendo. Ha
sugerido que lo hagamos en dos fases. Primero estas
tres y luego, con un poco de suerte, encontramos algo
que nos dé causa probable para el apartamento. Me
ha dicho que el apartamento es complicado con lo
que tenemos ahora.

–Vale, ¿tienes un juez esperando esto?

–Sí, he llamado al ayudante de la juez Champagne.
Va a recibirme en cuanto esté listo.

Daba la sensación de que Ferras tenía las cosas en
orden y avanzando. Bosch estaba impresionado.

–Suena bien. ¿Dónde está Chu?

—Mi última noticia es que estaba en la sala de vídeo, observando al tipo.

Antes de reunirse con Chu, Bosch entró en su cubículo y soltó las llaves en su escritorio. Vio que Chu había dejado la pesada maleta de Chang allí y había cogido las otras pertenencias del sospechoso para dejarlo todo en el escritorio. Había bolsas de pruebas que contenían la cartera de Chang, el pasaporte, el clip de billetes, las llaves, el móvil y la tarjeta de embarque del aeropuerto, que aparentemente había impreso en casa.

Bosch leyó la tarjeta de embarque a través del plástico y vio que Chang tenía un billete de Alaska Airlines para Seattle. Eso dio que pensar a Harry, que esperaba averiguar que Chang iba a dirigirse a China. Volar a Seattle no se vendía exactamente como un alegato de intento de huida del país para evitar la acusación.

Dejó esa bolsa y cogió la que contenía el teléfono. Habría sido fácil para él abrir rápidamente el móvil y examinar la lista de llamadas en busca de contactos de Chang. Incluso podría encontrar un número perteneciente a un policía de Monterey Park, o de Chu o de quien hubiera avisado a Chang de que la investigación se estaba cerrando en torno a él. Quizá el teléfono tenía mensajes de correo o de texto que le ayudarían a cimentar la acusación contra Chang.

Pero Bosch decidió seguir las reglas. Era una zona gris y tanto el departamento como la oficina del fiscal habían establecido directrices para que los agentes buscaran la aprobación del tribunal antes de ver datos contenidos en el teléfono de un sospechoso. A menos, por supuesto, que el sospechoso diera su permiso.

Abrir el teléfono se trataba igual que abrir el maletero de un coche en una parada de tráfico. Tenías que hacerlo correctamente o lo que encontraras en ese maletero podría ser eliminado del caso por los tribunales.

Bosch dejó el teléfono. Podría contener la clave del caso, pero esperaría la aprobación de la juez Champagne. Al hacerlo, el teléfono de su escritorio sonó. El identificador de llamada decía «xxxxxx», lo cual significaba que era una llamada transferida desde el Parker Center. Lo cogió.

–Bosch.

No había nadie al otro lado de la línea.

–Hola. Soy el detective Bosch, ¿puedo ayudarle?

–Bosch…, puedes ayudarte tú.

La voz era claramente asiática.

–¿Quién es?

–Hazte un favor y retírate, Bosch. Chang no está solo. Somos muchos. Retírate. Si no, habrá consecuencias.

–Escúcheme…

El que llamaba había colgado. Bosch dejó el teléfono en su sitio y miró la pantalla vacía de identificación. Sabía que podía contactar con el centro de comunicaciones del Parker y conseguir el número desde el que se había realizado la llamada. Pero también sabía que alguien que llamaba para amenazarlo habría bloqueado su número, usado un teléfono público o un móvil del que iba a deshacerse. No sería tan estúpido como para dejar un número localizable.

En lugar de preocuparse por eso, se concentró en la hora de la llamada y en su contenido. De algún modo, los colegas de la tríada de Chang ya sabían que lo habían detenido. Bosch volvió a comprobar la tarjeta de embarque y vio que el vuelo estaba programado para despegar a las once y veinte. Eso significaba que el vuelo todavía estaba en el aire y que no podía ser que alguien que esperara en Seattle a Chang pudiera haberse enterado de que no iba en el avión. Sin embargo, la gente de Chang sabía de una forma u otra que estaba en manos de la policía. También conocían a Bosch por su nombre.

Una vez más, el cerebro de Bosch se llenó de oscuros pensamientos. A menos que Chang se estuviera encontrando con un compañero de viaje en LAX o lo estuvieran vigilando mientras Bosch lo vigilaba a él, las pruebas apuntaban una vez más al interior de la investigación.

Salió del cubículo y fue directamente al centro de vídeo. Era un pequeño despacho entre las dos salas de interrogatorios de Robos y Homicidios. Las salas contaban con grabación de audio y vídeo, y en el despacho situado entre ambas era donde los sospechosos podían ser observados en el equipo de grabación.

Bosch abrió la puerta y encontró a Chu y a Gandle observando a Chang en el monitor. Con la entrada de Bosch, la estancia quedó atestada.

–¿Alguna cosa? –preguntó Bosch.

–Ni una palabra hasta ahora –dijo Gandle.

–Nada –dijo Chu–. Traté de establecer conversación, pero solo dijo que quería un abogado. Punto.

–Ese tipo es una roca –dijo Gandle.

–He mirado su billete de avión –dijo Bosch–. Seattle tampoco nos ayuda.

–No, yo creo que sí nos ayuda –dijo Chu.

–¿Cómo?

—Supongo que iba a volar a Seattle para cruzar la frontera a Vancouver. Tengo un contacto en la policía montada y ha podido ver las listas de pasajeros para mí. Chang había reservado un vuelo esta noche de Vancouver a Hong Kong. Cathay Pacific Airways. Muestra claramente que quería irse deprisa y sin dejar rastro.

Bosch asintió.

—¿La policía montada del Canadá? Caray, Chu. Buen trabajo.

—Gracias.

—¿Le ha dicho esto a Ignacio? El intento de Chang de enmascarar su huida ayudará con la causa probable de la orden de registro.

—Lo sabe. Lo ha puesto.

—Bien.

Bosch miró al monitor. Chang estaba sentado a la mesa con las muñecas delante de él esposadas a una anilla de hierro atornillada en el centro de la mesa. Sus enormes hombros parecían a punto de reventar las costuras de la camisa. Estaba sentado tieso como un palo y mirando inexpresivo a la pared que tenía delante.

—Teniente, ¿hasta cuándo le parece que retrasemos la acusación?

Gandle parecía preocupado. No le gustaba que lo pusieran en el punto de mira con algo que podía tener retroceso.

—Bueno, creo que lo estamos estirando. Chu me dijo que ya le habéis dado el viaje panorámico al venir. Si tardáis mucho más, el juez puede poner pegas.

Bosch miró el reloj. Necesitaban otros cincuenta minutos antes de dejar que Chang llamara a su abogado.

El proceso de acusación implicaba papeleo, toma de huellas y luego el traslado físico del sospechoso a prisión, momento en el que tendría acceso a un teléfono.

—Vale, podemos empezar el proceso. Pero seguimos con lentitud. Chu, usted entra y empieza a llenar la hoja con él. Si tenemos suerte, no cooperará y eso no dará más tiempo.

Chu asintió.

—Entendido.

—No lo metemos en una celda hasta las dos como pronto.

—Exacto.

Chu se coló entre el teniente y Bosch y abandonó la sala. Gandle empezó a ir tras él, pero Bosch le dio un golpecito en el hombro y le hizo una seña para que se quedara. Bosch esperó a que se cerrara la puerta para empezar a hablar.

—Acabo de recibir una llamada. Una amenaza. Alguien me ha dicho que me retire.

—¿Que te retires de qué?

—Del caso. De Chang. De todo.

—¿Cómo sabes que la llamada era sobre este caso?

—Porque el que llamó era asiático y mencionó a Chang. Dijo que Chang no estaba solo, que tenía que retirarme o habría consecuencias.

—¿Has tratado de localizar la llamada? ¿Crees que va en serio?

—Localizarla sería perder el tiempo. Y en cuanto a la amenaza, que vayan llegando. Estaré esperando. Pero la cuestión es ¿cómo lo sabían?

—¿Saber qué?

—Que hemos detenido a Chang. Lo detenemos y al cabo de dos horas los colegas de este capullo de la tríada llaman y me dicen que me retire. Tenemos una filtración, teniente. Primero avisan a Chang, ahora saben que lo hemos detenido. Alguien está hablando con...

–Frena, frena, frena. Eso no lo sabemos, Harry. Puede haber otras explicaciones.

–¿Sí? Entonces, ¿cómo saben que tenemos a Chang?

–Puede haber muchas razones, Harry. Tenía móvil. Quizá tenía que llamar desde el aeropuerto. Podría ser cualquier cosa.

Bosch negó con la cabeza. Su instinto le decía otra cosa. Había una filtración en alguna parte. Gandle abrió la puerta. No le gustaba esa conversación y quería irse de allí, pero miró a Bosch antes de salir.

–Mejor que tengas cuidado con esto –dijo–. Hasta que lo tengas claro, ten mucho cuidado.

Gandle cerró la puerta y dejó a Bosch solo en la sala. Harry se volvió hacia la pantalla de vídeo y vio que Chu había entrado en la sala de interrogatorios. Se sentó enfrente de Chang con un boli y una tablilla con portapapeles, preparado para rellenar el informe de detención.

–Señor Chang, ahora he de hacerle unas preguntas.

Chang no respondió. No mostró reconocimiento en sus ojos y su lenguaje corporal no delató siquiera que hubiera oído la pregunta.

Chu continuó con una traducción al chino, pero de nuevo Chang permaneció callado e inmóvil. No era una sorpresa para Bosch. Volvió a la sala de brigada sintiéndose todavía ansioso e inquieto por la amenaza de la llamada telefónica y la aparente falta de preocupación de Gandle respecto a la filtración que debía de haberla provocado.

El cubículo de Ferras estaba ahora vacío y Bosch supuso que ya se había marchado con una solicitud de registro para su cita con la juez Champagne.

Todo dependía de la orden de registro. Tenían a Chang por el intento de extorsión de Robert Li –si Li accedía a presentar quejas y testificar–, pero ni siquiera se estaban acercando en el caso de asesinato. Bosch confiaba en una reacción en cadena. La primera orden de registro aportaría pruebas que apoyarían posteriores solicitudes de registro y conducirían al premio gordo: el arma homicida oculta en algún lugar del apartamento o el puesto de trabajo de Chang.

Se sentó a su mesa y pensó en llamar a Ferras para ver si la juez había firmado la orden, pero sabía que era demasiado pronto y que Ferras llamaría en cuanto tuvieran el permiso para los registros. Se apretó los ojos con la parte blanda de las manos. Todo en el caso estaba en un compás de espera hasta que firmara el juez. Lo único que podía hacer era esperar.

Se acordó de que había recibido el mensaje de vídeo de su hija antes y no lo había mirado. Sabía que estaría durmiendo desde hacía rato: eran las cuatro de la mañana del sábado en Hong Kong. A menos que se hubiera quedado a dormir con amigas, en cuyo caso podría pasarse despierta toda la noche, pero no querría que la llamara su padre de todos modos.

Sacó el teléfono y lo abrió. Todavía se estaba acostumbrando a todas las campanas y silbatos tecnológicos. En el último día de la última visita de su hija a Los Ángeles habían ido a una tienda de telefonía y Maddie había elegido los móviles para ella y para él, un modelo que les permitiera comunicarse en múltiples niveles. No lo usaba mucho para el correo electrónico, pero sabía cómo abrir y reproducir los vídeos de treinta segundos que a ella le gustaba mandar. Los guardaba todos y los volvía a reproducir con frecuencia.

Bo-Jing Chang quedó temporalmente en el olvido. La preocupación por la filtración se alejó. Bosch tenía una sonrisa de expectación en el rostro cuando pulsó el botón y abrió el último mensaje de vídeo.

17

Bosch entró en la sala de interrogatorios y dejó la puerta abierta. Chu estaba a media pregunta, pero se detuvo y levantó la mirada por la intrusión.

–¿No está respondiendo? –preguntó Bosch.

–No dirá una palabra.

–Déjeme intentarlo.

–Ah, claro, Harry.

Se levantó y Bosch se hizo a un lado para que pudiera salir. Le pasó a Bosch la tablilla con portapapeles.

–Buena suerte, Harry.

–Gracias.

Chu salió y cerró la puerta. Bosch esperó un momento hasta que estuvo seguro de que se había ido y se movió con rapidez para colocarse detrás de Chang. Le golpeó en la cabeza con el portapapeles y luego lo agarró por el cuello. Su rabia era incontrolable. Apretó con fuerza los brazos en la llave de estrangulamiento que el departamento había prohibido hacía mucho tiempo. Sintió que Chang se tensaba al darse cuenta de que le habían cortado la entrada de aire.

–Muy bien, hijo de puta, la cámara está apagada y estamos en una sala insonorizada. ¿Dónde está? Te mataré aquí mismo si…

Chang se echó atrás en la silla y, al tirar con fuerza, arrancó el perno de anclaje de las esposas. Empujó a

Bosch contra la pared de atrás y cayeron juntos al suelo. Bosch mantuvo su llave y apretó aún más. Chang se debatió como un animal, haciendo palanca en una de las patas de la mesa, fijada al suelo, y golpeando repetidamente la espalda de Bosch contra el rincón de la sala.

—¿Dónde está? —gritó Bosch.

Chang hacía ruidos ahogados, pero no mostraba ninguna señal de perder poder. Tenía las muñecas esposadas, pero aún podía mover los brazos juntos por encima de la cabeza como si empuñara una porra. Iba a por el rostro de Bosch y al mismo tiempo utilizaba el cuerpo para aplastar a Harry en el rincón.

Bosch se dio cuenta de que la maniobra de estrangulamiento no iba a funcionar y que tenía que soltarlo y atacar. Lo soltó y agarró la muñeca de Chang cuando este hacía uno de sus movimientos hacia atrás. Cambió el peso del cuerpo y desvió el golpe a un lado. Los hombros de Chang giraron con el cambio de dirección en el impulso y Bosch logró colocarse encima de él en el suelo. Levantó las dos manos juntas y descargó un golpe de martillo en la nuca de Chang.

—He dicho que dónde está…

—¡Harry!

La voz llegó de detrás de él. Era Chu.

—Eh —gritó Chu hacia la sala de brigada—. ¡Ayuda!

La distracción permitió a Chang incorporarse y colocar las rodillas debajo del cuerpo. Se impulsó hacia atrás y Bosch salió propulsado contra la pared y cayó al suelo. Chu saltó sobre la espalda de Chang y forcejeó con él. Se oyeron pasos que corrían y enseguida entraron más hombres en la pequeña sala. Se apilaron sobre Chang y lo inmovilizaron contra el suelo, con la cara apretada en el rincón. Bosch se apartó y trató de recuperar la respiración.

Por un momento, todo el mundo se quedó en silencio y la sala se llenó con el sonido de todos los hombres que trataban de recuperar el aliento. Entonces apareció el teniente Gandle en el umbral.

–¿Qué demonios ha pasado?

Se inclinó hacia delante para mirar por el agujero en la parte superior de la mesa. Obviamente, el perno no se había reforzado adecuadamente por debajo. Uno de los muchos fallos que sin duda saldrían a relucir en el nuevo edificio.

–No lo sé –dijo Chu–. He vuelto a coger la americana y estaba liada.

Todos los ojos de la sala se volvieron hacia Bosch.

–Tienen a mi hija –dijo.

18

Bosch estaba de pie en la oficina de Gandle. No paraba quieto. No podía estarse quieto. Caminaba adelante y atrás por delante del escritorio. El teniente le había pedido dos veces que se sentara, pero Bosch no podía. No con el terror que crecía en su pecho.

–¿Qué pasa, Harry?

Bosch sacó el teléfono y lo abrió.

–La tienen.

Pulsó el botón de reproducción en el programa de vídeo y le pasó el teléfono a Gandle, que estaba sentado tras su mesa.

–¿Qué quiere decir que la tienen…?

Se detuvo al ver el vídeo.

–Oh, Dios… Oh, Dios. Harry, ¿cómo sabes que es real?

–¿De qué está hablando? Es real. La tienen y ese tipo sabe quién y dónde. –Señaló en dirección a la sala de interrogatorios.

Ahora caminaba más deprisa, como un tigre enjaulado.

–¿Cómo funciona esto? Quiero verlo otra vez.

Bosch cogió el teléfono y reinició el vídeo.

–He de volver a entrar con él –le dijo Bosch mientras Gandle miraba–. He de hacerle decir…

–No te vas a acercar a él –dijo Gandle sin levantar la mirada–. Harry, ¿dónde está tu hija, en Hong Kong?

–Sí, en Hong Kong, y allí iba él. Él es de allí y esa es la sede de la tríada. Además de eso, me llamaron. Se lo dije. Han dicho que habría consecuencias si...

–Ella no dice nada aquí. Nadie dice nada. ¿Cómo sabes que es gente de Chang?

–¡Es la tríada! ¡No han de decir nada! El vídeo lo dice todo. La tienen. ¡Ese es el mensaje!

–Vale, vale, pensemos en esto. La tienen y ¿cuál es el mensaje? ¿Qué se espera que hagas?

–Soltar a Chang.

–¿Qué quieres decir, dejarlo salir de aquí?

–No lo sé. Sí, abandonar el caso. Perder las pruebas o, mejor todavía, dejar de buscar pruebas. Ahora mismo, solo podemos retenerlo hasta el lunes. Eso es lo que quieren, que él salga. Mire, no puedo estar aquí. He de...

–Hemos de llevar esto a criminalística. Eso lo primero. ¿Has llamado a tu ex para ver qué sabe?

Bosch se dio cuenta de que en su inmediata reacción de pánico después de ver el vídeo, no había llamado a su exmujer, Eleanor Wish. Primero había intentado llamar a su hija. Después, al no recibir respuesta, había ido inmediatamente a confrontarse con Chang.

–Tiene razón. Deme el teléfono.

–Harry. Ha de ir a criminalística...

Bosch se inclinó sobre el escritorio y agarró el teléfono de la mano de Gandle. Pasó al modo de llamada y marcó el número de marcado rápido que correspondía a Eleanor Wish. Miró el reloj mientras esperaba que se estableciera la llamada. Eran casi las cinco de la mañana del sábado en Hong Kong. No comprendía por qué todavía no había tenido noticias de Eleanor si su hija había desaparecido.

−¿Harry?

La voz era alerta. No la había despertado.

−Eleanor, ¿qué está pasando? ¿Dónde está Madeline? −Salió del despacho de Gandle y se dirigió a su cubículo.

−No lo sé. No me ha llamado y no responde a mis llamadas. ¿Cómo sabes qué está pasando?

−No lo sé, pero he recibido… un mensaje suyo. Dime lo que sabes.

−Bueno, ¿qué decía el mensaje?

−No decía nada. Era un vídeo. Mira, solo dime qué está pasando ahí.

−No ha vuelto a casa del centro comercial después de la escuela. Era viernes, así que la dejé ir con sus amigas. Normalmente llama a las seis y pide quedarse más rato, pero esta vez no. Al ver que no volvía a casa, llamé y no respondió. Le dejé varios mensajes y me cabreé bastante. Ya la conoces, probablemente ella también se haya cabreado y no ha vuelto a casa. He llamado a sus amigas y todas dicen que no saben dónde está.

−Eleanor, son las cinco de la mañana allí. ¿Has llamado a la policía?

−Harry…

−¿Qué?

−Lo había hecho antes.

−¿De qué estás hablando?

Bosch se dejó caer pesadamente en la silla de su escritorio y se agachó, sosteniendo el teléfono contra la oreja.

−Se quedó con una amiga toda la noche para «darme una lección» −dijo Eleanor−. Llamé a la policía entonces y todo fue muy embarazoso porque la encontraron en casa de su amiga. Siento no habértelo dicho. Pero ella y yo estamos teniendo problemas. Está en la edad, ¿sabes? Actúa como si fuera mucho mayor de lo que es. Y parece que ahora mismo no le gusto mucho. Habla de que quiere vivir en Los Ángeles contigo. Dice...

Bosch la cortó.

—Escucha, Eleanor, entiendo todo eso, pero esto es diferente. Ha ocurrido algo.

—¿Qué quieres decir? —El pánico le inundó la voz.

Bosch reconoció su propio miedo en él. Se resistía a hablarle del vídeo, pero sentía que tenía que hacerlo. Ella necesitaba saberlo. Describió los treinta segundos de vídeo, sin dejar nada al margen. Eleanor hizo un sonido agudo que solo una madre podía hacer por una hija perdida.

—Oh, Dios mío, oh, Dios mío.

—Lo sé, pero vamos a rescatarla, Eleanor. Voy...

—¿Por qué te lo han mandado a ti y no a mí?

Se dio cuenta de que estaba empezando a llorar. Estaba perdiendo el control. No respondió su pregunta porque sabía que solo lo empeoraría.

—Escúchame, Eleanor, tenemos que mantener la calma. Hazlo por ella. Tú estás ahí y yo no.

—¿Qué quieren? ¿Dinero?

—No...

—Entonces, ¿qué?

Bosch trató de hablar con calma, esperando contagiar esa calma por el teléfono cuando el impacto de sus palabras llegara al otro lado de la línea.

—Creo que es un mensaje para mí, Eleanor. No están pidiendo dinero. Solo me están diciendo que la tienen.

–¿A ti? ¿Por qué? ¿Qué han...? ¿Qué has hecho, Harry?

Dijo la última pregunta con un tono de acusación. Bosch temía que fuera una pregunta que lo atravesara durante el resto de su vida.

–Estoy trabajando en un caso de la tríada china. Creo...

–¿La han cogido para llegar a ti? –gritó–. ¿Cómo sabían de ella?

–Todavía no lo sé, Eleanor. Estoy en ello. Tenemos un sospechoso detenido...

Una vez más, ella lo cortó, esta vez con un gemido. Era el sonido de la peor pesadilla de una madre cobrando vida. En ese momento, Bosch se dio cuenta de lo que iba a hacer. Bajó la voz más cuando habló.

–Eleanor, escúchame. Necesito que te calmes. Has de empezar a hacer llamadas. Voy a viajar. Estaré allí antes del amanecer del domingo. Entretanto, has de hablar con los amigos de Maddie. Has de averiguar con quién estaba en el centro comercial y adónde fue. Cualquier cosa que puedas descubrir sobre lo que ocurrió. ¿Me has oído, Eleanor?

–Voy a colgar y llamaré a la policía.

–¡No!

Bosch miró a su alrededor para verificar si su estallido había atraído la atención en la sala de brigada. Después del incidente en la sala de interrogatorios, ya era objeto de preocupación en toda la brigada. Se deslizó más en su asiento y se agachó sobre el escritorio para que nadie pudiera verlo.

–¿Qué? Harry, hemos de...

–Escúchame antes y luego haz lo que creas que has de hacer. No creo que debas llamar a la policía. Todavía no. No podemos correr el riesgo de que la gente que la tiene lo sepa. O puede que nunca la recuperemos.

Ella no respondía. Bosch la oyó llorar.

–¿Eleanor? ¡Escúchame! ¿Quieres recuperarla o no? Contente. ¡Fuiste agente del FBI! Puedes hacerlo. Necesito que trabajes como una agente hasta que llegue allí. Voy a analizar el vídeo. En el vídeo, ella da una patada a la cámara y se mueve. Veo una ventana. Tal vez puedan trabajar con eso. Voy a coger un avión esta noche e iré directamente a verte en cuanto aterrice. ¿Lo has entendido?

Pasó un buen rato antes de que Eleanor respondiera. Cuando lo hizo, su voz sonó calmada. Había recibido el mensaje.

–Sí, Harry. Sigo creyendo que hemos de llamar a la policía de Hong Kong.

–Si es lo que piensas, vale. Hazlo. ¿Conoces a alguien allí? ¿Alguien en quien puedas confiar?

–No, pero hay un equipo de tríadas. Han venido al casino.

Casi veinte años después de ser agente del FBI, Eleanor era jugadora de póquer profesional. Llevaba al menos seis años viviendo en Hong Kong trabajando para el Cleopatra Casino en la cercana Macao. Todos los jugadores importantes del continente querían jugar contra la *gweipo*, la mujer blanca. Eleanor era un gancho. Trabajaba con dinero de la casa, se quedaba una parte de las ganancias y no tenía que pagar nada por las pérdidas. Era una vida cómoda. Ella y Maddie vivían en una torre de pisos en Happy Valley y el casino enviaba un helicóptero a recogerla en el tejado a la hora de ir a trabajar.

Una vida cómoda hasta ese momento.

–Habla con tu gente del casino –dijo Bosch–. Si te dicen que hay alguien en quien puedas confiar, haz la llamada. He de colgar y moverme aquí. Te llamaré antes de coger el avión.

Eleanor respondió como si estuviera mareada.

–Vale, Harry.

–Si se te ocurre algo, lo que sea, llámame.

–Vale, Harry.

–Y ¿Eleanor?

–¿Qué?

–Mira si puedes conseguirme una pistola. No puedo llevarme la mía.

–Aquí te meten en la cárcel por llevar armas.

–Ya lo sé, pero conoces a la gente del casino. Consígueme una pistola.

–Lo intentaré.

Bosch vaciló antes de colgar. Lamentó no poder estirar el brazo y tocarla, tratar de calmar sus temores de alguna manera. Pero sabía que eso era imposible. Ni siquiera podía tranquilizarse él.

–Vale, he de colgar. Trata de mantener la calma. Por Maddie. Si mantenemos la calma, podemos hacerlo.

–Vamos a recuperarla, ¿verdad Harry?

Bosch asintió para sí antes de responder.

–Sí. Vamos a recuperarla.

19

La unidad de imagen digital era uno de los subgrupos de la División de Investigaciones Científicas y aún estaba ubicada en el viejo Parker Center. Bosch atravesó las dos manzanas entre la vieja y la nueva sede como si llegara tarde a coger un avión. Cuando entró por las puertas de cristal del edificio donde había pasado gran parte de su carrera como detective, estaba resoplando y la frente le brillaba de sudor. Se abrió paso con la placa en la mesa de recepción y subió en ascensor a la tercera planta.

La División de Investigaciones Científicas estaba en proceso de traslado al EAP. Los viejos escritorios y mesas de trabajo continuaban en su lugar, pero ya estaban guardando en cajas el equipamiento, los registros y los efectos personales. El proceso estaba cuidadosamente orquestado y ocasionaba un retraso en la ya lenta marcha de la ciencia en la lucha contra el crimen.

La unidad de imagen digital era una *suite* de dos salas en la parte de atrás. Bosch entró y vio al menos una docena de cajas de cartón apiladas a un lado de la primera sala. No había fotos ni mapas en las paredes y un montón de estantes estaban vacíos. Encontró a una técnico trabajando en el laboratorio del fondo.

Barbara Starkey era una veterana que había saltado entre diversas especialidades del Departamento de

Investigaciones Científicas a lo largo de casi cuatro décadas en el departamento. Bosch la había conocido cuando era un poli novato de guardia en los restos quemados de una casa donde la policía había mantenido una batalla con armas potentes con miembros del Ejército Simbiótico de Liberación. Los militantes radicales habían reivindicado el secuestro de Patty Hearst, la heredera de un magnate de la prensa. Starkey en ese momento formaba parte del equipo forense encargado de determinar si los restos de Patty Hearst se encontraban entre los escombros de la casa quemada. En aquellos tiempos, el departamento tenía la práctica de desplazar a las mujeres a puestos en los que las confrontaciones físicas y la necesidad de llevar un arma fueran mínimas. Starkey había deseado ser policía. Terminó en el Departamento de Investigaciones Científicas y allí había vivido el crecimiento exponencial del uso de la tecnología en la detección del crimen. Como le gustaba decirles a los técnicos novatos, cuando ella entró en criminalística ADN eran solo tres letras del alfabeto. Ahora era experta en casi todas las ciencias forenses y su hijo, Michael, también trabajaba en la división como experto en salpicaduras de sangre.

Starkey levantó la mirada del puesto de trabajo, donde estaba mirando un vídeo con mucho grano del atraco a un banco en un ordenador con doble pantalla. En las pantallas había dos imágenes de la misma escena –una más enfocada que la otra– de un hombre que apuntaba con una pistola a la ventanilla de un cajero.

–¡Harry Bosch! El hombre del plan.

Bosch no tenía tiempo para charlar. Se acercó a ella y fue al grano.

–Barb, necesito que me ayudes.

Starkey torció el gesto al notar la urgencia en su voz.

–¿Qué pasa, cielo?

Bosch le mostró el móvil.

–Tengo un vídeo en el teléfono. Necesito que lo amplíes y lo pases en lento para ver si puedo identificar una ubicación. Es un secuestro.

Haciendo un gesto hacia la pantalla, Starkey dijo:

–Estoy en medio de este dos once en West...

–Mi hija sale en el vídeo, Barbara. Necesito tu ayuda ahora.

Esta vez, Starkey no vaciló.

–Déjamelo ver.

Bosch abrió el teléfono, puso en marcha el vídeo y le pasó el aparato a ella. Starkey lo miró sin decir una palabra y su rostro no expresó ninguna respuesta personal. Si acaso, Bosch vio que su postura se enderezaba y emergía un aura de urgencia profesional.

–Vale, ¿puedes enviarme esto?

–No lo sé. Sé como enviártelo a tu teléfono.

–¿Puedes enviar un mensaje de correo con un adjunto?

–Puedo enviar correo electrónico, pero no sé lo del adjunto. Nunca lo he intentado.

Con la ayuda de Starkey, Bosch envió un mensaje de correo con el vídeo como adjunto.

–Vale, ahora hemos de esperar a que llegue.

Antes de que Bosch pudiera preguntar cuánto podía tardar, sonó algo en el ordenador.

–Aquí está.

Starkey cerró su trabajo sobre el atraco al banco, abrió un mensaje de correo y descargó el vídeo. Enseguida lo reprodujo en la pantalla de la izquierda. En pantalla completa, la imagen se veía borrosa por la expansión de los píxeles. Starkey lo redujo a media pantalla y quedó más nítido. Más claro y más duro que cuando Bosch había visto las imágenes en su teléfono. Harry miró a su hija y trató de concentrarse.

–Lo siento mucho, Harry –dijo Starkey.

–Lo sé. No hablemos de ello.

En la pantalla, Maddie Bosch, de trece años, estaba sentada atada a una silla. Una mordaza de tela roja brillante le tapaba con fuerza la boca. Llevaba el uniforme: falda azul pálido y blusa blanca con el escudo de la escuela sobre el pecho izquierdo. Miraba a la cámara –la cámara de su propio móvil– de una manera que a Bosch le desgarró el corazón. «Desesperada» y «asustada» fueron solo las primeras palabras descriptivas que se le ocurrieron.

No había sonido, o al menos nadie decía nada al principio del vídeo. Durante quince segundos la cámara se mantenía fija en ella y con eso bastaba. Simplemente, se la estaban enseñando. Bosch volvió a sentir rabia. E impotencia.

Entonces, la persona que estaba grabando estiró el brazo para retirar momentáneamente la mordaza de la boca de Maddie.

–¡Papá!

La mordaza quedó recolocada de inmediato, ahogó lo que dijo después de esa única palabra y dejó a Bosch incapaz de interpretarlo.

La mano caía entonces en un intento de agarrar uno de los pequeños pechos de la chica. Maddie reaccionó con violencia, moviéndose lateralmente pese a estar atada y golpeando con la pierna izquierda el brazo extendido. El encuadre del vídeo se descontroló un momento y luego volvió a Maddie, que se había caído con la silla. Durante los últimos cinco segundos de vídeo, la cámara solo se centraba en ella hasta que la pantalla se ponía negra.

—No hay petición —dijo Starkey—. Solo la muestran.

—Es un mensaje para mí —dijo Bosch—. Están diciéndome que lo deje.

Starkey al principio no respondió. Puso las manos en una mesa de edición conectada al teclado del ordenador. Bosch sabía que manipulando los diales ella podía hacer avanzar y retroceder el vídeo con un control preciso.

—Harry, voy a ver esto fotograma a fotograma, pero llevará tiempo —dijo—. Tienes treinta segundos de vídeo aquí.

—Puedo verlo contigo.

—Creo que será mejor que me dejes hacer mi trabajo. Te llamaré en cuanto encuentre algo. Confía en mí, Harry. Sé que es tu hija.

Bosch asintió. Sabía que tenía que dejarla trabajar sin estar respirándole en el cuello. Eso daría los mejores resultados.

—Vale. Podemos solo echar un vistazo a la patada y luego te dejo. Quiero ver si hay algo ahí. La cámara se mueve cuando ella le da la patada y hay un destello de luz, como una ventana.

Starkey retrocedió el vídeo hasta el momento en que Maddie le daba una patada a su captor. En tiempo real solo se veía un movimiento desdibujado y luz, seguido por una rápida corrección del enfoque.

Sin embargo, en acción detenida o en reproducción fotograma a fotograma, Bosch vio que la cámara había barrido momentáneamente la habitación hasta una ventana para luego volver.

–Eres bueno, Harry –dijo Starkey–. Podríamos tener algo ahí.

Bosch se inclinó para mirar más de cerca, por encima del hombro de Starkey. Esta retrocedió el vídeo y lo pasó lentamente hacia delante de nuevo. El esfuerzo de Maddie por dar una patada al brazo extendido de su captor movía el encuadre hacia la izquierda y luego hacia al suelo. Después subía a la ventana y corregía a la derecha otra vez.

El lugar parecía una habitación de hotel barato con una sola cama, una mesa y una lámpara detrás de la silla a la que estaba atada Maddie. Bosch se fijó en una alfombra gris sucia, con diversas manchas. La pared de encima de la cama estaba marcada con agujeros dejados por clavos usados para colgar objetos. Las fotos o los cuadros probablemente habían sido retirados para dificultar la localización.

Starkey retrocedió el vídeo hasta la ventana y congeló la imagen. Era una ventana vertical de un único cristal que se abría hacia fuera como una puerta. Al parecer, no había cortina. La ventana estaba abierta casi del todo y en el cristal aparecía el reflejo de un paisaje urbano.

–¿Dónde crees que es, Harry?

–Hong Kong.

–¿Hong Kong?

–Vive allí con su madre.

–Bueno…

–Bueno ¿qué?

–Solo va a hacer que nos cueste más determinar la ubicación. ¿Conoces bien Hong Kong?

—He estado yendo dos veces al año desde hace seis años. Limpia esto si puedes. ¿Puedes ampliar esta parte?

Usando el ratón, Starkey seleccionó la zona de la ventana y pasó una copia de esa zona del vídeo a la segunda pantalla. Aumentó el tamaño y realizó varias maniobras de enfoque.

—No tenemos los píxeles, Harry, pero si ejecuto un programa que rellena lo que no tenemos, podemos mejorarlo. Quizá reconozcas algo en el reflejo.

Bosch asintió con la cabeza, aunque estaba detrás de ella.

En la segunda pantalla, el reflejo en la ventana se convirtió en una imagen más nítida con tres niveles distintos de profundidad. Lo primero en lo que se fijó Bosch fue en que la ubicación de la habitación era alta. El reflejo mostraba una calle desde al menos diez pisos de altura según sus cálculos. Veía los laterales de varios edificios que se alineaban en la acera y el borde de una valla publicitaria o el letrero de un edificio con las letras N y O. Había también un *collage* de carteles a ras de calle con caracteres chinos. Estos eran más pequeños y no tan claros.

Más allá de este reflejo, Bosch distinguió edificios altos en la distancia. Reconoció uno de ellos por dos antenas en el tejado. Las antenas de radio gemelas estaban unidas por una barra horizontal y la configuración siempre le recordaba a Bosch una portería de fútbol americano.

El tercer nivel de reflejo enmarcaba el contorno de los edificios: la silueta de una montaña quebrada tan solo por una estructura con forma de cuenco apoyado en dos gruesas columnas.

—¿Te ayuda, Harry?

—Sí, sí, sin duda. Esto ha de ser Kowloon. El reflejo recorre el puerto hasta Central y luego está el pico de la montaña detrás. Este edificio con los postes de fútbol es el Banco de China. Es una parte muy famosa del *skyline*. Y esto de atrás es Victoria Peak. Esa estructura que ves encima a través de la portería es como un puesto de observación al lado de la torre. Así que, para reflejar todo esto, estoy casi seguro de que has de estar al otro lado del puerto, en Kowloon.

—Nunca he estado allí, así que nada tiene sentido para mí.

—Central Hong Kong es en realidad una isla. Pero también hay otras islas que lo rodean y al otro lado del puerto está Kowloon y una zona llamada Nuevos Territorios.

—Suena demasiado complicado para mí, pero si te ayuda, pues…

—Ayuda mucho. ¿Puedes imprimirme esto? —Señaló la segunda pantalla con la vista aislada de la ventana.

—Claro. Aunque hay una cosa que es muy rara.

—¿Qué?

—¿Ves en el fondo este reflejo parcial del cartel?

Usó el cursor para marcar una caja en torno a las dos letras N y O que formaban parte de una cartel más grande y una palabra en inglés.

—Sí, ¿qué pasa?

—Has de recordar que es un reflejo en la ventana. Es como un espejo, así que todo está al revés.

—Sí.

—Vale, o sea que los carteles deberían estar al revés, pero las letras no están al revés. Por supuesto, con la

O no lo sabes. Es igual al derecho que al revés. Pero esta N no está al revés, Harry. Así que cuando recuerdes que es un reflejo invertido, significa que…

−¿Que el cartel está al revés?

−Sí. Ha de estarlo para mostrarse correctamente en el reflejo.

Bosch asintió. Starkey tenía razón. Era extraño, pero no tenía tiempo para entretenerse con eso en ese momento. Sabía que era hora de moverse. Quería llamar a Eleanor y decirle que pensaba que estaban reteniendo a su hija en Kowloon. Quizá eso se relacionara con algo en su lado. Al menos era un punto de partida.

−¿Puedes hacerme esa copia?

−Ya la estoy imprimiendo. Tarda un par de minutos porque es una impresora de alta resolución.

−Entendido.

Bosch miró la imagen de la pantalla, buscando otros detalles que pudieran ayudar. Lo más notable era un reflejo parcial del edificio en el que retenían a su hija. Una fila de unidades de aire acondicionado sobresalían de las ventanas. Eso significaba que se trataba de un edificio más viejo y podría ayudarle a identificar el lugar.

−Kowloon −dijo Starkey−. Suena ominoso.

−Mi hija me dijo que significa Nueve Dragones.

−Lo que te decía. ¿Quién iba a ponerle a su barrio Nueve Dragones a menos que quiera asustar a todo el mundo?

−Viene de una leyenda. Durante una de las antiguas dinastías, el emperador era solo un niño al que persiguieron los mongoles en una zona de lo que ahora es Hong Kong. Vio los ocho picos de las montañas que lo rodeaban y quiso llamar al sitio Ocho Dragones. Pero uno de los hombres que lo custodiaban le recordó que el emperador también era un dragón. Así que lo llamaron Nueve Dragones. Kowloon.

–¿Tu hija te contó eso?

–Sí, lo aprendió en la escuela.

Se produjo un silencio. Bosch oyó el ruido de la impresora detrás de él. Starkey se levantó, pasó por detrás de una pila de cajas y cogió la hoja con la impresión en alta resolución del reflejo de la ventana.

Se la pasó a Bosch. Era una buen impresión en papel fotográfico. Era tan nítida como la imagen de la pantalla del ordenador.

–Gracias, Barbara.

–No he terminado, Harry. Como te he dicho, voy a mirar todos los fotogramas de ese vídeo (treinta por segundo) y, si hay algo más que ayude, lo encontraré. También separaré la pista de audio.

Bosch se limitó a mirar la impresión que tenía en la mano.

–La encontrarás, Harry. Sé que lo harás.

–Sí, yo también.

20

Bosch llamó a su exmujer en marcado rápido mientras iba de camino al EAP. Eleanor respondió la llamada con una pregunta urgente.

−¿Algo, Harry?

−No mucho, pero estamos trabajando. Estoy casi seguro de que el vídeo que me enviaron lo grabaron en Kowloon. ¿Significa algo para ti?

−No. ¿Kowloon? ¿Por qué allí?

−No tengo ni idea. Pero podría ayudarnos a encontrar el sitio.

−¿Te refieres a la policía?

−No. Me refiero a ti y a mí, Eleanor. Cuando llegue. De hecho, aún he de reservar el vuelo. ¿Has llamado a alguien? ¿Qué has conseguido?

−¡No tengo nada! −gritó ella, sorprendiendo a Bosch−. Mi hija está en alguna parte y no tengo nada. ¡La policía ni siquiera me cree!

−¿De qué estás hablando? ¿Los has llamado?

−Sí, los llamé. No puedo quedarme aquí esperando a que aparezcas mañana. Llamé a la Unidad de Tríadas.

Bosch sintió que se le tensaban las tripas. No podía confiar en extraños, por expertos que fueran, cuando se trataba de la vida de su hija.

−¿Qué han dicho?

–Han puesto mi nombre en el ordenador y les ha salido un resultado. La policía tiene un expediente sobre mí. Quién soy, para quién trabajo. Y sabían lo de la vez anterior. Cuando pensé que la habían secuestrado y resultó que estaba en casa de una amiga. Así que no me han creído. Piensan que se ha largado otra vez y que sus amigas me están mintiendo. Me han dicho que espere un día más y que llame si no aparece.

–¿Les has hablado del vídeo?

–Se lo he dicho, pero no les ha importado. Dicen que, si no hay petición de rescate, probablemente lo preparó ella y sus amigos para llamar la atención. ¡No me creen!

Eleanor empezó a llorar por la frustración y el temor, pero Bosch consideró la reacción de la policía y pensó que podía funcionar a su favor.

–Eleanor, escúchame, creo que está bien.

–¿Bien? ¿Cómo puede estar bien? La policía ni siquiera la está buscando.

–Ya te lo he dicho antes. No quiero a la policía. La gente que la tiene vería llegar a la policía desde un kilómetro. Pero a mí no me verán.

–Esto no es Los Ángeles, Harry. No conoces el terreno como allí.

–La encontraré y tú me ayudarás.

Hubo un largo silencio antes de que ella respondiera. Bosch casi había llegado al EAP.

–Harry, has de prometerme que la rescatarás.

–Lo haré, Eleanor –respondió sin dudar–. Te lo prometo. La voy a rescatar.

Entró en el vestíbulo principal y se abrió la chaqueta para que el recepcionista pudiera verle la placa que llevaba en el cinturón.

–He de coger un ascensor –dijo–. Es probable que se corte la comunicación.

–Vale, Harry.

Pero se detuvo delante del ascensor.

–Se me acaba de ocurrir algo –dijo–. ¿Hablaste con una de sus amigas llamada He?

–¿He?

–Sí. He. Maddie dijo que significa «río». Me dijo que era una de las amigas con las que va al centro comercial.

–¿Cuándo fue eso?

–¿Quieres decir que cuándo me lo dijo? Hace un par de días. Debió de ser el jueves para ti. El jueves por la mañana cuando iba a la escuela. Estaba hablando con ella y saqué el tema del tabaco que mencionaste. Maddie...

Eleanor lo interrumpió haciendo alguna clase de ruido.

–¿Qué? –preguntó Bosch.

–Por eso me ha estado tratando como un trapo de un tiempo a esta parte –dijo ella–. Me has delatado.

–No, no fue así. Le mandé una foto porque sabía que haría que me llamara y que surgiría el tabaco. Funcionó. Y cuando le dije que mejor que no fumara, mencionó a He. Dijo que a veces el hermano mayor de He va a vigilarlas y que él es el que fuma.

–No conozco a ninguna de sus amigas que se llame He ni a su hermano. Supongo que eso muestra cuánto he perdido el contacto con mi propia hija.

–Escucha, Eleanor, en un momento como este los dos vamos a estar repensando todo lo que hicimos o le dijimos. Pero es una distracción y ahora hemos de concentrarnos en otra cosa. ¿Vale? No te distraigas con lo que hiciste o dejaste de hacer. Concentrémonos en recuperarla.

—Está bien. Volveré a llamar a los amigos suyos que conozco. Averiguaré de He y su hermano.

—Averigua si el hermano tiene alguna relación con la tríada.

—Lo intentaré.

—He de irme, pero una cosa más. ¿Has averiguado ya esa otra cosa?

Bosch saludó a un par de detectives de Robos y Homicidios que salían del ascensor. Eran de Casos Abiertos, que tenía su propia sala de brigada, y le dio la impresión de que no lo miraban con cara de saber lo que estaba ocurriendo. Bosch pensó que eso era bueno. Quizá Gandle lo estaba manteniendo en secreto.

—¿Te refieres a la pistola? —preguntó Eleanor.

—Sí, eso.

—Harry, ni siquiera ha amanecido aquí. Me ocuparé más tarde, no voy a estar sacando a la gente de la cama.

—De acuerdo.

—Pero llamaré a gente para lo de He. Ahora mismo.

—Perfecto. Llamémonos si surge algo.

—Adiós, Harry.

Bosch cerró el teléfono y entró en la zona de ascensores. Los otros detectives se habían ido y el pilló el siguiente ascensor. Al subir solo, miró el teléfono que tenía en la mano y pensó en que pronto amanecería en Hong Kong. Había luz diurna en el mensaje de vídeo que le habían enviado. Eso significaba que su hija podía haber sido secuestrada doce horas antes.

No había recibido un segundo mensaje. Pulsó el número de marcado rápido de su hija otra vez y la llamada fue directamente al buzón. Colgó y apartó el teléfono.

—Está viva —se dijo a sí mismo—. Está viva.

Logró llegar a su cubículo en Robos y Homicidios sin llamar la atención de nadie. No había rastro de Ferras ni de Chu. Bosch sacó una agenda de direcciones de un cajón y la abrió por una página que enumeraba las líneas aéreas que volaban entre el LAX y Hong Kong. Sabía que había distintas opciones de aerolíneas, pero pocas variaciones horarias. Todos los vuelos salían entre las once de la noche y la una de la mañana y aterrizaban a primera hora del domingo. Entre las más de catorce horas de vuelo y las quince horas de diferencia horaria, todo el sábado se evaporaría con el viaje.

Bosch llamó primero a Cathay Pacific y consiguió reservar un asiento de ventanilla en el primer vuelo que iba a salir. Aterrizaría a las 5:25 del domingo.

—¿Harry?

Bosch giró en la silla y vio a Gandle de pie en la entrada del cubículo. Bosch le hizo una señal para que esperara, anotó el código localizador del pasaje y terminó la llamada.

—Teniente, ¿dónde está todo el mundo?

—Ferras sigue en el tribunal y Chu está presentando cargos contra Chang.

—¿Qué cargos?

—Vamos con asesinato como planeamos. Pero ahora mismo no tenemos nada para respaldarlo.

—¿Y el intento de huir de la jurisdicción?

—También ha añadido eso.

Bosch miró el reloj de encima del tablón de anuncios. Eran las dos y media. Con un cargo de asesinato y el adicional de intento de fuga, la fianza se establecería de manera automática en dos millones de dólares para Chang. Bosch sabía que era demasiado tarde para que un abogado le consiguiera una vista en el tribunal para solicitar una reducción de fianza o para cuestionar la falta de pruebas para esa acusación. Con las oficinas de los tribunales cerradas durante el fin de semana, era asimismo poco probable que pusieran en libertad a Chang sin que alguien depositara los dos millones en efectivo. Las garantías de la fianza no podrían verificarse hasta el lunes. Todo ello se resumía en que tenían hasta el lunes por la mañana para reunir pruebas que respaldaran la acusación de asesinato.

—¿Cómo le ha ido a Ferras?

—No lo sé. Sigue allí y no ha llamado. La cuestión es ¿cómo te va a ti? ¿En criminalística han visto el vídeo?

—Barbara Starkey está trabajando con él ahora mismo. Ya he conseguido esto.

Bosch se sacó del bolsillo de la chaqueta la imagen de la ventana y la desplegó. Explicó a Gandle lo que pensaba que significaba y que hasta el momento era la única pista.

—He oído que estabas reservando un vuelo. ¿Cuándo te vas?

—Esta noche. Llegaré allí a primera hora del domingo.

—¿Pierdes un día entero?

—Sí, pero lo gano al volver. Tendré todo el domingo para encontrarla. Luego saldré el lunes por la mañana y llegaré aquí el mismo lunes por la mañana. Vamos a la fiscalía y acusamos a Chang. Funcionará, teniente.

—Mira, Harry, no te preocupes por un día. No te preocupes por el caso. Tú solo ocúpate de encontrarla.

Quédate el tiempo que necesites. Nosotros nos ocuparemos del caso.

–Bien.

–¿Y la policía? ¿Tu ex los ha llamado?

–Lo ha intentado, pero no están interesados.

–¿Qué? ¿Les has enviado ese vídeo?

–Todavía no. Pero ella se lo dijo. Ni caso.

Gandle puso los brazos en jarras. Lo hacía cuando algo le molestaba o tenía que mostrar su autoridad en una situación.

–Harry, ¿qué está pasando?

–Creen que se ha escapado y que deberíamos esperar a ver si aparece. Y a mí me parece bien porque no quiero que la policía participe. Todavía no.

–Mira, han de tener unidades enteras dedicadas a las tríadas. Tu ex probablemente llamó a un capullo en una mesa. Te hace falta experiencia y ellos la tienen.

Bosch asintió como si ya supiera todo eso.

–Jefe, estoy seguro de que tienen expertos. Pero las tríadas han sobrevivido más de trescientos años. Han florecido. No es algo que consigas sin tener contactos directos en el Departamento de Policía. Si fuera una de sus hijas, ¿llamaría a un montón de gente en la que no puede confiar o lo manejaría usted?

Sabía que Gandle tenía dos hijas. Las dos eran mayores que Maddie. Una había vuelto al este a estudiar en la Hopkins y el teniente se preocupaba por ella todo el tiempo.

–Te entiendo, Harry.

Bosch señaló la copia impresa.

–Solo quiero el domingo. Tengo una pista sobre el sitio y voy a ir allí a rescatarla. Si no puedo encontrarla, iré a la policía el lunes. Hablaré con su gente de la tríada, demonios, incluso llamaré a la oficina local del FBI allí. Haré lo que sea necesario, pero quiero el domingo para encontrarla yo.

Gandle asintió y bajó la mirada al suelo. Parecía que quería decir algo más.

–¿Qué? –preguntó Harry–. Deje que lo adivine, Chang me va a denunciar por tratar de estrangularlo. Tiene gracia porque terminé recibiendo más que él. Ese cabrón es fuerte.

–No, no, no es eso. Aún no ha dicho ni una palabra. No es eso.

–Entonces, ¿qué?

Gandle asintió y cogió la hoja impresa.

–Bueno, solo iba a decir que, si las cosas no se solucionan el domingo, me llames. Estos cabrones nunca van por buen camino. Ya sabes, otra vez, otro crimen. Siempre podemos pillar a Chang después.

El teniente Gandle le estaba diciendo a Bosch que estaba dispuesto a dejar marchar a Chang si eso permitía que la hija de Harry volviera a casa a salvo. El lunes podían informar a la fiscalía de que no se presentarían pruebas que apoyaran la acusación de asesinato y soltarían a Chang.

–Es usted un buen hombre, teniente.

–Y, por supuesto, no he dicho nada de esto.

–No va a ser así, pero aprecio lo que acaba de decir. Además, la triste realidad es que puede que tengamos que soltar a este tipo el lunes de todos modos. A menos que encontremos algo en los registros del fin de semana.

Bosch recordó que le había prometido a Teri Sopp que le enviaría una tarjeta con las huellas de Chang para que ella pudiera tenerlas a mano si surgía algo en el test de potenciación electrostática del casquillo recuperado del cadáver de John Li. Le dijo a Gandle que se asegurara de que Ferras o Chu le llevaran una tarjeta. El teniente dijo que se ocuparía. Devolvió a Bosch la impresión de la imagen de vídeo y le dijo lo que siempre le decía, que se mantuvieran en contacto. Luego se dirigió de nuevo a su oficina.

Bosch colocó la foto en el escritorio y se puso las gafas de lectura. También cogió una lupa de un cajón y empezó a estudiar cada centímetro cuadrado de la imagen, buscando algo que no hubiera visto antes y pudiera ayudarlo. Llevaba diez minutos en ello sin descubrir nada cuando le sonó el móvil. Era Ferras y no sabía nada de que hubieran secuestrado a la hija de Bosch.

—Harry, lo tengo. Tenemos aprobación para registrar el teléfono, la maleta y el coche.

—Ignacio, eres un escritor de primera. Sigues inmaculado.

Era cierto. Hasta el momento, en los tres años que llevaban de compañeros, Ferras todavía no había escrito una petición de orden de registro que un juez hubiera declinado por causa insuficiente. Podía estar intimidado por las calles, pero los tribunales no le intimidaban. Sabía muy bien lo que tenía que poner en cada solicitud y lo que no debía mencionar.

—Gracias, Har.

—¿Ya has terminado ahí?

—Sí, voy a volver.

—¿Por qué no te desvías por el GOP y te ocupas de eso? Yo tengo el teléfono y la maleta aquí mismo. Me pondré ahora mismo. Chu está presentando los cargos.

Ferras vaciló. Ir al garaje oficial de la policía para ocuparse del registro del coche de Chang tensaba la cuerda psicológica en la sala de brigada.

–Uh, Harry. ¿No crees que debería encargarme del teléfono? No sé, acabas de recibir tu primer móvil multifunción hace un mes.

–Creo que puedo apañarme.

–¿Estás seguro?

–Sí, estoy seguro. Y lo tengo aquí mismo. Vete al garaje. Asegúrate de que miran en los paneles de las puertas y en el filtro del aire. Tuve un Mustang una vez. Podrías meter una cuarenta y cinco en el filtro.

Bosch se refería al personal del garaje oficial de la policía. Serían ellos los que desmontarían el coche de Chang mientras Ferras supervisaba.

–Lo haré –dijo Ferras.

–Bien –dijo Bosch–. Llámame si encuentras oro.

Bosch cerró el teléfono. No veía la necesidad de hablarle a Ferras de la situación de su hija todavía. Ferras tenía tres hijos, y un recordatorio de lo vulnerable que era no sería útil en un momento en que Bosch contaba con que rindiera al máximo.

Harry se apartó del escritorio y giró en la silla para mirar la gran maleta de Chang, que estaba en el suelo, apoyada contra la pared del fondo del cubículo. «Encontrar oro» significaba encontrar el arma homicida en la posesión o las posesiones del sospechoso. Bosch sabía que Chang se estaba dirigiendo a un avión, así que no habría suerte en la maleta. Si aún estaba en posesión del arma que había matado a John Li, lo más probable era que estuviera en su coche o en el apartamento. Si no había desaparecido hacía mucho.

Pero la maleta aún podía contener información valiosa y pruebas incriminatorias, una gota de sangre de la víctima en el puño de una camisa, por ejemplo. Podía encontrar oro. Pero Bosch se volvió hacia el escritorio y decidió ir primero al teléfono móvil. Buscaría otro tipo de oro. Oro digital.

21

Bosch tardó menos de cinco minutos en determinar
que el teléfono móvil de Bo-Jing Chang sería de escasa utilidad para la investigación. Enseguida encontró
el archivo de llamadas, pero solo había dos llamadas
recientes, ambas a números gratuitos, y una entrante.
Las tres se habían realizado o recibido esa mañana. No
había ningún registro más. Habían borrado el historial
del teléfono.

A Bosch le habían dicho que las memorias digitales
duraban para siempre. Sabía que un análisis completo
del teléfono podía resultar en la recuperación de los
datos borrados del dispositivo, pero a efectos inmedia-
tos el teléfono era un fracaso. Llamó a los números
gratuitos y averiguó que pertenecían a Hertz Car Ren-
tal y a Cathay Pacific Airways. Probablemente Chang
había estado verificando su itinerario y su plan de
conducir desde Seattle a Vancouver para coger el
avión a Hong Kong. Bosch también comprobó el número de la llamada entrante y averiguó que procedía
de Tsing Motors, el patrón de Chang. Aunque no se
sabía de qué había tratado la llamada, el número ciertamente no añadía ninguna prueba o información al
caso.

Bosch no solo había contado con que el teléfono
contribuyera a la acusación contra Chang, sino que

también esperaba que proporcionara alguna pista del lugar al que se dirigía en Hong Kong y, por consiguiente, de la situación de Madeline. Sintió el mazazo de la decepción y sabía que tenía que mantener la mente ocupada para evitar pensar demasiado en ello. Volvió a guardar el móvil en la bolsa de pruebas y a continuación despejó el escritorio para poner la maleta encima.

Al levantarla para colocarla en el escritorio calculó que pesaría al menos treinta kilos. Usó unas tijeras para cortar el precinto que Chu había colocado sobre la cremallera y se encontró con un pequeño candado barato. Sacó sus ganzúas y lo abrió en menos de treinta segundos. Corrió la cremallera y abrió la maleta sobre el escritorio.

La maleta de Chang estaba dividida en dos mitades iguales. Empezó por el lado izquierdo, soltando las dos correas en diagonal que mantenían el contenido en su lugar. Sacó y examinó toda la ropa, prenda por prenda. Lo apiló todo en un estante que tenía encima del escritorio y en el que aún no había tenido tiempo de poner nada desde que se había trasladado al nuevo edificio.

Daba la impresión de que Chang había metido todas sus pertenencias en la maleta. La ropa estaba apretada más que doblada para usarla en un viaje. En el centro de cada fardo había una joya u otra posesión personal. Encontró un reloj en un fardo y un sonajero antiguo en otro. En el centro del último fardo que abrió había un pequeño marco de bambú que contenía una foto descolorida de una mujer. La madre de Chang, supuso.

Después de registrar la mitad de la maleta, Bosch concluyó que Chang no iba a volver.

En el lado derecho había un separador que abrió y dobló por la mitad. Había más fardos de ropa y zapatos, además de un neceser con cremallera. Bosch revisó primero los fardos, sin encontrar nada inusual en la ropa. El primero envolvía una pequeña estatua de jade de un buda que tenía fijado un pequeño cuenco para quemar incienso u ofrendas. El segundo fardo envolvía un cuchillo con funda.

El arma era una joya, con una hoja de solo trece centímetros y un mango de hueso labrado. La escena grabada describía una batalla desigual en la que hombres con cuchillos, flechas y hachas exterminaban a otros, desarmados, que rezaban en lugar de luchar. Bosch supuso que se trataba de la masacre de los monjes Shaolin que Chu había contado que era el origen de las tríadas. La forma del cuchillo se parecía mucho al tatuaje que Chang llevaba en la cara interior del brazo.

El cuchillo era un hallazgo interesante y posiblemente indicaba que Chang formaba parte de la tríada Cuchillo Valeroso, pero no era prueba de ningún crimen. Bosch lo puso en el estante con las otras pertenencias y siguió registrando.

Enseguida vació la maleta. Palpó el forro con las manos para asegurarse de que no había nada escondido debajo. Levantó la maleta, esperando notar que era demasiado pesada para estar vacía. Pero no pesaba y estaba seguro de que no se le había pasado nada.

Lo último que miró fueron los dos pares de zapatos. Había echado un vistazo inicial a cada uno, pero los había apartado. Sabía que la única manera de buscar de verdad en un zapato era desmontándolo. No era algo que normalmente le gustara hacer porque resultaba inútil y a Bosch no le gustaba destrozar los zapatos de un hombre, sospechoso o no. Esta vez no le importó.

Los primeros zapatos en los que se centró eran un par de botas de trabajo que había visto que Chang llevaba el día anterior. Estaban viejas y gastadas, pero sabía que le gustaban. Los cordones eran nuevos y habían engrasado la piel en repetidas ocasiones. Bosch sacó los cordones para poder levantar la lengüeta hasta el final y mirar en el interior. Con las tijeras levantó el acolchado del empeine para ver si ocultaba cualquier clase de compartimento secreto en el talón. No había nada en la primera bota, pero en la segunda encontró una tarjeta de visita entre dos capas de acolchado.

Bosch sintió una inyección de adrenalina al dejar la bota de trabajo a un lado para mirar la tarjeta. Por fin había encontrado algo.

Era una tarjeta escrita por las dos caras: en chino por un lado y en inglés por el otro. Bosch, por supuesto, estudió el lado en inglés.

JIMMY FONG

GERENTE DE FLOTA

SERVICIO DE TAXIS

En la tarjeta figuraba una dirección en Causeway Bay y dos números de teléfono. Bosch se sentó por primera vez desde que había empezado a registrar la maleta y continuó estudiando la tarjeta. Se preguntó lo que tenía, si es que tenía algo. Causeway Bay no estaba lejos de Happy Valley ni del centro comercial donde posiblemente habían secuestrado a su hija. Y el hecho de que hubieran escondido una tarjeta de un gerente de servicio de taxis en la bota de trabajo de Chang era un misterio.

Dio la vuelta a la tarjeta y examinó el lado chino. Había tres líneas de texto, igual que en el lado inglés, además de la dirección y los números en la esquina. Parecía que la tarjeta decía lo mismo en ambos lados.

Bosch hizo una copia de la tarjeta y puso el original en un sobre de pruebas para que Chu pudiera echarle un vistazo. Luego pasó al otro par de zapatos. En otros veinte minutos había terminado y no había encontrado nada más. Continuaba intrigado con la tarjeta de visita, pero decepcionado por la falta de resultados en el registro. Volvió a poner todas las pertenencias en la maleta, lo más parecido que pudo a como las había encontrado. La cerró y corrió la cremallera.

Después de dejar la maleta otra vez en el suelo, llamó a su compañero. Estaba ansioso por saber si el registro del coche de Chang había ido mejor que el del teléfono y de la maleta.

—Solo llevamos la mitad —dijo Ferras—. Han empezado por el maletero.

—¿Alguna cosa?

—Hasta ahora no.

Bosch sintió que sus esperanzas empezaban a desvanecerse. Chang iba a salir limpio. Y eso significaba que saldría en libertad el lunes.

—¿Has conseguido algo del teléfono? —preguntó Ferras.

—No, nada. Lo habían borrado. Tampoco había gran cosa en la maleta.

—Mierda.

—Sí.

—Bueno, como he dicho, aún no nos hemos metido en el coche. Solo en el maletero. Miraremos también los paneles de la puerta y el filtro del aire.

—Bueno. Infórmame.

Bosch cerró el teléfono e inmediatamente llamó a Chu.

—¿Aún está presentando cargos?

—No, Bosch, he salido hace media hora. Estoy en el tribunal, esperando a la juez Champagne para que me firme el CP.

Después de presentar cargos de asesinato contra un sospechoso se requería que un juez firmara un documento de detención por causa probable. Este contenía el informe del arresto y presentaba las pruebas que justificaban la encarcelación. El umbral de la causa probable para la detención era mucho más bajo que los requisitos para presentar cargos. Conseguir un CP firmado era rutinario, pero Chu había hecho un buen movimiento al volver a la juez que ya había firmado la orden de registro.

—Bien. Quería comprobar eso.

—Lo tengo controlado. ¿Qué está haciendo ahí, Harry? ¿Qué ocurre con su hija?

—Sigue desaparecida.

—Lo siento. ¿Qué puedo hacer?

—Puedes hablarme de los cargos.

Chu tardó un momento en hacer el salto de la hija de Bosch a la presentación de cargos contra Chang en la cárcel de Los Ángeles.

—La verdad es que no hay nada que contar. No ha dicho una palabra. Gruñó varias veces, nada más. Lo han metido en alta seguridad y, con suerte, allí seguirá hasta el lunes.

–No va a ir a ninguna parte. ¿Ha llamado a un abogado?

–Iban a darle acceso a un teléfono cuando estuviera dentro. Así que no lo sé seguro, pero supongo que sí.

–Vale.

Bosch estaba tratando de encontrar algo que pudiera señalarle una dirección y que la adrenalina continuara fluyendo.

–Tenemos la orden de registro –dijo–, pero no había nada que ayude en el teléfono ni en la maleta. Había una tarjeta escondida en uno de los zapatos. Está en inglés por un lado y en chino en el otro. Quiero que vea si coincide. Ya sé que no lee chino, pero si lo mando por fax a la UBA, ¿puede conseguir que alguien le eche un vistazo?

–Sí, Harry, pero hágalo ahora. La unidad probablemente se esté vaciando.

Bosch miró su reloj. Eran las cuatro y media de la tarde de un viernes. Las salas de brigada de todo Los Ángeles se estaban convirtiendo en ciudades fantasma.

–Lo haré ahora. Llame y dígales que está en camino.

Cerró el teléfono y salió del cubículo para ir al fax que había al otro lado de la sala de brigada.

Las cuatro y media. En seis horas, Bosch tenía que estar en el aeropuerto. Sabía que en cuanto subiera al avión su investigación quedaría paralizada. En las catorce horas y pico que duraba el vuelo, continuarían ocurriendo cosas con su hija y con el caso, pero Bosch estaría en estasis. Como en una película en la que hibernan a un viajero del espacio durante el largo regreso a casa desde la misión.

Sabía que no podía meterse en ese avión sin nada. De un modo u otro, tenía que lograr un avance significativo.

Después de mandar por fax la tarjeta a la Unidad de Bandas Asiáticas, volvió a su cubículo. Había dejado el teléfono sobre el escritorio y vio que se había perdido una llamada de su exmujer. No había mensaje, pero le devolvió la llamada.

–¿Has encontrado algo? –preguntó.

–He tenido conversaciones muy largas con dos amigas de Maddie. Esta vez me han hablado.

–¿He?

–No, no con He. No tengo ni el nombre completo ni su número. Ninguna de las otras chicas lo tiene.

–¿Qué te han contado?

–Que He y el hermano no son de la escuela. Los conocieron en el centro comercial, pero ni siquiera son de Happy Valley.

–¿Saben de dónde son?

–No, pero saben que no eran de allí. Me han dicho que Maddie parecía muy amiga de He y que ella se trajo a su hermano. Todo en el último mes o así. Desde que volvió de visitarte, de hecho. Las dos niñas me han dicho que se había distanciado de ellas.

–¿Cómo se llama el hermano?

–Lo único que conseguí fue Quick. He dijo que se llamaba Quick, pero, como su hermana, no conocían el apellido.

–Eso no es de mucha ayuda. ¿Algo más?

–Bueno, confirmaron lo que te dijo Maddie, que Quick era el que fumaba. Dijeron que era un tipo duro. Tenía tatuajes y brazaletes y supongo…, bueno, supongo que les atraía el elemento de peligro.

—¿A ellas o a Madeline?

—Sobre todo a Maddie.

—¿Creen que podría haberse ido con él el viernes después de la escuela?

—No lo han dicho, pero sí, creo que era lo que trataban de decir.

—¿Has preguntado si Quick habló alguna vez de afiliación a una tríada?

—Lo he preguntado y han dicho que nunca surgió. No habría surgido de todos modos.

—¿Por qué no?

—Porque aquí no se habla de esas cosas. Las tríadas son anónimas. Están en todas partes, pero son anónimas.

—Entiendo.

—¿Sabes? No me has dicho lo que crees que está pasando. No soy estúpida. Sé lo que estás haciendo. Estás tratando de no inquietarme con los hechos, pero creo que necesito conocer los hechos ahora, Harry.

—Vale.

Bosch sabía que tenía razón. Si quería que diera lo mejor de sí misma, tenía que contarle todo lo que sabía.

—Estoy trabajando en el asesinato de un chino que era propietario de una tienda de licores en la zona sur. Pagaba a la tríada por protección. Lo mataron el mismo día y a la misma hora a la que hacía siempre los pagos semanales. Eso nos puso sobre la pista de Bo-Jing Chang, el matón de la tríada. El problema es que es lo único que tenemos. No hay pruebas que lo relacionen directamente con el asesinato. Hoy hemos tenido que detener a Chang porque estaba a punto de coger un avión para huir del país. No teníamos elección. Así que se reduce a que tenemos el fin de semana para conseguir pruebas suficientes que apoyen la acusación o hemos de soltarlo, se sube a un avión y no volvemos a verlo.

−¿Y cómo se relaciona esto con nuestra hija?

−Eleanor, estoy tratando con gente que no conozco. La Unidad de Bandas Asiáticas del departamento y la policía de Monterey Park. Alguien informó a Chang directamente o a la tríada de que íbamos tras él y por eso trató de largarse. De la misma manera podían haberme investigado y centrarse en Madeline como forma de llegar a mí para mandar el mensaje de que dejara el caso. Recibí una llamada. Alguien me dijo que habría consecuencias si no soltaba a Chang. Nunca imaginé que las consecuencias serían…

−Maddie −dijo Eleanor finalizando la idea.

Siguió un largo silencio y Bosch supuso que su exmujer estaba tratando de controlar sus emociones, que odiaba a Bosch al mismo tiempo que tenía que confiar en él para salvar a su hija.

−¿Eleanor? −preguntó al fin.

−¿Qué?

Su voz era entrecortada, pero obviamente cargada de rabia.

−¿Las amigas de Maddie te han dicho la edad de ese chico, Quick?

−Las dos han dicho que pensaban que tenía al menos diecisiete años. Han dicho que tenía coche. Hablé por separado con ellas y las dos han dicho lo mismo. Creo que me estaban diciendo lo que sabían.

Bosch no respondió. Estaba pensando.

−El centro comercial abre dentro de un par de horas −continuó Eleanor−. Pienso ir allí con fotos de Maddie.

—Es buena idea. Podría haber vídeo. Si Quick causó problemas en el pasado, la seguridad del centro comercial podría tenerlo fichado.

—Ya he pensado en todo eso.

—Perdón, lo sé.

—¿Qué dijo tu sospechoso de esto?

—Nuestro sospechoso no habla y acabo de revisar su maleta y su teléfono y aún estamos trabajando en el coche. Por el momento, nada.

—¿Y su casa?

—De momento no tenemos lo suficiente para una orden de registro.

La idea quedó flotando unos momentos. Ambos sabían que, con su hija desaparecida, las formalidades legales como la aprobación de una orden de registro no iban a importarle a Bosch.

—Probablemente volveré a ello. Tengo seis horas antes de ir al aeropuerto.

—Vale.

—Te llamaré en cuanto…

—¿Harry?

—¿Qué?

—Estoy tan consternada que no sé qué decir.

—Lo entiendo, Eleanor.

—Si la recuperamos, no volverás a verla. Solo tenía que decirte esto.

Bosch se quedó en silencio. Sabía que Eleanor tenía derecho a la rabia y a todo lo demás. La rabia podría hacerle trabajar con más agudeza.

—No hay condicionales —dijo al fin—. Voy a rescatarla.

Esperó a que ella respondiera, pero solo hubo silencio.

—Vale, Eleanor. Te llamaré en cuanto sepa algo.

Después de cerrar el teléfono, Bosch volvió a su ordenador, abrió la foto de la ficha policial de Chang y la envió a la impresora en color. Quería tener una copia consigo en Hong Kong.

Chu llamó poco después y dijo que había recibido la CP firmada y que iba a salir del tribunal. Explicó que había hablado con un agente de la UBA que había recibido el fax de Bosch y que podía confirmarle que las dos caras de la tarjeta decían lo mismo. La tarjeta era del gerente de una flota de taxis con base en Causeway Bay. Pese a ser información completamente inocua a primera vista, Bosch aún se preguntaba por qué la tarjeta estaba escondida en el zapato de Chang y por el hecho de que se tratara de un negocio tan próximo al lugar donde su hija había sido vista por última vez en compañía de sus amigas. Bosch nunca había creído en las coincidencias. No iba a empezar a hacerlo ahora.

Le dio las gracias a Chu y colgó justo cuando el teniente Gandle se detenía junto a su cubículo antes de irse a casa.

—Harry, me da la sensación de que te dejo en la estacada. ¿Qué puedo hacer por ti?

—No puede hacerse nada que no se esté haciendo ya.

Puso al día a Gandle de los registros y de la ausencia de hallazgos sólidos hasta el momento. También informó de que no había ninguna novedad sobre el paradero de su hija ni sobre los secuestradores. El rostro de Gandle se avinagró.

—Necesitamos un golpe de suerte —dijo—. De verdad que lo necesitamos.

–Estamos en ello.

–¿Cuándo te vas?

–Dentro de seis horas.

–Vale. Tienes mis números. Llámame en cualquier momento, día o noche, si necesitas algo. Haré todo lo que pueda.

–Gracias, jefe.

–¿Quieres que me quede aquí contigo?

–No, estoy bien. Iba a ir al GOP y dejar que Ferras se vaya a casa si quiere.

–Vale, Harry, infórmame si encuentras algo.

–Lo haré.

–La rescatarás. Sé que lo harás.

–Yo también lo sé.

Por fin, Gandle le tendió la mano de un modo torpe y Bosch se la estrechó. Probablemente era la primera vez que se estrechaban la mano desde que se habían conocido tres años antes. Gandle se fue y dejó a Bosch examinando la sala de brigada. Al parecer, era el único que quedaba.

Se volvió y miró la maleta. Sabía que tenía que llevarla al ascensor y bajarla al almacén de pruebas. El teléfono también tenía que archivarse como prueba. Después de eso, él también se iría del edificio. Pero no para pasar un fin de semana de ocio con la familia. Bosch tenía una misión. Y nada lo detendría hasta verla cumplida. Incluso bajo la última amenaza de Eleanor. Incluso si salvar a su hija significaba no volver a verla.

22

Bosch esperó a que oscureciera para entrar en la casa de Bo-Jing Chang. Era una casa adosada con un vestíbulo de entrada compartido con el apartamento adjunto. Esto le ofreció protección para abrir la doble cerradura con sus ganzúas. Al hacerlo, no sintió culpa y no vaciló ante la barrera que estaba cruzando. Los registros del coche, la maleta y el teléfono habían sido un fracaso y Bosch estaba desesperado. No estaba buscando pruebas para construir un caso contra Chang. Estaba buscando cualquier cosa que pudiera ayudarle a localizar a su hija. Llevaba más de doce horas desaparecida y el allanamiento de morada –que ponía en peligro su medio de vida y su carrera– parecía un riesgo mínimo en comparación con lo que tendría que afrontar interiormente si no conseguía rescatarla sana y salva.

En cuanto se acopló la última ganzúa, abrió la puerta y entró con rapidez en el apartamento. Cerró y volvió a pasar la llave. Bosch sabía por el registro de la maleta que Chang no pensaba volver. Aun así, no creía que el sospechoso lo hubiera metido todo en esa única maleta. Tenía que haber dejado cosas atrás. Cosas de naturaleza menos personal para él, pero posiblemente valiosas para Bosch. Chang había imprimido su tarjeta de embarque en alguna parte antes de dirigirse al aeropuerto. Puesto que se encontraba bajo vigilancia, sabía que no había hecho más paradas. Bosch estaba convencido de que tenía que haber un ordenador y una impresora en la casa.

Harry esperó treinta segundos a que sus pupilas se adaptaran a la oscuridad antes de alejarse de la puerta. Una vez que empezó a ver razonablemente bien, entró en el salón, pero tropezó con una silla y casi tiró una lámpara antes de encontrar el interruptor y encender la luz. Enseguida se acercó la ventana y corrió las cortinas.

Se volvió y examinó la sala. Era un pequeño salón-comedor con un pasaplatos que comunicaba con la cocina. A la derecha había una escalera que subía al dormitorio. En un primer examen, Bosch no vio nada de naturaleza personal. No había ordenador ni impresora. Solo los muebles. Examinó rápidamente el salón y luego pasó a la cocina. También estaba desprovista de efectos personales. Los armarios estaban vacíos; no había ni siquiera una caja de cereales. Debajo del fregadero vio una papelera, pero estaba vacía y con una bolsa de basura recién puesta. Bosch volvió al salón y se dirigió a la escalera. Al pie de la escalera había un interruptor con regulador que controlaba la luz del techo del piso de arriba. La puso a baja intensidad y volvió a apagar la lámpara del salón.

El piso de arriba estaba amueblado con solo una cama *queen size* y una cómoda. No había escritorio ni ordenador. Bosch rápidamente pasó a la cómoda y fue abriendo y cerrando todos los cajones. Estaban todos vacíos. En el cuarto de baño, la papelera estaba vacía y el botiquín vacío. Levantó la tapa del inodoro, pero tampoco encontró nada escondido allí.

Habían vaciado la casa y tenían que haberlo hecho después de que Chang se marchara, llevándose la vigilancia. Bosch pensó en la llamada de Tsing Motors que había encontrado en el teléfono del sospechoso. Quizá había avisado a Vincent Tsing para que vaciaran y limpiaran el apartamento. Decepcionado y sintiendo que lo habían manipulado con pericia, decidió localizar la basura del edificio en un intento de encontrar las bolsas que se habían llevado del apartamento. Quizá habían cometido el error de dejar la basura de Chang. Una nota tirada o garabateada con un número de teléfono podía resultar muy útil.

Había bajado tres peldaños de la escalera cuando oyó una llave en la cerradura de la puerta de la calle. Dio la vuelta rápidamente, volvió a subir y se escondió detrás de una columna.

Las luces de abajo se encendieron y el apartamento enseguida se llenó de voces chinas. Con la espalda pegada a la columna, Bosch contó las voces de dos hombres y una mujer. Uno de los hombres dominaba la conversación y a Bosch le dio la impresión de que cuando alguno de los otros dos hablaba estaba haciendo preguntas.

Bosch se situó al borde de la columna y se arriesgó a mirar abajo. Vio que el hombre señalaba los muebles y a continuación abría la puerta del armario de debajo de la escalera y hacía un movimiento de barrido con la mano. Bosch se dio cuenta de que estaba mostrando el apartamento a la pareja. Estaba en alquiler.

Comprendió que, antes o después, las tres personas subirían. Miró la cama. Era un simple colchón encima de un somier que se apoyaba en una plataforma, a treinta centímetros del suelo. Era el único escondite posible. Rápidamente se echó al suelo y se metió debajo, con el pecho rozando la parte inferior del somier. Se colocó en el centro y esperó, controlando la visita por las voces.

Finalmente, la comitiva subió por la escalera. Bosch contuvo la respiración cuando la pareja rodeó el dormitorio y ambos lados de la cama. Esperaba que alguien se sentara en la cama, pero no ocurrió.

Bosch de repente notó una vibración en el bolsillo y se dio cuenta de que no había silenciado el móvil. Por fortuna, el tipo que mostraba el apartamento seguía con la charla sobre lo fantástica que era la vivienda. Su voz impidió que alguien reparara en la vibración. Bosch enseguida se metió la mano en el bolsillo y sacó el teléfono para ver si la llamada era desde el teléfono de su hija. Tendría que responder esa llamada, fueran cuales fuesen las circunstancias.

Levantó el teléfono en el somier para poder verlo. La llamada era de Barbara Starkey, la técnica de vídeo, y Bosch pulsó el botón para rechazarla. La localizaría más tarde.

Al abrir el teléfono se había activado la pantalla. La luz tenue iluminó la parte interior del somier y Bosch vio una pistola metida detrás de una de las tablas de madera del armazón.

A Bosch se le aceleró el pulso al ver la pistola. Pero decidió no tocarla hasta que el apartamento volviera a estar vacío. Cerró el teléfono y esperó. Enseguida oyó que los visitantes bajaban por la escalera. Al parecer, echaron otro vistazo rápido por el piso de abajo y luego se marcharon.

Bosch oyó que cerraban desde fuera y salió de debajo de la cama.

Después de mirar unos segundos para asegurarse de que se habían ido definitivamente, volvió a encender la luz. Levantó el colchón y lo puso contra la pared de atrás. A continuación levantó el somier y lo apoyó contra el colchón. Miró la pistola, todavía metida en el armazón de madera.

No la veía con claridad, de manera que abrió el teléfono otra vez y lo usó como linterna.

–¡Maldita sea! –dijo en voz alta.

Estaba buscando una Glock, la pistola con un percutor rectangular. El arma escondida bajo la cama de Chang era una Smith & Wesson.

No había nada que le sirviera. Bosch se dio cuenta de que había vuelto a la casilla de salida. Como para acentuar esa idea, un pequeño bip sonó en su reloj. Apagó la alarma que había programado para no arriesgarse a perder el vuelo. Era hora de ir al aeropuerto.

Después de dejar la cama como estaba, Bosch apagó la luz del piso de arriba y salió en silencio del apartamento. Su plan era pasar por casa antes para recoger el pasaporte y guardar su arma. No estaba autorizado a llevar la pistola a un país extranjero sin el permiso de ese país y el proceso duraba días o semanas. No pensaba llevar ropa porque no creía que fuera a tener tiempo de cambiarse en Hong Kong. Estaba en una misión que empezaría en el momento en que aterrizara el avión.

Se incorporó a la 10 en dirección oeste en Monterey Park con la intención de tomar la 101 por Hollywood hasta su casa. Empezó a concebir un plan para llevar a la policía a la pistola escondida en el antiguo apartamento de Chang, pero por el momento no había causa probable para registrarlo. Aun así, era preciso que encontraran y examinaran la Smith & Wesson. No era útil para Bosch en la investigación de John Li, pero eso no significaba que Chang la hubiera usado para obras de filantropía. Había sido usada para asuntos de la tríada y bien podría conducir a algo.

Cuando estaba tomando la 101 hacia el norte, cerca del centro cívico, Bosch recordó la llamada de Barbara Starkey. Comprobó si tenía mensajes y oyó que Starkey le pedía que la llamara lo antes posible. Daba la impresión de que podía haber hecho progresos. Bosch pulsó el número de responder la llamada.

–Barbara, soy Harry.

–Harry, sí, esperaba contactar contigo antes de ir a casa.

–Deberías haberte ido a casa hace tres horas.

–Sí, bueno, te dije que iba a mirar esto.

–Gracias, Barbara, significa mucho. ¿Qué has encontrado?

–Un par de cosas. Para empezar, tengo aquí otra impresión que es un poco mejor que la que te has llevado.

Bosch se desanimó. Daba la impresión de que no había mucho más que lo que ya había visto y de que Starkey solo quería hacerle saber que contaba con una imagen más nítida de la vista de la ventana de la habitación en la que retenían a su hija. Se había fijado en que, en ocasiones, cuando alguien te hacía un favor quería asegurarse de que lo supieras. Pero decidió que se arreglaría con lo que tenía. Salir de la autovía para recoger la foto le retrasaría mucho. Tenía que coger un avión.

–¿Algo más? –preguntó–. He de ir al aeropuerto.

–Sí, tengo un par más de identificadores visuales y de audio que podrían ayudarte –dijo Starkey.

Bosch prestó toda su atención.

–¿Qué son?

–Bueno, una cosa creo que podría ser un tren o un metro. Otra es un fragmento de conversación que no es en chino. Y lo último es un helicóptero silenciado.

–¿Qué quiere decir «silenciado»?

–Quiere decir literalmente silenciado. Tengo el destello de un reflejo en la ventana de un helicóptero que pasa, pero no tengo pista de audio que lo acompañe.

Bosch al principio no respondió. Sabía de qué estaba hablando Starkey. Había visto los helicópteros Whisper Jet que los ricos y poderosos usaban para moverse por Hong Kong. Moverse en helicóptero no era raro, pero también sabía que solo unos pocos edificios de cada distrito tenían permiso para que se aterrizara en los tejados. Una razón de que su exesposa hubiera elegido el edificio en el que vivía en Happy Valley era que tenía zona de aterrizaje de helicópteros en el tejado. Podía llegar al casino de Macao en veinte minutos de puerta a puerta en lugar de las dos horas que tardaría en salir del edificio, llegar al muelle del ferri, cruzar la bahía y tomar un taxi o caminar desde el puerto al casino.

–Barbara, estaré allí en cinco minutos –dijo.

Salió en Los Angeles Street y se dirigió al Parker Center. Era tan tarde que Bosch pudo escoger sitio en el garaje de detrás del viejo cuartel general de la policía. Aparcó y enseguida cruzó la calle y entró por la puerta trasera. El ascensor pareció tardar una eternidad y cuando salió al casi abandonado laboratorio del

Departamento de Investigaciones Científicas habían pasado siete minutos desde que había cerrado el teléfono.

–Llegas tarde –dijo Starkey.

–Lo siento, gracias por esperar.

–Era broma, ya sé que vas corriendo, así que vamos a mirar esto.

Señaló una de las pantallas donde había una imagen congelada de la ventana sacada del vídeo del teléfono. Era lo que Bosch había impreso. Starkey puso las manos en los diales.

–Vale –dijo–. Fíjate aquí arriba, en el reflejo en la parte superior del cristal. No vimos (ni oímos) esto antes.

Giró lentamente un dial. En el reflejo en el cristal sucio Bosch vio lo que no había visto antes. Justo cuando el objetivo de la cámara empezaba a girar hacia su hija, un helicóptero cruzaba la parte superior del reflejo como un fantasma. Era una aparato negro de pequeñas dimensiones con alguna clase de insignia ilegible en el lateral.

–Ahora esto es en tiempo real.

Retrocedió el vídeo hasta que la cámara estuvo centrada en la hija de Bosch y ella estaba lanzando la patada. Starkey pulsó un botón y pasó a tiempo real. La cámara giró hacia la ventana durante una fracción de segundo y luego volvió. Los ojos de Bosch registraron la ventana, pero nunca el reflejo de la ciudad y menos un helicóptero que pasaba.

Era un buen hallazgo y Bosch estaba entusiasmado.

–La cuestión es, Harry, que para estar en esa ventana el helicóptero tenía que volar muy bajo.

—O sea que acababa de despegar o estaba aterrizando.

—Creo que estaba ascendiendo. Parece subir ligeramente al cruzar el reflejo. No se aprecia a simple vista, pero lo he medido. Considerando que el reflejo muestra de derecha a izquierda lo que está ocurriendo de izquierda a derecha, tenía que haber despegado desde el otro lado de la calle.

Bosch asintió.

—Ahora, cuando busco la pista de audio… —Pasó a la otra pantalla, donde un gráfico mostraba diferentes flujos de audio aislados que había extraído del vídeo—. Y quito todo el ruido ambiental que puedo, obtengo esto.

Reprodujo una pista con casi un gráfico plano y lo único que Bosch logró distinguir fue ruido de tráfico distante entrecortado.

—Es limpieza de rotor —dijo—. No oyes el helicóptero en sí, pero interfiere en el sonido ambiente. Es como un helicóptero furtivo o algo así.

Bosch asintió. Había dado un paso más. Ahora sabía que a su hija la retenían en un edificio cercano a uno de los pocos helipuertos de Kowloon.

—¿Te ayuda? —preguntó Starkey.

—Ya lo creo.

—Bueno. También tengo esto.

Reprodujo otra pista que contenía un susurro grave que a Bosch le recordó agua corriente. Empezó, se hizo más fuerte y luego se disipó.

—¿Qué es? ¿Agua?

Starkey negó con la cabeza.

—Esto es con máxima amplificación —dijo—. He tenido que trabajarlo. Es aire. Aire que escapa. Diría que estamos hablando de una entrada a una estación de metro o quizá un respiradero por el que se canaliza el aire desplazado cuando llega un tren a la estación. Los metros modernos no hacen mucho ruido. Pero hay mucho desplazamiento de aire cuando un tren pasa por el túnel.

—Entendido.

—Tu ubicación está aquí arriba. Quizá a doce o trece pisos, a juzgar por el reflejo. Así que el audio es difícil de precisar. Podría estar a nivel del suelo de este edificio o a una manzana. Es difícil de decir.

—Aun así, ayuda.

—Y lo último es esto.

Reprodujo la primera parte del vídeo, cuando la cámara estaba fijada en la hija de Bosch y simplemente la mostraba. Aumentó el sonido y filtró otros ruidos en competencia. Bosch oyó una líneas ahogadas de diálogo.

—¿Qué es eso? —preguntó.

—Creo que podría estar fuera de la habitación. No he podido limpiarlo mejor. Está ahogado por la estructura y no me suena a chino. Pero no creo que sea eso lo importante.

—Entonces, ¿qué?

—Escucha otra vez el final.

Lo reprodujo de nuevo. Bosch miró los ojos asustados de su hija mientras se concentraba en el audio. Era una voz masculina demasiado amortiguada para entenderse o traducirse y que luego terminaba abruptamente a media frase.

—¿Alguien lo cortó?

—O quizá la puerta de un ascensor se cerró y lo cortó.

Bosch asintió. La del ascensor parecía una explicación más plausible porque no había tensión en el tono de voz antes de que se cortara.

Starkey señaló la pantalla.

–Así que, cuando encuentres el edificio, encontrarás la habitación cerca del ascensor.

Bosch miró a los ojos de su hija por un último y largo momento.

–Gracias, Barbara.

Ella se quedó de pie a su lado y le apretó los hombros.

–De nada, Harry.

–He de irme.

–Dijiste que tenías que dirigirte al aeropuerto. ¿Vas a Hong Kong?

–Sí.

–Buena suerte, Harry. Rescata a tu hija.

–Ese es el plan.

***

Bosch volvió rápidamente a su coche y aceleró hacia la autovía. La hora punta había pasado y no tardó mucho en cruzar Hollywood hasta el paso de Cahuenga y llegar a su casa. Empezó a concentrarse en Hong Kong. Los Ángeles y lo que había allí pronto quedaría atrás. Todo se reduciría a Hong Kong. Iba a encontrar a su hija y llevarla a casa. O iba a morir en el intento.

Toda su vida, Harry Bosch había pensado que tenía una misión. Y para cumplir esa misión se había forjado a sí mismo como un hombre a prueba de balas. Tuvo que construir su vida para ser invulnerable, para que nada ni nadie pudiera alcanzarlo. Todo eso cambió el día que le presentaron a la hija que no sabía que tenía. En ese momento, supo que estaba salvado y perdido. Estaría conectado para siempre con el mundo de una manera que solo un padre sabe. Pero también estaría perdido, porque sabía que las fuerzas oscuras a las que se enfrentaba la encontrarían algún día. No importaba si había un océano entero entre ellos. Sabía que un día se reduciría a eso, que la oscuridad encontraría a su hija y la usaría para llegar a él.

Ese día había llegado.

Segunda parte

El día de 39 horas

23

Bosch durmió de manera irregular durante el vuelo sobre el Pacífico. En catorce horas en el aire, apretado contra una ventana, no logró dormir más de quince o veinte minutos seguidos sin que lo asaltaran y lo despertaran pensamientos sobre su hija y la peligrosa situación en la que se hallaba por su culpa.

Durante el día se había movido demasiado deprisa para pensar, se había mantenido por delante del miedo, de la culpa y de las recriminaciones brutales. Logró dejar todo eso de lado porque la persecución era más importante que el sentimiento de culpa con el que cargaba. Sin embargo, en el vuelo 883 de Cathay Pacific ya no pudo correr más. Sabía que necesitaba dormir para estar descansado y listo para el día que le aguardaba en Hong Kong. Pero en el avión estaba arrinconado y ya no podía seguir eludiendo su culpabilidad y su miedo. El terror lo envolvió. Pasó la mayor parte de las horas sentado en la oscuridad, con los puños apretados y la mirada inexpresiva, mientras el *jet* surcaba el espacio negro hacia el lugar donde Madeline permanecía oculta en alguna parte. Todo ello hacía que el sueño fuera efímero, cuando no imposible.

El viento de proa en el Pacífico era más débil de lo previsto y el avión ganó tiempo y aterrizó con antelación en el aeropuerto de Lantau Island, a las 4:55. Para llegar a la parte delantera del avión, Bosch se abrió paso casi a empujones entre los pasajeros que se estiraban para bajar sus pertenencias de los portamaletas. Solo llevaba una pequeña mochila que contenía cosas que pensaba que podrían serle útiles para encontrar y rescatar a su hija. En cuanto se abrieron las puertas del avión, caminó con rapidez y enseguida se puso delante de todos los pasajeros que se dirigían a los controles de aduana e inmigración. El temor lo acuchilló al acercarse al primer punto de control: un escáner térmico diseñado para identificar a los pasajeros con fiebre. Bosch estaba sudando. ¿La culpa que le quemaba en la conciencia se había manifestado en forma de fiebre? ¿Lo detendrían antes de que pudiera empezar la misión más importante de todas?

Al pasar, miró por encima del hombro la pantalla del ordenador. Vio imágenes de viajeros convertidos en fantasmas azules en la pantalla. No había signos delatores de rojo. No tenía fiebre. Al menos de momento.

Un inspector revisó su pasaporte en el punto de control de aduanas y vio los sellos de entrada y salida correspondientes a los numerosos viajes que había realizado en los últimos seis años. Luego comprobó algo en una pantalla de ordenador que Bosch no podía ver.

−¿Tiene un negocio en Hong Kong, señor Bosch? −preguntó el inspector.

De algún modo, había modificado la única sílaba del apellido de Bosch para que sonara *Botch*.

−No −dijo Bosch−. Mi hija vive aquí y vengo a visitarla a menudo.

El inspector miró la mochila que Bosch llevaba colgada del hombro.

–¿Ha facturado sus maletas?

–No, solo llevo esto. Es un viaje rápido.

El inspector asintió y volvió a consultar su ordenador. Bosch sabía lo que iba a ocurrir. Invariablemente, cuando llegaba a Hong Kong, el inspector de inmigración veía su clasificación como agente del orden en el sistema informático y lo ponía en la fila del registro de equipaje.

–¿Ha traído su arma? –preguntó el inspector.

–No –dijo Bosch con voz cansada–. Sé que no está permitido.

El inspector tecleó algo en el ordenador y dirigió a Bosch, como él esperaba, a una cola para que registraran su mochila. Perdería otros quince minutos, pero Harry mantuvo la calma. El avión había llegado con media hora de adelanto.

El segundo inspector revisó cuidadosamente la mochila y miró con curiosidad los prismáticos y otros elementos, incluido un sobre lleno de dinero en efectivo. Pero no era ilegal entrar con todo aquello en el país. El inspector terminó con su registro y pidió a Bosch que pasara por un detector de metales. Salvado este último escollo, Harry se dirigió a la terminal de equipaje y localizó una ventanilla de cambio de divisas que estaba abierta a pesar de que aún era muy temprano. Se acercó, sacó el sobre de efectivo de la mochila y le dijo a la mujer de detrás del mostrador que quería cambiar cinco mil dólares americanos en dólares de Hong Kong. Era su reserva del terremoto: billetes que guardaba escondidos en su habitación, en la caja fuerte de la pistola. En 1994, cuando el terremoto sacudió Los Ángeles y dañó gravemente su casa, aprendió una valiosa lección: el efectivo es el rey. No había que salir de casa sin él. Ahora el dinero que guardaba escondido para una crisis podía ayudarle a superar otra. La tasa de cambio era de un poco menos de ocho a uno y sus cinco mil dólares estadounidenses se convirtieron en treinta y ocho mil dólares de Hong Kong.

Después de coger su dinero se dirigió a las puertas de salida del otro lado de la terminal de equipaje. La primera sorpresa del día fue ver a Eleanor Wish esperándolo en el vestíbulo principal del aeropuerto. A su lado vio a un hombre de traje con la postura de pies separados típica de un guardaespaldas. Eleanor hizo un pequeño gesto con la mano por si Harry no la había visto. Percibió una mezcla de dolor y esperanza en su rostro y tuvo que bajar la mirada al suelo al acercarse.

–Eleanor, no…

Ella lo agarró en un rápido y torpe abrazo que terminó abruptamente con su frase. Comprendió que le estaba diciendo que dejara la culpa y las recriminaciones para después. Había cosas más importantes de las que ocuparse. Se apartó e hizo un gesto hacia el hombre del traje.

–Él es Sun Yee.

Bosch lo saludó con la cabeza, pero luego le tendió la mano. Esperaba que el gesto le ayudara a averiguar quién era Sun Yee.

–Harry –dijo.

El hombre inclinó la cabeza y le agarró la mano con fuerza, pero no dijo nada. Ninguna ayuda. Tendría que seguir la pista de Eleanor. Bosch supuso que

Sun Yee tendría casi cincuenta años. La edad de Eleanor. Era bajo, pero de complexión fuerte. Su pecho y sus brazos presionaban los contornos de la chaqueta de seda hasta el límite. Llevaba gafas de sol pese a que todavía no había amanecido.

Bosch se volvió hacia su exmujer.

–¿Nos va a llevar?

–Nos va a ayudar –le corrigió Eleanor–. Trabaja en seguridad en el casino.

Bosch asintió. Un misterio resuelto.

–¿Habla inglés?

–Sí –respondió el hombre por sí mismo.

Bosch lo estudió un momento y luego miró a Eleanor y vio en su rostro una conocida determinación. Era una expresión que había visto muchas veces cuando estaban juntos. No iba a permitir ninguna discusión al respecto. Aquel hombre formaba parte del paquete o Bosch iba solo.

Bosch sabía que, si las circunstancias lo dictaban, podía separarse y seguir su propio camino. De hecho, era lo que había previsto hacer. Sin embargo, por el momento estaba dispuesto a seguir el plan de Eleanor.

–¿Estás segura de que quieres hacer esto, Eleanor? Pensaba trabajar por mi cuenta.

–También es mi hija. Donde tú vas, voy yo.

–De acuerdo.

Empezaron a caminar hacia las puertas de cristal que los llevarían al exterior. Bosch dejó que Sun Yee se adelantara para poder hablar en privado con su exmujer. A pesar de la tensión obvia que se reflejaba en su rostro, para él estaba igual de guapa que siempre. Llevaba el pelo echado hacia atrás con un estilo serio que realzaba la línea limpia y determinada de su mentón. No importaba cuáles fuesen las circunstancias ni que se vieran con poca frecuencia, Harry nunca lograría dejar de mirarla sin pensar en lo que podría haber sido. Era un cliché manido, pero Bosch siempre había pensado que estaban hechos para estar juntos. Su hija los vinculaba para toda la vida, pero no era suficiente para Bosch.

—Bueno, cuéntame qué está pasando, Eleanor —dijo—. He estado casi catorce horas en el aire. ¿Qué novedades hay aquí?

Ella asintió.

—Ayer pasé cuatro horas en el centro comercial. Cuando llamaste y dejaste un mensaje desde el aeropuerto, debía de estar en seguridad. O no tenía señal o no oí la llamada.

—No te preocupes por eso. ¿Qué has averiguado?

—Tienen un vídeo de vigilancia en el que se ve a Maddie con el hermano y la hermana. Quick y He. Todo desde cierta distancia. No son identificables, salvo Mad. A ella podría identificarla en cualquier sitio.

—¿Muestra cómo la secuestran?

—No hubo rapto. Estuvieron juntos, sobre todo en la zona de comida. Luego Quick encendió un cigarrillo y alguien se quejó. Intervino el servicio de seguridad y lo echaron. Madeline salió con ellos voluntariamente. Y no volvieron a entrar.

Bosch asintió. Se dio cuenta de que todo podía haber sido un plan para hacerla salir: Quick enciende el cigarrillo, sabiendo que lo echarán del centro comercial y que Madeline irá con él.

—¿Qué más?

—Eso es todo del centro comercial. El servicio de seguridad conoce a Quick, pero no lo tienen identificado ni poseen ficha suya.

—¿A qué hora se fueron?

—A las seis y cuarto.

Bosch hizo los cálculos. Eso fue el viernes. Su hija había desaparecido de la cinta del centro comercial casi treinta y seis horas antes.

—¿Cuándo anochece? ¿A qué hora?

—Normalmente a las ocho. ¿Por qué?

—El vídeo que me mandaron está grabado con luz diurna. Así que menos de dos horas después de salir del centro comercial con ellos estaba en Kowloon y grabaron el vídeo.

—Quiero ver el vídeo, Harry.

—Te lo enseñaré en el coche. Has dicho que recibiste mi mensaje. ¿Has averiguado algo de los helipuertos de Kowloon?

Asintiendo, Eleanor dijo:

—Llamé al jefe de transporte de clientes del casino. Me dijo que en Kowloon hay siete tejados disponibles para que aterricen helicópteros. Tengo una lista.

—Bien. ¿Le dijiste para qué necesitabas la lista?

—No, Harry. Confía un poco en mí.

Bosch la miró y luego desplazó la mirada hacia Sun, que había abierto una distancia de varios pasos con ellos. Eleanor captó el mensaje.

—Sun Yee es diferente. Sabe lo que está pasando. Le he pedido que me acompañe porque puedo confiar en él. Garantiza mi seguridad en el casino desde hace tres años.

Bosch asintió. Su exmujer era un activo valioso para el Cleopatra Resort and Casino de Macao. Pagaban su apartamento y un helicóptero la recogía para llevarla a trabajar en las mesas privadas, donde ella jugaba contra los clientes más ricos del casino. La seguridad –personalizada en Sun Yee– formaba parte del paquete.

–Sí, bueno, lástima que no estuviera vigilando también a Maddie.

Eleanor se detuvo de golpe y se volvió hacia Bosch. Sun no se dio cuenta y siguió caminando. Eleanor se plantó en la cara de Harry.

–Mira, ¿quieres empezar con esto ahora? Porque si quieres, yo puedo. Podemos hablar de Sun Yee y podemos hablar de cómo tú y tu trabajo habéis puesto a mi hija en este… este…

No terminó. En lugar de acabar la frase, agarró con fuerza a Bosch por la chaqueta y empezó a sacudirlo enfadada hasta que lo abrazó y rompió a llorar. Bosch le puso una mano en la espalda.

–Nuestra hija, Eleanor –dijo–. Es nuestra hija y vamos a rescatarla.

Sun se fijó en que no estaban con él y se detuvo. Se volvió y miró a Bosch, con los ojos ocultos tras las gafas de sol. Harry, todavía abrazado a Eleanor, levantó una mano para pedirle que esperara un momento y mantuviera la distancia.

Eleanor se apartó al fin y se limpió los ojos y la nariz con el dorso de la mano.

–Has de calmarte, Eleanor. Voy a necesitarte.

–Basta de decir eso, ¿vale? Estaré calmada. ¿Por dónde empezamos?

–¿Tienes el mapa del MTR que te pedí?

–Sí, lo tengo. Está en el coche.

–¿Y la tarjeta de Causeway Taxi? ¿Has comprobado eso?

–No hacía falta. Sun Yee ya los conocía. Se sabe que la mayoría de las compañías de taxi contratan a gente de las tríadas. Los hombres de las tríadas necesitan trabajo legítimo para evitar sospechas y mantenerse a salvo de la policía. La mayoría tienen licencia de taxi y hacen algunos turnos como tapadera. Si tu sospechoso llevaba la tarjeta del gerente de la flota, era probablemente porque iba a verlo para pedirle un trabajo cuando llegara aquí.

–¿Fuiste a la dirección?

–Pasamos anoche, pero es solo una estación de taxis. Es donde cargan gasolina y los reparan y adonde envían a los conductores al empezar el turno.

–¿Hablaste con el gerente de la flota?

–No. No quería hacer algo así sin preguntarte. Pero estabas en el aire y no te lo podía preguntar. Además, me pareció que no nos llevaría a ninguna parte. Probablemente era un tipo que iba a darle trabajo a Chang. Nada más. Es lo que hace para las tríadas. No se implicaría en un secuestro. Y si estaba implicado, no iba a decírnoslo.

Bosch pensó que Eleanor seguramente tenía razón. Aun así, el gerente de la flota sería alguien a quien volver si otros esfuerzos para localizar a su hija no daban resultado.

–Vale –dijo–. ¿Cuándo va a amanecer?

Eleanor se volvió para ver la enorme pared de cristal del vestíbulo principal como si fuera a responder en función del cielo. Bosch miró su reloj. Eran las 5:45 de la mañana y casi llevaba una hora en Hong Kong. Tenía la sensación de que el tiempo pasaba demasiado deprisa.

–Quizá dentro de media hora –dijo Eleanor.

–¿Y la pistola, Eleanor?

Ella asintió de manera vacilante.

—Si estás seguro, Sun Yee sabe dónde conseguirte una. En Wan Chai.

Bosch asintió. Por supuesto, ese era el sitio para conseguir un arma. Wan Chai era el lugar donde la cara oculta de Hong Kong salía a la superficie. No había estado allí desde un permiso en Vietnam cuarenta años antes. Aun así, sabía que algunas cosas y algunos lugares nunca cambiaban.

—Bueno, vamos al coche. Estamos perdiendo tiempo.

Salieron por las puertas automáticas y Bosch fue recibido por una vaharada de aire caliente y húmedo. Notó que la humedad empezaba a enganchársele.

—¿Adónde vamos primero? —preguntó Eleanor—. ¿A Wan Chai?

—No al Peak. Empezaremos allí.

24

Se conocía como Victoria Peak durante la época colonial. Ahora era solo el Peak, una cima que se alzaba detrás del *skyline* de Hong Kong y ofrecía vistas asombrosas del distrito central y del puerto hasta Kowloon. Se podía acceder en coche o en funicular y era un destino popular para los turistas durante todo el año y para los lugareños en los meses de verano, cuando la ciudad que se extendía a sus pies parecía retener la humedad como una esponja absorbe el agua. Bosch había estado allí varias veces con su hija, comiendo en el restaurante del observatorio o en la galería comercial construida detrás de este.

Bosch, su exmujer y su guardaespaldas llegaron a la cima antes de que amaneciera en la ciudad. La galería y los quioscos de turistas todavía estaban cerrados y no había nadie en los miradores. Dejaron el Mercedes de Sun en el aparcamiento de al lado de la galería y enfilaron el camino que bordeaba la ladera de la montaña. Bosch llevaba la mochila al hombro. El aire se notaba pesado a causa de la humedad. El camino estaba mojado porque había llovido por la noche y Bosch ya tenía la camisa pegada a la espalda.

–¿Qué estamos haciendo exactamente? –preguntó Eleanor.

Era la primera pregunta que planteaba en mucho rato. En el trayecto desde el aeropuerto, Bosch había preparado el vídeo y le había pasado su teléfono. Ella lo vio y Bosch la oyó conteniendo el aliento. Luego le pidió verlo una segunda vez y le devolvió el teléfono sin decir nada. Hubo un silencio terrible que se prolongó hasta que estuvieron en el camino.

Bosch se puso la mochila delante y la abrió. Le pasó a Eleanor la foto impresa del vídeo y la linterna.

—Es un fotograma congelado del vídeo. Cuando Maddie le da una patada al tipo y la cámara se mueve, capta la ventana.

Eleanor encendió la linterna y examinó la imagen mientras caminaban. Sun iba varios pasos por detrás. Bosch continuó explicando su plan.

—Has de recordar que todo lo de la ventana está reflejado al revés. Pero ¿ves los postes de encima del Banco de China? Tengo una lupa aquí si quieres usarla.

—Sí, los veo.

—Pues entre esos postes se ve la pagoda. Creo que es la pagoda del León. He estado allí con Maddie.

—Yo también. Se llama el pabellón del León. ¿Estás seguro de que sale aquí?

—Sí, necesitarás la lupa. Espera a que lleguemos allí.

El sendero se curvaba y Bosch vio la estructura estilo pagoda delante. Se encontraba en un sitio privilegiado y ofrecía una de las mejores vistas desde el Peak. Siempre que Bosch había ido a ese lugar, lo había visto lleno de turistas y cámaras. A la luz gris del alba, estaba vacío. Bosch cruzó la entrada en arco y salió al pabellón con vistas. La ciudad gigante se extendía a sus pies. Había mil millones de luces en la oscuridad que retrocedía y sabía que una de ellas pertenecía a su hija. Iba a encontrarla.

Eleanor, a su lado, mantenía el haz de la linterna sobre la imagen impresa. Sun adoptó una posición de guardaespaldas detrás de ellos.

—No lo entiendo —dijo ella—. ¿Piensas que puedes revertirlo y señalar dónde está?

—Exacto.

—Harry...

—Hay otros marcadores. Solo quiero reducirlo. Kowloon es un sitio muy grande.

Bosch sacó los prismáticos de la mochila. Eran de muchos aumentos y los usaba en las vigilancias. Se los acercó a los ojos.

—¿Qué otros marcadores?

Todavía estaba oscuro. Bosch bajó los prismáticos. Tendría que esperar. Pensó que tal vez debería ir a Wan Chai para conseguir primero la pistola.

—¿Qué otros marcadores, Harry?

Bosch se acercó a ella para ver la foto impresa y señalar los marcadores de los que le había hablado Barbara Starkey, sobre todo la porción del cartel al revés con las letras O y N. También le habló de la pista de audio de un metro cercano y le recordó el helicóptero, que no estaba en la impresión.

—Si sumamos todo esto, creo que podemos acercarnos —dijo—. Si puedo acercarme, la encontraré.

—Bueno, ya puedo decirte ahora mismo que estás buscando el cartel de Canon.

—¿Las cámaras Canon? ¿Dónde?

Señaló en la distancia hacia Kowloon. Bosch miró otra vez a través de los prismáticos.

–Lo veo siempre desde el helicóptero al cruzar la bahía. Hay un cartel de Canon en el lado de Kowloon. Es solo la palabra CANON encima de un edificio. Rota. Pero si estuvieras detrás, en Kowloon, cuando rotara hacia el puerto, lo verías al revés. Entonces, en el reflejo estaría corregido. Ha de ser ese. –Tocó las letras O y N en la foto impresa.

–Sí, pero ¿dónde? No lo veo.

–Déjame mirar.

Harry le pasó los prismáticos. Eleanor habló mientras miraba.

–Por lo general está encendido, pero probablemente lo apaguen un par de horas antes de amanecer para ahorrar energía. Ahora mismo hay muchos carteles apagados.

Bajó los prismáticos y miró su reloj.

–Podremos verlo dentro de unos quince minutos.

Bosch volvió a coger los prismáticos y empezó a buscar el cartel otra vez.

–Siento que estoy perdiendo el tiempo.

–No te preocupes. Está saliendo el sol.

Frustrado, Bosch bajó con reticencia los prismáticos y durante los siguientes diez minutos observó la luz que subía por encima de las montañas y en la ensenada.

El amanecer se alzó rosa y gris. En el puerto ya había ajetreo de barcazas y transbordadores que entrecruzaban su camino formando algo que parecía una coreografía natural. Bosch vio una niebla baja aferrada a las torres de Central y Wan Chai y al otro lado del puerto en Kowloon. Olió a humo.

–Huele como Los Ángeles después de los disturbios –dijo–. Como si la ciudad estuviera en llamas.

–En cierto modo, lo está –dijo Eleanor–. Estamos en pleno Yue Laan.

–¿Sí? ¿Qué es eso?

–El festival del Espíritu Hambriento. Empezó la semana pasada. Está relacionado con el calendario chino. Dicen que en el decimocuarto día del séptimo mes lunar las puertas del infierno se abren y los espíritus del mal acechan el mundo. Los creyentes queman ofrendas para calmar a sus ancestros y librarse de los espíritus malignos.

–¿Qué clase de ofrendas?

–Sobre todo, dinero de papel y reproducciones en papel maché de cosas como pantallas de plasma o casas y coches. Cosas que supuestamente los espíritus necesitan en el otro lado. En ocasiones la gente quema también cosas reales. –Se rio y continuó–. Una vez vi a alguien quemando un aparato de aire acondicionado. Enviando aire fresco a un antepasado del infierno, supongo.

Bosch recordó que su hija le había hablado de ello en cierta ocasión. Dijo que había visto a alguien quemando un coche entero.

Bosch bajó la mirada a la ciudad y se dio cuenta de que lo que había creído niebla matinal era en realidad humo de las hogueras, que flotaba en el aire como los mismos fantasmas.

–Parece que hay muchos creyentes allí.

–Sí que hay.

Bosch levantó la mirada a Kowloon y alzó los prismáticos. La luz del sol por fin incidía en los edificios por el lado del puerto. Movió los prismáticos atrás y adelante, manteniendo siempre los postes de la portería de fútbol de encima del Banco de China en su campo de visión. Finalmente, encontró el letrero de Canon que había mencionado Eleanor. Se alzaba encima de un edificio de cristal y aluminio que proyectaba agudos reflejos de luz en todas direcciones.

–Veo el cartel –dijo, sin apartar la mirada.

Calculó que el edificio sobre el que se alzaba el cartel tenía doce pisos. Estaba encima de un armazón de hierro que añadía al menos otro piso a su altura. Movió adelante y atrás los prismáticos, esperando ver algo más. Pero nada nuevo le llamó la atención.

–Déjame verlo otra vez –dijo Eleanor.

Bosch le pasó los prismáticos y ella rápidamente enfocó el cartel de Canon.

–Lo tengo –dijo–. Y veo el hotel Península, que está a dos manzanas, al otro lado de la calle. Es uno de los helipuertos.

Bosch siguió la línea de visión hasta el muelle. Tardó un momento en encontrar el cartel. Ahora ya captaba el sol de pleno. Estaba empezando a sentir que el cansancio del largo vuelo desaparecía. La adrenalina estaba actuando.

Vio una calle ancha que enfilaba hacia el norte en Kowloon, junto al edificio que tenía el cartel encima.

–¿Qué calle es? –preguntó.

Eleanor mantuvo los prismáticos en los ojos.

–Ha de ser Nathan Road –dijo–. Es una vía principal norte-sur. Va desde el puerto a los Nuevos Territorios.

–¿Las tríadas están allí?

–Sin duda.

Bosch se volvió a mirar Nathan Road y Kowloon.

–Nueve Dragones –susurró para sí.

–¿Qué? –preguntó Eleanor.

–Digo que es allí donde está.

25

Bosch y su hija normalmente tomaban el funicular para subir al Peak y volver a bajar. A Bosch le recordaba una versión más elegante y larga del Angels Flight de Los Ángeles. Al pie del trayecto, a su hija le gustaba visitar un pequeño parque situado junto al palacio de justicia en el que podía colgar una bandera de oración tibetana. Muchas veces, las coloridas banderas estaban colgadas en el parque como ropa puesta a secar. Maddie le había dicho a Bosch que colgar una bandera era mejor que encender una vela en una iglesia porque la bandera estaba al aire libre y el viento se llevaba hasta muy lejos sus buenas intenciones.

No había tiempo para colgar banderas. Volvieron al Mercedes de Sun y bajaron la montaña hacia Wan Chai. Por el camino, Bosch se dio cuenta de que una ruta de descenso pasaría junto al edificio de apartamentos donde vivían Eleanor y su hija.

Bosch se inclinó hacia delante desde el asiento trasero.

—Eleanor, vamos antes a tu casa.

—¿Por qué?

—He olvidado decirte que trajeras el pasaporte de Madeline. Y el tuyo también.

—¿Por qué?

–Porque esto no terminará cuando la rescatemos. Os quiero a las dos lejos hasta que termine.

–¿Y cuánto tiempo será eso?

Eleanor se había vuelto para mirarlo desde el asiento delantero. Harry vio la acusación en sus ojos. Quería tratar de evitar todo eso y dedicar plena atención al rescate de su hija.

–No sé cuánto tiempo. Vamos a buscar los pasaportes. Solo por si acaso no hay tiempo después.

Eleanor se volvió hacia Sun y le habló bruscamente en chino. Él inmediatamente se echó a un lado de la carretera y se detuvo. No había tráfico que bajara por las montañas hacia ellos. Era demasiado pronto para eso. Se volvió completamente en su asiento hacia Bosch.

–Pararemos a buscar los pasaportes –dijo ella con voz neutra–. Pero, si hemos de desaparecer, no pienses ni por un momento que vamos a ir contigo.

Bosch asintió. El mero hecho de que se lo planteara era suficiente para él.

–Entonces, quizá deberías preparar también un par de bolsas y meterlas en el maletero.

Eleanor se volvió sin responder. Al cabo de un momento, Sun la miró y le habló en chino. Ella respondió asintiendo y Sun empezó a bajar otra vez por la montaña. Bosch sabía que Eleanor iba a hacer lo que le había pedido.

Al cabo de quince minutos, Sun se detuvo delante de las torres gemelas comúnmente conocidas por los residentes en Hong Kong como The Chopsticks. Y Eleanor, que no había dicho nada en esos quince minutos, tendió una rama de olivo al asiento de atrás.

–¿Quieres subir? Puedes hacerte un café mientras preparo las bolsas. Tienes aspecto de necesitarlo.

–El café estaría bien, pero no tenemos...

–Es café instantáneo.

–Está bien.

Sun se quedó en el coche y ellos subieron. Los Chopsticks eran en realidad dos torres ovaladas interconectadas que se alzaban setenta y tres pisos a media ladera de la montaña, encima de Happy Valley. Era el edificio residencial más alto de Hong Kong y como tal destacaba en el borde del *skyline* como dos *chopsticks* o palillos destacan en un montón de arroz. Eleanor y Madeline se habían mudado a un apartamento poco después de llegar de Las Vegas seis años antes.

Bosch se agarró a la barandilla al subir en el ascensor rápido. No le gustaba saber que justo debajo del suelo había un hueco abierto de cuarenta y cuatro plantas.

La puerta se abrió a un pequeño rellano que daba a los cuatro apartamentos de la planta y Eleanor usó una llave para entrar por la primera puerta de la derecha.

–Hay café en el armario de encima del fregadero. No tardaré mucho.

–Bien. ¿Quieres una taza?

–No, gracias. He tomado en el aeropuerto.

Entraron en el apartamento y Eleanor se desvió a su dormitorio mientras Bosch buscaba la cocina y se ponía a preparar café. Encontró una taza que decía «La mejor mamá del mundo» y la usó. Estaba pintada a mano tiempo atrás y las palabras se habían descolorido por culpa del lavaplatos.

Salió de la cocina, sorbiendo el brebaje caliente, y examinó el panorama. El apartamento estaba orientado al oeste y proporcionaba unas vistas imponentes de Hong Kong y el puerto. Bosch había estado en el apartamento unas cuantas veces y nunca se cansaba de aquella vista. Las más de las veces, cuando iba de visita, recogía a su hija en el vestíbulo o en la escuela después de las clases.

Un enorme crucero blanco avanzaba por el puerto hacia mar abierto. Bosch observó un momento y se fijó en el cartel de Canon en lo alto de un edificio de Kowloon. Era un recordatorio de su misión. Se volvió hacia el pasillo que daba a los dormitorios. Encontró a Eleanor en la habitación de su hija, llorando mientras metía ropa en una mochila.

–No sé qué llevar –dijo–. No sé cuánto tiempo estaremos fuera ni qué necesitará. Ni siquiera sé si volveremos a verla.

Los hombros le temblaron cuando dejó de contener las lágrimas. Bosch le puso una mano en el hombro izquierdo, pero ella inmediatamente se zafó. No iba a aceptar su consuelo. Cerró bruscamente la cremallera de la mochila y salió de la habitación con ella. Bosch se quedó solo mirando la habitación.

Recuerdos de viajes a Los Ángeles y a otros lugares ocupaban todas las superficies horizontales. Carteles de películas y grupos musicales cubrían las paredes. En un rincón había un estante con varios sombreros, máscaras y collares de cuentas. Numerosos animales de peluche de años anteriores se apilaban sobre las almohadas. Bosch no pudo evitar sentir que en cierto modo estaba invadiendo la intimidad de su hija al estar en esa habitación sin que lo invitaran.

En un pequeño escritorio había un portátil abierto, con la pantalla negra. Bosch se acercó, pulsó la barra espaciadora y al cabo de unos segundos la pantalla cobró vida. El salvapantallas de su hija era una fotografía tomada durante su último viaje a Los Ángeles.

Mostraba un grupo de surfistas en fila, flotando en la tabla y esperando la siguiente ola. Bosch recordó que habían ido en coche a Malibú para desayunar en un sitio llamado Marmalade y que después habían visto a los surfistas en una playa cercana.

Harry se fijó en una cajita de hueso labrado que había junto al ratón del ordenador. Le recordó a Bosch el mango del cuchillo que había encontrado en la maleta de Chang. Parecía un sitio para guardar cosas importantes, como dinero. Lo abrió y encontró que solo contenía un pequeño colgante de los tres monos sabios labrados en jade –no ver, no escuchar, no hablar– en un cordel rojo. Bosch lo sacó de la caja y lo sostuvo para verlo mejor. No tenía más de cinco centímetros de largo y llevaba un pequeño anillo plateado en un extremo para poderlo fijar a algo.

–¿Estás listo?

Bosch se volvió. Eleanor estaba en el umbral.

–Estoy listo. ¿Qué es esto, un pendiente?

Eleanor se acercó a verlo.

–No, los chicos los cuelgan de los móviles. Los venden en el mercado de jade de Kowloon. Muchos tienen el mismo teléfono y les ponen eso para distinguirlos.

Bosch asintió al volver a dejarlo en la caja.

–¿Son caros?

–No, es jade barato. Cuestan un dólar americano más o menos y los chicos se los cambian todo el tiempo. Vamos.

Bosch echó un último vistazo a los dominios privados de su hija y por el camino cogió una almohada y una manta doblada de la cama. Eleanor miró atrás y vio lo que estaba haciendo.

–Puede que esté cansada y quiera dormir –explicó Bosch.

Salieron del apartamento y en el ascensor Bosch sostuvo la manta y la almohada bajo un brazo y una de las mochilas en el otro. La almohada olía al champú de su hija.

–¿Tienes los pasaportes? –preguntó Bosch.

–Sí, los tengo –dijo Eleanor.

–¿Puedo preguntarte algo?

–¿Qué?

Actuó como si estuviera estudiando el dibujo de los ponis en la manta que llevaba.

–¿Hasta qué punto confías en Sun Yee? No estoy seguro de que tengamos que seguir con él después de que consigamos la pistola.

Eleanor respondió sin dudar.

–Te he dicho que no has de preocuparte por él. Confío en él plenamente y se queda con nosotros. Se queda conmigo.

Bosch asintió. Eleanor miró el indicador digital que mostraba el paso de las plantas.

–Confío en él completamente –añadió–. Y Maddie también.

–¿Cómo va Maddie a…?

Se detuvo. De repente comprendió lo que le estaba diciendo. Sun era el hombre del que le había hablado Madeline. Él y Eleanor estaban juntos.

–¿Ahora lo entiendes? –dijo ella.

–Sí, lo entiendo –dijo–, pero ¿estás segura de que Madeline confía en él?

–Sí, estoy segura. Si ella te dijo otra cosa, solo quería ganarse tu compasión. Es una niña, Harry. Sabe cómo manipular. Sí, mi relación con Sun Yee ha…

modificado un poco su vida. Pero él no le ha mostrado otra cosa que amabilidad y respeto. Lo superará. Es decir, cuando la rescatemos.

Sun Yee tenía el coche esperando en la rotonda de parada del edificio. Harry y Eleanor pusieron las mochilas en el maletero, pero Bosch cogió la almohada y la manta y las llevó consigo al asiento de atrás. Sun arrancó y continuaron por Stubbs Road hasta Happy Valley y luego a Wan Chai.

Bosch trató de olvidarse de la conversación en el ascensor. No era importante en ese momento porque no le ayudaría a recuperar a su hija. Pero era difícil compartimentar sus sentimientos. Su hija le había dicho en Los Ángeles que Eleanor tenía una relación. Y él también había tenido relaciones desde su divorcio; aun así, que le golpeara la realidad ahí en Hong Kong era peliagudo. Iba con una mujer a la que todavía amaba en cierta manera y con su nueva pareja. Era duro encajarlo.

Bosch iba sentado detrás de Eleanor. Miró por encima del asiento a Sun y estudió la pose estoica del hombre. No era un guardaespaldas a sueldo. Había más cosas en juego para él. Bosch se dio cuenta de que eso podía convertirlo en un activo. Si su hija podía contar con él y confiar en él, entonces Bosch también. El resto podía dejarse de lado.

Como si sintiera los ojos en su espalda, Sun se volvió y miró a Bosch. Incluso con las gafas negras que le tapaban los ojos, Bosch se dio cuenta de que Sun había interpretado la situación y que ya no había más secretos.

Bosch asintió. No era ninguna clase de aprobación lo que estaba transmitiendo, sino solo el mensaje silencioso de que comprendía que todos estaban en eso juntos.

Wan Chai era la parte de Hong Kong que nunca dormía. El lugar donde cualquier cosa podía ocurrir y cualquier cosa se podía comprar al precio adecuado. Cualquier cosa. Bosch sabía que, si quería un visor láser con el arma que iban a recoger, podía adquirirlo. Si quería añadir un sicario, probablemente también podría conseguirlo. Y eso por no hablar de otras cosas, como drogas y mujeres, que estarían disponibles para él en los bares de *striptease* y discotecas que se sucedían a lo largo de Lockhart Road.

Eran las ocho y media y estaban a plena luz del día cuando circularon por Lockhart. Muchos de los clubes estaban todavía activos, con las persianas cerradas para bloquear la entrada de luz, pero con el neón encendido, brillando en el aire humeante. La calle estaba húmeda. Los reflejos fragmentados de neón salpicaban en el suelo y sobre los parabrisas de los taxis que se alineaban junto a las aceras.

Había gorilas apoyados en postes y prostitutas sentadas en taburetes haciendo señas a peatones y conductores por igual. Había hombres con el traje arrugado y el paso lento de quien ha pasado una noche llena de alcohol o drogas. En doble fila, junto a las colas de taxis rojos, el ocasional Rolls-Royce o Mercedes al ralentí esperaba que el dinero se agotara en el local y empezara por fin el regreso a casa.

Delante de casi todos los establecimientos había un cubo de cenizas para quemar ofrendas a los espíritus hambrientos. Muchos estaban encendidos. Bosch vio a una mujer con un dragón rojo en la espalda de su bata de seda a las puertas de un club llamado Red Dragon. Estaba echando lo que parecían dólares reales de Hong Kong a las llamas que sobresalían de un bidón, delante del club. Bosch pensó que estaba cubriendo las apuestas con los espíritus. Jugaba con dinero de verdad.

El olor del fuego y el humo se mezclaban con un aroma subyacente de comida frita que entraba en el coche a pesar de que las ventanas estaban subidas. Luego Bosch notó un intenso olor que no supo identificar, casi como uno de los olores tapadera que había detectado de vez en cuando en la sala de autopsias. Empezó a respirar por la boca. Eleanor bajó la visera para verlo por el espejo de maquillaje.

—Gway lang go —dijo.

—¿Qué?

—Gelatina de caparazón de tortuga. La preparan por aquí por las mañanas. La venden en las tiendas de medicinas.

—Es fuerte.

—Es una buena forma de expresarlo. Si crees que el olor es fuerte, deberías probarla alguna vez. Se supone que cura cualquier cosa.

—Creo que pasaré.

Al cabo de otras dos manzanas, los clubes se tornaron más pequeños y más sórdidos por fuera. Los señales de neón eran más chillonas y por lo general iban acompañadas de carteles con fotografías de hermosas mujeres que supuestamente aguardaban en el interior. Sun aparcó en doble fila al lado del taxi que estaba el primero en la cola antes del cruce. Tres de las esquinas estaban ocupadas por clubes. La cuarta era una tienda de fideos que ya estaba abierta y abarrotada.

Sun se soltó el cinturón y abrió la puerta. Bosch hizo lo mismo.

–Harry –dijo Eleanor.

Sun se volvió a mirarlo.

–Tú no vienes –le dijo a Bosch.

Bosch lo miró.

–¿Estás seguro? Tengo dinero.

–Nada de dinero –dijo Sun–. Espera aquí.

Salió y cerró la puerta. Bosch cerró la suya y se quedó en el coche.

–¿Qué está pasando?

–Sun Yee ha llamado a un amigo por la pistola. No es una transacción que implique dinero.

–Entonces, ¿qué implica?

–Favores.

–¿Sun Yee está en una tríada?

–No. No habría conseguido el trabajo en el casino. Y yo no estaría con él.

Bosch no estaba seguro de que el trabajo en el casino quedara fuera de los límites de un hombre de la tríada. En ocasiones, la mejor manera de conocer a tu enemigo es contratarlo.

–¿Estuvo en una tríada?

–No lo sé. Lo dudo. No te dejan irte así como así.

–Pero va a conseguir el arma de un tipo de la tríada, ¿no?

–Eso tampoco lo sé. Mira, Harry, estamos consiguiendo el arma que me has pedido. No pensaba que fueras a hacer todas estas preguntas. ¿La quieres o no?

–Sí, la quiero.

–Entonces, estamos haciendo lo que hay que hacer para conseguirla. Y Sun Yee está arriesgando su trabajo y su libertad al hacerlo, añadiría. Las leyes de armas son muy severas aquí.

–Entiendo. No más preguntas. Solo gracias por ayudarme.

En el silencio que siguió, Bosch oyó música ahogada pero rítmica que sonaba en uno de los clubes cerrados, quizá en los tres. Por el parabrisas vio que Sun se acercaba a tres hombres de traje que estaban a las puertas de un club situado justo al otro lado del cruce. Como ocurría con la mayoría de los establecimientos de Wan Chai, el cartel exterior estaba en chino e inglés. El lugar se llamaba Yellow Door. Sun habló brevemente con los hombres y luego se abrió la chaqueta con indiferencia para que pudieran ver que no iba armado. Uno de los hombres hizo un cacheo rápido y competente y autorizó a Sun a entrar por la puerta amarilla.

Esperaron casi diez minutos. Durante ese rato, Eleanor casi no dijo nada. Bosch sabía que tenía miedo por la situación de su hija y que estaba enfadada por sus preguntas, pero necesitaba saber más de lo que sabía.

–Eleanor, no te cabrees conmigo, ¿vale? Déjame decirte solo esto. Por lo que sabemos, tenemos aquí el elemento sorpresa. La gente que tiene a Maddie cree que yo sigo en Los Ángeles, decidiendo si suelto a ese tipo o no. Así que si Sun Yee acude a la tríada aquí para conseguirme un arma, ¿no tendrá que decir adónde va la pistola o para qué puede usarse? ¿El tipo de la pistola no se dará la vuelta y avisará a los tipos de la tríada en Kowloon? No sé, como «mira quién está en la ciudad y, ah, por cierto, viene a por vosotros».

–No, Harry –dijo ella desdeñosa–. No funciona así.

–Entonces, ¿cómo funciona?

–Te lo he dicho. Sun Yee está pidiendo un favor. Punto. No ha de proporcionar información porque el tipo de la pistola le debe un favor. Así es como funciona. ¿Lo entiendes?

Bosch miró la entrada del club. Ni rastro de Sun.

–Sí.

Pasaron otros cinco minutos en silencio en el coche y entonces Bosch vio que Sun salía por la puerta amarilla. Pero en lugar de volver hacia el coche, cruzó la calle y se metió en la tienda de fideos. Bosch trató de seguirlo mirando por la ventana, pero el reflejo del neón exterior era muy fuerte y lo perdió de vista.

–¿Ahora qué? ¿Va a buscar comida? –preguntó Bosch.

–Lo dudo –dijo Eleanor–, probablemente lo hayan mandado allí.

Bosch asintió. Precauciones. Pasaron otros cinco minutos hasta que Sun salió de la tienda de fideos con un embalaje de espuma de poliestireno asegurado con dos gomas. Lo llevaba plano, como si tratara de que no se movieran los fideos. Volvió al coche y entró. Sin decir una palabra, le pasó la caja a Bosch por encima del asiento.

Sosteniendo el paquete bajo, Bosch quitó las gomas y lo abrió en cuanto Sun arrancó el Mercedes. La caja contenía una pistola de tamaño medio de acero pavonado. No había nada más. Ni un cargador ni munición extra. Solo la pistola y lo que hubiera en ella.

Bosch dejó la caja en el suelo del coche y cogió la pistola con la mano izquierda. No había marca ni señal en el azul. Solo número de serie y modelo, pero por la estrella de cinco puntas estampada en la empuñadura Bosch supo que el arma era una pistola Black Star fabricada por el Gobierno de Pekín. Las había visto a veces en Los Ángeles. Las fabricaban por centenares de miles para el ejército chino y cada vez había más que terminaban robadas y pasadas de contrabando al otro lado del océano. Muchas de ellas, obviamente, se quedaban en China y llegaban también de contrabando a Hong Kong.

Bosch sostuvo la pistola entre las rodillas y sacó el cargador doble. Había quince balas de nueve milímetros Parabellum. Las sacó con el pulgar y las puso en un soporte de vasos del apoyabrazos. Luego sacó una decimosexta bala de la recámara y la dejó en el soporte con las demás.

Bosch acercó el ojo a la mira para apuntar. Miró en la recámara, buscando alguna señal de óxido, y luego examinó el percutor y la uña extractora. Comprobó el mecanismo de la pistola y el gatillo varias veces. El arma parecía funcionar adecuadamente. Acto seguido, examinó cada bala mientras llenaba el cargador, buscando corrosión o cualquier señal de que la munición fuera vieja o sospechosa. No encontró nada.

Volvió a encajar firmemente el cargador en su lugar e introdujo la primera bala en la recámara. Luego volvió a sacar el cargador, metió la última bala y de nuevo montó la pistola. Tenía dieciséis balas, nada más.

—¿Contento? —preguntó Eleanor desde el asiento delantero.

Bosch levantó la mirada del arma y vio que estaban en la rampa de descenso al Cross Harbour Tunnel, que los llevaría directamente a Kowloon.

—Todavía no. No me gusta llevar una pistola que nunca he disparado. Por lo que sé, el percutor podría estar limado y la pistola podría dejarme en la estacada cuando la necesite.

—Bueno, no hay nada que podamos hacer al respecto. Tendrás que fiarte de Sun Yee.

El tráfico del domingo por la mañana era escaso en el túnel de doble sentido. Bosch esperó a que pasaran por el punto inferior, a mitad del túnel, y empezaran a subir la pendiente hacia el lado de Kowloon. Había oído varios petardeos de taxis en el camino. Rápidamente envolvió la pistola y la mano izquierda con la manta de su hija. Colocó la almohada delante del cañón y se volvió a mirar por el parabrisas trasero. No había coches a la vista detrás de ellos porque los vehículos de atrás no habían alcanzado la mitad del túnel.

—¿De quién es este coche? —preguntó.

—Pertenece al casino —dijo Eleanor—. Yo lo uso, ¿por qué?

Bosch bajó la ventanilla. Levantó la almohada y apretó el cañón en el acolchado. Disparó dos veces. El doble tiro estándar que se usa para comprobar el mecanismo de una pistola. Las balas rebotaron en las paredes embaldosadas del túnel.

Pese al acolchado en torno a la pistola, los dos disparos resonaron con fuerza en el coche. El coche se desvió ligeramente cuando Sun miró al asiento de atrás. Y Eleanor gritó.

–¿Qué coño has hecho?

Bosch soltó la almohada en el suelo y subió la ventanilla. El coche olía a pólvora quemada, pero estaba otra vez en silencio. Desenvolvió la manta y verificó el arma. Había disparado bien y sin encasquillarse. Le quedaban catorce balas y estaba listo para empezar.

–Tenía que asegurarme de que funcionaba –dijo–. No llevas una pistola a menos que estés seguro.

–¿Estás loco? Podrían detenernos antes de que tengamos ocasión de hacer nada.

–Si no gritas y Sun Yee se mantiene en su carril, creo que no pasará nada.

Bosch se inclinó hacia delante y se metió el arma en la cinturilla del pantalón, a la altura de los riñones. La notó caliente contra su piel. Delante vio luz, era el final del túnel. Pronto estarían en Kowloon.

Era la hora.

27

El túnel los llevó a Tsim Sha Tsui, la sección central de la orilla de Kowloon. Al cabo de unos minutos, el Mercedes de Sun giró por Nathan Road, un bulevar ancho, de cuatro carriles, flanqueado por edificios altos hasta donde a Bosch le alcanzaba la vista. La avenida exhibía una atiborrada mezcla de usos comerciales y residenciales. Las dos primeras plantas de cada edificio estaban dedicadas a la venta al por menor y a restaurantes, mientras que los pisos superiores se consagraban a viviendas y oficinas. La amalgama de pantallas de vídeo y carteles en chino e inglés era un derroche de color y movimiento. Los edificios iban desde construcciones anodinas de mediados del siglo xx a estructuras de cristal y acero fruto de la prosperidad reciente.

A Bosch le resultaba imposible ver la parte superior de los edificios desde el coche. Bajó la ventanilla y se asomó en un intento de encontrar el cartel de Canon, el primer marcador de la foto obtenida del vídeo del rapto de su hija. No logró encontrarlo y volvió a meterse en el coche. Subió la ventanilla.

–Sun Yee, para el coche.

Sun lo miró por el retrovisor.

–¿Parar aquí?

–Sí, aquí. No veo. He de salir.

Sun miró a Eleanor en busca de aprobación y ella asintió.

–Nosotros salimos. Busca un sitio para aparcar.

Sun se detuvo y Bosch bajó del coche. Había sacado la foto de la mochila y la tenía preparada. Sun dejó a Eleanor y Bosch en la acera y arrancó. Era media mañana y las calles y aceras estaban abarrotadas. El aire estaba cargado de humo y del olor del fuego. Los espíritus hambrientos andaban cerca. El paisaje urbano estaba repleto de neón, cristales de espejo y pantallas de plasma gigantes que proyectaban imágenes mudas de movimiento entrecortado.

Bosch consultó la foto y levantó la mirada para examinar el *skyline*.

–¿Dónde está el cartel de Canon? –preguntó.

–Harry, estás confundido –dijo Eleanor.

Le puso las manos en los hombros y le hizo girar por completo.

–Recuerda que todo está al revés.

Eleanor señaló casi directamente arriba, trazando con el dedo una línea por el lateral del edificio frente al que estaban. Bosch levantó la mirada. El cartel de Canon estaba justo encima y en un ángulo que lo hacía ilegible. Estaba mirando el borde inferior de las letras del cartel, que rotaba lentamente.

–Vale, lo entiendo –dijo–. Empezamos allí.

Volvió a estudiar la foto.

–Creo que hemos de alejarnos del puerto al menos una manzana.

–Esperemos a Sun Yee.

–Llámalo y dile adónde vamos.

Bosch empezó a caminar. A Eleanor no le quedó más alternativa que seguirlo.

–Muy bien, muy bien. –Sacó el teléfono y empezó a llamar.

Mientras caminaba, Bosch mantenía la mirada en lo alto de los edificios, buscando aparatos de aire acondicionado. Cada manzana tenía varios edificios. Levantando la mirada al caminar, estuvo a punto de chocar varias veces con otros peatones. No parecía haber uniformidad en cuanto a caminar por la derecha. La gente se movía por todos lados y Bosch tuvo que prestar atención para evitar colisiones. En un momento dado, la persona de delante se echaba de repente a la izquierda o a la derecha y Bosch casi tropezó con una mujer mayor tumbada en el suelo, con las manos juntas en ademán de oración sobre un cesto de monedas. Bosch logró esquivarla y metió la mano en el bolsillo al mismo tiempo.

Eleanor enseguida le puso la mano en el brazo.

–No. Dicen que todo el dinero que les des lo recogen las tríadas al final del día.

Bosch no lo cuestionó. Permaneció enfocado en lo que tenía delante. Caminaron otras dos manzanas y entonces vio y oyó que otro elemento del puzle encajaba. Al otro lado de la calle había una entrada al Mass Transit Railway; un recinto de cristal conducía a los ascensores para el tren subterráneo.

–Espera –dijo Bosch, deteniéndose–. Estamos cerca.

–¿Qué es? –preguntó Eleanor.

–El MTR. Se oye en el vídeo.

En ese preciso instante, se elevó un rumor creciente de aire que escapaba al llegar un tren a la estación subterránea. Sonó como una ola. Bosch miró la foto que tenía en la mano y a los edificios que les rodeaban.

—Vamos a cruzar.

—¿No podemos esperar un minuto a Sun Yee? No puedo decirle dónde encontrarnos si seguimos moviéndonos.

—Cuando crucemos.

Cruzaron rápidamente la calle con el semáforo en intermitente para peatones. Bosch se fijó en varias mujeres harapientas que pedían monedas a la entrada del MTR. Había más gente que subía de la estación de la que bajaba. Kowloon estaba cada vez más abarrotado. El aire era denso, estaba cargado de humedad, y Bosch notaba que la camisa se le pegaba a la espalda.

Se dio la vuelta y miró hacia arriba. Estaban en una zona de construcción más antigua. Era casi como haber pasado de primera clase a turista en un avión. Los edificios de esa manzana y en adelante eran más pequeños —de alrededor de veinte plantas— y estaban en peor estado que los que ocupaban las manzanas más cercanas al puerto. Harry se fijó en muchas ventanas abiertas y en muchos aparatos individuales de aire acondicionado. Sintió que el dique de adrenalina reventaba.

—Vale, es aquí. Está en uno de estos edificios.

Empezó a avanzar por la manzana para alejarse de la multitud y de las conversaciones en voz alta de alrededor de la entrada del MTR. Mantuvo la mirada en los pisos superiores de los edificios que lo rodeaban. Estaba en un desfiladero de hormigón y su hija se hallaba en una de las grietas.

—¡Harry, para! Acabo de decirle a Sun Yee que nos veamos en la entrada del MTR.

—Espéralo tú. Yo estaré aquí.

—No, voy contigo.

A medio camino de la manzana, Bosch se detuvo y consultó la foto otra vez. Pero no había una pista final que lo ayudara. Sabía que estaba cerca, pero había llegado a un punto en el que necesitaba ayuda o todo se reduciría a un juego de ensayo y error. Estaba rodeado por miles de habitaciones y ventanas. Empezó a darse cuenta de que la parte final de su búsqueda era imposible. Había viajado más de once mil kilómetros para encontrar a su hija y se sentía igual de impotente que las mujeres harapientas que mendigaban una moneda en el suelo.

–Déjame ver la foto –dijo Eleanor.

Bosch se la pasó.

–No hay nada más –dijo–. Todos estos edificios parecen iguales.

–Déjame ver.

Eleanor se tomó su tiempo y Bosch observó su regresión de dos décadas, al tiempo en que ella era agente del FBI. Entrecerró los ojos y analizó la foto como agente, no como la madre de una niña desaparecida.

–Muy bien –dijo–. Ha de haber algo.

–Pensaba que serían los aparatos de aire acondicionado, pero los hay en todos los edificios de por aquí.

Eleanor asintió, pero no apartó la mirada de la foto. Justo entonces llegó Sun, con la cara colorada por el agotamiento de tratar de localizar un blanco móvil. Eleanor no le dijo nada, pero movió ligeramente el brazo para compartir la foto con él. Habían alcanzado un punto en la relación en el que las palabras no eran necesarias.

Bosch se volvió y miró por el corredor de Nathan Road. Tanto si fue un movimiento consciente como si no, Bosch no quería ver lo que él ya no tenía.

–Espera un momento –dijo Eleanor a su espalda–. Hay un patrón aquí.

Bosch se volvió.

–¿Qué quieres decir?

–Podemos hacerlo, Harry. Hay un patrón que nos llevará a esa habitación.

Bosch sintió un cosquilleo en la columna. Se acercó a Eleanor para mirar la foto.

–Enséñamelo –dijo, con urgencia en la voz.

Eleanor señaló la foto y pasó la uña por una línea de aparatos de aire acondicionado reflejados en la ventana.

–No todas las ventanas tienen aparato de aire acondicionado en el edificio que estamos buscando. Algunas, como esta habitación, tienen las ventanas abiertas. Así que hay un patrón. Solo tenemos una parte porque no sabemos dónde está la habitación en relación con el edificio.

–Probablemente esté en el centro. El análisis de audio captó voces ahogadas cortadas por el ascensor. El ascensor probablemente esté situado en el centro.

–Está bien. Eso ayuda. Mira, digamos que las ventanas son rayas y los aparatos de aire acondicionado son puntos. En este reflejo vemos un patrón para el piso en el que está Maddie. Empezamos con la habitación en la que está ella (es una raya) y luego tenemos, punto, punto, raya, punto, raya.

Tocó con la uña cada elemento que iba enumerando.

–Así que este es nuestro patrón –añadió–. Mirando desde el suelo, buscaremos de izquierda a derecha.

–Raya, punto, punto, raya, punto, raya –repitió Bosch–. Las ventanas son rayas.

–Exacto –dijo Eleanor–. ¿Deberíamos repartirnos los edificios? Sabemos por el metro que estamos cerca.

Eleanor se volvió y miró las fachadas que recorrían toda la calle. Bosch primero pensó que no iba a confiar ninguno de los edificios a nadie. No estaría satisfecho hasta que hubiera examinado él mismo todos los edificios en busca del patrón. Pero se contuvo. Eleanor había encontrado el patrón y él surcaría su ola.

–Empecemos –dijo–. ¿Cuál me toca?

Señalando, ella dijo:

–Coge ese, yo cogeré este y, Sun Yee, tú mira aquel. Si terminas, saltas dos y sigues con el tercero, hasta que lo encontremos. Empecemos por arriba. Sabemos por la foto que la habitación está arriba.

Bosch se dio cuenta de que Eleanor tenía razón. Eso haría que la búsqueda fuera más rápida de lo que había previsto. Se apartó y se puso manos a la obra con el edificio que le habían asignado. Empezó por el piso superior y fue bajando, examinando con la mirada planta a planta. Eleanor y Sun se separaron e hicieron lo mismo.

***

Al cabo de media hora, Bosch estaba a mitad de examinar su tercer edificio cuando Eleanor lo llamó.

–¡Lo tengo!

Bosch fue hacia ella. Tenía la mano levantada y estaba contando los pisos del edificio situado al otro lado de la calle. Sun enseguida se les unió.

–Piso catorce. El patrón empieza un poco a la derecha del centro. Tenías razón en eso, Harry.

Bosch contó los pisos, levantando la mirada junto con sus esperanzas. Llegó al piso catorce e identificó el patrón. Había doce ventanas en total y el patrón encajaba en las últimas seis ventanas de la derecha.

—Eso es.

—Espera un momento. Es solo una coincidencia en el patrón. Podría haber otras. Hemos de…

—No voy a esperar. Seguid mirando. Si encuentras otro caso, me llamas.

—No, no vamos a separarnos.

Se fijó en la ventana que debía de haber captado el reflejo en el vídeo. Ahora estaba cerrada.

Bajó la mirada a la entrada del edificio. Los primeros dos pisos eran tiendas al por menor y de uso comercial. Una franja de carteles, incluidas dos grandes pantallas digitales, envolvían todo el edificio. Fijado al centro de la fachada se leía el nombre del edificio con letras doradas en inglés y en chino:

CHUNGKING MANSIONS

重慶大廈

La entrada principal era tan ancha como la puerta de un garaje de dos plazas. Al otro lado de la entrada, Bosch vio un corto tramo de escaleras que llevaba a lo que parecía un bazar abarrotado.

—Esto es Chungking Mansions —dijo Eleanor, con reconocimiento en la voz.

—¿Lo conoces? —preguntó Bosch.

—Nunca había estado, pero todo el mundo conoce Chungking Mansions.

—¿Qué es?

–Es el crisol. Es el alojamiento más barato de la ciudad y la primera parada para cualquier inmigrante del tercer o cuarto mundo. Cada dos meses lees que han detenido, disparado o acuchillado a alguien y esta es su dirección. Es como una Casablanca posmoderna, todo en un edificio.

–Vamos.

Bosch empezó a cruzar la calle en medio de la manzana, se metió entre el tráfico lento y obligó a los taxis a pararse y hacer sonar el claxon.

–Harry, ¿qué estás haciendo? –gritó Eleanor tras él.

Bosch no respondió. Cruzó y empezó a subir las escaleras hacia Chungking Mansions. Fue como entrar en otro planeta.

28

Lo primero que le impactó a Bosch al entrar en
Chungking Mansions fue el olor. Un aroma intenso
de especias y comida frita le invadió las fosas nasales
mientras sus pupilas se acostumbraban a un poco iluminado mercado del tercer mundo que se extendía
ante él por pasillos estrechos y laberínticos. El pecu-
liar centro comercial acababa de abrir, pero ya estaba abarrotado de compradores y clientes. Los puestos
de metro ochenta de ancho ofrecían cualquier cosa,
desde relojes y teléfonos móviles hasta periódicos en
infinidad de idiomas y comidas de todos los sabores.
El lugar generaba una sensación nerviosa, descarna-
da, que hacía que Bosch se volviera cada pocos pasos.
Quería saber a quién tenía detrás.

Fue hacia el centro, donde llegó a la zona de ascensores. Había una cola de quince personas esperando
dos ascensores y Bosch se fijó en que uno estaba
abierto, oscuro por dentro y claramente fuera de servicio. Había dos guardias de seguridad delante de la
fila verificando que todos los que subían disponían de
llave de una habitación o iban acompañados de alguien que la tenía. Una pantalla situada encima de la
puerta del único ascensor en funcionamiento mostraba el interior abarrotado: la gente iba como sardinas
en lata.

Bosch estaba mirando la pantalla y preguntándose cómo iba a subir al piso catorce cuando Eleanor y Sun lo alcanzaron. Eleanor lo agarró con fuerza del brazo.

–Harry, ¡basta de ir de llanero solitario! No vuelvas a salir corriendo así.

Bosch la miró. No fue rabia lo que vio en sus ojos. Era miedo. Quería estar segura de que no estaría sin él cuando se enfrentara a lo que tuvieran que enfrentarse en el piso catorce.

–Solo quiero seguir en movimiento –dijo Bosch.

–Entonces, muévete con nosotros. ¿Vamos a subir?

–Necesitamos una llave para subir.

–Pues hemos de alquilar una habitación.

–¿Dónde se hace?

–No lo sé.

Eleanor miró a Sun.

–Hemos de subir.

Fue lo único que dijo, pero transmitió el mensaje. Sun Yee asintió y los llevó lejos de la zona de ascensores para adentrarse en el laberinto de tiendas. Enseguida llegaron a una fila de mostradores con carteles en numerosos idiomas.

–Alquilas la habitación aquí –dijo Sun–. Hay más de un hotel.

–¿En el edificio? –preguntó Bosch–. ¿Más de uno?

–Sí, muchos. Elige ahí.

Hizo un gesto hacia los carteles del mostrador y Bosch se dio cuenta de que había muchos hoteles en el edificio, todos ellos compitiendo por los viajeros de bajo presupuesto. Algunos, por el idioma de su cartel, captaban a viajeros de países específicos.

–Pregunta cuál tiene el piso catorce –dijo.

–No habrá piso catorce.

Bosch se dio cuenta de que tenía razón.

–Entonces, el quince. ¿Cuál tiene el piso quince?

Sun avanzó por la fila, preguntando por la planta quince hasta que se detuvo en el tercer mostrador e hizo una seña a Eleanor y Bosch.

–Aquí.

Bosch analizó al hombre de detrás del mostrador. Parecía que llevaba allí cuarenta años. Su cuerpo en forma de campana parecía adoptar la forma del taburete en el que se sentaba. Estaba fumándose un cigarrillo enganchado a una boquilla de hueso labrado. No le gustaba que le echaran humo a los ojos.

–¿Habla inglés? –preguntó Bosch.

–Sí, tengo inglés –dijo el hombre con expresión cansada.

–Bien. Queremos una habitación en el piso cat... quince.

–¿Todos? ¿Una habitación?

–Sí, una habitación.

–No, no pueden una. Solo dos personas.

Bosch se dio cuenta de que se refería a que la capacidad máxima de cada habitación era de dos personas.

–Entonces, deme dos habitaciones en la quince.

–Bien.

El hombre le pasó una tablilla. Había un boli enganchado con una cuerda y bajo el clip una pequeña pila de formularios de registro. Bosch garabateó rápidamente su nombre y dirección y le devolvió la tablilla.

–Identificación, pasaporte –dijo el hombre.

Bosch sacó el pasaporte. El hombre lo examinó, anotó el número en un trozo de papel y se lo devolvió.

–¿Cuánto? –preguntó Bosch.

–¿Cuánto van a estar?

–Diez minutos.

El hombre paseó la mirada por los tres al tiempo que consideraba el posible significado de la respuesta de Bosch.

–Vamos –dijo Bosch con impaciencia–. ¿Cuánto?

Metió la mano en el bolsillo para sacar el dinero.

–Doscientos americanos.

–No tengo americanos. Tengo dólares de Hong Kong.

–Dos habitaciones, mil quinientos.

Sun se adelantó y puso la mano sobre el dinero de . Bosch.

–No. Demasiado.

Empezó a hablar con rapidez y con voz autoritaria al hombre para impedirle que se aprovechara de Bosch. Pero a Harry no le importaba. Le importaba el impulso, no el dinero. Sacó quince billetes de cien del fajo y los dejó sobre el escritorio.

–Las llaves –exigió.

El hombre se libró de Sun y se volvió hacia la doble fila de casilleros que tenía detrás. Mientras el tipo sacaba dos llaves, Bosch miró a Sun y se encogió de hombros.

Sin embargo, cuando el hombre del mostrador se volvió y Bosch estiró la mano, retiró las llaves.

–Depósito de llaves. Mil.

Bosch se dio cuenta de que no debería haber mostrado el fajo de billetes. Volvió a sacarlo con rapidez, esta vez manteniéndolo bajo el mostrador y sacando dos billetes más. Cuando el hombre finalmente le ofreció las llaves, Harry se las quitó de las manos y se dirigió de nuevo al ascensor.

Las llaves de la habitación, de latón viejo, estaban fijadas con una cadena a un plástico rojo en forma de diamante con símbolos chinos y el número de la habitación. Les habían dado las habitaciones 1503 y 1504. De camino a la zona de ascensores, Bosch le dio una de las llaves a Sun.

—Vas con él o conmigo —le dijo a Eleanor.

La cola del ascensor se había hecho más larga. Ya había más de treinta personas y la pantalla de vídeo de encima mostraba que los vigilantes de seguridad metían a ocho o diez personas cada vez, según el volumen de los viajeros. Bosch pasó los quince minutos más largos de su vida esperando el ascensor. Eleanor trató de calmar su creciente impaciencia y ansiedad trabando conversación.

—Cuando lleguemos arriba, ¿cuál es el plan?

Bosch negó con la cabeza.

—No hay plan. Sobre la marcha.

—¿Nada más? ¿Qué vamos a hacer, ir llamando a las puertas?

Bosch negó con la cabeza y sostuvo otra vez la foto del reflejo.

—No, sabremos qué habitación es. Hay una ventana en esta habitación. Una ventana por habitación. Sabemos por esto que nuestra ventana es la séptima del lado que da a Nathan Road. Cuando lleguemos allí, entramos en la séptima habitación desde el final.

—¿Entramos?

—No voy a llamar, Eleanor.

La fila avanzó y por fin llegó su turno. El vigilante de seguridad miró la llave de Bosch e hizo pasar a Eleanor y a él hacia la puerta del ascensor, pero a continuación extendió el brazo y detuvo a Sun. El ascensor estaba al máximo.

–Harry, espera –dijo Eleanor–. Cojamos el siguiente.

Bosch se metió en el ascensor y se volvió. Miró a Eleanor y luego a Sun.

–Esperad si queréis, yo no voy a esperar.

Eleanor vaciló un momento y entró en el ascensor junto a Bosch. Le dijo algo en chino a Sun cuando la puerta se cerraba.

Bosch miró el indicador digital de pisos.

–¿Qué le has dicho?

–Que lo esperaremos en la quince.

Bosch no dijo nada. No le importaba. Trató de calmarse y de respirar más despacio. Se estaba preparando para lo que pudiera encontrarse en la planta quince.

El ascensor subía despacio. Apestaba a olor corporal y a pescado. Bosch respiró por la boca para tratar de evitarlo. Se dio cuenta de que él también contribuía al problema. La última vez que se había duchado había sido el viernes por la mañana en Los Ángeles. Tuvo la sensación de que había sido en otra vida.

El ascenso fue más insoportable que la espera abajo. Por fin, en su quinta parada, la puerta se abrió en la quince. Para entonces, los únicos pasajeros que quedaban eran Bosch, Eleanor y los dos hombres que habían pulsado el dieciséis. Harry miró a los dos hombres y luego pasó el dedo por la fila de botones debajo del marcado quince. Significaba que el ascensor pararía muchas veces al bajar. Salió el primero, con la mano izquierda detrás de la cadera y listo para sacar la pistola en el momento en que fuera necesario. Eleanor salió tras él.

–Supongo que no vamos a esperar a Sun Yee –dijo.

—Yo no —dijo Bosch.

—Debería estar aquí.

Bosch se volvió hacia ella.

—No.

Ella levantó las manos en ademán de rendición y retrocedió. No era el momento de eso. Al menos, ella lo sabía. Bosch se volvió y trató de situarse. La zona de ascensores se hallaba en el centro de una planta diseñada en forma de H. Fue hacia el pasillo de la derecha porque sabía que ese era el lado del edificio que daba a Nathan Road.

Inmediatamente empezó a contar puertas y le salieron doce en el lado delantero. Se acercó a la séptima puerta, habitación 1514. Sintió que su corazón subía una marcha y notó una descarga de adrenalina. Eso era. Para eso había venido.

Se inclinó hacia delante y pegó la oreja a la rendija de la puerta. Escuchó con atención, pero no oyó ruidos procedentes del interior.

—¿Oyes algo? —susurró Eleanor.

Bosch negó con la cabeza. Puso la mano en el pomo y trató de girarlo. No esperaba que la puerta estuviera abierta, pero quería sentir el material y lo sólido que podía ser.

El pomo era viejo y estaba un poco suelto. Bosch tenía que decidir si derribar la puerta y usar el elemento de completa sorpresa o abrir con ganzúas y posiblemente hacer un ruido que alertara a quien fuera que estuviera al otro lado de la puerta.

Se apoyó en una rodilla y examinó con atención el pomo. Sería sencillo, pero podría haber un pestillo o un cierre de seguridad de cadena dentro. Pensó en algo y se metió la mano en el bolsillo.

–Ve a nuestra habitación –susurró–. Averigua si hay un pestillo o una cadena de seguridad.

Le pasó la llave de la habitación 1504.

–¿Ahora? –susurró Eleanor.

–Sí, ahora –respondió Bosch en otro susurro–. Quiero saber qué hay ahí dentro.

Eleanor cogió la llave y se apresuró por el pasillo. Bosch sacó la cartera de la placa. Antes de pasar por la seguridad del aeropuerto había puesto sus dos mejores ganzúas detrás de la placa. Sabía que esta se iluminaría en los rayos X, pero las dos pequeñas tiras metálicas de detrás probablemente se confundirían con parte de la misma placa. Su plan había funcionado y ahora sacó las ganzúas y las manipuló en silencio en la cerradura.

Tardó menos de un minuto en abrirla. Sostuvo el pomo sin empujar la puerta hasta que Eleanor llegó corriendo por el pasillo escasamente iluminado.

–Hay cadena de seguridad –susurró.

Bosch asintió y se levantó, todavía sosteniendo el pomo con la mano derecha. Sabía que podía romper la cadena con un buen golpe de hombro.

–¿Lista? –susurró.

Eleanor asintió. Bosch metió la mano bajo la chaqueta y sacó la pistola. Quitó el seguro y miró a Eleanor. Al unísono, marcaron las palabras uno, dos, tres, y él abrió la puerta.

No había cadena de seguridad puesta. La puerta se abrió de golpe y Bosch se metió rápidamente en la habitación. Eleanor entró detrás de él.

La habitación estaba vacía.

29

Bosch cruzó la habitación para llegar al pequeño cuarto de baño. Corrió la cortina de plástico sucia de una pequeña ducha embaldosada, pero estaba vacía. Volvió al dormitorio y miró a Eleanor. Dijo las palabras que más temía.

–No está.

–¿Estás seguro de que es esta habitación? –preguntó ella.

Bosch lo estaba. Ya había mirado el patrón de rendijas y agujeros de la pared de encima de la cama. Sacó la foto doblada y se la pasó a ella.

–Esta es la habitación.

Volvió a guardarse la pistola bajo la americana, en la cinturilla del pantalón. Trató de contener la desgarradora sensación de futilidad y temor que lo envolvía. Pero no sabía adónde ir desde ahí.

Eleanor dejó la foto en la cama.

–Ha de haber alguna señal de que ha estado aquí. Algo.

–Vamos. Hablaremos con el tipo de abajo. Averiguaremos quién la alquiló el viernes.

–No, espera. Vamos a mirar antes.

Se agachó y miró debajo de la cama.

–Eleanor, no está debajo de la cama. Se la han llevado y hemos de seguir en marcha. Llama a Sun y dile que no suba. Que vaya a buscar el coche.

—No, no puede ser.

Eleanor pasó de mirar debajo de la cama a quedarse arrodillada junto a ella, con los codos apoyados en el colchón, como un niño que reza antes de irse a dormir.

—No puede haberse ido. Hemos…

Bosch rodeó la cama y se inclinó detrás de Eleanor. Puso los brazos en torno a ella y tiró para levantarla.

—Vamos, Eleanor, hemos de irnos. Vamos a encontrarla. Te dije que lo haríamos. No podemos pararnos. Nada más. Hemos de ser fuertes y seguir en marcha.

La empujó hacia la puerta, pero ella se soltó y se dirigió hacia el cuarto de baño. Tenía que ver por sí misma que estaba vacío.

—Eleanor, por favor.

Desapareció en el cuarto de baño y Bosch oyó que corría la cortina, pero no volvió.

—¡Harry!

Bosch cruzó rápidamente la habitación y entró en el cuarto de baño. Eleanor estaba inclinada a un lado del lavabo y levantando la papelera. Se la llevó a Harry. En el fondo de la papelera había un pequeño trozo de papel higiénico con sangre.

Eleanor lo cogió con dos dedos y se lo mostró. La sangre había dejado una marca más pequeña que una moneda. El tamaño de la mancha y el papel sugerían que lo habían sostenido contra un pequeño corte o herida para cortar una hemorragia.

Eleanor se inclinó hacia Bosch y Harry comprendió que estaba suponiendo que estaban mirando sangre de su hija.

—Todavía no sabemos lo que significa, Eleanor.

Eleanor no hizo caso de su consejo. Su lenguaje corporal mostraba que estaba a punto de venirse abajo.

–La han drogado –dijo–. Le han clavado una aguja en el brazo.

–Todavía no lo sabemos. Bajemos a hablar con ese tipo.

Ella no se movió. Miró la sangre y el papel como si fuera una flor roja y blanca.

–¿Tienes algo para guardar esto?

Bosch siempre llevaba una pequeña cantidad de bolsas para pruebas en los bolsillos de la chaqueta. Sacó una y Eleanor guardó el papel. Bosch cerró la bolsa y se la metió en el bolsillo.

–Vale, vamos.

Finalmente salieron de la habitación. Bosch tenía un brazo en torno a la espalda de Eleanor y estaba mirándola al llegar al pasillo. Casi esperaba que se soltara y volviera a la habitación, pero entonces vio un brillo de reconocimiento en sus ojos al fijarse en el pasillo.

–¿Harry?

Bosch se volvió, esperando que fuera a Sun. Pero no era él.

Dos hombres se acercaban desde el extremo del pasillo. Caminaban uno al lado de otro con expresión decidida. Bosch se dio cuenta de que eran los dos tipos que los habían acompañado en el ascensor. Iban al dieciséis.

En el momento en que los hombres vieron a Harry y Eleanor saliendo al pasillo, se metieron la mano dentro de la chaqueta. Bosch vio que uno de los hombres cerraba el puño y supo de manera instintiva que iba a sacar una pistola.

Bosch subió el brazo derecho al centro de la espalda de Eleanor y la empujó por el pasillo hacia la zona de ascensores. Al mismo tiempo, llevó la mano izquierda a la espalda y cogió la pistola. Uno de los hombres gritó algo en un lenguaje que Bosch no comprendía y levantó un arma.

Bosch sacó su pistola y abrió fuego al mismo tiempo que uno de los hombres del pasillo. Bosch disparó repetidamente, al menos diez tiros, y continuó después de ver caer a los dos hombres.

Sin dejar de apuntarles, avanzó hacia ellos. Uno estaba tendido sobre las piernas del otro. Uno estaba muerto; sus ojos miraban inexpresivos al techo. El otro aún estaba vivo y respiraba con dificultad mientras aún trataba de sacar la pistola del cinturón. Bosch vio que se le había enganchado el percutor en la cinturilla de los pantalones. No había conseguido sacar la pistola.

Se agachó y obligó al tipo a soltar el arma. El hombre dejó caer la mano al suelo. Bosch deslizó la pistola por la moqueta, lejos de su alcance.

Había dos heridas en la parte superior del pecho del hombre. Bosch había buscado masa corporal y había apuntado bien. El tipo estaba desangrándose deprisa.

–¿Dónde está? –dijo Bosch–. ¿Dónde está?

El hombre hizo un gruñido y goteó sangre de su boca por la mejilla. Bosch sabía que estaría muerto al cabo de un momento.

Oyó que se abría una puerta en el pasillo, pero volvió a cerrarse rápidamente. Miró, pero no vio a nadie. En un lugar como ese, la mayoría de la gente no querría implicarse. Aun así, sabía que la policía no tardaría en irrumpir en el hotel tras la noticia de un tiroteo.

Volvió al hombre agonizante.

–¿Dónde está? –repitió–. ¿Dónde está mi...?

Vio que el hombre había muerto.

–¡Mierda!

Bosch se levantó y se volvió hacia Eleanor.

–Tienen que haber...

Su exmujer estaba en el suelo. Bosch corrió hacia ella y se dejó caer a su lado.

–¡Eleanor!

Era demasiado tarde. Tenía los ojos abiertos y tan inexpresivos como los del hombre del pasillo.

–No, no, por favor, no. ¡Eleanor!

No vio ninguna herida, pero no respiraba y tenía la mirada fija. La sacudió por los hombros sin obtener respuesta. Le puso una mano en la nuca y le abrió la boca con la otra. Se inclinó hacia delante para insuflarle aire en los pulmones. Pero entonces notó la herida. Apartó la mano del cabello de Eleanor y vio que la tenía cubierta de sangre. Le volvió la cabeza y descubrió la herida en la línea del nacimiento del pelo, detrás de la oreja izquierda. Se dio cuenta de que probablemente le habían disparado cuando la había empujado hacia los ascensores. Él mismo la había empujado hacia el disparo.

–¡Eleanor! –dijo en voz baja.

Bosch se inclinó hacia delante y puso la cara sobre el pecho de Eleanor, entre sus senos. Olió su fragancia familiar. Oyó un fuerte y espantoso gemido y se dio cuenta de que procedía de él mismo.

Durante treinta segundos no se movió. Entonces oyó que se abría la puerta del ascensor y finalmente se levantó.

Sun salió del ascensor. Asimiló la escena y enseguida se centró en Eleanor en el suelo.

–¡Eleanor!

Corrió a su lado. Bosch se dio cuenta de que era la primera vez que le oía decir su nombre. Lo había pronunciado Ilianor.

–Ha muerto –dijo Bosch–, lo siento.

–¿Quién lo ha hecho?

Bosch empezó a levantarse. Habló en tono monocorde.

–Allí. Dos hombres nos dispararon.

Sun miró al pasillo y vio a los dos hombres en el suelo. Bosch reparó en su expresión de confusión y horror. Se volvió otra vez hacia Eleanor.

–¡No!

Bosch volvió a salir al pasillo y cogió la pistola que le había arrebatado al hombre. Sin examinarla, se guardó el arma en el pantalón y volvió. Sun estaba arrodillado al lado del cuerpo de Eleanor. Le sostenía la mano.

–Sun Yee, lo siento. Nos han pillado por sorpresa.

Esperó un momento. Sun no dijo nada ni se movió.

–He de hacer algo aquí y luego debemos irnos. Estoy seguro de que la policía está en camino.

Puso la mano en el hombro de Sun y tiró de él. Bosch se arrodilló al lado de Eleanor y le levantó el brazo derecho. Envolvió la mano del cadáver en torno a la pistola que le había conseguido Sun. Disparó hacia la pared de al lado del ascensor. Luego, con cuidado, volvió a poner el brazo de Eleanor en el suelo, con la mano sosteniendo aún la pistola.

–¿Qué estás haciendo? –preguntó Sun.

–Residuo de pólvora. ¿La pistola está limpia o puede llevar al que te la dio?

Sun no respondió.

–Sun Yee, ¿la pistola está limpia?

–Está limpia.

–Entonces, vámonos. Hemos de ir por la escalera. Ya no hay nada que podamos hacer por Eleanor.

Sun hizo una pequeña reverencia con la cabeza y se levantó despacio.

–Ellos vinieron de la escalera –dijo Bosch, refiriéndose a los pistoleros–. Iremos por ahí.

Recorrieron el pasillo, pero Sun se detuvo de repente a examinar a los dos hombres del suelo.

–Vamos –le instó Bosch–. Hemos de irnos.

Sun lo siguió por fin. Llegaron a la puerta de la escalera y empezaron a bajar.

–No son de la tríada –dijo Sun.

Bosch iba dos pasos por delante. Se detuvo y se volvió a mirarlo.

–¿Qué? ¿Cómo lo sabes?

–No son chinos. Si no son chinos, no son de la tríada.

–¿Entonces qué son?

–Indonesios, vietnamitas, creo que vietnamitas. Chinos no.

Bosch continuó bajando y aumentó el ritmo. Les quedaban once tramos de escaleras. Mientras bajaba pensó en la información que le había dado Sun y no vio cómo podía encajar con lo que ya sabía.

Sun se quedó atrás. Y no era de extrañar, pensó Bosch. Al salir de aquel ascensor su vida había cambiado de manera irrevocable. Eso retrasaría a cualquiera.

Bosch no tardó en sacarle un piso de ventaja. Cuando llegó abajo, abrió la puerta de salida un poco para situarse. Vio que la puerta daba a un callejón peatonal que discurría entre Chungking Mansions y el edificio de al lado. Bosch oyó ruido de tráfico y sirenas que se aproximaban y supo que la salida estaba muy cerca de Nathan Road.

La puerta se cerró de repente. Bosch se volvió y vio a Sun con una mano en la puerta. Señaló airadamente a Harry con la otra.

—¡Tú! ¡Tú la has matado!

—Lo sé, lo sé, Sun Yee. Es culpa mía. Mi caso puso en marcha...

—No, ¡no son de la tríada! Te lo he dicho.

Bosch lo miró un momento, sin comprender.

—Vale, no son de la tríada. Pero...

—Enseñaste el dinero y ellos robaron.

Bosch lo comprendió. Estaba diciendo que los dos hombres que yacían muertos en la planta quince con Eleanor eran simples ladrones que iban tras el dinero de Bosch. Pero algo no encajaba. No funcionaba. Harry negó con la cabeza.

—Iban delante de nosotros en el ascensor. No vieron mi dinero.

—Se lo dijeron.

Bosch lo consideró y sus pensamientos volvieron al hombre del taburete. Ya antes quería hacerle una visita. El escenario que Sun había desplegado convertía ese deseo en algo más acuciante.

—Sun Yee, hemos de salir de aquí. La policía va a cerrar todas las entradas en cuanto llegue y vea lo que hay.

Sun quitó la mano de la puerta y Bosch la abrió otra vez. No había peligro. Salieron al callejón. A siete metros a su izquierda, el callejón desembocaba en Nathan Road.

–¿Dónde está el coche?

Sun señaló hacia el lado contrario del callejón.

–Pagué a un hombre para que lo vigilara.

–Vale, ve al coche y tráelo. Voy a volver a entrar, pero estaré fuera en cinco minutos.

–¿Qué vas a hacer?

–Mejor que no lo sepas.

30

Bosch salió del callejón a Nathan Road e inmediatamente vio a una multitud de mirones reunidos para
observar la respuesta de la policía a lo ocurrido en el
interior de Chungking Mansions. Iban llegando vehículos de policía y bomberos que al detenerse provoca-
ban bocinazos entre el tráfico. Aún no se había acor-
donado la zona, probablemente porque los agentes
recién llegados estaban demasiado ocupados tratando
de llegar a la decimoquinta planta para averiguar lo
que había ocurrido. Harry logró unirse al final de la
cola del personal médico que subía una camilla por
la escalera hacia la planta baja del edificio.

La conmoción y confusión había congregado a una
multitud de vendedores y clientes en torno a los ascensores. Alguien estaba gritando órdenes a la multitud en chino, pero nadie daba la impresión de estar
reaccionando. Bosch se abrió paso hasta el pasillo de
atrás, donde se hallaban las recepciones de hotel, y se
dio cuenta de que la distracción había funcionado a su
favor. El pasillo estaba completamente vacío.

Cuando llegó al mostrador donde había pedido dos
habitaciones, vio que habían bajado la persiana hasta
la mitad, lo cual indicaba que el mostrador estaba cerrado. Sin embargo, el hombre del taburete seguía
allí, de espaldas, metiendo papeles en una maleta.

Todo indicaba que se estaba preparando para marcharse.

Sin perder impulso, Bosch dio un salto y pasó entre el mostrador y la persiana. Chocó contra el hombre del taburete y lo derribó. De inmediato, se colocó encima de él y le golpeó dos veces en la cara con el puño. La cabeza del hombre pegó en el suelo de hormigón y absorbió el impacto completo de los puñetazos.

–¡No, por favor! –logró balbucir entre golpes.

Bosch miró rápidamente por encima del mostrador para asegurarse de que aún estaba a salvo. Sacó la pistola que llevaba a la espalda y apoyó el cañón en la papada del hombre.

–¡La han matado por tu culpa, hijo de puta! Y te voy a matar.

–¡No, por favor! Señor, ¡por favor!

–¿Tú los avisaste, no? Les dijiste que tenía dinero.

–No.

–No me mientas, joder, o te mato ahora mismo. ¡Tú les avisaste!

El hombre levantó la cabeza del suelo.

–Vale, escuche, escuche, por favor. Dije no daño a nadie. ¿Entiende? Dije no…

Bosch apartó la pistola y le golpeó con ella en la nariz con fuerza. La cabeza del hombre golpeó el suelo. Bosch le encañonó el cuello.

–No me importa lo que digas. La han matado, hijo de puta. ¿Lo entiendes?

El hombre estaba consternado y sangrando; sus ojos parpadeaban al perder y recuperar la conciencia. Con la mano derecha, Bosch le abofeteó en la mejilla.

–No te duermas. Quiero que lo veas venir.

–Por favor, no… Lo siento mucho, señor. Por favor, no…

–Está bien, esto es lo que va a hacer. ¿Quieres vivir? Dime quién ocupó la habitación mil quinientos catorce el viernes. Mil quinientos catorce. Dímelo ahora mismo.

–Vale, yo digo. Yo enseño.

–Vamos, enséñamelo.

Bosch se levantó. El hombre chorreaba sangre por la boca y la nariz y a Bosch le sangraban los nudillos de la mano izquierda. Se estiró rápidamente y bajó del todo la persiana de seguridad del mostrador.

–Enséñamelo. Ahora.

–Vale, está aquí.

Señaló el maletín que había estado llenando. Metió la mano y Bosch levantó la pistola y le apuntó a la cabeza.

–Despacio.

El hombre sacó una pila de formularios de registro. Bosch vio el suyo encima. Se estiró, lo cogió de la pila y lo arrugó en el bolsillo del abrigo. No dejó de apuntar al hombre en ningún momento.

–El viernes, habitación mil quinientos catorce. Encuéntralo.

El hombre puso la pila de formularios en la parte de atrás del mostrador y empezó a repasarlos. Bosch sabía que estaba tardando demasiado. La policía llegaría en cualquier momento a las recepciones de hotel y los encontraría. Había pasado al menos un cuarto de hora desde los disparos en la planta quince.

Vio un estante debajo del mostrador delantero y puso la pistola allí. Si la policía lo pillaba con ella, iría a prisión seguro.

Al soltar la pistola del ladrón recordó que había dejado a su exmujer y madre de su hija yaciendo muerta y sola en el suelo de la planta quince. Sintió que le clavaban una lanza en el pecho. Cerró los ojos un momento para tratar de apartar la idea y la imagen.

–Aquí está.

Bosch abrió los ojos. El hombre se estaba volviendo hacia él desde el mostrador de atrás. Bosch oyó un claro chasquido metálico. Vio que el brazo derecho del hombre empezaba a girar de abajo arriba y supo que el tipo empuñaba un cuchillo antes de verlo. En una decisión tomada en una fracción de segundo, eligió bloquearlo en lugar de esquivar el ataque. Se lanzó hacia el agresor, levantó el antebrazo izquierdo para protegerse y le asestó un puñetazo en el cuello con la derecha.

El cuchillo rasgó la manga de la chaqueta de Bosch y sintió que la hoja le cortaba la cara interna del antebrazo. Pero ese fue el único daño que recibió. El puñetazo en el cuello hizo caer al hombre hacia atrás junto con el taburete. Bosch se echó otra vez encima de él, agarró la mano que empuñaba el arma blanca por la muñeca y la golpeó repetidamente contra el suelo hasta que el cuchillo repiqueteó en el hormigón.

Bosch se levantó sin dejar de sujetar al hombre por el cuello. Notó que le resbalaba sangre por el brazo. Volvió a pensar en Eleanor, que yacía muerta en la quince. Le habían arrebatado la vida antes de que pudiera decir ni una palabra. Antes de que pudiera ver a su hija a salvo otra vez.

Bosch levantó el puño y golpeó con fuerza al hombre en las costillas. Lo hizo otra vez y otra, golpeando cuerpo y rostro, hasta que estuvo convencido de que las costillas y la mandíbula del hombre estaban rotas y de que había perdido la conciencia.

Estaba enloquecido. Cogió la navaja, la cerró y se la guardó en el bolsillo. Se apartó y recogió los formularios caídos. Enseguida se levantó, volvió a guardarlo todo en el maletín del tipo del hotel y lo cerró. Se inclinó sobre el mostrador para mirar por debajo de la persiana de seguridad. El pasillo todavía estaba despejado, aunque oyó anuncios procedentes de un megáfono desde el lado del ascensor. Sabía que el procedimiento policial consistiría en cerrar el edificio y controlar los accesos.

Levantó la persiana medio metro, cogió la pistola del estante y se la puso en la parte de atrás del cinturón. Saltó por encima del mostrador con el maletín. Tras comprobar que no había dejado sangre en el mostrador, bajó la persiana y salió.

Al tiempo que se alejaba, Bosch levantó el brazo para examinarse la herida a través del corte en la chaqueta. Parecía superficial, pero sangraba mucho. Se enrolló la manga en torno a la herida para que absorbiera la sangre. Miró el suelo detrás de él para asegurarse de que no estaba goteando.

En la zona de ascensores, la policía estaba haciendo salir a todo el mundo a la calle. Allí, en un área acordonada, los posibles testigos serían interrogados sobre lo que podían haber visto u oído. Bosch sabía que no podía pasar por ese proceso. Dio un giro de ciento ochenta grados y enfiló el pasillo hacia el otro lado del edificio. Llegó a un cruce de pasillos y atisbó a su izquierda a dos hombres que se apresuraban en dirección opuesta a la actividad policial.

Bosch los siguió al darse cuenta de que no era el único del edificio que no quería ser interrogado por la policía.

Los dos hombres desaparecieron en un estrecho pasaje entre dos de las tiendas ahora cerradas. Bosch los siguió.

El pasaje conducía a una escalera que descendía al sótano, donde había filas de jaulas de almacenaje para los comerciantes, que tenían un espacio de venta muy reducido arriba. Bosch siguió a los hombres por un pasillo y luego giró a la derecha. Vio que se dirigían a un símbolo chino rojo brillante sobre una puerta y supo que tenía que ser una salida. Los hombres pasaron por ella y sonó una alarma. Cerraron de un portazo a su espalda.

Bosch corrió hacia la puerta y pasó. Se encontró en el mismo callejón peatonal en el que había estado antes. Rápidamente salió a Nathan Road y buscó el Mercedes de Sun.

Unos faros destellaron desde media manzana de distancia y Bosch vio que el coche lo esperaba delante del nudo de vehículos policiales detenidos caóticamente delante de la entrada de Chungking Mansions. Sun arrancó y se dirigió lentamente hacia él. Bosch al principio fue hacia la puerta de atrás del coche, pero se dio cuenta de que Eleanor ya no estaba con ellos. Se subió delante.

–Has tardado mucho –dijo Sun.

–Sí, salgamos de aquí.

Sun miró el maletín y los nudillos ensangrentados de Bosch agarrados al asa. No dijo nada. Aceleró y se alejó de Chungking Mansions. Bosch se volvió en su asiento para mirar atrás. Su mirada subió por el edificio hasta el piso donde habían dejado a Eleanor. De alguna manera, Bosch siempre había pensado que envejecerían juntos. Su divorcio no importaba. Otros amantes no importaban. Siempre habían mantenido una relación intermitente, pero eso tampoco importaba. En el fondo, nunca había dejado de pensar que las separaciones eran temporales. A largo plazo estarían juntos. Por supuesto, tenían a Madeline y ese siempre iba a ser su vínculo. Pero Bosch había creído que habría más.

Ahora todo eso había terminado y era por las decisiones que él había tomado. No importaba que se tratara del caso o de su momentáneo lapsus al mostrar el dinero. Todos los caminos volvían a él y no estaba seguro de cómo iba a vivir con eso.

Se inclinó hacia delante y puso la cabeza entre las manos.

—Sun Yee, lo siento… Yo también la amaba.

Sun no respondió durante un buen rato y cuando habló sacó a Bosch de la espiral descendente y volvió a concentrarlo.

—Ahora hemos de encontrar a tu hija. Lo haremos por Eleanor.

Bosch se enderezó y asintió. Se inclinó hacia delante y puso el maletín en su regazo.

—Para cuando puedas. Has de mirar esto.

Sun dio diversos giros y se alejó varias manzanas de Chungking Mansions antes de detenerse junto al bordillo. Se encontraban enfrente de un mercado destartalado que estaba repleto de occidentales.

—¿Qué es esto? —preguntó Bosch.

—Es el mercado del jade. Es muy famoso entre los occidentales. Aquí no se fijarán en ti.

Bosch abrió el maletín y le pasó a Sun la pila desordenada de formularios de registro del hotel. Había al menos cincuenta. La mayoría estaban cumplimentados en chino y eran ilegibles para Bosch.

–¿Qué he de buscar? –preguntó Sun.

–Fecha y número de habitación. El viernes fue once. Buscamos eso y la habitación mil quinientos catorce. Ha de estar en la pila.

Sun empezó a leer. Bosch lo observó un momento y luego miró por la ventanilla al mercado del jade. Por los puntos de entrada abiertos vio filas y más filas de puestos: hombres y mujeres mayores que vendían sus objetos bajo un endeble techo de conglomerado y lona. Estaba repleto de clientes que iban y venían.

Bosch pensó en el colgante de monos de jade que había encontrado en la habitación de su hija. Ella había estado ahí. Se preguntó si se había alejado tanto sola o con amigos, quizá con He y Quick.

Una mujer mayor estaba vendiendo barritas de incienso ante una de las entradas y tenía un cubo con fuego. Al lado tenía una mesa plegable con filas de objetos de papel maché para quemar. Bosch vio una fila de tigres y se preguntó para qué necesitaría un tigre un antepasado muerto.

–Aquí –dijo Sun.

Levantó un formulario de registro para que Bosch lo leyera.

–¿Qué dice?

–Tuen Mun. Vamos allá.

A Bosch le sonó que había dicho Tin Moon.

–¿Qué es Tin Moon?

–Tuen Mun. Está en los Nuevos Territorios. Este hombre vive allí.

–¿Cómo se llama?

–Peng Qingcai.

«Qingcai», pensó Bosch. Un salto fácil para usar un nombre americanizado con las chicas del centro comercial sería Quick. Quizá Peng Qingcai era el hermano mayor de He, el chico con el que Madeline había salido del centro comercial el viernes.

–¿El registro dice su edad o fecha de nacimiento?

–No, no hay edad.

Era poco probable. Bosch no había puesto su fecha de nacimiento para alquilar las habitaciones y el hombre del mostrador solo había anotado su número de pasaporte, ningún detalle más de la identidad.

–¿La dirección está aquí?

–Sí.

–¿Puedes encontrarla?

–Sí, conozco este sitio.

–Bueno, vamos. ¿Cuánto tardaremos?

–En coche, mucho rato. Hemos de ir al norte y luego al oeste. Tardaremos una hora o más. En tren sería más rápido.

El factor tiempo era fundamental, pero Bosch sabía que el coche les daba autonomía.

–No –dijo–. Cuando la encontremos necesitaremos el coche.

Sun asintió en señal de acuerdo y arrancó el Mercedes. Una vez en camino, Bosch se quitó la chaqueta y se levantó la manga de la camisa para ver mejor la herida del brazo. Era un corte de cinco centímetros en la parte superior de la cara interna de su antebrazo. Por fin la sangre empezaba a coagularse.

Sun echó un rápido vistazo a la herida y luego a la calle.

–¿Quién te ha hecho eso?

–El hombre de detrás del mostrador.

Sun asintió.

–Nos tendió una trampa, Sun Yee. Vio mi dinero y nos tendió una trampa. He sido un estúpido.

–Fue un error.

Sin lugar a duda, se retractaba de su acusación en la escalera. Sin embargo, Bosch no iba cambiar su propia valoración. Había provocado que mataran a Eleanor.

–Sí, pero no fui yo el que pagó por él –dijo.

Bosch sacó la navaja del bolsillo de la chaqueta y se estiró para coger la manta del asiento de atrás. Cortó una larga tira, se la envolvió en el brazo y metió el extremo por debajo. Se aseguró de que no apretara demasiado pero impidiera que la sangre le corriera por el brazo.

Volvió a bajarse la manga. Estaba empapada de sangre entre el codo y el puño. Volvió a ponerse la chaqueta. Por suerte, era negra y las manchas casi no se veían.

A medida que avanzaban hacia el norte por Kowloon, los problemas de las zonas urbanas deprimidas y la aglomeración crecían exponencialmente. Era como cualquier gran ciudad, pensó Bosch. Cuanto más te alejabas del dinero, más descarnado y desesperado parecía todo.

–Háblame de Tuen Mun –dijo.

–Muy poblado –dijo Sun–. Solo chinos. Peligroso.

–¿Tríada peligrosa?

–Sí, no es un buen lugar para que esté tu hija.

Bosch no pensaba que lo fuera. Pero vio una cosa positiva en ello. Mover y esconder a una niña blanca podría ser difícil de hacer sin ser visto. Si Madeline estaba retenida en Tuen Mun, la encontraría. La encontrarían.

31

En los últimos cinco años, la única contribución económica de Harry Bosch a la manutención de su hija había sido pagarle los viajes a Los Ángeles, darle dinero para gastar de cuando en cuando y extender un cheque anual de doce mil dólares para costear la mitad de su educación en la exclusiva Happy Valley Academy. Esta última contribución no era el resultado de ninguna exigencia de su exmujer. Eleanor Wish se ganaba muy bien la vida y nunca le había pedido a Bosch ni un dólar para la manutención ni directa ni indirectamente a través de canales legales. Era Bosch el que necesitaba y exigía contribuir de algún modo. Ayudar a pagarle la educación le permitía sentir, correcta o incorrectamente, que desempeñaba un papel importante en la educación de su hija.

En consecuencia, fue teniendo una implicación cada vez mayor en sus estudios. Ya fuera en persona durante sus visitas a Hong Kong o cada domingo por la mañana temprano –para él– en su llamada semanal internacional, Bosch tenía por rutina hablar con Madeline de sus deberes escolares y hacerle preguntas sobre lo que estaba estudiando.

De todo ello se derivaba un conocimiento tangencial, de libro de texto, de la historia de Hong Kong. Gracias a eso sabía que el lugar al que se dirigía, los

Nuevos Territorios, no era en realidad una posesión nueva de Hong Kong. La vasta zona geográfica que rodeaba la península de Kowloon había sido añadida por arrendamiento a Hong Kong hacía más de un siglo como colchón contra una posible invasión exterior de la colonia británica. Cuando venció el periodo de arrendamiento y los británicos transfirieron la soberanía de todo Hong Kong a la República Popular China en 1997, los Nuevos Territorios siguieron formando parte de la Región Administrativa Especial, que permitía a Hong Kong continuar funcionando como uno de los centros del capitalismo y la cultura mundiales, como lugar único en todo el planeta donde Oriente se encontraba con Occidente.

Los Nuevos Territorios estaban formados básicamente por una gran extensión rural, pero existían también centros de población construidos por el Gobierno que estaban densamente habitados por los ciudadanos más pobres y menos educados de la Región Administrativa Especial. La tasa de delincuencia era más elevada, el dinero más escaso y el poder de atracción de las tríadas innegable. Tuen Mun sería uno de esos lugares.

–Había muchos piratas aquí cuando yo crecí –dijo Sun.

Fue la primera vez que hablaban tras más de veinte minutos circulando sumidos ambos en sus propios pensamientos. Estaban entrando en la ciudad por la autovía. Bosch veía fila tras fila de edificios altos, tan monolíticos y uniformemente anodinos que sabía que tenían que ser pisos construidos por el Estado. Estaban rodeados de colinas pobladas con casas más pequeñas en barrios más antiguos. No era un *skyline* flamante, sino feo y deprimente: un pueblo de pescadores convertido en un enorme y masificado complejo de viviendas verticales.

–¿Qué quieres decir con eso? ¿Eres de Tuen Mun?

–Crecí aquí, sí. Hasta que cumplí veintidós años.

–¿Estuviste en una tríada, Sun Yee?

Sun no respondió. Hizo como si estuviera demasiado ocupado poniendo el intermitente y haciendo importantes comprobaciones en los espejos al salir de la autovía.

–No me importa, ¿sabes? –dijo Bosch–. Solo me importa una cosa.

Sun asintió.

–La encontraremos.

–Ya lo sé.

Habían cruzado un río y entrado en un desfiladero formado por la fachada de los edificios de cuarenta pisos que se alineaban a ambos lados de la calle.

–¿Y los piratas? –preguntó Bosch–. ¿Quiénes eran?

–Contrabandistas. Subían por el río desde el mar del Sur de China. Controlaban el río.

Bosch se preguntó si Sun estaba tratando de decirle algo al mencionar eso.

–¿De qué hacían contrabando?

–De todo. Entraban pistolas y drogas. Personas.

–¿Y qué sacaban?

Sun asintió como si Bosch hubiera contestado una pregunta en lugar de formularla.

–¿De qué hacen contrabando ahora?

Pasaron varios segundos antes de que Sun respondiera.

–Electrónica. DVD americanos. Niños en ocasiones. Niñas y niños.

–¿Adónde van?

–Eso depende.

–¿De qué?

–De para qué los quieran. A veces es por sexo. Otras, por órganos. Muchos continentales compran niños porque no tienen hijos.

Bosch pensó en el trozo de papel higiénico con la mancha de sangre. Eleanor había saltado a la conclusión de que le habían inyectado algo a Madeline, de que la habían drogado para controlarla mejor. En ese momento se dio cuenta de que tal vez no se había tratado de una inyección, sino de una extracción. Comprendió que comprobar la compatibilidad del tipo sanguíneo requeriría extraer sangre de una vena con una jeringuilla. El trozo de papel podría haber sido una compresa aplicada al sacar la aguja.

–Ella sería muy valiosa, ¿no?

–Sí.

Bosch cerró los ojos. Todo cambió. El secuestro de su hija podría no reducirse a mantenerla retenida hasta que Bosch soltara a Chang en Los Ángeles. Podrían estar preparándola para trasladarla o venderla al submundo de oscuras alternativas del cual nunca regresaría. Trató de no pensar en las posibilidades. Miró por la ventanilla lateral.

–Tenemos tiempo –dijo, sabiendo muy bien que estaba hablando consigo mismo y no con Sun–. Todavía no ha ocurrido nada. No harán nada hasta que tengan noticias de Los Ángeles. Aunque el plan sea no devolverla nunca, no harán nada todavía.

Bosch se volvió para mirar a Sun y él asintió en señal de acuerdo.

–La encontraremos –dijo.

Bosch buscó a su espalda y sacó la pistola que había arrebatado a uno de los hombres a los que había matado en Chungking Mansions. La estudió por primera vez e inmediatamente reconoció el arma.

–Creo que tenías razón en que esos tipos eran vietnamitas –dijo.

Sun miró el arma y luego de nuevo a la carretera.

–Por favor, no dispares en el coche –dijo.

A pesar de lo que había ocurrido, Bosch sonrió.

–No lo haré. No hace falta. Ya sé cómo usarla y dudo que el tipo llevara una pistola que no funcionaba.

Bosch sostuvo el arma con la izquierda y miró al suelo. Luego la levantó y la estudió de nuevo. Era un Colt 45 de fabricación estadounidense, modelo 1911A1. Había llevado exactamente esa arma en Vietnam casi cuarenta años antes. Cuando su trabajo era meterse en los túneles y encontrar y matar al enemigo.

Bosch sacó el cargador y la bala extra de la recámara. Tenía el máximo de ocho balas. Comprobó el mecanismo varias veces y empezó a recargar la pistola. Se detuvo cuando se fijó en algo rascado en el lateral de acero negro del cargador. Se lo acercó para tratar de leerlo.

Había iniciales y números grabados, pero el tiempo y el uso –la carga y recarga del arma– casi lo habían borrado todo. Colocándola en ángulo para tener mejor luz, Bosch leyó «JFE Sp4, 27th».

De repente, recordó el cuidado y la protección que todas las ratas de los túneles dedicaban a sus armas y munición. Cuando te metías en un túnel negro sin nada más que tu 45, una linterna y cuatro cargadores de munición extra, comprobabas todo dos veces y luego volvías a comprobarlo. Trescientos metros en el interior de un túnel no era el lugar donde querías encontrarte con un arma encasquillada, munición húmeda o pilas gastadas. Bosch y sus compañeros marcaban y atesoraban sus cargadores del mismo modo que los soldados de la superficie guardaban sus cigarrillos y revistas *Playboy*.

Examinó de cerca el grabado. Fuera quien fuese JFE, había sido especialista de cuarta clase en la 27 División de Infantería. Eso significaba que podía haber sido una rata de los túneles. Bosch se preguntó si la pistola que empuñaba había quedado en un túnel, en algún lugar del Triángulo de Hierro, y si la habían sacado de la mano fría, muerta, de JFE.

—Ya estamos —dijo Sun.

Bosch levantó la mirada. Sun se había detenido en medio de la calle. No había tráfico tras ellos. Señaló a través del parabrisas una torre de apartamentos tan alta que Bosch tuvo que agacharse bajo la visera para ver el tejado. Tras los pasillos descubiertos que recorrían la fachada en cada una de las plantas se veían puertas de entrada y ventanas de unas trescientas viviendas diferentes. En casi todas las plantas había ropa colgada de las barandillas del pasillo a intervalos diferentes, lo cual convertía la fachada del edificio en un mosaico colorido que lo diferenciaba de los edificios idénticos que tenía a cada lado. Un cartel en varios idiomas sobre una entrada tipo túnel situada en el centro anunciaba, por incongruente que pareciera, que el complejo se llamaba Miami Beach Garden States.

—La dirección corresponde al sexto piso —dijo Sun después de comprobarlo en el formulario de registro de Chungking Mansions.

—Aparca y subiremos.

Sun asintió y pasó por delante del edificio. En el cruce siguiente hizo un giro de ciento ochenta grados y enseguida aparcó delante de un parque infantil rodeado por una valla de tres metros y lleno de niños acompañados por sus madres. Bosch sabía que había aparcado allí porque era menos probable que le robaran o le destrozaran el coche.

Salieron y caminaron junto a la valla hasta que doblaron a la izquierda hacia la entrada al edificio.

El túnel estaba bordeado a ambos lados por buzones, la mayoría de los cuales tenían la cerraduras rota y pequeñas firmas de grafiteros. El pasaje conducía a una zona de ascensores donde había dos mujeres esperando con niños pequeños de la mano. No prestaron atención a Sun ni a Bosch. Había un vigilante de seguridad sentado detrás de un pequeño mostrador, pero no levantó la mirada de su periódico.

Bosch y Sun siguieron a las mujeres al ascensor. Una de ellas insertó una llave en la parte inferior de la placa de control y a continuación pulsó dos botones. Antes de que sacara la llave, Sun estiró el brazo y pulsó el botón 6.

La primera parada fue en la sexta planta. Sun y Bosch recorrieron el pasillo hasta la tercera puerta del lado izquierdo del edificio. Bosch se fijó en un pequeño altar apoyado contra la barandilla, enfrente de la puerta del siguiente apartamento. La lata de cenizas todavía humeaba tras un sacrificio a los espíritus hambrientos. El olor a plástico quemado flotaba en el aire.

Bosch tomó posición a la derecha de la puerta donde se había detenido Sun. Echó el brazo atrás bajo su abrigo y agarró la pistola, pero no la sacó. Notó que la costra de la herida del brazo volvía a abrirse con el movimiento. Iba a empezar a sangrar otra vez.

Sun lo miró y Bosch le hizo señal de que estaba listo. Sun llamó a la puerta y esperaron.

Nadie abrió.

Llamó otra vez. Esta vez con más fuerza.

Esperaron de nuevo. Bosch miró al otro lado del parque infantil y vio que de momento nadie había tocado el Mercedes.

Nadie respondió.

Sun finalmente se apartó de la puerta.

—¿Qué quieres hacer?

Bosch miró el cubo humeante que había a diez metros.

—Hay alguien en la casa de al lado. Vamos a preguntar si han visto a este tipo por aquí.

Sun se puso delante y llamó a la puerta de al lado. Esta vez se abrió. Una mujer pequeña de unos sesenta años se asomó. Sun asintió y sonrió al hablar con ella en chino. Enseguida la mujer se relajó y abrió un poco más la puerta. Sun no dejó de hablar y poco después la señora abrió del todo y se hizo a un lado para dejarlos pasar.

Cuando Bosch franqueó el umbral, Sun le susurró:

—Quinientos dólares de Hong Kong. Se los he prometido.

—No hay problema.

Era un pequeño apartamento de dos habitaciones. La primera habitación servía de cocina, comedor y sala de estar. Estaba escasamente amueblada y olía a aceite caliente. Bosch separó cinco billetes de cien dólares sin sacar el fajo del bolsillo. Puso los billetes bajo un plato de sal que había sobre la mesa de la cocina. Sacó una silla y se sentó.

Sun permaneció de pie y lo mismo hizo la mujer. Continuó su conversación en chino, señalando un instante a Bosch. Bosch asintió y sonrió, actuando como si supiera lo que se estaba diciendo.

Pasaron tres minutos hasta que Sun interrumpió sus preguntas para poderle hacer un resumen a Bosch.

—Ella es Fengyi Mai. Vive aquí sola. Dice que no ha visto a Peng Qingcai desde ayer por la mañana. Vive en la casa de al lado con su madre y su hermana pequeña. Tampoco las ha visto. Pero los oyó ayer por la tarde. A través de la pared.

—¿Qué edad tiene Peng Qingcai?

Sun comunicó la pregunta y luego tradujo la respuesta.

—Cree que tiene dieciocho. Ya no va a la escuela.

—¿Cómo se llama su hermana?

Tras la correspondiente pregunta y respuesta en chino, Sun informó de que el nombre de su hermana era He, aunque no lo pronunció como lo había hecho su hija.

Bosch pensó en todo ello unos momentos antes de plantear la siguiente pregunta.

—¿Está segura de que fue ayer cuando lo vio? ¿El sábado por la mañana? ¿Qué estaba haciendo?

Mientras Bosch esperaba la traducción, observó con atención a la mujer. Había mantenido buen contacto visual con Sun durante las primeras preguntas, pero empezó a apartar la mirada al responder las últimas preguntas.

—Está segura —dijo Sun—. Oyó un ruido en el pasillo ayer por la mañana y, cuando abrió, Peng estaba allí, quemando una ofrenda. Estaba usando su altar.

Bosch asintió, pero estaba seguro de que la mujer estaba mintiendo o había omitido algo.

–¿Qué quemó?

Sun se lo preguntó a la mujer. Ella bajó la mirada todo el tiempo al responder.

–Dice que quemó dinero de papel.

Bosch se levantó, abrió la puerta y volcó el bidón de ceniza en el pasillo. Era más pequeño que un cubo de agua convencional. Un humo negro de ceniza se extendió por el pasillo. Fengyi Mai obviamente había quemado una ofrenda en la última hora. Bosch cogió una barrita de incienso del altar y la usó para atizar los escombros calientes. Había unos trozos de cartón sin quemar, pero casi todo era ceniza. Bosch removió un poco más y enseguida encontró un trozo de plástico fundido. Estaba carbonizado y deformado. Trató de cogerlo, pero estaba demasiado caliente.

Volvió a entrar en el apartamento.

–Pregúntale cuándo usó por última vez el altar y qué ha quemado.

Sun tradujo la respuesta.

–Lo ha usado esta mañana. También ha quemado dinero de papel.

Bosch aún estaba de pie.

–Pregúntale por qué está mintiendo.

Sun vaciló.

–Pregúntale.

Sun hizo la pregunta y la mujer negó que estuviera mintiendo. Bosch asintió al recibir la respuesta y se acercó a la mesa. Levantó el plato de sal que aguantaba los cinco billetes y se los guardó en el bolsillo.

–Dile que no pagamos nada por mentiras, pero que pagaré dos mil por la verdad.

La mujer protestó después de escuchar la traducción de Sun, pero entonces la actitud de Sun cambió. Le gritó enfadado y la mujer claramente se asustó. Juntó las manos como para pedir perdón y se encaminó a otra habitación.

–¿Qué le has dicho? –preguntó Bosch.

–Le he dicho que ha de decir la verdad o que perderá su apartamento.

Bosch levantó las cejas. Sun ciertamente había subido un peldaño.

–Cree que soy policía y que tú eres mi supervisor –añadió.

–¿De dónde ha sacado esa idea? –preguntó Bosch.

Antes de que Sun pudiera responder, la mujer volvió con una pequeña caja de cartón. Fue directamente a Bosch y se la pasó, luego hizo una reverencia al apartarse. Harry la abrió y encontró los restos de un teléfono móvil fundido y quemado.

Mientras la mujer le daba una explicación a Sun, Bosch sacó su móvil y lo comparó con el teléfono quemado. A pesar del daño, estaba claro que el teléfono que la mujer había sacado de las cenizas era igual al suyo.

–Dice que Peng lo estaba quemando –tradujo Sun–. Olía muy mal y ella pensó que no le gustaría a los ancestros, así que lo sacó.

–Es de mi hija.

–¿Estás seguro?

–Yo se lo compré. Estoy seguro.

Bosch abrió su propio móvil y fue a las fotos archivadas. Pasó las fotos de su hija hasta que encontró una en la que aparecía en uniforme escolar.

–Enséñasela. Pregúntale si la ha visto con Peng.

Sun le mostró la foto a la mujer y planteó la pregunta. La mujer negó con la cabeza al responder, juntando las manos en ademán de oración para subrayar que ahora estaba diciendo la verdad. Bosch no necesitaba traducción. Se levantó y sacó el dinero. Puso dos mil dólares de Hong Kong en la mesa –menos de trescientos americanos– y se dirigió a la puerta.

–¡Vamos! –dijo.

32

Volvieron a llamar a la puerta de Peng sin obtener respuesta. Bosch se arrodilló para desatar y volverse a atar el zapato. Estudió el pomo al hacerlo.

–¿Qué hacemos? –preguntó Sun cuando Bosch se levantó.

–Tengo ganzúas. Puedo abrir la puerta.

Bosch vio de inmediato que la reticencia nublaba el rostro de Sun, incluso con las gafas de sol.

–Mi hija podría estar ahí. Y si no está, podría haber algo que nos diga dónde está. Tú quédate detrás de mí y bloquea la vista a cualquiera. Tardaré menos de un minuto en abrir.

Sun miró la pared de edificios idénticos que los rodeaban como gigantes.

–Primero vigilamos –dijo.

–¿Vigilar? –preguntó Bosch–. ¿Vigilar qué?

–La puerta. Peng podría volver. Podría conducirnos a Madeline.

Bosch miró el reloj. Era la una y media.

–No creo que tengamos tiempo. No podemos quedarnos estáticos.

–¿Qué es estáticos?

–No podemos pararnos, tío. Hemos de seguir en movimiento si queremos encontrarla.

Sun se volvió y miró directamente a Bosch.

—Una hora. Vigilamos. Si volvemos a abrir la puerta, no sacas la pistola.

Bosch asintió. Comprendió. Que los pillaran en un allanamiento era una cosa. Que los pillaran en un allanamiento y armados con una pistola era diez años de otra cosa.

—Vale, una hora.

Bajaron en el ascensor y salieron por el túnel. Por el camino, Bosch dio un golpecito en el brazo de Sun y le preguntó cuál de los buzones correspondía al apartamento de Peng. Sun encontró el buzón y vieron que habían reventado la cerradura hacía tiempo. Bosch miró por el túnel al vigilante de seguridad, que leía el periódico. Abrió el buzón y vio dos cartas.

—Parece que nadie ha recogido el correo del sábado —dijo Bosch—. Creo que Peng y su familia se han marchado.

Volvieron al coche y Sun dijo que quería moverlo a un lugar menos llamativo. Condujo por la calle, dio la vuelta y aparcó junto a un muro de contención que rodeaba los cubos de basura del edificio de al lado del de enfrente. Aún tenían una buena vista del pasillo de la sexta planta y de la puerta del apartamento de Peng.

—Creo que estamos perdiendo el tiempo —dijo Bosch—. No van a volver.

—Una hora, Harry. Por favor.

Bosch se fijó en que era la primera vez que Sun lo llamaba por su nombre. Eso no lo aplacó.

—Solo vamos a darles otra hora de ventaja, nada más.

Bosch sacó la caja del bolsillo de la chaqueta. La abrió y miró el teléfono.

–Tú vigila –dijo–, yo voy a trabajar en esto.

Los bordes de plástico del teléfono se habían fundido y Bosch no lograba abrirlo. Por fin, lo partió en dos al aplicar suficiente presión. La pantalla de LCD estaba rota y parcialmente fundida. Bosch dejó esa parte a un lado y se concentró en la otra mitad. Las junturas del compartimento de la batería también se habían fundido. Abrió la puerta del coche y golpeó varias veces el teléfono contra el bordillo, cada vez más fuerte, hasta que se rompieron las junturas y cayó la tapa del compartimento.

Volvió a cerrar la puerta. La batería del teléfono parecía intacta, pero una vez más el plástico deformado dificultaba su extracción. Esta vez sacó la cartera de la placa y cogió una de sus ganzúas. La usó para extraer la batería. Debajo estaba el hueco para la tarjeta de memoria del teléfono. Estaba vacío.

¡Mierda!

Bosch tiró el teléfono a sus pies. Otro callejón sin salida.

Miró el reloj. Solo habían pasado veinte minutos desde que había accedido a darle una hora a Sun. Pero Bosch no podía quedarse quieto. Su instinto le decía que tenía que entrar en ese apartamento. Su hija podía estar allí.

–Lo siento, Sun Yee –dijo–. Tú puedes esperar aquí, pero yo no. Voy a entrar.

Se inclinó hacia delante y se sacó la pistola del cinturón. Quería dejarla fuera del Mercedes por si los pillaban en el interior del apartamento y la policía los relacionaba con el coche. Envolvió la pistola en la manta de su hija, abrió la puerta y salió. Pasó por un hueco del muro de contención y dejó el fardo encima de uno de los cubos de basura repletos. Podría recuperarlo fácilmente a la vuelta.

Al volver encontró a Sun esperándolo fuera del coche.

—Vale —dijo Sun—. Vamos.

Se encaminaron de nuevo hacia el edificio de Peng.

—Deja que te pregunte algo, Sun Yee. ¿Te quitas las gafas alguna vez?

La respuesta de Sun llegó sin explicación.

—No.

El vigilante de seguridad del vestíbulo no levantó la mirada tampoco esta vez. El edificio era lo bastante grande como para que siempre hubiera alguien con llave esperando un ascensor. Al cabo de cinco minutos volvían a estar delante de la puerta de Peng. Mientras Sun se quedaba en la barandilla como vigilante y para bloquear la visión, Bosch se arrodilló y se ocupó de la cerradura. Tardó más de lo esperado —casi cuatro minutos—, pero la abrió.

—Listo —dijo.

Sun se apartó de la barandilla y siguió a Bosch al apartamento.

Antes de cerrar siquiera la puerta, Bosch supo que había algún cadáver en el apartamento. No había un olor abrumador ni sangre en las paredes ni indicio físico alguno en la primera habitación. Pero, después de visitar más de quinientas escenas del crimen a lo largo de sus años de policía, había desarrollado lo que consideraba un sexto sentido para la sangre. Su teoría carecía de base científica, pero Bosch creía que la sangre salpicada cambiaba la composición del aire en un entorno cerrado. Y ahora sintió ese cambio. El hecho de que podría ser sangre de su propia hija hizo que ese reconocimiento fuera atroz.

Levantó la mano para impedir que Sun se adentrara más en el apartamento.

–¿Has notado eso, Sun Yee?

–No. ¿Notar qué?

–Hay alguien muerto. No toques nada y sigue mis pasos si puedes.

La distribución era la misma que la del apartamento de al lado. Una vivienda de dos habitaciones, esta compartida por una madre con dos hijos adolescentes. No había señal de alteración o daño en la primera estancia. Vio un sofá que tenía una almohada y unas sábanas tiradas de cualquier manera y Bosch supuso que el chico dormía en el sofá, mientras que madre e hija ocupaban el dormitorio.

Bosch cruzó la sala hacia la habitación. La cortina estaba corrida y el cuarto, a oscuras. Bosch le dio al interruptor con el codo y se encendió la luz del techo, sobre la cama. Estaba deshecha y vacía. No había signos de lucha, altercado o muerte. Bosch miró a su derecha. Había dos puertas más. Suponía que una conducía a un armario y la otra al dormitorio.

Siempre llevaba guantes de látex en el bolsillo de la chaqueta. Sacó un par y se puso uno en la mano izquierda. Abrió la puerta de la derecha primero. Era un armario repleto de ropa colgada y apilada en el suelo. El altillo también estaba lleno de cajas con letras escritas en chino. Bosch retrocedió y pasó a la segunda puerta. Abrió sin vacilar.

El pequeño cuarto de baño estaba inundado de sangre seca. Había salpicado el lavabo, el inodoro y el suelo de baldosas. Había manchas y goterones secos en la pared de atrás y en la cortina de ducha, de color blanco sucio y con estampado de flores.

Era imposible entrar en la estancia sin pisar la sangre. Pero Bosch no se preocupó por eso. Tenía que llegar a la cortina de la ducha. Tenía que saberlo.

Cruzó rápidamente el cuarto de baño y tiró de la cortina de plástico.

La ducha era pequeña según los criterios americanos. No era más grande que las viejas cabinas de teléfono que había fuera del Du-Par's del Farmers Market de Los Ángeles. Aun así, alguien había logrado apilar tres cadáveres allí, uno encima del otro.

Bosch contuvo el aliento al inclinarse para tratar de identificar a las víctimas. Estaban vestidas. El chico, que era el más grande, estaba encima. Se hallaba boca abajo sobre una mujer de unos cuarenta años (su madre), que estaba sentada contra una pared. La posición sugería algún tipo de fantasía edípica que probablemente no formaba parte de la intención del asesino. A ambos les habían cortado salvajemente la garganta de oreja a oreja.

Detrás y parcialmente debajo de la madre –como escondiéndose–, Bosch vio el cuerpo de una chica joven. El cabello negro le cubría la cara.

–Ah, Dios –dijo Bosch en voz alta–. ¡Sun Yee!

Sun se acercó enseguida y Bosch oyó que cogía aire a su espalda. Bosch empezó a ponerse el segundo guante.

–Hay una chica debajo y no sé si es Maddie –dijo–. Póntelos.

Sacó otro par de guantes del bolsillo y se lo pasó a Sun, que enseguida se los puso. Juntos sacaron el cadáver del chico de la ducha y lo dejaron en el suelo, al lado del lavabo. Bosch movió entonces suavemente el cuerpo de la madre hasta que pudo ver la cara de la chica. A ella también le habían cortado la garganta. Tenía los ojos abiertos y una expresión de pánico ante la muerte. A Bosch le partió el corazón ver esa expresión, pero no era su hija.

—No es ella —dijo—. Ha de ser su amiga. He.

Harry dio la espalda a aquella carnicería y pasó junto a Sun para ir al dormitorio. Se sentó en la cama. Oyó un sonido procedente del cuarto de baño y supuso que Sun estaba poniendo los cuerpos en el sitio donde los habían encontrado.

Bosch soltó ruidosamente el aire y se inclinó hacia delante, con los brazos cruzados sobre el pecho. Estaba pensando en los ojos aterrorizados de la niña. Casi se cayó de la cama.

—¿Qué ha pasado aquí? —preguntó en un susurro.

Sun salió del cuarto de baño y adoptó una postura de guardaespaldas. No dijo nada. Harry se fijó en que tenía sangre en los guantes.

Bosch se levantó y miró en torno a la habitación como si esta pudiera contener alguna explicación de la escena del cuarto de baño.

—¿Puede que otra tríada se la haya arrebatado? ¿Y luego haya matado a todos para cubrir las pistas?

Sun negó con la cabeza.

—Eso habría empezado una guerra. Pero el chico no es de la tríada.

—¿Qué? ¿Cómo lo sabes?

—Solo hay una tríada en Tuen Mun. El Triángulo Dorado. He mirado y no tiene la marca.

—¿Qué marca?

Sun vaciló un momento. Se volvió hacia la puerta del cuarto de baño, pero enseguida cambió de opinión. Se quitó uno de los guantes y se bajó el labio inferior. En la piel interna había un tatuaje desdibujado con dos caracteres chinos. Bosch supuso que significaba Triángulo Dorado.

—¿Así que estás en la tríada?

Sun se soltó el labio y negó con la cabeza.

—Ya no. Hace más de veinte años.

—Pensaba que no podías simplemente dejar una tríada. Si la dejas, la dejas en una caja.

—Hice un sacrificio y el consejo me permitió irme. También tuve que marcharme de Tuen Mun. Fue entonces cuando fui a Macao.

—¿Qué clase de sacrificio?

Sun parecía aún más reticente que al mostrarle el tatuaje a Bosch. Sin embargo, volvió a llevarse la mano a la cara, esta vez para quitarse las gafas de sol. Por un momento, Bosch no se fijó en nada fuera de lugar, pero entonces reparó en que el ojo izquierdo de Sun era una prótesis. Tenía un ojo de cristal. Una cicatriz apenas visible se curvaba desde la comisura externa.

—¿Tuviste que dar un puto ojo para salir de la tríada?

—No lamento mi decisión.

Volvió a ponerse las gafas de sol.

Entre las revelaciones de Sun y la escena horrorosa del baño, Bosch estaba empezando a sentir que se hallaba en alguna clase de pintura medieval. Se recordó que su hija no estaba en el cuarto de baño, que aún estaba viva en alguna parte.

—Vale —dijo—. No sé qué ha ocurrido aquí ni por qué, pero hemos de seguir sobre la pista. Ha de haber algo en este apartamento que nos diga dónde está

Maddie. Hemos de encontrarla y nos estamos quedando sin tiempo.

Bosch se metió la mano en el bolsillo, pero estaba vacío.

–No me quedan guantes, así que ten cuidado con lo que tocas. Y probablemente tengamos sangre en los zapatos. No tiene sentido transferirla por toda la casa.

Bosch se quitó los zapatos y limpió la sangre en el fregadero de la cocina. Sun hizo lo mismo. Ambos registraron entonces el apartamento, empezando por el dormitorio y avanzando hacia la puerta de la calle. No encontraron nada útil hasta que llegaron a la pequeña cocina y Bosch reparó en que, como en el apartamento de al lado, había un plato de sal en la mesa. Solo que la pila se sal era más alta en ese plato y Bosch vio una marca de dedos dejada por la persona que había formado la pila. Metió los dedos en la pila y encontró un cuadradito de plástico negro sepultado en sal. Bosch reconoció de inmediato que era la tarjeta de memoria del teléfono.

–Tengo algo.

Sun se volvió desde el cajón de la cocina que había estado registrando. Bosch levantó la tarjeta de memoria. Estaba seguro de que era la tarjeta que faltaba en el móvil de su hija.

–Estaba en la sal. Quizá la escondió cuando ellos llegaron.

Bosch miró la pequeña tarjeta de plástico. Había una razón por la cual Peng Qingcai la había sacado antes de quemar el teléfono de su hija. Había una razón por la cual había tratado de esconderla. Bosch quería trabajar en esas razones inmediatamente, pero decidió que para él y Sun prolongar la estancia en un apartamento con tres cadáveres en la ducha no era precisamente inteligente.

—Salgamos de aquí —dijo.

Bosch se acercó a la ventana que había junto a la puerta y miró a la calle a través de la cortina antes de dar la señal de libre. Sun abrió la puerta y salieron enseguida. Bosch cerró la puerta antes de quitarse los guantes. Miró detrás de él al salir y vio que la anciana del piso de al lado estaba en el pasillo, arrodillada delante de su altar y quemando otro sacrificio a los ancestros. Bosch se giró de nuevo al comprobar que estaba usando una vela para quemar uno de los billetes auténticos de cien dólares que él le había dado.

Bosch se volvió y corrió por el pasillo en dirección contraria. Sabía que estaba en un mundo que escapaba a su comprensión. Solo tenía que comprender que su misión era encontrar a su hija. El resto no importaba.

33

Bosch recuperó la pistola, pero dejó allí la manta. En cuanto estuvo en el coche, sacó el teléfono. Era idéntico al de su hija, pues los había comprado los dos juntos en una oferta. Abrió el compartimento trasero y sacó la batería y la tarjeta de memoria. Puso la del teléfono de su hija en su lugar. Volvió a colocar la batería, cerró el compartimento y encendió el teléfono.

Mientras esperaban a que arrancara el teléfono, Sun puso en marcha el coche y se alejó del edificio donde habían masacrado a la familia.

–¿Adónde vamos? –preguntó Bosch.

–Al río. Hay un parque. Vamos allí hasta que sepamos qué hacer.

En otras palabras, todavía no había plan. La tarjeta de memoria era el plan.

–Esa historia de los piratas de cuando eras chaval era la tríada, ¿no?

Al cabo de un momento, Sun asintió una vez.

–¿Eso es lo que hacías, entrar y sacar a gente?

–No, mi trabajo era diferente.

No dijo nada más y Bosch decidió no insistir. El teléfono estaba listo. Harry fue rápidamente al registro de llamadas. No había ninguna. El historial estaba en blanco.

–No hay nada. No hay registro de ninguna llamada.

Fue al archivo de correo electrónico y vio que también estaba vacío.

–No han transferido nada con la tarjeta –dijo con la agitación creciendo en su voz.

–Eso es normal –dijo Sun con calma–. Solo los archivos permanentes van a la tarjeta de memoria. Mira si hay vídeos o fotos.

Usando el ratón de bola central del teclado del teléfono, Bosch seleccionó el icono de vídeo. La carpeta estaba vacía.

–No hay vídeos –dijo.

Bosch empezó a comprender que tal vez Peng había sacado la tarjeta del teléfono de Madeline porque creía que contenía un registro de todos los usos del teléfono. Pero no era así. La última y mejor pista parecía un chasco.

Hizo clic en el icono de las fotos y encontró una lista de fotos JPEG almacenadas.

–Hay fotos.

Empezó a abrirlas una por una, pero las únicas que parecían recientes eran las de los pulmones de John Li y los tatuajes de los tobillos que le había enviado Bosch. El resto eran fotos de amigos de Madeline y de excursiones escolares. No eran antiguas, pero no parecían guardar ninguna relación con su rapto. Encontró fotos de su visita al mercado de jade de Kowloon. Había fotografiado pequeñas esculturas de jade de parejas haciendo posturas del Kamasutra. Bosch las descartó como una curiosidad adolescente. Fotos que seguro que habrían provocado risitas nerviosas entre las chicas de la escuela.

–Nada –le dijo a Sun.

Siguió intentándolo, moviéndose por la pantalla y haciendo clic icono tras icono con la esperanza de encontrar un mensaje oculto. Finalmente, descubrió que el listín de direcciones de Madeline estaba también en la tarjeta y se había transferido a su teléfono.

–Tiene los contactos aquí.

Abrió el archivo y vio la lista de contactos. No conocía a todos sus amigos y muchos de ellos estaban simplemente listados por su apodo. Hizo clic en el que ponía «Papá» y vio su propio número de móvil y de casa, pero nada más, nada que no debiera estar allí.

Volvió a la lista y continuó hasta que por fin encontró lo que pensaba que estaba buscando cuando llegó a la letra T. Había un contacto «Tuen Mun» que solo contenía un número de teléfono.

Sun había aparcado en un largo y estrecho parque que discurría junto al río y bajo uno de los puentes. Bosch le pasó el teléfono.

–He encontrado un número. Pone «Tuen Mun». Es el único número que no está con un nombre.

–¿Por qué iba a tener ese número?

Bosch pensó un momento, tratando de comprenderlo.

–No lo sé –dijo.

Sun cogió el teléfono y estudió la pantalla.

–Es un número de móvil.

–¿Cómo lo sabes?

–Empieza por nueve. Es una designación de móvil en Hong Kong.

–Vale, ¿qué hacemos con esto? Está listado Tuen Mun. Podría pertenecer al tipo que tiene a mi hija.

Sun miró al río a través del parabrisas, tratando de encontrar una respuesta y un plan.

–Podríamos enviarle un mensaje de texto –dijo–. Puede que responda.

Bosch asintió.

–Sí, que sirva de carnada. Quizá consigamos una ubicación.

–¿Qué es «carnada»?

–Un cebo. Hacemos ver que lo conocemos y establecemos una cita. Él nos da su ubicación.

Sun sopesó la posibilidad mientras continuaba observando el río. Una barcaza avanzaba lentamente en dirección sur hacia el mar. Bosch empezó a pensar en un plan alternativo. David Chu, en Los Ángeles, dispondría de fuentes capaces de encontrar un nombre y una dirección relacionados con un número de móvil de Hong Kong.

–Podría reconocer el número y saber que es un cebo –dijo por fin Sun–. Deberíamos usar mi móvil.

–¿Estás seguro? –preguntó Bosch.

–Sí, creo que el mensaje debería enviarse en chino tradicional. Será más fácil que pique.

Bosch asintió otra vez.

–Sí. Buena idea.

Sun sacó su móvil y preguntó el número que había encontrado Bosch. Abrió un mensaje de texto, pero dudó.

–¿Qué le digo?

–Bueno, hemos de poner urgencia. Que parezca que ha de responder y hemos de encontrarnos.

Discutieron sobre ello unos minutos y al fin convinieron un texto que era simple y directo. Sun lo tradujo y lo envió. El mensaje escrito en chino decía: «Tenemos un problema con la chica. ¿Dónde nos vemos?».

–Vale, esperamos –dijo Bosch.

Había decidido no recurrir a Chu a menos que fuera necesario.

Bosch miró el reloj. Eran las dos de la tarde. Llevaba nueve horas en Hong Kong y no estaba más cerca de su hija que cuando estaba a diez mil metros por encima del Pacífico. En ese tiempo había perdido para siempre a Eleanor Wish y ahora estaba jugando un juego de espera que permitía que las ideas de culpa y pérdida entraran en su imaginación sin que nada pudiera desviarlas. Miró el teléfono que Sun tenía en la mano, esperando una respuesta rápida al mensaje.

No la recibió.

Pasaron unos minutos de silencio tan despacio como los barcos por el río. Bosch trató de concentrarse en Peng Qingcai y en cómo había ocurrido el secuestro de su hija. Había cosas que no tenían sentido para él sin contar con toda la información, pero aun así podía compilar una cronología y una cadena de acontecimientos. Y al hacerlo, supo que todo volvía a sus propias acciones.

–Todo vuelve a mí, Sun Yee. Cometí el error que hizo que todo esto ocurriera.

–Harry, no hay razón para…

–No, espera. Escúchame. Has de saber todo esto porque podrías ver algo que yo no veo.

Sun no dijo nada y Bosch continuó.

–Todo empieza conmigo. Estaba trabajando en un caso con un sospechoso de la tríada en Los Ángeles y no conseguía respuestas, así que le pedí a mi hija que me tradujera unos caracteres chinos de un tatuaje. Le envié una foto. Le dije que era un caso de la tríada y que no podía enseñarle el tatuaje a nadie ni hablar de eso con nadie. Pero ese fue mi error. Decirle eso a una niña de trece años es como anunciarlo al mundo, a su mundo. Estaba empezando a salir con Peng y su hermana. Vivían al otro lado de las vías del tren. Probablemente quiso impresionarlos. Les habló del tatuaje y del caso y eso puso todo en marcha.

Miró a Sun, pero no supo interpretar su expresión.

–¿Qué vías? –preguntó.

–No importa, es solo una expresión. No eran de Happy Valley, eso es lo que significa. Y, como has dicho, Peng no estaba en ninguna tríada de Tuen Mun, pero quizá conocía a gente, quizá quería entrar. Pasaba mucho tiempo en el otro lado del puerto, en Happy Valley. Quizá conocía a alguien y pensaba que este podía ser su billete de entrada. Le dijo a alguien lo que había oído. Lo relacionaron con Los Ángeles y le dijeron a alguien que cogiera a la chica y me enviara el mensaje. El vídeo.

Bosch se detuvo un momento mientras las ideas de la situación de su hija lo distraían otra vez.

–Pero, a partir de ahí, ocurrió algo. Algo cambió. Peng la llevó a Tuen Mun. Quizá la ofreció a la tríada aquí y ellos se la llevaron. Solo que no aceptaron a Peng, sino que lo mataron a él y a su familia.

Sun negó con la cabeza ligeramente y al fin habló. Había algo en el relato de Bosch que no tenía sentido para él.

–Pero ¿por qué iban a hacerlo? Matar a toda su familia.

–Fíjate en la cronología, Sun Yee. La señora de al lado oyó voces a través de la pared a última hora de la tarde, ¿verdad?

–Sí.

–Para entonces, yo estaba en el avión. Estaba viniendo y de alguna manera lo sabían. No podían arriesgarse a que yo encontrara a Peng ni a su hermana ni a su madre. Así que eliminaron la amenaza y lo cortaron de raíz. De no haber sido por la tarjeta de memoria que escondió Peng, ¿dónde estaríamos? En un callejón sin salida.

Sun se concentró incisivamente en algo que Bosch había dejado al margen.

–¿Cómo sabían que venías en avión?

Bosch negó con la cabeza.

–Buena pregunta. Desde el principio ha habido una filtración en la investigación. Pero pensaba que les llevaba al menos un día de ventaja.

–¿En Los Ángeles?

–Sí, en Los Ángeles. Alguien avisó al sospechoso de que íbamos tras él y eso hizo que tratara de huir. Por eso tuvimos que detenerlo antes de que estuviéramos listos y por eso cogieron a Maddie.

–¿No sabes quién?

–No estoy seguro. Pero cuando vuelva lo descubriré. Y me ocuparé de ello.

Sun interpretó en la respuesta de Bosch más de lo que este pretendía decir.

–¿Aunque Maddie esté a salvo? –preguntó.

Antes de que Bosch pudiera responder, el teléfono vibró en la mano de Sun. Había recibido un SMS. Bosch se inclinó para ver por encima de Sun mientras este leía. El mensaje, en chino, era corto.

–¿Qué dice?

–Número equivocado.

–¿Nada más?

–No ha mordido la carnada.

–¡Mierda!

–¿Y ahora qué?

–Mándale otro mensaje. Dile que o nos encontramos o vamos a la policía.

–Demasiado peligroso. Podría decidir deshacerse de ella.

–No si tiene un comprador preparado. Has dicho que ella era valiosa. Por sexo o por órganos, es valiosa. No se desharán de ella. Podría acelerar el trato y ese es el riesgo que corremos, pero no se deshará de ella.

–Ni siquiera sabemos si es la persona que buscamos. Solo es un teléfono de la lista de números de tu hija.

Bosch negó con la cabeza. Sabía que Sun tenía razón. Mandar mensajes a ciegas era demasiado arriesgado. Sus ideas volvieron a Chu. El detective de la UBA podría ser la filtración en la investigación que había provocado el secuestro de la hija de Bosch. ¿Se arriesgaría a llamarlo ahora?

–Sun Yee, ¿conoces a alguien en seguridad del casino que pueda investigar un número y darnos un nombre y una dirección?

Sun consideró la pregunta un rato antes de negar con la cabeza.

–No, eso no es posible. Habrá una investigación por Eleanor…

Bosch comprendió. Sun tenía que hacer lo posible por limitar las consecuencias para su empresa y el casino. Eso inclinaba la balanza hacia el lado de Chu.

–Vale. Creo que yo podría conocer a alguien.

Bosch abrió el teléfono para abrir su lista de contactos, pero entonces se dio cuenta de que la tarjeta

SIM de su hija todavía estaba en su lugar. Empezó con el proceso de cambiar de nuevo su tarjeta y volver a poner su configuración y contactos en el teléfono.

–¿A quién vas a llamar? –preguntó Sun.

–A un tipo con el que estoy trabajando. Está en la Unidad de Bandas Asiáticas y tiene contactos aquí.

–¿Es el hombre que crees que puede ser el topo?

Bosch asintió. Buena pregunta.

–No puedo descartarlo. Pero podría ser cualquiera de su unidad o de otro departamento de policía con el que hemos estado trabajando. En este momento, no veo que tengamos elección.

Cuando reinició el teléfono, fue a su lista de contactos y encontró el número de móvil de Chu. Hizo la llamada y miró el reloj. Era casi medianoche del sábado en Los Ángeles.

Chu respondió al primer tono.

–Detective Chu.

–David, soy Bosch. Perdone que le llame tan tarde.

–No es tarde. Aún estoy trabajando.

Bosch estaba sorprendido.

–¿En el caso Li? ¿Qué está pasando?

–Sí, he pasado buena parte de la tarde con Robert Li. Estoy tratando de convencerlo para que coopere en una acusación de Li por extorsión.

–¿Va a hacerlo?

Hubo una pausa antes de que Chu respondiera.

–Hasta el momento, no. Pero tengo hasta el lunes por la mañana para trabajar con él. ¿Aún está en Hong Kong, no? ¿Ha encontrado a su hija?

La voz de Chu adoptó un tono urgente al preguntar por Madeline.

–Todavía no. Pero tengo una pista sobre ella. Ahí es donde necesito ayuda. ¿Puede localizar un número de teléfono de Hong Kong para mí?

Otra pausa.

–Harry, la policía de allí tiene mucha más capacidad que yo.

–Lo sé, pero no estoy trabajando con la policía en esto.

–No.

No era una pregunta.

–No puedo exponerme al riesgo de una filtración. Estoy cerca. La he buscado todo el día y todo se reduce a este número. Creo que pertenece al hombre que la tiene. ¿Puede ayudarme?

Chu no respondió durante un buen rato.

–Si le ayudo, mi fuente estará en la policía de Hong Kong; lo sabe, ¿no?

–Pero no ha de decirle la razón por la que necesita la información ni a quién se la va a dar.

–Pero, si las cosas estallan allí, me salpicará a mí.

Bosch empezaba a perder la paciencia, pero trató de evitar que se percibiera en su tono cuando expresó crudamente la pesadilla que sabía que se estaba desarrollando.

–Mire, no hay mucho tiempo. Nuestra información es que van a venderla. Casi seguro que hoy mismo. Quizá ahora mismo. Necesito esta información, Dave. ¿Puede dármela o no?

Esta vez no hubo duda.

–Deme el número.

34

Chu dijo que necesitaría al menos una hora para verificar el número de teléfono a través de sus contactos
en la policía de Hong Kong. Bosch no soportaba la
idea de renunciar a tanto tiempo cuando cada minuto
que pasaba su hija podía cambiar de manos, pero no
tenía elección. Creía que Chu había comprendido la
urgencia de la situación. Cerró el teléfono después de
pedirle que no compartiera su petición con nadie del
departamento.

—¿Aún cree que hay una filtración, Harry?

—Sé que la hay, pero no es el momento de hablar
de ello.

—¿Y yo? ¿Confía en mí?

—Lo he llamado, ¿no?

—No creo que confíe en nadie, Harry. Me ha llamado porque no hay nadie más.

—¿Sabe qué? Consiga el número y llámeme.

—Claro, Harry, lo que usted diga.

Bosch cerró el teléfono y miró a Sun.

—Dice que podría tardar una hora.

Sun permaneció impasible. Giró la llave y puso en
marcha el coche.

—Deberías comer algo mientras esperamos.

Bosch negó con la cabeza.

–No, no puedo comer. No sin saber dónde está Maddie y… con lo que ha ocurrido. El estómago… No puedo comer nada.

Sun volvió a apagar el motor. Esperarían allí la llamada de Chu.

Los minutos pasaban muy despacio y sentía que eran muy caros. Bosch repasó sus movimientos desde el momento en que se había agachado detrás del mostrador de Fortune Liquors a examinar el cuerpo de John Li. Se dio cuenta de que su implacable persecución del asesino había puesto a otras personas en peligro. Su hija. Su exmujer. Una familia completa en el lejano Tuen Mun. La carga de la culpa que ahora tendría que soportar sería la más pesada de su vida y no estaba seguro de que fuera a poder con ella.

Por primera vez puso un condicional en la ecuación de su vida: si conseguía liberar a su hija, podría encontrar una forma de redimirse. Si no volvía a verla nunca más, no habría redención.

Todo terminaría.

Darse cuenta de eso le hizo estremecerse físicamente y se volvió y abrió la puerta del coche.

–Voy a dar un paseo.

Salió y cerró la puerta antes de que Sun pudiera hacerle alguna pregunta. Empezó a pasear por el sendero que bordeaba el río. Iba con la cabeza baja, sumido en pensamientos oscuros, y no se fijaba en la gente con la que se cruzaba ni en los barcos que pasaban a su lado por el río.

Finalmente, Bosch se dio cuenta de que no se estaba ayudando a sí mismo ni a su hija obsesionándose con cosas que no podía controlar. Trató de desembarazarse de la oscura mortaja que le cubría centrándose en algo útil. La pregunta sobre la tarjeta de memoria de su hija todavía continuaba abierta y le inquietaba. ¿Por qué había guardado Madeline el número de móvil marcado «Tuen Mun» en su teléfono?

Después de darle vueltas a la pregunta, vio por fin una respuesta que se le había pasado antes. Madeline había sido secuestrada. Por consiguiente, le habrían quitado el teléfono. Así pues, era probable que su raptor, no Madeline, hubiera almacenado el número en su teléfono. Esta conclusión condujo a una cascada de posibilidades. Peng había cogido el vídeo y se lo había enviado a Bosch. Así que estaba en posesión del teléfono. Bien podría haber estado usándolo en lugar del suyo para completar el rapto y llevar a cabo el trueque de Madeline por lo que fuera que pensara obtener a cambio.

Probablemente había sido él quien había guardado el número en la tarjeta. O porque lo estaba usando mucho en las negociaciones o porque simplemente quería dejar un rastro si ocurría algo. Y por eso lo había escondido en la sal. Para que alguien lo encontrara.

Bosch se volvió para llevar esta nueva conclusión a Sun. Estaba a cien metros y lo vio de pie fuera del coche, haciéndole señas nervioso para que volviera. Bosch miró el teléfono que tenía en la mano y comprobó la pantalla. No había perdido ninguna llamada y no había forma de que el nerviosismo de Sun estuviera relacionada con su contacto con Chu.

Bosch empezó a correr hacia él.

Sun volvió a meterse en el coche y cerró la puerta. Bosch enseguida se colocó a su lado.

−¿Qué?

–Otro mensaje. Un SMS.

Sun levantó el teléfono para enseñarle el mensaje a Bosch, aunque estaba en chino.

–¿Qué dice?

–Dice: «¿Qué problema? ¿Quién es?».

Bosch asintió. Aún había mucha negación en el mensaje. El remitente todavía simulaba ignorancia. No sabía de qué se trataba, pero había enviado ese texto *motu proprio* y eso le decía a Bosch que se estaban acercando a algo.

–¿Cómo respondemos? –preguntó Sun.

Bosch no contestó. Estaba pensando.

El teléfono de Sun empezó a vibrar. Miró la pantalla.

–Es una llamada. Es él. El número.

–No respondas –dijo enseguida Bosch–. Podríamos estropearlo. Podemos llamar después. Espera a ver si deja un mensaje.

El teléfono dejó de vibrar y aguardaron. Bosch trató de pensar en el siguiente paso en ese juego delicado y mortal. Al cabo de un momento, Sun negó con la cabeza.

–No hay mensaje. Ya deberían haberme alertado.

–¿Qué decía tu mensaje del buzón? ¿Salía tu nombre?

–No, no hay nombre. Uso el robot.

Eso estaba bien. Un mensaje genérico. El que llamaba probablemente esperaba encontrar un nombre, una voz o algún tipo de información.

–Vale, vuelve a enviarle un SMS. Dile que no hablas por móvil ni por mensajes porque no es seguro. Que quieres verlo en persona.

–¿Nada más? Pregunta cuál es el problema y no respondo.

–No, todavía no. Vamos a alargarlo. Cuanto más tiempo lo prolonguemos, más tiempo le damos a Maddie. ¿Te das cuenta?

Sun asintió una vez.

–Sí, me doy cuenta.

Tecleó el mensaje que Bosch le había sugerido y lo envió.

–Ahora esperamos otra vez –dijo.

Bosch no necesitaba que se lo recordaran. Pero algo le decía que la espera no sería larga. La carnada estaba funcionando y tenían a alguien a punto de morder el anzuelo. Apenas había alcanzado esta conclusión cuando llegó otro mensaje de texto al teléfono de Sun.

–Quiere que nos veamos –dijo Sun, mirando la pantalla–. A las cinco en punto en Geo.

–¿Qué es?

–Un restaurante en la Costa de Oro. Muy famoso. Estará abarrotado un domingo por la tarde.

–¿Está muy lejos la Costa de Oro?

–A casi una hora de coche desde aquí.

Bosch tenía que considerar si la persona con la que estaban tratando los estaba engañando enviándolos a una hora de distancia. Miró el reloj. Había pasado casi una hora desde que había hablado con Chu. Antes de decidirse por la reunión en la Costa de Oro, tenía que llamar a Chu para ver qué había descubierto. Mientras Sun ponía en marcha el coche y salía del parque, Bosch volvió a llamar a Chu.

–Detective Chu.

–Soy Bosch. Ha pasado una hora.

–Todavía no, pero aún estoy esperando. He hecho una llamada y no he tenido respuesta.

–¿Ha hablado con alguien?

–Eh, no, he dejado un mensaje a mi contacto. Supongo que es tan tarde que…

–¡No es tarde, Chu! Es tarde allí, pero aquí no. ¿Ha hecho la llamada o no?

–Harry, por favor, he hecho la llamada. Me he confundido. Es tarde aquí, es domingo allí. Puede que por ser domingo no esté tan cerca del teléfono como normalmente. Pero he hecho la llamada y le llamaré en cuanto tenga algo.

–Sí, bueno, entonces podría ser demasiado tarde.

Bosch cerró el teléfono. Lamentaba haber confiado en Chu.

–Nada –le dijo a Sun.

***

Llegaron a la Costa de Oro en cuarenta y cinco minutos. Era un centro turístico situado en el lado occidental de los Nuevos Territorios que ofrecía servicios a los viajeros del continente, así como de Hong Kong y del resto del mundo. Un hotel alto y brillante se alzaba sobre la bahía de Castle Peak y el paseo que bordeaba el muelle estaba lleno de restaurantes al aire libre.

El Geo era una elección inteligente por parte de la persona que había enviado el SMS. Estaba encajonado entre dos restaurantes similares al aire libre y los tres estaban muy llenos. Una exposición de artesanía en el paseo doblaba el número de personas en el área y los sitios en que un observador podría esconderse. Eso haría que identificar a alguien que no quería ser identificado resultara extremadamente difícil.

Los dos hombres sincronizaron los relojes. Según el plan que Bosch y Sun habían incubado por el camino, Bosch bajó del coche al llegar a la Costa de Oro y Sun siguió conduciendo. Al pasar por el hotel, Bosch se detuvo en la tienda de regalos y compró unas gafas y una gorra estilo béisbol con el emblema dorado del hotel. También compró un mapa y una cámara de usar y tirar.

A las cinco menos diez, Bosch había llegado a la entrada de un restaurante llamado Yellow Flower que estaba al lado del Geo y proporcionaba una visión completa de las mesas de este. El plan era simple. Querían identificar al propietario del número de teléfono que Bosch había encontrado en la lista de contactos de su hija y seguirlo cuando saliera del Geo.

El Yellow Flower, el Geo y un tercer restaurante situado enfrente, el Big Sur, tenían mesas al aire libre debajo de unos toldos blancos y estaban repletos. La brisa marina mantenía a los clientes frescos y los toldos levantados. Mientras esperaba a que le dieran mesa, Bosch miró el reloj y examinó los restaurantes atestados.

Había varios grupos grandes de familias que se reunían para disfrutar juntos de una comida de domingo. Enseguida descartó esas mesas en su búsqueda del contacto del móvil porque no esperaba que su hombre formara parte de un grupo grande. Aun así, no tardó en darse cuenta de lo complicado que sería localizarlo. Solo porque la supuesta reunión se hubiera establecido en Geo no significaba que la persona a la que estaban buscando estuviera en el restaurante. Podía estar en cualquiera de los tres locales haciendo exactamente lo mismo que él: tratando de identificar al otro sin ser visto.

A Bosch no le quedaba otra alternativa que continuar con el plan. Levantó un dedo a una de las camareras y lo condujeron a una mesa en un rincón desde el que se veían los tres restaurantes, pero sin vistas al mar. Era una mesa mala que daban a los que iban solos y era justo lo que esperaba.

Miró su reloj otra vez y extendió el plano en la mesa. Reforzó la idea del turista con la cámara y se quitó la gorra. Era de fabricación barata y encajaba mal, así que se alegró de quitársela.

Hizo otro examen de los restaurantes antes de las cinco en punto, pero no vio candidatos probables para el contacto. Nadie como él, sentado solo o con otros hombres misteriosos, que llevara gafas de sol o cualquier otro tipo de disfraz. Empezó a pensar que el señuelo no había funcionado; el contacto los había calado y los había engañado a ellos.

Miró el reloj justo cuando la manecilla de los minutos se acercaba al doce y serían las cinco. El primer mensaje de texto de Sun se enviaría a las cinco en punto.

Bosch miró por los restaurantes, esperando ver un movimiento rápido, alguien mirando un mensaje de texto en su teléfono. Había demasiada gente. Iban pasando los segundos y no veía nada.

–Hola, señor. ¿Viene solo?

Una camarera se había acercado a su mesa. Bosch no le hizo caso y siguió paseando la mirada de persona en persona por las mesas del Geo.

–¿Señor?

Bosch respondió sin mirarla.

–¿Puede traerme una taza de café por ahora? Solo.

–Muy bien, señor.

Sintió que se alejaba. Bosch pasó otro minuto escrutando a la multitud. Expandió la búsqueda para incluir el Yellow Flower y el Big Sur. Vio a una mujer hablando por móvil, pero a nadie más que usara el teléfono.

El móvil de Bosch sonó en su bolsillo. Lo sacó y respondió, sabiendo que sería Sun.

—Ha respondido al primer SMS. Dice: «Estoy esperando». Nada más.

El plan había sido que Sun enviara un mensaje de texto justo a las cinco en un punto diciendo que estaba en un atasco y llegaría tarde. Lo había hecho y el mensaje fue recibido y respondido.

—No he visto a nadie —dijo Bosch—. Este sitio es demasiado grande. Ha elegido bien.

—Sí.

—¿Dónde estás?

—En la barra de atrás del Big Sur. No he visto a nadie.

—Vale, ¿preparado para el siguiente?

—Listo.

—Lo intentaremos otra vez.

Bosch cerró el teléfono cuando una camarera le trajo el café.

—¿Ya sabe qué va a pedir?

—No, todavía no. He de mirar el menú.

La camarera se alejó. Bosch dio un rápido sorbo al café caliente y abrió el menú. Estudió las listas mientras mantenía la mano derecha sobre la mesa para ver su reloj. A las cinco y cinco, Sun enviaría el siguiente mensaje.

La camarera volvió y le preguntó una vez más a Bosch qué iba a tomar. La insinuación era clara. Pida o lárguese. Necesitaban la mesa.

–¿Tienen *gway lang go?*
–Eso es gelatina de caparazón de tortuga.

Lo dijo en un tono que sugería que había cometido un error.

–Lo sé. Cura cualquier mal. ¿Tienen?
–En el menú no.
–Vale, entonces tráigame unos fideos.
–¿Qué fideos? –Señaló el menú.

No había imágenes en el menú, así que Bosch estaba perdido.

–Da igual. Tráigame arroz frito con langostinos.
–¿Nada más?
–Nada más.

Le devolvió el menú a la camarera para que se marchara.

La camarera se alejó y él miró otra vez la hora antes de reanudar la vigilancia de los restaurantes. El siguiente mensaje se estaba enviando. Examinó con rapidez de mesa en mesa. Otra vez sin encontrar a nadie. La mujer en la que se había fijado antes contestó otra llamada y habló brevemente con alguien. Estaba sentada en una mesa con un niño pequeño que parecía aburrido con su traje de domingo.

El teléfono de Bosch vibró en la mesa.

–Otra respuesta –dijo Sun–: «Si no llegas en cinco minutos, no hay reunión».

–¿Y no has visto a nadie?
–Nada.
–¿Has enviado el siguiente?
Lo haré a las cinco y diez.
–Vale.

Bosch cerró el teléfono y lo dejó en la mesa. Habían diseñado el tercer mensaje para descubrir definitivamente al contacto. El mensaje diría que Sun iba a cancelar la reunión porque había descubierto que lo seguían y creía que era la policía. Eso instaría al contacto desconocido a salir inmediatamente del Geo.

La camarera llegó y puso un cuenco de arroz sobre la mesa. Bosch se fijó en los grandes ojos blancos del langostino y apartó el cuenco.

Su teléfono vibró. Miró el reloj antes de responder.

–¿Ya lo has enviado? –preguntó Bosch.

Al principio no hubo respuesta.

–¿Sun Yee?

–Harry, soy Chu.

Bosch miró el reloj otra vez. Era la hora del siguiente mensaje.

–Ahora le llamo.

Cerró el teléfono y una vez más miró en las mesas de los tres restaurantes, esperando que el contacto apareciera como una aguja en un pajar. Alguien leyendo un SMS o quizá escribiendo una respuesta.

Nada. No vio que nadie sacara un teléfono y mirara la pantalla. Había mucha gente que controlar al mismo tiempo y empezó a sentir en el pecho la futilidad del plan. Se fijó en la mesa donde la mujer y el chico habían estado sentados y vio que ya no estaban. Barrió con la mirada el restaurante y los vio marchándose. La mujer iba deprisa, arrastrando al niño de la mano. En la otra llevaba el teléfono móvil.

Bosch abrió el teléfono y llamó a Sun. Este respondió de inmediato.

–La mujer y el niño. Van hacia ti. Creo que podría ser ella.

–¿Ella ha recibido el SMS?

–No, creo que la han mandado para hacer el contacto. Los mensajes los han recibido en otro sitio. Hemos de seguir a la mujer. ¿Dónde está el coche?

–Delante.

Bosch se levantó, dejó tres billetes de cien dólares en la mesa y se dirigió a la salida.

35

Sun ya estaba esperando en el coche delante del Yellow Flower. Cuando Bosch estaba abriendo la puerta, oyó una voz que lo llamaba por atrás.

–¡Señor! ¡Señor!

Se volvió y vio que la camarera venía tras él con la gorra y el plano en la mano. También llevaba el cambio de la cuenta.

–Ha olvidado esto, señor.

Bosch cogió la gorra y el mapa y le dio las gracias. Le devolvió el cambio.

–Quédeselo –dijo.

–¿No le ha gustado el arroz con langostinos? –preguntó ella.

–Exacto.

Bosch se metió en el coche, esperando que el momentáneo retraso no les costara perder a la mujer y el chico. Sun arrancó inmediatamente y se metió entre el tráfico. Señaló por el parabrisas.

–Van en el Mercedes blanco –dijo.

El vehículo estaba una manzana y media por delante, avanzando entre el tráfico ligero.

–¿Conduce ella? –preguntó Bosch.

–No, ella y el niño han subido a un coche que los esperaba. Conducía un hombre.

–Vale, ¿los tienes? He de hacer una llamada.

–Los tengo.

Mientras Sun seguía al Mercedes blanco, Bosch llamó a Chu.

–Soy Bosch.

–Hola, tengo información del Departamento de Policía de Hong Kong. Pero me han estado haciendo muchas preguntas, Harry.

–Deme la información primero.

Bosch sacó libreta y boli.

–Vale, el número de teléfono que me ha dado está registrado a nombre de una empresa. Northstar Seafood and Shipping. Northstar todo junto. Está en Tuen Mun. Está en los Nue…

–Lo sé. ¿Tiene la dirección exacta?

Chu le dio una dirección en Hoi Wah Road y Bosch la repitió en voz alta. Sun asintió con la cabeza. Sabía dónde estaba.

–Vale, ¿algo más? –preguntó Bosch.

–Sí. Northstar está bajo sospecha, Harry.

–¿Qué significa eso? ¿Sospecha de qué?

–No he podido conseguir nada específico. Solo de envíos y comercio ilegal.

–¿Como tráfico de personas?

–Podría ser. Ya le digo que no he podido conseguir información específica. Solo preguntas de por qué buscaba el número.

–¿Qué les ha dicho?

–Que era una búsqueda a ciegas. Que encontramos el número en un trozo de papel de una investigación de asesinato. Dije que no conocía la relación.

–Está bien. ¿Hay algún nombre relacionado con este número telefónico?

–Directamente con el número no. Pero el dueño de Northstar Seafood and Shipping es Dennis Ho. Tiene cuarenta y cinco años y es lo máximo que he podido averiguar sin que pareciera que estaba trabajando en algo específico. ¿Ayuda?

–Ayuda. Gracias.

Bosch colgó y puso al día a Sun de lo que acababan de decirle.

–¿Has oído hablar de Dennis Ho? –preguntó.

Sun negó con la cabeza.

–Nunca.

Bosch sabía que tenían que tomar una decisión fundamental.

–No sabemos si esta mujer tiene algo que ver con esto –dijo Bosch, señalando el Mercedes blanco de delante–. Podríamos estar acelerando en falso. Yo digo que dejemos esto y vayamos directamente a Northstar.

–Aún no tenemos que decidir.

–¿Por qué no? No quiero perder el tiempo en esto.

Sun señaló el Mercedes blanco. Estaba unos doscientos metros más adelante.

–Ya vamos en dirección a los muelles. Puede que vayan allí.

Bosch asintió. Los dos ángulos de la investigación seguían en juego.

–¿Cómo vas de gasolina? –preguntó Bosch.

–Es diésel –replicó Sun–. Y vamos bien.

Durante la siguiente media hora circularon en paralelo a la costa por Castle Peak Road, manteniéndose a una distancia prudencial del Mercedes, pero sin perderlo de vista en ningún momento. Circularon sin hablar entre ellos. Habían llegado a un punto en que sabían que había poco tiempo y que no había nada que decir. El Mercedes o Northstar los conducirían a Maddie Bosch o de lo contrario probablemente no volverían a verla.

Cuando aparecieron ante ellos los edificios altos de Central Tuen Mun, Bosch vio el intermitente en el Mercedes. El coche iba a girar a la izquierda, alejándose de la orilla.

–Van a girar –le advirtió.

–Es un problema –dijo Sun–. Los muelles de carga están delante. Van a girar hacia los barrios residenciales.

Los dos permanecieron un momento en silencio, esperando que se materializara un plan o quizá que el conductor del Mercedes se diera cuenta de que necesitaban ir recto y corregir el rumbo del coche.

No ocurrió ninguna de las dos cosas.

–¿Por dónde? –preguntó finalmente Sun.

Bosch sintió un desgarro interior. De su decisión podía depender la vida de su hija. Sabía que él y Sun no podían separarse para que uno siguiera al coche y el otro se dirigiera al puerto. Bosch estaba en un mundo que desconocía y sería inútil ir solo. Necesitaba a Sun. Llegó a la misma conclusión a la que había llegado después de la llamada de Chu.

–Déjalo marchar –dijo–. Vamos a Northstar.

Sun continuó recto y pasaron al Mercedes blanco cuando este giraba a la izquierda por una calle llamada Tsing Ha Lane. Bosch miró por la ventanilla al coche cuando este frenaba. El hombre que conducía lo miró, pero solo un segundo.

–Mierda –dijo Bosch.

–¿Qué? –preguntó Sun.

–Me ha mirado. El conductor. Creo que sabía que los estábamos siguiendo. Creo que teníamos razón. Forma parte de esto.

–Entonces está bien.

–¿Qué? ¿De qué estás hablando?

–Si sabían que los estábamos siguiendo, que se alejen del puerto podría ser un intento de despistarnos de Northstar. ¿Lo ves?

–Lo veo. Ojalá tengas razón.

Enseguida entraron en una zona industrial portuaria en cuyos muelles y embarcaderos se sucedían almacenes maltrechos y plantas envasadoras. Había barcazas y barcos mercantes de tamaño medio atracados a ambos lados, algunos en columnas de dos y tres. Todo parecía abandonado hasta el día siguiente. No se trabajaba en domingo.

Bosch vio varios barcos de pesca amarrados en el muelle, todos protegidos tras un amparo para tifones creado por un largo embarcadero de hormigón que formaba el perímetro externo del puerto.

El tráfico menguó y a Bosch empezó a preocuparle que el Mercedes negro brillante del casino llamara la atención al acercarse a Northstar. Sun debía de estar pensando en lo mismo. Se metió en el aparcamiento de una tienda de comida cerrada y paró el coche.

–Estamos muy cerca –dijo–. Creo que podemos dejar el coche aquí.

–Estoy de acuerdo –dijo Bosch.

Salieron y fueron a pie el resto del camino, manteniéndose pegados a las fachadas de los almacenes y buscando en todas direcciones a alguien que estuviera vigilando. Sun iba delante y Bosch justo detrás de él.

Northstar Seafood and Shipping estaba situado en el embarcadero 7. Se trataba de un gran almacén verde, con el cartel en chino y en inglés en un lateral, situado frente al mar y a un muelle que se adentraba en la bahía. Había cuatro barcos de pesca de veinte metros de eslora con el casco negro y casetas de navegación verdes amarrados a ambos lados del muelle. Al final del muelle había un barco más grande con una enorme grúa que apuntaba al cielo.

Desde su punto de vista en la esquina de un almacén del muelle 6, Bosch no atisbó actividad. Las puertas del muelle de carga del almacén de Northstar estaban bajadas del todo y los muelles y barcos parecían estar fuera de servicio durante el fin de semana. Bosch estaba empezando a pensar que había cometido un terrible error al no seguir al Mercedes blanco. Entonces Sun le tocó en el hombro y señaló el barco grúa del fondo.

El brazo de Sun apuntaba alto y Bosch siguió la dirección con la mirada hasta la grúa. El brazo de acero se extendía desde un plataforma situada en lo alto de un sistema de raíles casi cinco metros por encima de la cubierta del barco. La grúa podía desplazarse a lo largo del buque en función de la bodega que fuera a cargarse. El barco estaba obviamente diseñado para salir al mar y descargar las capturas de pequeños pesqueros para que estos pudieran continuar faenando. La grúa se controlaba desde una pequeña cabina situada en la plataforma superior que protegía al operador del viento y los elementos.

Sun estaba señalando las ventanas tintadas de la cabina. Con el sol justo detrás del barco, Bosch distinguió la silueta de un hombre en la cabina.

Bosch volvió a ocultarse tras la esquina del almacén.

–Bingo –dijo, con voz ya tensa por la repentina descarga de adrenalina–. ¿Crees que nos ha visto?

–No –dijo Sun–. No he visto reacción.

Bosch asintió y pensó en su situación. Ya estaba plenamente convencido de que su hija se encontraba en algún lugar de ese barco. Sin embargo, llegar hasta allí sin que el vigilante los localizara parecía imposible. Podían esperar a que bajara a comer o al lavabo o a un cambio de guardia, pero no había forma de saber cuándo ocurriría eso si es que ocurría. Esperar desafiaba la urgencia que crecía en el pecho de Bosch.

Miró su reloj. Eran casi las seis. Faltaban al menos dos horas para que oscureciera del todo. Una opción era esperar y actuar entonces. Pero dos horas podían ser demasiadas. Los mensajes de texto habían puesto a los secuestradores de su hija sobre aviso. Podían estar a punto de hacer cualquier clase de movimiento con ella.

Como para reforzar esta posibilidad, la profunda vibración de un motor de barco sonó de repente en el muelle. Bosch miró a hurtadillas desde la esquina y vio que salía humo de la popa del buque grúa. Y detectó movimiento detrás de la ventana de la caseta de navegación.

Se agazapó.

–Quizá nos ha visto –informó–. Han puesto en marcha el barco.

–¿A cuántos has visto? –preguntó Sun.

–Al menos uno dentro de la caseta de navegación y otro arriba en la grúa. Hemos de hacer algo. Ahora.

Para acentuar la necesidad de moverse, se llevó la mano a la espalda y sacó la pistola. Estuvo tentado de rodear la esquina y salir disparando por el muelle. Tenía una 45 cargada y le gustaban sus opciones. Se había visto en peores circunstancias en los túneles. Ocho balas, ocho dragones. Y luego él. Bosch sería el noveno dragón, como una bala imparable.

–¿Cuál es el plan? –preguntó Sun.

–No hay plan. Entro y la rescato. Si no lo consigo, me aseguraré de que no quede nadie. Luego tú entras, la sacas y la metes en un avión. Tienes su pasaporte en el maletero. Ese es el plan.

Sun negó con la cabeza.

–Espera. Estarán armados. Este plan no es bueno.

–¿Tienes una idea mejor? No podemos esperar a que oscurezca. El barco está a punto de zarpar.

Bosch se acercó a la esquina y miró de nuevo. Nada había cambiado. El vigilante seguía en lo alto de la cabina y había alguien en la cabina de navegación. El barco rugía en punto muerto, pero seguía amarrado al extremo del muelle. Era casi como si esperaran algo. O a alguien.

Bosch volvió a agazaparse y se calmó. Consideró todo lo que tenía a su alrededor y qué podía usar. Quizá había otra opción que no fuera una carrera suicida. Miró a Sun.

–Necesitamos una barca.

–¿Una barca?

–Una barca pequeña. No podemos ir por el muelle sin que nos vean. Lo estarán vigilando. Pero con una barca pequeña podemos crear una distracción por el otro lado. Lo suficiente para que alguien cruce el muelle.

Sun pasó al lado de Bosch y miró desde la esquina. Examinó el extremo del muelle y volvió a esconderse.

–Sí, una barca podría funcionar. ¿Quieres que yo lleve la barca?

–Sí, yo tengo la pistola y voy a cruzar el muelle para rescatar a mi hija.

Sun asintió. Se metió la mano en el bolsillo y sacó las llaves del coche.

–Coge las llaves. Cuando tengas a tu hija, te vas. No te preocupes por mí.

Bosch negó con la cabeza y sacó su móvil.

–Iremos a un lugar cercano pero seguro y te llamaré. Te esperaremos.

Sun asintió.

–Buena suerte, Harry.

Bosch se volvió para irse.

–Lo mismo te digo.

Cuando Sun se fue, Bosch mantuvo la espalda pegada a la pared delantera del almacén y se preparó para esperar. No tenía ni idea de cómo iba Sun a manejar una barca, pero confiaba en que de alguna manera cumpliera con su parte y creara la distracción que permitiera a Bosch hacer su movimiento.

También pensó en llamar a la policía de Hong Kong ahora que había localizado a su hija, pero también descartó rápidamente esa idea. Un enjambre de policías en torno al muelle no era garantía de la seguridad para su hija. Se ciñó al plan.

Se estaba volviendo para mirar en torno a la esquina del almacén y hacer otro rápido control de las actividades en el barco de Northstar cuando vio un coche que se aproximaba desde el sur. Se fijó en la familiar calandra de un Mercedes. El coche era blanco.

Bosch se deslizó por la pared para hacerse menos visible. Unas redes que habían puesto a secar y colgaban de los aparejos de dos barcos entre él y el coche que se acercaba también le sirvieron para camuflarse. Observó que el coche frenaba y giraba en el embarcadero número 7 para enfilar el muelle hacia el barco grúa. Era el coche al que habían seguido desde la Costa de Oro. Atisbó al conductor y lo identificó como el mismo hombre que le había devuelto la mirada antes.

Bosch hizo unos rápidos cálculos y concluyó que el hombre que iba conduciendo era el mismo cuyo número de teléfono había metido Peng en la lista de contactos del teléfono de su hija. Había enviado a una mujer y un niño –probablemente su mujer y su hijo– a Geo para identificar a la persona que le había estado mandando mensajes de texto. Asustado por el último mensaje de Sun, los había llevado a casa o a algún lugar seguro, los había dejado allí y se había dirigido al muelle 7, donde retenían a la hija de Bosch.

Era mucho suponer, considerando los pocos hechos conocidos, pero Bosch creía que iba bien encaminado y que estaba a punto de ocurrir algo que no formaba parte del plan original del hombre del Mercedes. Se estaba desviando. Iba a apresurar las cosas o mover la mercancía o hacer algo peor: desembarazarse de ella.

El Mercedes se detuvo delante del barco grúa. El conductor bajó de un salto y caminó deprisa por la pasarela para subir al barco. Le gritó algo al hombre que estaba en lo alto de la cabina, pero no perdió el paso al dirigirse rápidamente a la caseta de navegación.

Por un momento, no hubo más movimiento. Entonces Bosch vio que el hombre salía de la cabina de la grúa y empezaba a bajar a la plataforma. Después de llegar a cubierta, siguió al hombre del Mercedes a la caseta de navegación.

Bosch sabía que acababan de cometer un error estratégico que le proporcionaba una ventaja momentánea. Era su oportunidad para recorrer el muelle sin que lo vieran. Sacó su teléfono otra vez y llamó a Sun. Sonó la llamada y saltó el contestador.

–Sun, ¿dónde estás? El hombre del Mercedes está aquí y han dejado el barco sin vigilancia. Olvídate de la distracción, vuelve aquí y prepárate para conducir. Voy a entrar.

Bosch se guardó el teléfono en el bolsillo y se levantó. Miró el barco grúa una última vez y salió al descubierto. Salió del embarcadero y echó a correr hacia el final del muelle. Sostenía la pistola agarrada con las dos manos, listo para disparar.

36

Unas pilas de cajones de embalaje vacíos proporciona-
ron a Bosch cobertura parcial en el muelle, pero los
últimos veinte metros hasta la pasarela del barco grúa
estaban al descubierto. Echó a correr y enseguida cu-
brió la distancia y se agachó en el último momento
detrás del Mercedes, que habían dejado con el motor
al ralentí junto a la pasarela. Bosch se fijó en el carac-
terístico sonido y olor del motor diésel. Miró por encima del maletero y no vio reacción a su aproximación
al barco. Salió al descubierto, corrió deprisa y en silencio por la pasarela y eligió su camino entre escotillas
de casi dos metros en la cubierta. Finalmente, redujo
el ritmo al llegar a la caseta de navegación. Se apoyó
contra la pared de al lado de la puerta.

Harry respiró más despacio y aguzó el oído. No oyó
nada por encima de la pulsación de los motores, sal
el viento que soplaba a través de las jarcias de los ba
cos del muelle. Se volvió para mirar por la ventani
cuadrada de la puerta. No vio a nadie dentro. Giró el
pomo, abrió en silencio y entró.

La sala era el centro de operaciones del barco. Detrás del timón, Bosch vio diales brillantes, pantallas
de doble radar, dos motores y la brújula giroscópica.
Había una mesa de navegación apoyada en la pared
del fondo de la sala, junto a unas literas empotradas

con cortinas que podían correrse para mayor intimidad.

En el suelo del lado de babor de proa había una escotilla abierta con un escalera que conducía al casco. Bosch se acercó y se agachó junto a la abertura. Oyó voces abajo, pero hablaban en chino. Trató de discernir las voces y contar cuántos hombres había, pero el efecto eco del casco lo hacía imposible. Sabía que como mínimo había tres hombres. No oyó la voz de su hija, pero sabía que también estaba allí.

Se acercó al puesto de control del barco. Había varios diales diferentes, pero todos marcados en chino. Finalmente, se concentró en dos interruptores situados uno al lado del otro bajo sendos botones rojos encendidos. Apagó un interruptor e inmediatamente oyó que el zumbido de los motores se reducía a la mitad. Había parado un motor.

Esperó cinco segundos y pulsó el otro interruptor; el segundo motor se detuvo. Fue al rincón del fondo de la sala y se agazapó en la litera de abajo. Cerró la cortina hasta la mitad y esperó. Sabía que estaría en un punto ciego para cualquiera que subiera por la escalera desde el casco. Volvió a guardar la pistola en el cinturón y sacó la navaja del bolsillo del abrigo. Abrió en silencio el arma blanca.

Enseguida oyó pasos que corrían abajo y supo que los hombres estaban reunidos en la sección de proa del casco. Contó solo un conjunto de pasos que se acercaban. Eso facilitaría las cosas.

Un hombre empezó a asomar por la escotilla, de espaldas a las literas y con los ojos en el centro de control. Sin mirar alrededor, se dirigió rápidamente a los controles y buscó una razón para que el doble motor se hubiera detenido. Bosch salió sigilosamente de la litera y se acercó a él. En cuanto el segundo motor cobró vida, apretó la punta de la navaja contra la espalda del hombre.

Agarrándolo por la parte de atrás del cuello de la camisa, Bosch lo apartó del centro de control y le susurró al oído:

—¿Dónde está la niña?

El hombre dijo algo en chino.

—Dime dónde está la niña.

El hombre negó con la cabeza.

—¿Cuántos hombres hay abajo?

El tipo no dijo nada y Bosch lo sacó a empujones a la cubierta y lo inclinó sobre la borda. El agua estaba a tres metros y medio.

—¿Sabes nadar, capullo? ¿Dónde está la niña?

—No… hablo —logró decir el hombre—. No hablo.

Manteniendo al hombre sobre la barandilla, Bosch miró a su alrededor buscando a Sun —su traductor—, pero no lo vio. ¿Dónde demonios estaba?

Aquella distracción momentánea permitió actuar a su rival. Dio un codazo que impactó en las costillas de Bosch y lo hizo caer sobre el lateral de la caseta de navegación. El hombre giró sobre sí mismo y levantó las manos para atacar. Bosch se preparó para cubrirse, pero fue el pie del tipo el que golpeó primero, asestando una patada a Bosch en la muñeca y haciendo saltar el cuchillo por los aires.

El hombre no se molestó en seguir la trayectoria del cuchillo. Rápidamente se lanzó sobre Bosch y lo golpeó con los puños dándole breves y potentes impactos en el diafragma. Bosch sintió que se quedaba sin aire justo cuando otra patada le impactaba por debajo de la barbilla.

Bosch cayó. Trató de sobreponerse al impacto, pero empezó a perder la visión periférica. Su agresor se alejó con calma y Bosch oyó el raspado de la navaja en la cubierta cuando la recogió. Pugnando por no perder la conciencia, se echó la mano a la espalda para coger la pistola.

El agresor habló en perfecto inglés al tiempo que se acercaba.

—¿Sabes nadar, capullo?

Bosch sacó la pistola y disparó dos veces. La primera bala solo rozó el hombro del tipo, pero la segunda le dio en el centro izquierdo del pecho. Cayó con expresión de sorpresa en la cara.

Harry lentamente se levantó sobre las manos y las rodillas. Vio en la cubierta un reguero de sangre y saliva que le goteaba de la boca. Empezó a ponerse de pie apoyándose en la pared de la caseta de navegación. Sabía que tenía que actuar deprisa. El resto de los hombres del barco tenían que haber oído los disparos.

Justo al ponerse de pie, surgió una ráfaga de disparos procedentes de proa. La balas silbaron sobre la cabeza de Bosch y rebotaron en la pared de acero de la caseta de navegación. Se escondió detrás de la caseta. Se levantó y encontró una línea de visión a través de las ventanas de la estructura: un hombre avanzaba de proa a popa con una pistola en cada mano. Detrás de él estaba la escotilla abierta por la que había salido de la bodega de proa.

Bosch sabía que le quedaban seis balas y tenía que asumir que el pistolero que se acercaba venía con los cargadores llenos. En cuestión de munición, Harry se hallaba en inferioridad numérica. Necesitaba continuar la ofensiva y acabar con el pistolero de manera rápida y eficiente.

Miró a su alrededor en busca de una idea y vio un fila de paragolpes de goma fijados a lo largo de la borda de popa. Se guardó la pistola en el cinturón y sacó uno de los paragolpes de su soporte. Retrocedió hacia la ventana trasera de la caseta de navegación y miró otra vez a través de la estructura. El pistolero había elegido el lado de babor de la caseta de navegación y estaba preparándose para avanzar hacia popa. Bosch retrocedió, levantó con las dos manos el paragolpes de un metro de largo por encima de su cabeza y lo lanzó por encima de la caseta de navegación. Mientras estaba en el aire, echó a correr por el lado de estribor y sacó la pistola.

Llegó a la parte delantera de la caseta de navegación justo cuando el pistolero se estaba agachando para esquivar el paragolpes que volaba. Bosch abrió fuego. Impactó repetidamente en el hombre hasta que este cayó en la cubierta sin haber disparado ni una sola vez.

Bosch se acercó y se aseguró de que el hombre estaba muerto. Lanzó su 45 vacía por la borda y recogió las armas del tipo: otras dos Black Star semiautomáticas. Retrocedió de nuevo a la caseta de navegación.

La sala aún estaba vacía. Bosch sabía que al menos quedaba un hombre más en la bodega con su hija. Abrió los cargadores de las pistolas y contó once balas en total.

Se guardó las armas en el cinturón y bajó la escalera como un bombero, cerrando las piernas en torno a las barras verticales y deslizándose hasta el casco. Al final se dejó caer y rodó, sacó sus armas y esperó a que le dispararan, pero no ocurrió.

Las pupilas de Bosch se acostumbraron a la escasa luz y vio que se encontraba en un camarote vacío que se abría a un pasillo central que recorría todo el casco. La única luz entraba por la escotilla de arriba e iluminaba hasta la proa. Entre Harry y ese punto había seis compartimentos –tres a cada lado– que recorrían el pasillo. La última puerta de la izquierda estaba abierta. Bosch se levantó y se metió una de las pistolas en el cinturón para tener una mano libre. Empezó a moverse con la pistola que le quedaba levantada y lista para disparar.

Cada puerta tenía un sistema de cierre de cuatro puntos para almacenar la pesca. Gracias a las flechas dibujadas en el acero oxidado, Bosch supo hacia qué lado girar cada tirador para abrir el compartimento. Avanzó por el pasillo comprobando los compartimentos uno por uno. Todos estaban vacíos y era obvio que no se habían usado recientemente para guardar pescado. En el suelo de cada cámara, de paredes de acero y sin ventanas, había una capa de restos de cereales, cajas de comida y bidones de agua de cuatro litros vacíos. Había jaulas de madera rebosantes de basura. Unas redes de pesca –reutilizadas como hamacas– colgaban de unos ganchos fijados a las paredes. Los compartimentos desprendían un olor pútrido que no tenía nada que ver con el pescado que el buque había transportado en tiempos. Ese barco llevaba cargamento humano.

Lo que más inquietó a Bosch fueron las cajas de cereales. Todas eran de la misma marca y en la parte delantera del paquete había un oso panda de dibujos animados sonriendo en el borde de un cuenco que contenía un tesoro de arroz hinchado con azúcar. Eran cereales para niños.

La última parada en el pasillo fue en el compartimento abierto. Bosch se agachó y entró haciendo un movimiento fluido.

También estaba vacío.

Pero era diferente. No había basura. Una luz de baterías colgaba de un cable fijado a un gancho en el techo. Había un cajón de embalaje bocabajo con pilas de cajas de cereales sin abrir, paquetes de fideos y bidones de agua de cuatro litros. Bosch buscó cualquier prueba de que su hija hubiera estado retenida en la sala, pero no había rastro de ella.

Bosch oyó un fuerte chirrido de bisagras a su espalda. Se volvió justo cuando la puerta se cerraba de golpe. Vio el mecanismo superior de la derecha volviendo a la posición cerrada e inmediatamente vio que habían sacado las manijas internas. Lo estaban encerrando. Sacó la segunda pistola y apuntó ambas armas al mecanismo de cierre, esperando que girara el siguiente cerrojo.

Era el inferior derecho. En el momento en que el cerrojo empezó a girar, Bosch apuntó y disparó repetidamente a la puerta con ambas pistolas. Las balas agujerearon el metal debilitado por años de óxido. Oyó que alguien gritaba como si estuviera sorprendido o herido. Luego oyó un sonido que retumbó en el pasillo cuando un cuerpo cayó al suelo.

Bosch se acercó a la puerta y trató de girar con la mano el tornillo correspondiente al cerrojo superior derecho. Era demasiado pequeño para hacer fuerza con los dedos. Desesperado, retrocedió un paso y golpeó con el hombro en la puerta con la esperanza de reventar el cerrojo. Pero no se movió y supo por la sensación del impacto en su hombro que la puerta no iba a ceder.

Estaba encerrado.

Volvió a acercarse a la puerta e inclinó la cabeza para escuchar. Ya solo se oía el sonido de los motores.

Golpeó con la base de una de las pistolas ruidosamente en el cierre de metal.

–¿Maddie? –gritó–. Maddie, ¿estás ahí?

No hubo respuesta. Golpeó otra vez en el cierre, esta vez aún más fuerte.

–Hazme una señal, niña. Si estás ahí, ¡haz algún ruido!

Tampoco hubo respuesta. Bosch sacó el teléfono y lo abrió para llamar a Sun. Pero vio que no tenía señal. Trató de llamar de todos modos, pero no hubo respuesta. Estaba en una habitación revestida de metal y su teléfono móvil era inútil.

Bosch se volvió y golpeó una vez más la puerta. Gritó el nombre de su hija.

No hubo respuesta. Apoyó su frente sudorosa contra la puerta oxidada, derrotado. Estaba encerrado en una caja metálica y frustrado al darse cuenta de que su hija ni siquiera estaba en el barco. Había fallado y había conseguido lo que merecía, lo que se había ganado.

Sintió un dolor físico en el pecho que equivalía al que sentía en la mente. Agudo, profundo e implacable. Empezó a respirar pesadamente y apoyó la espalda en la puerta. Se abrió otro botón de la camisa y se deslizó por el metal oxidado hasta que quedó sentado en el suelo con las rodillas levantadas. Se dio cuenta de que estaba en un lugar tan claustrofóbico como los túneles que había habitado una vez. La batería que alimentaba las luces del techo estaba agotándose y pronto quedaría sumido en la oscuridad. La derrota y la desesperación lo superaron. Le había fallado a su hija y se había fallado a sí mismo.

37

Bosch dejó de pensar en su fracaso y miró arriba de repente. Había oído algo. Por encima del rumor de los motores, oyó un estrépito. No procedía de arriba, sino del casco.

Se levantó de un salto y se volvió hacia la puerta. Oyó otro golpe y supo que alguien estaba comprobando los compartimentos, como él había hecho.

Golpeó en la puerta con la base de ambas pistolas. Gritó por encima del eco metálico de acero sobre acero.

–¿Sun Yee? ¡Eh! ¡Aquí abajo! ¿Hay alguien? ¡Aquí abajo!

No hubo respuesta, pero enseguida giró el cerrojo de arriba a la derecha. Estaban abriendo la puerta. Bosch retrocedió, se limpió la cara con las mangas y esperó. A continuación se abrió el cierre inferior izquierdo y acto seguido la puerta empezó a abrirse lentamente. Bosch levantó las pistolas sin estar seguro de cuántas balas le quedaban.

Bajo la tenue luz del pasillo vio el rostro de Sun. Bosch avanzó y abrió la puerta por completo.

–¿Dónde coño te habías metido?

–Estaba buscando una barca y…

–Te he llamado. Te dije que volvieras.

Una vez en el pasillo, Bosch vio que el hombre del Mercedes yacía bocabajo en el suelo, a un metro de la puerta. Se acercó rápidamente a él, esperando encontrarlo todavía con vida. Harry lo hizo girar sobre su propia sangre.

Estaba muerto.

–Harry, ¿dónde está Madeline? –preguntó Sun.

–No lo sé. ¡Todos están muertos y no lo sé!

A menos…

Empezó a formarse un plan final en el cerebro de Bosch. Una última oportunidad. El Mercedes blanco. Brillante y nuevo. El coche tendría todos los extras, incluido un sistema de navegación GPS, y la primera dirección almacenada en él sería la de la casa del hombre del Mercedes.

Irían allí. Irían a la casa del hombre del Mercedes y Bosch haría lo que fuera necesario para encontrar a su hija. Si tenía que poner una pistola en la cabeza del niño aburrido que había visto en el Geo, lo haría. Y la mujer se lo diría. Le devolvería a su hija.

Harry estudió el cadáver que tenía delante. Presumía que estaba mirando a Dennis Ho, el hombre que estaba detrás de Northstar. Palpó los bolsillos del muerto, buscando las llaves del coche, pero no encontró nada y, tan deprisa como se había formado su plan, empezó a sentirlo desaparecer. ¿Dónde estaban las llaves? Necesitaba que el ordenador le dijera adónde ir y cómo encontrar su camino.

–Harry, ¿qué haces?

–¡Las llaves! Necesitamos sus llaves o…

Se detuvo de repente. Se dio cuenta de que se le había pasado algo por alto. Cuando había corrido por el muelle y se había agachado para ponerse a cubierto tras el Mercedes blanco, había oído y olido el motor diésel del coche. El coche había quedado en marcha.

En ese momento significaba poco para Bosch porque estaba seguro de que su hija estaba en el barco grúa. Pero ahora sabía que no era así.

Bosch se levantó y echó a correr por el pasillo hacia la escalera, con la mente a mil. Oyó que Sun lo seguía.

Solo había una razón por la que Dennis Ho había dejado el coche en marcha. Pretendía volver. No con la niña, porque ella no estaba en el barco, sino después de meter a la niña en el compartimento de almacenaje del casco cuando estuviera preparado y fuera seguro trasladarla allí.

Bosch salió corriendo de la caseta de navegación y cruzó al muelle por la pasarela. Corrió hasta el Mercedes blanco y abrió la puerta del conductor. Miró en el asiento de atrás y vio que estaba vacío. Estudió el salpicadero buscando el botón que abría el maletero.

Al no encontrar nada, apagó el coche y cogió las llaves. Fue a la parte de atrás del vehículo y apretó el botón del maletero en la llave de contacto.

El maletero se abrió de manera automática. Bosch se acercó y allí, tendida en una manta, estaba su hija, amordazada y con los ojos vendados. Tenía los brazos unidos al cuerpo con varias capas de cinta aislante. Los tobillos también estaban unidos entre sí con cinta. Bosch gritó al verla.

—¡Maddie!

Casi saltó al maletero con ella al quitarle la venda de los ojos y ocuparse de la mordaza.

—¡Soy yo, pequeña! ¡Papá!

Madeline abrió los ojos y empezó a pestañear.

—Ahora estás a salvo, Maddie. ¡Estás a salvo!

Cuando soltó la mordaza, la chica dejó escapar un grito que desgarró el corazón de su padre y que no olvidaría nunca. Era al mismo tiempo una forma de superar el miedo, un grito de ayuda y el sonido del alivio e incluso la alegría.

−¡Papá!

Empezó a llorar cuando Bosch metió los brazos para sacarla del maletero. Sun, de repente, estaba allí ayudando.

−Ya no va a pasar nada −dijo Bosch−. Todo irá bien.

Entre los dos levantaron a la niña y Bosch empezó a cortar la cinta con los dientes de la llave. Se fijó en que Madeline aún llevaba el uniforme de la escuela. En el momento en que los brazos y las manos quedaron libres, se echó al cuello de Bosch y lo abrazó con toda su alma.

−Sabía que vendrías −dijo entre sollozos.

Bosch no sabía si había oído alguna vez palabras que significaran más para él. La abrazó con la misma fuerza que ella. Bajó la cara para susurrarle al oído.

−¿Maddie?

−¿Qué, papá?

−¿Estás herida, Maddie? Me refiero a herida físicamente. Si te han hecho daño, hemos de llevarte a…

−No, no me han hecho daño.

Se apartó de ella y puso las manos en los hombros de su hija para estudiar sus ojos.

−¿Estás segura? Puedes decírmelo.

−Estoy segura, papá. Estoy bien.

−Vale. Entonces, hemos de irnos.

Se volvió hacia Sun.

−¿Puedes llevarnos al aeropuerto?

−Por supuesto.

−Entonces, vamos.

Bosch puso el brazo en torno a su hija y empezaron a seguir a Sun por el muelle. Maddie se agarró a él todo el camino y hasta que se acercaron al coche no pareció darse cuenta del significado de la presencia de Sun y le hizo a Harry la pregunta que él había estado temiendo.

–¿Papá?

–¿Qué, Maddie?

–¿Dónde está mamá?

38

Bosch no respondió la pregunta directamente. Solo le dijo a su hija que su madre no podía estar con ellos en ese momento, pero que había preparado una bolsa para ella y que necesitaban llegar al aeropuerto para salir de Hong Kong. Sun no dijo nada y aceleró el paso, sacándoles ventaja y ajeno a la conversación.

La explicación aparentemente le proporcionaba tiempo a Harry para considerar cómo y cuándo daría la respuesta que alteraría el resto de la vida de su hija. Cuando llegaron al Mercedes negro, la puso en el asiento de atrás antes de ir al maletero a coger la mochila. No quería que viera la bolsa que Eleanor había preparado para ella misma. Miró en los bolsillos de la bolsa de Eleanor y encontró el pasaporte de su hija. Se lo guardó en el bolsillo.

Se metió en el asiento delantero y le pasó la mochila a su hija. Le dijo que se cambiara el uniforme del colegio, miró el reloj y le hizo una señal a Sun.

–Vamos. Hemos de coger un avión.

Sun empezó a conducir y salió de la zona de costa deprisa, pero no a una velocidad que pudiera atraer la atención.

–¿Puedes dejarnos en algún ferri o tren que nos lleve directo? –preguntó Bosch.

–No, han cerrado la ruta del ferri y tendrías que cambiar de tren. Será mejor que te lleve. Quiero hacerlo.

–Vale, Sun Yee.

Circularon en silencio unos minutos. Bosch quería darse la vuelta y hablar con su hija, mirarla a los ojos para asegurarse de que estaba bien.

–Maddie, ¿te has cambiado?

No respondió.

–¿Maddie?

Bosch se volvió y la miró. Se había cambiado de ropa. Estaba apoyada en la puerta de detrás de Sun, mirando por la ventanilla y abrazando la almohada contra el pecho. Tenía lágrimas en las mejillas. Al parecer, no se había fijado en el agujero de bala de la almohada.

–Maddie, ¿estás bien?

Sin responder ni apartar la mirada de la ventana, su hija dijo:

–Está muerta, ¿no?

–¿Qué?

Bosch sabía exactamente de qué y de quién estaba hablando, pero trató de aplazar lo más posible lo inevitable.

–No soy estúpida, ¿sabes? Tú estás aquí. Sun Yee está aquí. Ella debería estar aquí. Tendría que estar aquí, pero le ha ocurrido algo.

Bosch sintió que un puño invisible le impactaba justo en el pecho. Madeline todavía estaba abrazada a la almohada y miraba por la ventana con los ojos anegados de lágrimas.

–Maddie, lo siento. Quería decírtelo, pero no era el momento adecuado.

–¿Cuándo es el momento adecuado?

Bosch asintió.

–Tienes razón. Nunca.

Estiró el brazo y le puso la mano en la rodilla, pero ella inmediatamente la apartó. Fue la primera señal de la culpa que siempre tendría que llevar.

–Lo siento. No sé qué decir. Cuando aterricé esta mañana, tu madre estaba esperándome en el aeropuerto. Con Sun Yee. Solo quería una cosa, Maddie. Llevarte a casa a salvo. No le importaba nada más, ni su propia vida.

–¿Qué le pasó?

Bosch vaciló, pero no había otra forma de responder salvo con la verdad.

–Le dispararon. Alguien me estaba disparando y le dieron a ella. No creo que se enterara siquiera.

Madeline se tapó los ojos.

–Es todo culpa mía.

Bosch negó con la cabeza, aunque ella ni siquiera lo estaba mirando.

–Maddie, no. Escúchame. No lo digas nunca. Ni siquiera lo pienses. No es culpa tuya. Es culpa mía. Todo es culpa mía.

Maddie no respondió. Se abrazó con fuerza a la almohada y mantuvo los ojos en el arcén, que pasaba en un destello.

***

Al cabo de una hora, estaban en la zona de salidas del aeropuerto. Bosch ayudó a su hija a bajar del Mercedes y luego se volvió hacia Sun. Apenas habían hablado en el coche. Pero ahora era el momento de decirse adiós y Bosch sabía que no habría rescatado a su hija sin la ayuda de Sun.

–Sun Yee, gracias por salvar a mi hija.

–Tú la has salvado. Nada podía detenerte, Harry Bosch.

–¿Qué harás? La policía acudirá a ti por Eleanor, si no por todo lo demás.

–Me ocuparé de esas cosas y no te mencionaré. Te lo prometo. No importa lo que ocurra, no os mencionaré ni a ti ni a tu hija.

Bosch asintió.

–Buena suerte –dijo.

–Buena suerte a ti también.

Bosch le estrechó la mano y retrocedió. Después de otra pausa incómoda, Madeline dio un paso adelante y abrazó a Sun. Bosch vio la expresión de la cara de Sun, a pesar de las gafas de sol. No importaban sus diferencias, Bosch sabía que Sun había encontrado algún grado de resolución en el rescate de Madeline. Quizá eso le permitiría encontrar solaz en sí mismo.

–Lo siento –dijo Madeline.

Sun retrocedió y deshizo el abrazo.

–Ahora vete –dijo–. Que seas feliz.

Lo dejaron allí y se dirigieron a la terminal principal cruzando las puertas de cristal.

***

Bosch y su hija encontraron la ventanilla de primera clase de Cathay Pacific y Harry compró dos billetes para el vuelo de las 23:40 a Los Ángeles. Consiguió que le devolvieran el importe de su vuelo previsto para la mañana siguiente, pero aun así tuvo que usar dos tarjetas de crédito para cubrir el coste total. No le importó. Sabía que a los pasajeros de primera clase les daban un estatus especial que les permitía pasar más deprisa por los controles de seguridad y eran los primeros en subir al avión. Era menos probable que el personal y el servicio de seguridad del aeropuerto y la compañía aérea se preocuparan por los viajeros de primera clase, aunque fueran un hombre despeinado con sangre en la chaqueta y una niña de trece años que parecía incapaz de contener las lágrimas.

Bosch también comprendía que su hija había quedado traumatizada por las últimas sesenta horas de su vida y, aunque no tenía idea de cómo cuidar de ella en ese sentido, pensaba que cualquier comodidad añadida no le haría daño.

Al fijarse en el aspecto desaliñado de Bosch, la mujer que estaba detrás del mostrador le mencionó que el vestíbulo de espera de primera clase contaba con duchas para los viajeros. Bosch le dio las gracias por el consejo, cogió las tarjetas de embarque y siguieron a una azafata de primera clase hasta el control de seguridad. Como esperaba, pasaron el control en un santiamén gracias al poder de su nuevo estatus.

Tenían casi tres horas y, aunque la mencionada ducha era tentadora, Bosch decidió que la comida era una necesidad más apremiante. No recordaba cuándo había comido por última vez y suponía que su hija habría estado igualmente privada de alimento.

—¿Tienes hambre, Mads?

—No.

—¿Te han dado de comer?

—No, pero no puedo comer.

—¿Cuándo fue la última vez que comiste algo?

Tuvo que pararse a pensar.

—Me compré un trozo de pizza en el centro comercial el viernes. Antes de…

—Vale, vamos a comer, pues.

Subieron por la escalera mecánica a una zona en la que había varios restaurantes con vistas al paraíso del *duty free*. Bosch eligió uno con asientos en el centro del vestíbulo que ofrecía una buena perspectiva de la zona de compras. Su hija pidió palitos de pollo y Bosch un bistec con patatas fritas.

—Nunca deberías pedir un bistec en un aeropuerto —dijo Madeline.

—¿Por qué?

—No será de buena calidad.

Bosch asintió. Era la primera vez que decía más de una o dos palabras desde que se habían despedido de Sun. Harry había estado observando cómo se derrumbaba al desaparecer la descarga de miedo provocada por su liberación y empezar a asimilar la realidad de lo que le había pasado y lo que le había ocurrido a su madre. Bosch había temido que hubiera sufrido algún tipo de shock. Su extraña observación sobre la calidad del bistec en un aeropuerto parecía indicar que se hallaba en estado disociado.

—Bueno, supongo que ya lo descubriré.

Entonces Maddie cambió el tema de conversación.

—¿Entonces voy a vivir en Los Ángeles contigo?

—Eso creo.

Estudió la cara de Maddie en busca de una reacción. Permaneció impasible: tenía la mirada inexpresiva y las mejillas manchadas de lágrimas secas y tristeza.

–Quiero que vivas conmigo –dijo Bosch–. Y la última vez que fuiste a Los Ángeles dijiste que querías quedarte.

–Pero no así.

–Lo sé.

–¿Alguna vez volveré a recoger mis cosas y a despedirme de mis amigos?

Bosch pensó un momento antes de responder.

–No creo –dijo al fin–. Puede que consiga que te manden las cosas. Pero supongo que vas a tener que enviar mensajes de correo a tus amigos. O llamarlos.

–Al menos, podré decirles adiós.

Bosch asintió y se quedó en silencio, notando la referencia obvia a su madre. Enseguida volvió a hablar, con la mente como un globo arrastrado por el viento, cayendo aquí o allá en función de corrientes impredecibles.

–¿Nos… nos busca la policía aquí?

Bosch miró a su alrededor para ver si alguien sentado cerca había oído la pregunta, luego se inclinó hacia delante para responder.

–No lo sé –dijo en voz baja–. Puede ser. Puede que me busquen. Pero no quiero averiguarlo aquí. Prefiero tratar todo eso en Los Ángeles.

Después de una pausa, ella hizo otra pregunta y esta pilló a Bosch desprevenido.

–Papá, ¿has matado a esos hombres que me tenían? He oído muchos disparos.

Bosch pensó en cómo debería responder –como policía, como padre–, pero no tardó mucho.

–Digamos que tuvieron su merecido. Y que todo lo que ocurrió fue consecuencia de sus propias acciones. ¿Vale?

–Vale.

Cuando llegó la comida pararon de hablar y comieron con voracidad. Bosch había elegido el restaurante, la mesa y su silla para tener una buena perspectiva de la zona de tiendas y la puerta de seguridad de detrás. Mientras comía, mantuvo una posición vigilante ante cualquier actividad inusual que implicara al equipo de seguridad del aeropuerto. Cualquier movimiento de personal múltiple o actividad de búsqueda le causaría preocupación. No tenía ni idea de si estaba en algún radar policial, pero había trazado una senda de muerte por Hong Kong y tenía que permanecer alerta a que condujera a él.

–¿Vas a terminarte las patatas fritas? –preguntó Maddie.

Bosch giró su plato para que su hija pudiera llegar a las patatas.

–Coge.

Al estirarse sobre la mesa, se le subió la manga y Bosch vio el apósito en la parte interior del codo de su hija. Pensó en el papel higiénico manchado de sangre que Eleanor había encontrado en la papelera de la habitación de Chungking Mansions.

Bosch le señaló el brazo.

–Maddie, ¿cómo es que tienes eso? ¿Te han sacado sangre?

Ella puso la otra mano encima de la herida como para evitar cualquier consideración sobre ello.

–¿Hemos de hablar de esto ahora?

–¿Puedes decirme solo una cosa?

–Sí, Quick me sacó sangre.

–Iba a preguntarte otra cosa. ¿Dónde estabas antes de que te metieran en el maletero y te llevaran al barco?

–No lo sé, una especie de hospital. Como la consulta de un doctor. Estuve encerrada en una habitación todo el tiempo. Por favor, papá, no quiero hablar de eso. Ahora no.

–Vale, cariño, hablaremos cuando tú quieras.

***

Después de comer, se dirigieron a la zona comercial. Bosch compró un conjunto completo de ropa nueva en una tienda de hombre y un par de zapatillas de deporte y unas muñequeras en una tienda de deportes. Maddie rechazó la oferta de ropa nueva y dijo que se quedaría con lo que llevaba en la mochila.

La siguiente parada fue en otra tienda, donde Maddie eligió un oso panda de peluche que decía que quería usar como almohada y un libro titulado *El ladrón del rayo*.

Se dirigieron al vestíbulo de primera clase de la aerolínea y se apuntaron para usar las duchas. A pesar de un largo día de sangre, sudor y barro, Bosch se duchó deprisa porque no quería estar separado de su hija mucho rato. Antes de vestirse se miró la herida del brazo. Estaba coagulada y empezando a cicatrizar. Se puso las muñequeras que acababa de comprar a modo de doble vendaje sobre la herida.

Cuando se vistió, levantó la tapa de la papelera que había al lado del lavamanos. Hizo un fardo con su ropa vieja y los zapatos y los enterró debajo de toallas de papel y demás basura. No quería que nadie encontrara sus pertenencias y las recuperara, sobre todo los zapatos con los que había pisado las baldosas ensangrentadas en Tuen Mun.

Sintiéndose un poco refrescado y listo para el largo vuelo que les esperaba, miró a su alrededor en busca de su hija. No la vio en el vestíbulo y volvió a esperarla cerca de la entrada de las duchas de mujeres. Al cabo de quince minutos sin ver a Madeline, empezó a preocuparse. Esperó otros cinco minutos y fue al despacho de recepción para pedirle a la mujer de detrás del mostrador que mandara a una empleada a las duchas para ver si estaba su hija.

La mujer dijo que lo haría ella misma. Bosch la siguió y esperó cuando la mujer entró en la sala de duchas. Mientras la puerta estuvo abierta oyó agua que corría. Luego oyó voces y enseguida salió otra vez la mujer.

–Todavía está en la ducha y dice que no le pasa nada. Me ha dicho que va a estar un poco más.

–Vale, gracias.

La mujer volvió a su puesto y Bosch miró el reloj. El embarque de su vuelo no empezaría hasta dentro de al menos una hora. Había tiempo. Volvió al vestíbulo y se sentó en una silla cerca del pasillo que llevaba a las duchas. Mantuvo la vigilancia todo el tiempo.

No podía imaginarse cuáles serían los pensamientos de Madeline. Sabía que necesitaba ayuda y que él no estaba preparado para proporcionársela. Su idea rectora era sencilla: volver con ella a Los Ángeles y allí ya vería. Ya tenía en mente a quién iba a llamar para que se ocupara de Maddie cuando llegaran.

Justo cuando se anunció el embarque de su vuelo en el vestíbulo, Madeline apareció en el pasillo, con su pelo negro mojado y peinado hacia atrás. Llevaba la misma ropa que se había puesto en el coche, pero había añadido una sudadera con capucha. Por alguna razón, tenía frío.

—¿Estás bien? —preguntó Bosch.

No respondió, se limitó a detenerse delante de Bosch con la cabeza baja.

—Lo sé, es una pregunta estúpida —dijo Harry—, pero ¿estás preparada para volar? Acaban de llamar para nuestro vuelo. Hemos de irnos.

—Estoy lista. Solo quería una buena ducha caliente.

—Entiendo.

Salieron del vestíbulo y se encaminaron a la puerta. Al acercarse Bosch vio que no había más seguridad de la habitual. Les cogieron los billetes, comprobaron su pasaporte y les permitieron embarcar.

El avión era un modelo grande de dos pisos con la cabina del piloto en el nivel superior y la cabina de primera clase justo debajo del morro de la aeronave. Un auxiliar de vuelo les informó de que eran los únicos viajeros de primera clase y que podían elegir sus asientos. Ocuparon los dos de la fila delantera y sintieron que tenían el avión para ellos solos. Bosch no pensaba apartar los ojos de su hija hasta que estuvieran en Los Ángeles.

Cuando el avión se llenó, el piloto se puso al altavoz y anunció que pasarían trece horas en el aire. Duraba menos que el vuelo de ida porque los vientos les ayudarían. No obstante, estarían volando contra los husos horarios. Aterrizarían en Los Ángeles a las 21:30 del domingo, dos horas antes de que despegaran de Hong Kong.

Bosch hizo los cálculos y se dio cuenta de que el día sumaría treinta y nueve horas antes de que terminara. El día más largo de su vida.

Finalmente, el gran avión recibió autorización para despegar a tiempo. Rodó por la pista, ganó velocidad y ascendió ruidosamente al cielo oscuro. Bosch respiró con un poco más de facilidad al mirar por la ventanilla y ver las luces de Hong Kong bajo las nubes. Esperaba no volver nunca más.

Su hija se estiró sobre el espacio entre sus asientos y le agarró la mano. Bosch la miró a los ojos. Había empezado a llorar otra vez. Bosch le apretó la mano y asintió.

–Todo irá bien, Maddie.

Ella le devolvió la señal de asentimiento y se contuvo.

Cuando el avión se equilibró, el auxiliar de vuelo vino a ofrecerles comida y bebida, pero Bosch y su hija no querían nada. Madeline vio una película de vampiros adolescentes y luego puso el asiento en posición horizontal –uno de los lujos de ir en primera clase– y se acostó.

Enseguida se quedó profundamente dormida y Bosch visualizó que se estaba desarrollando alguna clase de proceso de sanación interno. Los ejércitos del sueño cargaban en el cerebro de su hija y atacaban los malos recuerdos.

Se inclinó y la besó suavemente en la mejilla. Mientras los segundos, los minutos y las horas avanzaban hacia atrás, Bosch observó dormir a su hija y deseó lo imposible, que el tiempo retrocediera lo suficiente para que empezara el día entero. Esa era la fantasía. La realidad era que su vida estaba casi tan significativamente alterada como la de su hija. Ahora Maddie estaba con él. Y sabía que no importaba lo que él hubiera hecho o causado que ocurriera hasta ese punto de su vida, ella sería su billete a la redención.

Si podía protegerla y servirla, tendría la oportunidad de resarcirse. De todo.

Su plan era mantener la vigilancia sobre ella toda
la noche. Pero el agotamiento lo venció al fin y cerró
los ojos. Enseguida soñó con un sitio al lado del río.
Había una mesa fuera con un mantel blanco agitado
por el viento. Estaba sentado a un lado de la mesa y
Eleanor y Madeline le sonrieron desde el otro. Era el
sueño de un lugar que nunca había existido y que
nunca existiría.

Tercera parte

Proteger y servir

39

El último obstáculo era el control de aduanas e inmigración en Los Ángeles. El agente de la cabina barrió sus pasaportes y ya estaba listo para estampar rutinariamente el sello cuando algo del ordenador captó su atención. Bosch contuvo el aliento.

–Señor Bosch, ¿ha estado en Hong Kong menos de un día?

–Exacto. Ni siquiera he tenido que facturar la maleta. Solo he ido a recoger a mi hija.

El agente asintió como si comprendiera y lo hubiera visto antes. Estampó el sello en los pasaportes. Miró a Madeline y dijo:

–Bienvenida a Los Ángeles, señorita.

–Gracias.

Era casi medianoche cuando llegaron a la casa de Woodrow Wilson Drive. Bosch llevó la mochila a la habitación de invitados y su hija lo siguió. Conocía la habitación porque la había usado en varias visitas.

–Ahora que vas a vivir aquí, podemos arreglar el cuarto como más te guste –dijo Bosch–. Sé que tenías muchos pósteres y cosas en Hong Kong. Puedes hacer lo que quieras aquí.

Había dos cajas de cartón apiladas en el rincón con expedientes de viejos casos que Bosch había copiado.

–Sacaré esto de aquí –dijo.

Las fue llevando de una en una a su habitación. Continuó hablando con ella mientras iba pasillo arriba, pasillo abajo.

–Sé que no tienes cuarto de baño propio, pero el cuarto de baño de invitados del pasillo es para ti. No tengo muchos invitados de todos modos.

Después de trasladar las cajas, Bosch se sentó en la cama y miró a su hija. Aún estaba de pie en medio del dormitorio. La expresión de su rostro conmocionó a Bosch. Se dio cuenta de que su hija recibía el impacto de la realidad de la situación. No importaba que hubiera expresado repetidamente su deseo de vivir en Los Ángeles. Ahora iba a estar allí de modo permanente y asimilarlo era una tarea de enormes proporciones.

–Maddie, solo quería contarte algo –dijo–. Estoy acostumbrado a ser tu padre cuatro semanas al año. Eso fue fácil. Esto va a ser difícil. Voy a cometer errores y necesitaré que seas paciente conmigo mientras aprendo. Pero prometo hacerlo lo mejor que pueda.

–Vale.

–Bueno, ¿qué necesitas? ¿Tienes hambre? ¿Estás cansada? ¿Qué?

–No, estoy bien. Supongo que no debería haber dormido tanto en el avión.

–No importa. Necesitabas dormir entonces. Y dormir siempre es bueno. Cura.

Maddie asintió y contempló la habitación con extrañeza. Era una habitación de invitados básica: una cama, una cómoda y una mesa con una lámpara.

–Mañana iremos a buscar una tele para ponerla aquí. Una de esas de pantalla plana. Y un ordenador y un escritorio. Hemos de ir a comprar muchas cosas.

–Creo que necesito un teléfono móvil nuevo. Quick cogió el mío.

–Sí, también compraremos un móvil nuevo. Tengo tu tarjeta de memoria del último, así que no has perdido tus contactos.

Su hija lo miró y Bosch se dio cuenta de que había cometido un error.

–¿Tienes la tarjeta? ¿Te la dio Quick? ¿Estaba su hermana allí?

Bosch levantó las manos en un gesto de calma y negó con la cabeza.

–No vi a Quick ni a su hermana. Encontré tu teléfono, pero estaba roto. Lo único que conseguí fue la tarjeta de memoria.

–Ella trató de salvarme. Descubrió que Quick iba a venderme y trató de impedirlo. Pero la sacó del coche de una patada.

Bosch esperó que dijera más, pero eso era todo. Quería plantearle a Maddie más preguntas sobre el hermano y la hermana y nada superaba su rol de policía salvo su rol de padre. No era el momento adecuado. Tenía que calmarla y situarla. Ya tendría tiempo después para ser policía, para preguntarle sobre Quick y He y contarle lo que les había ocurrido.

Estudió el rostro de su hija. Parecía vaciado de toda emoción. Todavía se la veía cansada, pese a lo mucho que había dormido en el avión.

–Todo irá bien, Maddie. Te lo prometo.

Ella asintió.

–Mmm, ¿crees que puedo quedarme sola un rato aquí?

–Claro. Es tu habitación. De todos modos, creo que debería hacer unas llamadas.

Harry se levantó y se dirigió a la puerta. Vaciló cuando estaba cerrándola y volvió a mirarla.

–¿Me avisarás si necesitas algo?

–Sí, papá. Gracias.

Bosch cerró la puerta y se fue al salón. Sacó el teléfono y llamó a David Chu.

–Soy Bosch. Perdone que llame tan tarde.

–No hay problema. ¿Cómo va allí?

–Estoy en Los Ángeles.

–¿Ha vuelto? ¿Y su hija?

–Está a salvo. ¿Cómo está el caso Chang?

Chu vaciló antes de responder. No quería ser el mensajero.

–Bueno, saldrá por la mañana. No tenemos de qué acusarlo.

–¿Y la extorsión?

–Hice un último intento con Li y Lam hoy. No presentarán denuncia formal. Están demasiado asustados de la tríada. Li dijo que alguien llamó y lo amenazó.

Bosch pensó un momento en la llamada amenazadora que había recibido el viernes. Supuso que había llamado la misma persona.

–Así que Chang sale del centro de detención por la mañana y se dirige al aeropuerto –dijo–. Se mete en un avión y nunca volvemos a verlo.

–Parece que a este lo hemos perdido, Harry.

Bosch negó con la cabeza, con la rabia hirviendo en su interior.

–Malditos hijos de puta.

Bosch se dio cuenta de que su hija podría oírlo. Abrió una de las correderas del salón y salió a la terraza de atrás. El sonido de la autovía en el desfiladero ayudaría a ahogar la conversación.

–Iban a vender a mi hija –dijo–. Por sus órganos.

–Dios –dijo Chu–. Pensaba que solo trataban de intimidarle.

–Sí, bueno, le sacaron sangre y parece que coincidía con la de alguien con mucho dinero, porque cambiaron de planes.

–Bueno, podían haberle hecho un análisis de sangre para comprobar que estaba limpia antes de…

Se detuvo, dándose cuenta de que el escenario alternativo no era reconfortante. Cambió de tema.

–¿Ha vuelto con usted, Harry?

–Le he dicho que está a salvo.

Bosch sabía que Chu interpretaría su respuesta evasiva como falta de confianza, pero ¿qué había de nuevo en eso? No pudo evitarlo después del día que había tenido. Trató de hablar de otra cosa.

–¿Cuándo fue la última vez que habló con Ferras y Gandle?

–No he hablado con su compañero desde el viernes. He hablado con el teniente hace un par de horas. Quería saber cómo iban las cosas. También está muy cabreado.

Era casi medianoche del domingo y los diez carriles de la autovía seguían repletos. El aire era cortante y frío, un cambio agradable respecto a Hong Kong.

–¿Quién se supone que ha de decirle a la fiscalía que lo suelte? –preguntó Bosch.

–Iba a llamar por la mañana. A menos que usted quiera hacerlo.

–No estoy seguro de si estaré allí por la mañana. Ocúpese usted, pero espere hasta las diez para llamar.

–Claro, pero ¿por qué a las diez?

–Me daría tiempo a llegar allí y decirle adiós al señor Chang.

–Harry, no haga nada que pueda lamentar.

Bosch pensó brevemente en los últimos tres días.

–Es demasiado tarde para eso.

Bosch terminó la llamada con Chu y se quedó apoyado en la barandilla, contemplando la noche. Ciertamente, estar en casa daba cierta seguridad, pero no pudo evitar pensar en lo que había perdido y dejado atrás. Era como si los espíritus hambrientos de Hong Kong lo hubieran seguido por el Pacífico.

–¿Papá?

Se volvió. Su hija estaba en el umbral.

–Eh, peque.

–¿Estás bien?

–Claro, ¿por qué?

Salió a la terraza y se quedó a su lado, junto a la barandilla.

–Parecías enfadado al teléfono.

–Es sobre el caso. No está yendo bien.

–Lo siento.

–No es culpa tuya. Pero, escucha, por la mañana he de echar una carrera al centro. Haré unas llamadas para ver si puedo conseguir a alguien que te vigile mientras estoy fuera. Y luego, cuando vuelva, iremos a comprar, como hemos quedado. ¿Vale?

–¿Te refieres a una canguro?

–No…, o sea, sí, supongo.

–Papá, no he tenido canguro ni niñera desde que tenía como doce años.

–Sí, bueno, de eso hace un año.

–Creo que estaré bien sola. No sé, mamá me deja ir sola al centro comercial después de la escuela.

Bosch se fijó en su uso del presente. Estuvo tentado de decirle que el plan de permitirle ir sola al centro comercial no había ido muy bien, pero fue lo bastante listo para esperar a otro momento. El resumen era que tenía que pensar en la seguridad de su hija por encima de todo. ¿Las fuerzas que la habían cogido en Hong Kong podían encontrarla allí, en su casa?

Parecía improbable, pero aunque solo existiera una pequeña probabilidad, no podía arriesgarse a dejarla sola. El problema era que no sabía a quién llamar. No estaba conectado con el barrio. Era el poli del barrio al que llamaban cuando había un problema. Pero, por lo demás, nunca se había relacionado con nadie en la calle, al menos con nadie que no fuera poli. No sabía quién era de fiar o distinto de un completo desconocido que eligiera de la lista de canguros de la guía telefónica. Bosch estaba perdido y empezaba a darse cuenta de que no tenía ni idea de cómo educar a su propia hija.

—Maddie, escucha, esta es una de esas veces que te he dicho que vas a tener que ser paciente conmigo. No quiero dejarte sola. Todavía no. Puedes quedarte en tu habitación si quieres, probablemente todavía estarás dormida por el *jet lag*. Pero quiero que haya un adulto en la casa contigo. Alguien en quien pueda confiar.

—Como quieras.

Pensar en que era el poli del barrio de repente le metió otra idea en la cabeza.

—Vale, hay otra posibilidad. Si no quieres canguro, tengo otra idea. Hay una escuela al pie de la colina. Es una escuela secundaria pública. Creo que las clases empezaron la semana pasada porque vi muchos coches de camino al trabajo. No sé si es donde terminarás yendo o si intentaremos que vayas a una escuela privada, pero puedo llevarte allí para que eches un vistazo. Puedes asistir a una clase o dos a ver qué te parece mientras yo voy al centro. ¿Qué opinas? Conozco a la subdirectora y confío en ella. Cuidará de ti.

Su hija se colocó un mechón de pelo detrás de la oreja y contempló la vista durante unos momentos antes de responder.

—Supongo que estaría bien.

—Pues perfecto, eso haremos. Llamaré por la mañana y lo arreglaré.

«Problema resuelto», pensó Bosch.

—Papá.

—¿Qué, peque?

—He oído lo que decías por teléfono.

Se quedó de piedra.

—Lo siento. Trataré no usar esa clase de lenguaje más. Y nunca cerca de ti.

—No, no me refería a eso. Me refiero a cuando estabas aquí. Lo que dijiste de que iban a venderme por mis órganos. ¿Es verdad?

—No lo sé, cielo. No sé cuál era el plan exacto.

—Quick me sacó sangre. Dijo que iba a mandártela para que pudieras comprobar mi ADN y supieras que me habían secuestrado de verdad.

Bosch asintió.

—Sí, bueno, te estaba mintiendo. El vídeo que envió fue suficiente para convencerme. La sangre no era necesaria. Te estaba mintiendo, Mad. Te traicionó y tuvo lo que se merecía.

Maddie se volvió inmediatamente hacia él y Bosch se dio cuenta de que había metido la pata otra vez.

–¿Qué quieres decir? ¿Qué le pasó?

Bosch no quería deslizarse por la pendiente de mentirle a su hija. También sabía que era obvio que su hija se preocupaba por la hermana de Quick y quizá también por el propio Quick. Probablemente todavía no comprendía la profundidad de su traición.

–Está muerto.

Se quedó sin respiración y se llevó las manos a la boca.

–¿Lo ma...?

–No, Maddie, no fui yo. Lo encontré muerto al mismo tiempo que encontré tu teléfono. Supongo que en cierto modo te gustaba, lo siento. Pero te traicionó, peque, y he de decírtelo, puede que hubiera hecho lo mismo si lo hubiera encontrado vivo. Vamos adentro.

Bosch se volvió de la barandilla.

–¿Y He?

Bosch se detuvo y se volvió a mirarla.

–No lo sé.

Se acercó a la puerta y entró. Allí estaba, había mentido a su hija por primera vez. Lo hizo por ahorrarle más dolor, pero no importaba. Ya sentía que estaba empezando a deslizarse por la pendiente.

40

A las once de la mañana del lunes, Bosch se hallaba a las puertas de los calabozos del centro de la ciudad, esperando a que pusieran en libertad a Bo-Jing Chang. No estaba seguro de adónde ir ni de qué decirle al asesino cuando saliera por aquella puerta como un hombre libre. Pero sabía que no podía dejar pasar el momento. Si la detención de Chang había sido el desencadenante de todo lo que había ocurrido en Hong Kong, incluida la muerte de Eleanor Wish, Bosch no podría vivir consigo mismo si no se enfrentaba al hombre cuando tenía la oportunidad.

Su teléfono sonó en el bolsillo y estuvo tentado de no responder para no arriesgarse a perder a Chang, pero vio en la pantalla que era el teniente Gandle. Atendió la llamada.

—He oído que has vuelto.

—Sí, iba a llamarle.

—¿Tienes a tu hija?

—Sí, está a salvo.

—¿Dónde?

Bosch vaciló, pero no mucho rato.

—Está conmigo.

—¿Y su madre?

—Aún está en Hong Kong.

–¿Cómo os vais a organizar?

–Va a vivir conmigo. Al menos por el momento.

–¿Qué pasó allí? ¿Algo por lo que tengamos que preocuparnos?

Bosch no estaba seguro de qué contarle. Decidió decirlo.

–Espero que no salpique. Pero nunca se sabe.

–Te haré saber lo que oiga. ¿Vas a venir?

–Eh, hoy no. Necesito tomarme un par de días para situar a mi hija y pensar en la escuela y esas cosas. Quiero conseguirle un psicólogo.

–¿Es tiempo blanco o vacaciones? He de anotarlo.

Las horas compensadas se conocían como «tiempo blanco» en el Departamento de Policía de Los Ángeles, por el formulario blanco en el que lo anotaban los supervisores.

–Da igual. Creo que tengo tiempo blanco.

–Te lo apuntaré. ¿Estás bien, Harry?

–Estoy bien.

–Supongo que Chu te ha dicho que van a soltar a Chang.

–Sí, me lo ha dicho.

–El capullo de su abogado ha estado aquí esta mañana para recoger su maleta. Lo siento, Harry. No podemos hacer nada. No hay caso y esos dos peleles del valle no nos van a ayudar a retenerlo por extorsión.

–Lo sé.

–No ha ayudado que tu compañero se haya pasado el fin de semana en casa. Dijo que estaba enfermo.

–Sí, bueno…

Bosch había llegado al límite de su paciencia con Ferras, pero eso era entre él y su compañero. Todavía no iba a discutirlo con Gandle.

La puerta del edificio se abrió y Bosch vio que aparecía un hombre asiático de traje con un maletín. No era Chang. El hombre sostuvo la puerta con el cuerpo e hizo una seña a un coche que esperaba calle arriba. Bosch sabía que era el final. El hombre del traje era un abogado defensor bien conocido llamado Anthony Wing.

–Teniente, he de colgar. ¿Puedo volver a llamarle?

–Llámame cuando decidas cuántos días vas a tomarte y cuándo puedo volver a ponerte en la agenda. Entretanto, encontraré algún quehacer para Ferras. En comisaría.

–Le llamaré después.

Bosch cerró el teléfono justo cuando un Cadillac Escalade negro pasaba a escasa velocidad y Bo-Jing Chang salía de la puerta del edificio de los calabozos. Bosch se interpuso en el camino entre él y el todoterreno. Wing hizo lo propio entonces entre Bosch y Chang.

–Disculpe, detective –dijo Wing–. Le está impidiendo el paso a mi cliente.

–¿Es eso lo que estoy haciendo, «impedir»? ¿Y qué ocurre con que él impidiera vivir a John Li?

Bosch vio que Chang hacía una mueca y negaba con la cabeza detrás de Wing. Oyó el portazo de un coche tras él y Wing dirigió su atención a un lugar situado a la espalda de Harry.

–Grabad esto –ordenó.

Bosch miró por encima del hombro y vio a un hombre con una cámara de vídeo que acababa de bajar del todoterreno. La lente de la cámara estaba enfocando a Bosch.

–¿Qué es esto?

–Detective, si toca o acosa al señor Chang de alguna manera, quedará documentado y será ofrecido a los medios.

Bosch se volvió hacia Wing y Chang. La mueca de Chang se había convertido en una sonrisa de satisfacción.

–¿Crees que se ha terminado, Chang? No me importa adónde vayas, pero no ha terminado. Tu gente lo ha convertido en algo personal, capullo, y yo no lo olvido.

–Detective, apártese –dijo Wing, claramente actuando para la cámara–. El señor Chang se va porque es inocente de los cargos que han tratado de urdir contra él. Regresa a Hong Kong por el acoso del Departamento de Policía de Los Ángeles. Por su culpa, no puede seguir disfrutando de la vida que ha llevado aquí desde hace varios años.

Bosch se apartó y dejó pasar el coche.

–Es un mentiroso, Wing. Coja su cámara y métasela por el culo.

Chang se sentó en el asiento de atrás del Escalade, luego Wing hizo una señal al cámara para que ocupara el asiento delantero.

–Ahora tiene su amenaza grabada en vídeo, detective –dijo Wing–. No lo olvide.

Wing se sentó al lado de Chang y cerró la puerta. Bosch se quedó allí, observando cómo se alejaba el enorme todoterreno, probablemente para llevar a Chang directo al aeropuerto para completar su huida legal.

***

Cuando Bosch volvió a la escuela, fue al despacho de la subdirectora para preguntar cómo había ido. Esa mañana, Sue Bambrough había accedido a dejar que Madeline asistiera a las clases de octavo grado y viera si le gustaba la escuela. Cuando llegó Bosch, Bambrough le pidió que se sentara y procedió a decirle que su hija aún seguía en clase y que se estaba adaptando muy bien. Bosch estaba sorprendido. Llevaba menos de doce horas en Los Ángeles después de perder a su madre y de pasar un fin de semana atroz en cautividad. Bosch había temido que el contacto con la escuela fuera desastroso.

Bosch ya conocía a Bambrough. Un par de años antes, un vecino que tenía un hijo que asistía a la escuela le había pedido que hablara en la clase del chico sobre delincuencia y trabajo policial. Bambrough era una administradora brillante y práctica que había entrevistado a Bosch en profundidad antes de permitirle dirigirse a ningún estudiante. A Bosch casi nunca lo habían interrogado tan a conciencia, ni siquiera un abogado en un tribunal. Bambrough tenía una opinión crítica sobre la calidad del trabajo policial en la ciudad, pero sus argumentos estaban bien pensados y articulados. Bosch la respetaba.

–La clase termina dentro de diez minutos –dijo Bambrough–. Entonces la llevaré con ella. Hay algo que me gustaría hablar con usted antes, detective Bosch.

–Ya le dije la última vez que me llamara Harry. ¿De qué quiere hablarme?

–Bueno, a su hija le gusta contar historias. La han oído en el recreo de media mañana diciendo que acababa de venir de Hong Kong porque han asesinado a su madre y a ella la habían secuestrado. Me preocupaba que quiera agrandarse para…

–Es verdad. Todo.

–¿Qué quiere decir?

–La secuestraron y mataron a su madre cuando trataba de rescatarla.

–¡Oh, Dios mío! ¿Cuándo ocurrió?

Bosch lamentó no haberle contado a Bambrough la historia completa cuando habían hablado esa mañana. Simplemente le había dicho que su hija iba a vivir con él y que quería conocer la escuela.

–Este fin de semana –respondió–. Llegamos anoche de Hong Kong.

Bambrough puso cara de haber encajado un puñetazo.

–¿Este fin de semana? ¿Me está diciendo la verdad?

–Por supuesto que sí. Maddie ha pasado un mal trago. Sé que puede que sea demasiado pronto para llevarla a la escuela, pero esta mañana tenía una cita que no podía eludir. Ahora la llevaré a casa y, si quiere volver dentro de unos días, la llamaré.

–Bueno, ¿y ayuda psicológica? ¿Y un reconocimiento físico?

–Estoy trabajando en todo eso.

–No tenga miedo de pedir ayuda. A los chicos les gusta hablar de cosas. Solo que a veces no lo hacen con sus padres. He descubierto que los niños tienen una capacidad innata para saber lo que necesitan para restablecerse y sobrevivir. Sin su madre y con usted ahora como padre a tiempo completo, Madeline podría necesitar una persona externa con la que hablar.

Bosch asintió al final del sermón.

–Tendrá todo lo que necesite. ¿Qué he de hacer si quiere venir a esta escuela?

–Solo llámeme. Está en el distrito y tenemos plaza. Habrá un poco de papeleo para la matrícula y necesitaremos el expediente académico de Hong Kong. Necesitará su certificado de nacimiento y nada más.

Bosch se dio cuenta de que el certificado de nacimiento de su hija probablemente estaba en el apartamento de Hong Kong.

–No tengo certificado de nacimiento. Tendré que solicitar uno. Creo que nació en Las Vegas.

–¿Cree?

–Eh, no la conocí hasta que tenía cuatro años. Entonces vivía con su madre en Las Vegas y supongo que nació allí. Puedo preguntárselo.

Bambrough pareció aún más desconcertada.

–Tengo su pasaporte –ofreció Bosch–. Dirá dónde nació. Es solo que no lo he mirado.

–Bueno, podemos arreglarnos con eso hasta que consiga el certificado de nacimiento. Creo que ahora lo importante es ocuparse de que su hija reciba ayuda psicológica. Es un trauma terrible para ella. Ha de hablar con un psicólogo.

–No se preocupe, lo haré.

Sonó el timbre de cambio de clases y Bambrough se levantó. Salieron del despacho y caminaron hasta el pasillo principal. El campus era largo y estrecho porque estaba construido en la ladera. Bosch vio que Bambrough aún estaba tratando de asimilar la idea de la experiencia que Madeline acababa de superar.

–Es una niña fuerte –dijo Bosch.

–Tendrá que serlo después de una experiencia como esa.

Bosch quería cambiar de tema.

–¿En qué clases ha estado?

–Ha empezado con Matemáticas y luego, después de una breve pausa, Ciencias Sociales. Después han almorzado y ahora acaba de terminar Castellano.

–Estudiaba chino en Hong Kong.

–Estoy segura de que es solo uno de los muchos cambios difíciles que tendrá que superar.

–Ya le he dicho que es fuerte. Creo que lo conseguirá.

Bambrough se volvió y sonrió mientras caminaba.

–Como su padre, supongo.

–Su madre era más fuerte.

Los niños estaban abarrotando el pasillo con el cambio de clases. Bambrough vio a la hija de Bosch antes que él.

–Madeline –la llamó.

Bosch saludó. Maddie iba caminando con dos niñas y parecía que ya eran amigas. Les dijo adiós y se acercó corriendo.

–Hola, papá.

–Eh, ¿qué tal ha ido?

–Supongo que bien.

Hablaba con timidez y Bosch no sabía si era porque la subdirectora estaba allí con ellos.

–¿Qué tal el castellano? –preguntó Bambrough.

–Eh, estaba un poco perdida.

–He oído que estabas estudiando chino. Es un idioma mucho más difícil. Creo que te pondrás al día con el castellano enseguida.

–Supongo.

Bosch decidió ahorrarle la charla.

—Bueno, ¿estás preparada, Mad? Hemos de ir a comprar hoy, ¿recuerdas?

—Claro, estoy lista.

Bosch miró a Bambrough y asintió.

—Gracias por todo, estaremos en contacto.

Su hija también le dio las gracias y salieron de la escuela. Cuando llegaron al coche, Bosch enfiló la colina hacia su casa.

—Bueno, ahora que estamos solos, ¿qué te ha parecido, Mad?

—Eh, estaba bien. No es lo mismo, ¿sabes?

—Sí, lo sé. Podemos mirar algunas escuelas privadas. Hay unas pocas cerca, del lado del valle.

—No quiero ser una chica del valle, papá.

—No creo que seas nunca una chica del valle. De todos modos, no se trata de a qué colegio vas.

—Creo que esta escuela estará bien —dijo después de pensarlo un poco—. He conocido a unas niñas y eran muy agradables.

—¿Estás segura?

—Creo que sí. ¿Puedo empezar mañana?

Bosch la miró y luego volvió a concentrarse en la carretera de curvas.

—Es un poco pronto, ¿no? Llegaste anoche.

—Lo sé, pero ¿qué se supone que tengo que hacer? ¿Quedarme todo el día sentada en casa, llorando?

—No, pero pensaba que, si tomábamos las cosas con calma, podríamos…

—No quiero retrasarme. El curso empezó la semana pasada.

Bosch pensó un momento en lo que Bambrough había dicho sobre que los chicos sabían lo que necesitaban para restablecerse. Decidió confiar en el instinto de su hija.

–Vale, si sientes que es lo correcto, volveré a llamar a la señora Bambrough y le diré que quieres matricularte. Por cierto, naciste en Las Vegas, ¿verdad?

–¿Quieres decir que no lo sabes?

–Sí, lo sé. Solo quería asegurarme porque tengo que pedir una copia de tu certificado de nacimiento. Para la escuela.

Ella no respondió. Bosch aparcó en la cochera de al lado de la casa.

–Entonces, Las Vegas, ¿eh?

–¡Sí! No lo sabías. ¡Dios!

Antes de que pudiera pensar una respuesta, a Bosch lo salvó el teléfono. Sonó y lo sacó. Sin mirar la pantalla, le dijo a su hija que tenía que cogerlo.

Era Ignacio Ferras.

–Harry, he oído que has vuelto y que tu hija está a salvo.

Había tardado en recibir la noticia. Bosch abrió la puerta de la cocina y la sostuvo para que entrara su hija.

–Sí, estamos bien.

–¿Te vas a tomar unos días?

–Ese es el plan. ¿En qué estás trabajando?

–Oh, solo unas pocas cosas. Escribiendo unos informes sobre John Li.

–¿Para qué? Ha terminado. La hemos cagado.

–Lo sé, pero hemos de completar el archivo y necesito presentar al tribunal los resultados de la orden de registro. Por eso te llamaba. Te fuiste el viernes sin dejar notas de lo que encontraste en los registros del teléfono y la maleta. Ya he escrito el registro del coche.

–Sí, bueno, no he encontrado nada. Esa es una de las razones por las que no tenemos caso, ¿recuerdas?

Bosch lanzó las llaves sobre la mesa del comedor y vio que su hija enfilaba el pasillo hacia su habitación. Sentía un creciente malestar con Ferras. En cierto momento, había contemplado la idea de ser el mentor del joven detective y enseñarle la misión. Pero por fin estaba aceptando la realidad de que Ferras nunca se recuperaría de haber sido herido en acto de servicio. Físicamente, sí. Mentalmente, no. Nunca volvería a estar al cien por cien. Sería un burócrata.

–Entonces, ¿pongo que ningún resultado? –preguntó Ferras.

Bosch pensó un instante en la tarjeta del servicio de taxis de Hong Kong. Había sido un callejón sin salida y no valía la pena mencionarlo en la orden de registro que se enviaría al juez.

–Sí, ningún resultado. No había nada.

–Y nada en el teléfono.

Bosch de repente se dio cuenta de algo, pero también supo en el mismo instante que probablemente era demasiado tarde.

–Nada en el teléfono, pero ¿habéis mirado los registros de la compañía telefónica?

Chang podía haber borrado todos los registros de su teléfono, pero no habría podido eliminar los registros que guardaba la compañía telefónica. Hubo una pausa antes de que Ferras respondiera.

–No, pensaba… Tú tenías el teléfono, Harry. Pensaba que habías contactado con la compañía telefónica.

–No lo hice porque me estaba yendo a Hong Kong.

Todas las compañías telefónicas habían establecido protocolos para recibir y aceptar órdenes de registro.

Normalmente suponía enviar por fax la solicitud firmada a la oficina de relaciones legales. Era fácil de hacer, pero había caído en el olvido. Ahora habían soltado a Chang y probablemente se habría largado.

—Maldita sea —dijo Bosch—, deberías haberte ocupado de eso, Ignacio.

—¿Yo? Tú tenías el teléfono, Harry. Pensaba que te ocuparías tú.

—Tenía el teléfono, pero tú te encargabas de las órdenes. Deberías haberlo comprobado antes de irte el viernes.

—Es una chorrada, tío. ¿Vas a echarme la culpa de esto?

—Nos culpo a los dos. Sí, yo podía haberlo hecho, pero tú deberías haberte asegurado de que estaba hecho. No lo hiciste porque te fuiste temprano el viernes y lo descuidaste. Has estado descuidando todo el trabajo, compañero.

Ahí estaba, ya lo había dicho.

—Y tú estás cargado de mierda, compañero. ¿Quieres decir que como no soy como tú, que como no pierdo a mi familia por el trabajo y no pongo en riesgo a mi familia por el trabajo lo estoy descuidando? No sabes de qué estás hablando.

Bosch se quedó mudo tras la pulla. Ferras lo había golpeado justo en el sitio en el que había estado habitando las últimas setenta y dos horas. Por fin se sobrepuso y volvió a hablar.

—Ignacio —dijo con calma—. Esto no funciona. No sé cuándo volveré a la brigada esta semana, pero cuando llegue allí, vamos a hablar.

—Vale. Allí estaré.

—Por supuesto que estarás. Siempre estás en la brigada. Te veré entonces.

Bosch cerró el teléfono antes de que Ferras pudiera protestar a su pulla. Bosch estaba seguro de que Gandle lo apoyaría cuando pidiera un nuevo compañero. Volvió a la cocina para coger una cerveza y olvidarse de la conversación. Abrió la nevera y empezó a meter la mano, pero se detuvo. Era demasiado temprano y tenía que llevar a su hija en coche por el valle durante el resto de la tarde.

Cerró la nevera y caminó por el pasillo. La puerta de la habitación de su hija estaba cerrada.

—Maddie, ¿estás lista?

—Me estoy cambiando. Saldré en un minuto.

Había respondido en un tono cortante de «no me molestes». Bosch no estaba seguro de cómo interpretarlo. El plan era ir primero a la tienda de teléfonos y luego a buscar ropa y muebles y un ordenador portátil. Iba a darle a su hija todo lo que quisiera y ella lo sabía. Sin embargo, ella estaba siendo cortante con Harry y él no estaba seguro de por qué. Un día en el trabajo de padre a tiempo completo y ya se sentía perdido en el desierto.

41

A la mañana siguiente, Bosch y su hija se pusieron a trabajar montando algunas compras del día anterior. Maddie no había ido a la escuela todavía porque su matriculación tardaría un día más en superar la burocracia de la escuela pública, un retraso bien recibido por Bosch porque les daba más tiempo para estar juntos.

Los primeros artículos de la cadena de montaje eran la mesa y la silla de ordenador que habían elegido en la tienda IKEA de Burbank. Se habían pasado cuatro horas de compras acumulando material escolar, ropa, artículos de electrónica y muebles. Habían llenado por completo el coche y Bosch se había quedado con una sensación de culpa que desconocía. Sabía que comprarle a su hija todo lo que ella señalaba o pedía era una forma de tratar de comprar su felicidad y el perdón que con un poco de fortuna lo acompañaría.

Había apartado la mesa de café y extendido las piezas del escritorio prefabricado en el suelo de la sala. Las instrucciones decían que podían completarse con solo una herramienta: una pequeña llave Allen incluida en el paquete. Harry y Madeline estaban sentados en el suelo con las piernas cruzadas, tratando de entender el plano de montaje.

–Parece que has de empezar poniendo los paneles laterales de la mesa –dijo Madeline.

–¿Estás segura?

–Sí. Mira, todo lo que pone uno es parte del primer paso.

–Pensaba que solo significaba que hay una de esas piezas.

–No, porque hay dos paneles laterales y están marcados uno. Creo que significa paso uno.

–Oh.

Sonó un teléfono y se miraron el uno al otro. Madeline había elegido un teléfono nuevo el día anterior, otra vez idéntico al de su padre. El problema era que no había seleccionado un tono personalizado, así que los dos móviles sonaban igual. A lo largo de la mañana, Maddie había recibido varias llamadas de amigas de Hong Kong a las que les había mandado un mensaje diciendo que se había trasladado a Los Ángeles.

–Creo que es el tuyo –dijo ella–. He dejado el mío en la habitación.

Bosch se puso lentamente de pie. Le dolían las rodillas tras estar un rato con las piernas cruzadas. Fue a la mesa del comedor para cogerlo antes de que colgaran.

–Harry, soy la doctora Hinojos, ¿cómo está?

–Desconectando, doctora. Gracias por llamar.

Bosch abrió la corredera y salió a la terraza. Cerró la puerta.

–Siento no haberlo llamado hasta hoy –dijo Hinojos–. Los lunes son brutales aquí. ¿Qué pasa?

Hinojos dirigía la Sección de Ciencias del Comportamiento del departamento, la unidad que ofrecía servicios psiquiátricos al personal. Bosch la había conocido hacía casi quince años, cuando era la psicóloga a la que le tocó evaluarlo después de un altercado físico con su supervisor en la División de Hollywood.

Bosch habló en voz baja.

—Quería preguntarle si podría hacerme un favor.

—Depende de qué favor.

—Quiero que hable con mi hija.

—¿Su hija? Lo último que me dijo de ella era que vivía con su madre en Las Vegas.

—Se trasladaron. Ha estado viviendo en Hong Kong los últimos seis años. Ahora está conmigo. Su madre está muerta.

Hubo una pausa antes de que Hinojos respondiera. Bosch recibió un pitido de llamada en espera en la oreja, pero no hizo caso de la segunda llamada y aguardó a que ella hablara.

—Harry, sabe que solo veo a agentes de policía, no a sus familiares. Puedo derivarla a un psicólogo infantil.

—No quiero un psicólogo infantil. Para eso ya tenía las páginas amarillas. Ahí es donde entra el favor. Quiero que hable con usted. Me conoce, yo la conozco.

—Pero, Harry, no funciona así aquí.

—La secuestraron en Hong Kong. Y a su madre la mataron cuando trataba de rescatarla. Lo ha pasado mal, doctora.

—¡Oh, Dios mío! ¿Cuándo ocurrió?

—Este fin de semana.

—¡Oh, Harry!

—Sí, fatal. Necesita hablar con alguien además de conmigo. Quiero que sea con usted, doctora.

Otra pausa y de nuevo Bosch la dejó pasar. No tenía mucho sentido insistir con Hinojos. Bosch lo sabía por experiencia propia.

–Supongo que podría verla fuera de horas. ¿Ha pedido hablar con alguien?

–No lo ha pedido, pero le he dicho que quería que lo hiciera y no ha protestado. Creo que usted le caerá bien. ¿Cuándo podría verla?

Bosch estaba insistiendo y lo sabía. Pero era por una buena causa.

–Bueno, tengo un rato hoy –dijo Hinojos–. Podría verla después de comer. ¿Cómo se llama?

–Madeline. ¿A qué hora?

–¿Puede venir a la una?

–Claro. ¿Puedo llevarla allí o habrá algún problema?

–Aquí está bien. No lo registraré como sesión oficial.

El teléfono de Bosch pitó otra vez. Esta vez lo apartó para ver la identificación de llamada. Era el teniente Gandle.

–Vale, doctora –replicó Bosch–. Gracias.

–Me gustaría verlo a usted también. Quizá usted y yo tendríamos que hablar. Sé que su exmujer aún significaba mucho para usted.

–Ocupémonos de mi hija primero. Luego podremos ocuparnos de mí. La dejaré allí y me iré, a lo mejor doy un paseo hasta Philippe's o algo así.

–Hasta luego pues, Harry.

Bosch colgó y miró a ver si Gandle había dejado un mensaje. No había nada. Volvió a entrar y vio que su hija ya estaba montando la estructura principal del escritorio.

–Guau, niña, sabes lo que haces.

–Es muy fácil.

–A mí no me lo parece.

Acababa de sentarse en el suelo cuando el teléfono empezó a sonar en la cocina. Se levantó y corrió hacia él. Era un viejo teléfono montado en la pared sin identificador de llamada.

—Bosch, ¿qué estás haciendo?

Era el teniente Gandle.

—Le he dicho que me tomaba unos días.

—Necesito que vengas y traigas a tu hija.

Bosch estaba mirando el fregadero vacío.

—¿A mi hija? ¿Para qué?

—Porque hay aquí dos tipos del Departamento de Policía de Hong Kong sentados en la oficina del capitán Dodds y quieren hablar contigo. No me habías dicho que tu exmujer está muerta, Harry. No me dijiste nada de todos los cadáveres que dicen que has dejado a tu paso por allí.

Bosch hizo una pausa mientras sopesaba sus opciones.

—Dígales que estaré allí a la una y media —dijo al fin.

La respuesta de Gandle fue brusca.

—¿A la una y media? ¿Para qué necesitas tres horas? Ven ya.

—No puedo, teniente. Los veré a la una y media.

Bosch colgó el teléfono y sacó el móvil del bolsillo. Sabía que la policía de Hong Kong llegaría antes o después y ya tenía un plan sobre lo que tenía que hacer.

La primera llamada que hizo fue a Sun Yee. Sabía que era tarde en Hong Kong, pero no podía esperar. El teléfono sonó ocho veces y saltó un mensaje.

—Soy Bosch. Llámame cuando oigas esto.

Bosch colgó y se quedó un buen rato mirando el teléfono. Estaba preocupado. Era la una y media de la mañana en Hong Kong. No esperaba que Sun Yee no tuviera el teléfono al alcance. A menos que no fuera por decisión propia.

Repasó la lista de contactos de su teléfono y encontró un número que no había usado en al menos un año.

Marcó el número y esta vez obtuvo una respuesta inmediata.

–Mickey Haller.

–Soy Bosch.

–¿Harry? No pensaba…

–Creo que necesito un abogado.

Hubo una pausa.

–Vale, ¿cuándo?

–Ahora mismo.

42

Gandle salió de su despacho en el momento en que vio a Bosch entrando en la sala de brigada.

–Bosch, te dije que vinieras enseguida. ¿Por qué no has contestado...?

Se detuvo cuando vio quién venía detrás de Bosch. Mickey Haller era un famoso abogado defensor. No había ningún detective en Robos y Homicidios que no lo conociera al menos de vista.

–¿Es tu abogado? –dijo Gandle con expresión de asco–. Te he dicho que traigas a tu hija, no a tu abogado.

–Teniente –dijo Bosch–, dejemos algo claro desde el principio. Mi hija no forma parte de esta ecuación. El señor Haller está aquí para asesorarme y ayudarme a explicar a los hombres de Hong Kong que no cometí ningún crimen mientras estuve en la ciudad. Bueno, ¿me los va a presentar o he de hacerlo yo mismo?

Gandle vaciló, pero cedió.

–Por aquí.

El teniente los condujo a la sala de reuniones que había al lado de la oficina del capitán Dodds. Allí había dos hombres de Hong Kong esperando. Se levantaron cuando llegó Bosch y le dieron su tarjeta. Alfred Lo y Clifford Wu. Ambos eran de la Unidad de Tríadas del Departamento de Policía de Hong Kong.

Bosch presentó a Haller y le dieron una tarjeta también a él.

–¿Necesitamos un traductor, caballeros? –preguntó Haller.

–No es necesario –dijo Wu.

–Bueno, es un comienzo –dijo Haller–. ¿Por qué no nos sentamos y discutimos este asunto?

Todos, Gandle incluido, tomaron asiento en torno a la mesa de conferencias. Haller habló primero.

–Dejen que empiece diciendo que mi cliente, el detective Bosch, no renuncia en este momento a ninguno de sus derechos garantizados por la Constitución. Estamos en suelo estadounidense y eso significa, caballeros, que no tiene obligación de hablar con ustedes. No obstante, también es detective y sabe a qué se enfrentan ustedes dos a diario. En contra de mi consejo, desea hablar con ustedes. Así que vamos a hacerlo de la siguiente manera: ustedes pueden hacer preguntas y él tratará de responderlas si yo creo que debe. No habrá grabación de esta sesión, pero pueden tomar notas si lo desean. Esperamos que, cuando esta conversación termine, ustedes se marchen con una mejor comprensión de los sucesos de este pasado fin de semana en Hong Kong. Pero una cosa que está clara es que no se van a ir con el detective Bosch. Su cooperación en este asunto finaliza cuando concluya esta reunión.

Haller puntuó este primer aldabonazo con una sonrisa.

Antes de entrar en el Edificio de Administración de Policía, Bosch se había reunido con Haller durante casi una hora en el asiento trasero del Lincoln Town Car del abogado. El vehículo estaba aparcado en el parque canino próximo a Franklin Canyon y podían ver a la hija de Harry paseando y cuidando de los perros más sociables mientras ellos hablaban. Cuando terminaron, llevaron a Maddie a su sesión con la doctora Hinojos y se dirigieron al EAP.

No estaban actuando en completo acuerdo, pero habían forjado una estrategia. Una rápida búsqueda en Internet en el portátil de Haller les había proporcionado incluso material de apoyo. Habían llegado preparados para defender el caso de Bosch ante los hombres de Hong Kong.

Como detective, Bosch caminaba por una cornisa. Quería que sus colegas del otro lado del Pacífico supieran lo que había ocurrido, pero no iba a ponerse en peligro él, ni a su hija ni a Sun Yee. Creía que todas sus acciones en Hong Kong estaban justificadas. Le dijo a Haller que había estado en situaciones de matar o morir iniciadas por otros. Y eso incluía su encuentro con el encargado del hotel de Chungking Mansions. En todos los casos había salido victorioso. Eso no era ningún crimen. Al menos, para él.

Lo sacó papel y bolígrafo y Wu planteó la primera pregunta, lo que significaba que estaba al mando.

—Primero, le preguntaría por qué hizo un viaje tan corto a Hong Kong.

Bosch se encogió de hombros como si la respuesta fuera obvia.

—Para traerme a mi hija.

—El sábado por la mañana, su exesposa informó a la policía de la desaparición de su hija —dijo Wu.

Bosch lo miró un buen rato.

—¿Es una pregunta?

—¿Había desaparecido?

–Entiendo que sí estaba desaparecida, pero el sábado por la mañana estaba diez mil metros por encima del Pacífico. No puedo decir qué estaba haciendo entonces mi exmujer.

–Creemos que su hija fue raptada por alguien llamado Peng Qingcai. ¿Lo conoce?

–Nunca lo vi.

–Peng está muerto –dijo Lo.

Bosch asintió.

–No lo lamento.

–La vecina de Peng, la señora Fengyi Mai, recuerda que habló con usted en su casa el domingo –dijo Wu–. Con usted y con el señor Sun Yee.

–Sí, llamamos a su puerta. No ayudó mucho.

–¿Por qué?

–Supongo que porque no sabía nada. No sabía dónde estaba Peng.

Wu se inclinó hacia delante; su lenguaje corporal era fácil de interpretar. Pensaba que ya tenía a Bosch en el punto de mira.

–¿Fue al apartamento de Peng?

–Llamamos a la puerta, pero nadie respondió. Al cabo de un rato, nos fuimos.

Wu se echó de nuevo hacia atrás, decepcionado.

–¿Reconoce que estaba con Sun Yee? –preguntó.

–Claro. Estaba con él.

–¿De qué conoce a ese hombre?

–A través de mi exesposa. Me vinieron a recoger al aeropuerto el domingo por la mañana y me informaron de que estaban buscando a mi hija porque el departamento de policía no creía que la hubieran secuestrado.

Bosch estudió un momento a los dos hombres antes de continuar.

–A ver, su departamento de policía se lavó las manos. Espero que incluya eso en sus informes. Porque, si me arrastran a esto, tengan por seguro que lo mencionaré. Llamaré a todos los periódicos de Hong Kong (no me importa en qué lengua sean) y les contaré mi historia.

El plan era usar la amenaza de bochorno internacional del Departamento de Policía de Hong Kong para que los detectives actuaran con precaución.

–¿Es consciente –dijo Wu– de que su exmujer, Eleanor Wish, murió de una herida de bala en la cabeza en la decimoquinta planta de Chungking Mansions, en Kowloon?

–Sí, lo sé.

–¿Estaba presente cuando ocurrió?

Bosch miró a Haller y el abogado asintió.

–Estaba allí. Vi cómo sucedió.

–¿Puede decirnos cómo?

–Fuimos buscando a nuestra hija. No la encontramos. Estábamos en el pasillo, a punto de irnos, y dos hombres empezaron a dispararnos. Le dieron a Eleanor y… la mataron. Y a los dos hombres también les dispararon. Fue en defensa propia.

Wu se inclinó hacia delante.

–¿Quién disparó a esos hombres?

–Creo que ya lo saben.

–Puede decírnoslo, por favor.

Bosch pensó en la pistola que había puesto en la mano sin vida de Eleanor. Estaba a punto de decir la mentira cuando Haller se inclinó hacia delante.

–Creo que no voy a permitir que el detective Bosch participe en teorías sobre quién disparó a quién –dijo–. Estoy seguro de que su buen departamento de policía tiene grandes capacidades forenses y ya ha podido determinar por medio de análisis de arma de fuego y balísticos la respuesta a la pregunta.

Wu continuó.

—¿Sun Yee estaba en la decimoquinta planta?

—No en ese momento.

—¿Puede darnos más detalles?

—¿Sobre el tiroteo? No. Pero puedo decirle algo sobre la habitación en la que retuvieron a mi hija. Encontramos papel higiénico con sangre. Le habían sacado sangre.

Bosch los estudió para ver si reaccionaban a esa información. No se inmutaron.

Había una carpeta en la mesa, delante de los hombres de Hong Kong. Wu la abrió y sacó un documento con un clip. Lo deslizó por la mesa hacia Bosch.

—Esto es una declaración de Sun Yee. Se ha traducido al inglés. Por favor, léala para verificarla.

Haller se inclinó junto a Bosch y los dos leyeron juntos el documento de dos páginas. Bosch inmediatamente reconoció que era un señuelo. Era su teoría investigativa disfrazada como una declaración de Sun. El cincuenta por ciento era correcto. El resto eran suposiciones basadas en interrogatorios y pruebas. Atribuía los asesinatos de la familia Peng a Bosch y Sun Yee.

Harry sabía que o estaban tratando de engañarlo para que contara lo que de verdad había ocurrido o habían detenido a Sun y lo habían obligado a poner su nombre en la historia que ellos preferían, a saber, que Bosch había sido responsable de una carrera sangrienta por Hong Kong. Sería la mejor manera de explicar nueve muertes violentas en un domingo: lo hizo el americano.

Pero Bosch recordó lo que Sun le había dicho en el aeropuerto. «Me ocuparé de estas cosas y no te mencionaré. Te lo prometo. No importa lo que ocurra, no te mencionaré ni a ti ni a tu hija.»

–Caballeros –dijo Haller, que fue el primero en terminar de leer el documento–. Este documento es...

–Una mentira total –terminó Bosch.

Volvió a deslizar el documento por la mesa hasta el pecho de Wu.

–No, no –dijo rápidamente Wu–. Es real. Está firmado por Sun Yee.

–Quizá le estaban apuntando con una pistola en la cabeza. ¿Es así como hacen las cosas en Hong Kong?

–¡Detective Bosch! –exclamó Wu–. Vendrá a Hong Kong y responderá de estas acusaciones.

–No voy a volver a Hong Kong nunca más.

–Ha matado a mucha gente. Ha usado armas de fuego. Ha puesto a su hija por encima de todos los ciudadanos chinos y...

–¡Estaban sacándole el grupo sanguíneo! –dijo Bosch enfadado–. Le extrajeron sangre. ¿Sabe cuándo hacen eso? Cuando tratan de verificar la compatibilidad de órganos.

Hizo una pausa y observó el creciente descontento en la cara de Wu. A Bosch no le importaba Lo. Wu tenía el poder y si Bosch lo vencía, estaría a salvo. Haller había acertado. En la parte de atrás del Lincoln, había establecido la estrategia sutil para el interrogatorio. Más que concentrarse en defender las acciones de Bosch como actos de defensa propia, tenían que dejar claro a los hombres de Hong Kong lo que saldría en los medios internacionales si presentaban cualquier tipo de acusación contra Bosch.

Había llegado el momento de hacer esa jugada y Haller tomó el mando y se movió con calma para dar la puntilla.

—Caballeros, pueden aferrarse a su declaración firmada —dijo, con una sonrisa permanente en el rostro—. Dejen que resuma los hechos que están sustentados en pruebas reales. Una niña estadounidense de trece años fue secuestrada en su ciudad. Su madre llamó a la policía para denunciar el delito. La policía se negó a investigarlo y...

—La niña se había fugado antes —lo interrumpió Lo—. No había forma de...

Haller levantó un dedo para interrumpirle.

—No importa —dijo, ahora con un tono de rabia contenida y sin rastro de la sonrisa—. Se informó a su departamento de que había una niña estadounidense desaparecida y su departamento, por la razón que sea, decidió no hacer caso de la denuncia. Eso obligó a la madre de la niña a buscar a su hija por sí misma. Y lo primero que hizo fue llamar al padre de la niña a Los Ángeles. —Haller hizo un gesto hacia Harry—. El detective Bosch viajó y con su exmujer y un amigo de la familia, el señor Sun Yee, empezaron la búsqueda en la que la policía de Hong Kong había decidido no participar. Por su cuenta, encontraron pruebas de que la habían secuestrado por sus órganos. A esta niña americana ¡la iban a vender por sus órganos!

La rabia iba en aumento y Bosch creía que no era una actuación. Por unos momentos, Haller la dejó flotar sobre la mesa como la nube de una tormenta antes de continuar.

—Ahora, como ustedes saben, hay gente muerta. Mi cliente no va a entrar en detalles con ustedes sobre todo ello. Basta con decir que, solos en Hong Kong, sin ninguna ayuda del Gobierno ni de la policía, esta madre y este padre que trataban de encontrar a su hija se encontraron con gente muy peligrosa y hubo situaciones de matar o morir. ¡Fue una provocación!

Bosch vio que los dos detectives de Hong Kong se echaban físicamente hacia atrás cuando Haller gritó la última palabra. Luego continuó en un tono calmado y bien modulado de tribunal.

—Veamos, somos conscientes de que desean saber qué ocurrió y que han de completar informes y que hay supervisores que deben ser informados. Pero han de preguntarse seriamente si están tomando el camino adecuado.

Otra pausa.

—Lo de Hong Kong ocurrió porque su departamento le falló a esta niña estadounidense y a esta familia. Y si ahora van a sentarse a analizar qué acciones llevó a cabo el detective Bosch porque su departamento no supo actuar adecuadamente, si están buscando un chivo expiatorio que llevarse a Hong Kong, no van a encontrarlo aquí. No vamos a cooperar. No obstante, tengo a alguien que podría estar interesado en hablar de todo esto. Podemos empezar con él.

Haller sacó un tarjeta del bolsillo de la camisa y la deslizó hacia ellos por encima de la mesa. Wu la cogió y la examinó. Haller se la había mostrado antes a Bosch. Era la tarjeta de un periodista del *Los Angeles Times*.

—Jock Mikeevoy —leyó Lo—. ¿Tiene información sobre esto?

—Es Jack McEvoy. Y ahora mismo no tiene ninguna información. Pero estará muy interesado en una historia como esta.

Todo formaba parte del plan. Haller estaba marcándose un farol. La verdad era, y Bosch lo sabía, que a McEvoy lo habían echado del *Times* seis meses antes. Haller había sacado la vieja tarjeta de una pila de tarjetas de visita que guardaba con una goma en su Lincoln.

—Ahí es donde empezará —dijo Haller con calma—. Y creo que será una gran historia. «Niña de trece años secuestrada en Hong Kong por sus órganos y la policía no hace nada. Sus padres se ven obligados a actuar y la madre es asesinada cuando trata de salvar a su hija.» A partir de ahí saltará a escala internacional. Todos los periódicos y canales de televisión del mundo querrán una parte de esta historia. Harán una película de Hollywood. ¡Y la dirigirá Oliver Stone!

Haller abrió la carpeta que había llevado a la reunión. Contenía historias de noticias que había impreso en el coche tras una búsqueda en Internet. Pasó las copias por la mesa a Wu y Lo. Se acercaron para compartirlas.

—Y finalmente, lo que tienen ahí es un dosier de artículos de periódico que facilitaré al señor McEvoy y a otros periodistas que nos lo pidan a mí o al detective Bosch. Estos artículos documentan el reciente crecimiento del mercado negro de órganos humanos en China. Se dice que la lista de espera de China es la más larga del mundo y algunos informes hablan de un millón de personas que esperan un órgano. No ayuda que hace unos años, bajo la presión del resto del mundo, el Gobierno chino prohibiera el uso de órganos de prisioneros ejecutados. Eso solo aumentó la demanda y el valor de los órganos humanos en el mercado negro. Estoy seguro de que con estos artículos de periódicos tan reputados, incluido el *Beijing Review*, verán adónde irá a parar el señor McEvoy con su artículo. Depende de ustedes decidir ahora si es lo que quieren que ocurra.

Wu se volvió para susurrar algo en chino al oído de Lo.

–No hace falta que susurren, caballeros –dijo Haller–. No les entendemos.

Wu se enderezó.

–Nos gustaría hacer una llamada telefónica privada antes de continuar la entrevista –dijo.

–¿A Hong Kong? –preguntó Bosch–. Son las cinco de la mañana allí.

–No importa –dijo Wu–. Debo hacer la llamada, por favor.

Gandle se levantó.

–Pueden usar mi despacho. Tendrán intimidad.

–Gracias, teniente.

Los investigadores de Hong Kong se levantaron para salir.

–Una última cosa, caballeros –dijo Haller.

Lo miraron con una expresión de «¿y ahora qué?» escrita en el rostro.

–Solo quiero que sepan ustedes y la persona a la que vayan a llamar que también estamos muy preocupados por la situación de Sun Yee en este asunto. Queremos que sepan que vamos a ponernos en contacto con el señor Sun Yee y que, si no lo encontramos o si averiguamos que ha tenido cualquier clase de impedimento a su libertad personal, también llevaremos este asunto ante al tribunal de la opinión pública.

Haller sonrió e hizo una pausa antes de continuar.

–Es un acuerdo global, caballeros. Díganle eso a su gente.

Haller asintió, manteniendo todo el tiempo la sonrisa, contradiciendo con su expresión la amenaza obvia. Wu y Lo asintieron: habían comprendido el mensaje. Salieron con Gandle de la sala de reuniones.

–¿Qué opinas? –preguntó Bosch a Haller cuando estuvieron solos–. ¿Estamos a salvo?

–Sí, eso creo –dijo Haller–. Creo que el problema ha terminado. Lo que ocurrió en Hong Kong se queda en Hong Kong.

43

Bosch decidió no esperar en la sala de reuniones el regreso de los detectives de Hong Kong. Continuaba molesto por el altercado verbal que había tenido con su compañero el día anterior y fue a la sala de brigada para tratar de encontrar a Ferras.

Sin embargo, Ferras no estaba y Bosch se preguntó si habría salido a comer de manera intencionada para evitar otra confrontación. Harry entró en su propio cubículo para ver si tenía en el escritorio algún sobre interno u otro mensaje. No había nada, pero vio una luz roja parpadeante en su teléfono. Tenía un mensaje. Aún estaba acostumbrándose a mirar su línea de teléfono para ver si había mensajes. En la sala de brigada del Parker Center, el equipamiento era anticuado y no había buzones de voz personales. Todos los mensajes iban a una línea central que monitorizaba la secretaria de brigada. Después ella anotaba los mensajes que iban a los buzones o los dejaba encima de los escritorios. Si la llamada era urgente, la secretaria localizaba personalmente al detective con el busca o el móvil.

Bosch se sentó y marcó su código en el teléfono. Tenía cinco mensajes. Los tres primeros eran llamadas rutinarias de otros casos. Tomó unas notas en una libreta y borró los mensajes. El cuarto lo había dejado la noche anterior el detective Wu, del Departamento de Policía de Hong Kong. Acababa de aterrizar y de instalarse en un hotel y quería concertar una entrevista. Bosch lo borró.

El quinto mensaje era de Teri Sopp, de Huellas. Lo había dejado a las nueve y cuarto de esa mañana, justo en el momento en que Bosch estaba abriendo la caja que contenía el nuevo ordenador de su hija.

–Harry, hicimos la mejora electrostática en el casquillo que me diste. Hemos encontrado una huella y aquí todos están muy excitados. También hemos conseguido un resultado en el ordenador del Departamento de Justicia, así que llámame lo antes posible.

Al llamar a Huellas, Bosch miró sobre el tabique de su cubículo y vio a Gandle escoltando a los dos detectives de Hong Kong de nuevo a la sala de reuniones. Le hizo un gesto con el brazo a Bosch para que también volviera. Bosch levantó un dedo diciéndole que necesitaba un minuto.

–Huellas.

–Quiero hablar con Teri, por favor.

Esperó otros diez segundos, con excitación creciente. Habían soltado a Bo-Jing Chang y, por lo que Bosch sabía, posiblemente ya estaba en Hong Kong. Aun así, si su huella dactilar se encontraba en el casquillo de una de las balas que había matado a John Li, la cosa cambiaba. Era una prueba directa que lo relacionaría con el asesinato. Podían acusarlo y solicitar una orden de extradición.

–Soy Teri.

–Hola, soy Harry Bosch. Acabo de recibir tu mensaje.

–Me preguntaba dónde estabas. Hemos conseguido un resultado en tu casquillo.

–Es fantástico. ¿Bo-Jing Chang?

–Estoy en el laboratorio. Déjame ir al escritorio. Era un nombre chino, pero no el que estaba en la tarjeta que me dio tu compañero. Esas huellas no coincidían. Te pongo la llamada en espera.

Se fue y Bosch notó que de repente se abría una fisura en su hipótesis del caso.

–Harry, ¿vas a venir?

Levantó la mirada y salió del cubículo. Gandle lo estaba llamando desde la puerta de la sala de reuniones. Bosch señaló el teléfono y negó con la cabeza. Gandle no se conformó. Salió de la sala de reuniones y se acercó al cubículo de Bosch.

–Mira, están cerrando esto –dijo con urgencia–. Has de ir allí y terminarlo.

–Mi abogado puede ocuparse. Acabo de recibir la llamada.

–¿Qué llamada?

–La que lo cambia…

–¿Harry?

Era Sopp, de nuevo en la línea. Bosch tapó el auricular.

–He de atenderla –le dijo a Gandle. Luego, levantó la mano y habló al teléfono–: Teri, dame el nombre.

Gandle negó con la cabeza y volvió a entrar en la sala de reuniones.

–Vale, no es el nombre que mencionaste. Es Henry Lau, ele, a, u. Fecha de nacimiento, 9 del 9 del 82.

–¿Por qué está en el ordenador?

–Lo detuvieron por conducir bajo los efectos del alcohol hace dos años en Venice.

–¿Es lo único que tiene?

–Sí. Aparte de eso, está limpio.

–¿Y una dirección?

–La dirección de su carné de conducir es el 18 de Quarterdeck en Venice. Unidad once.

Bosch copió la información en su libreta de bolsillo.

–Vale, y esta huella que habéis sacado es sólida, ¿no?

–Sin duda, Harry. Salió brillando como un árbol de Navidad. Esta tecnología es asombrosa. Va a cambiar las cosas.

–¿Y quieren usarlo como caso de prueba para California?

–No me adelantaría a los acontecimientos. Mi supervisor quiere ver primero cómo funciona en tu caso. Si este tipo es tu asesino y qué otras pruebas hay. Estamos buscando un caso en el que la tecnología sea una pieza más en la acusación.

–Bueno, lo sabrás en cuanto lo sepa, Teri. Gracias por esto. Vamos a actuar ahora mismo.

–Buena suerte, Harry.

Bosch colgó. Primero miró por encima de la mampara hacia la sala de reuniones. Las persianas venecianas estaban bajadas, pero abiertas. Vio que Haller estaba gesticulando a los dos hombres de Hong Kong. Bosch miró el cubículo de su compañero una vez más, pero seguía vacío. Tomó una decisión y volvió a levantar el teléfono.

David Chu estaba en la oficina de la UBA y contestó la llamada de Bosch. Harry lo puso al corriente de la última información obtenida del laboratorio de huellas y le pidió que buscara el nombre de Henry Lau en los archivos de la tríada. Entretanto, dijo Bosch, él pasaría a recogerlo.

–¿Adónde vamos? –preguntó Chu.

–Vamos a encontrar a este tipo.

Bosch colgó y se dirigió a la sala de reuniones no para participar en lo que se estaba discutiendo, sino para informar a Gandle de lo que parecía un punto de inflexión en el caso.

Cuando abrió la puerta, Gandle puso su expresión de «ya era hora». Bosch le hizo una seña para que saliera.

–Harry, estos hombres tienen preguntas que hacerte –dijo Gandle.

–Tendrán que esperar. Tenemos una pista en el caso Li y hemos de irnos. Ya.

Gandle se levantó y se dirigió a la puerta.

–Harry, creo que puedo ocuparme de esto –dijo Haller desde su asiento–. Pero hay una pregunta que has de responder.

Bosch lo miró y Haller asintió, lo cual significaba que la pregunta que quedaba era segura.

–¿Qué?

–¿Quieres que transporten el cadáver de tu exmujer a Los Ángeles?

La pregunta dio que pensar a Bosch. La respuesta inmediata era un sí, pero si vacilaba era porque estaba midiendo las consecuencias para su hija.

–Sí –dijo al fin–. Que la envíen.

Dejó que Gandle saliera y cerró la puerta.

–¿Qué ha ocurrido? –preguntó Gandle.

***

Chu estaba esperando en la puerta del edificio de la UBA cuando Bosch llegó. Llevaba un maletín, lo cual le hizo pensar a Bosch que habría encontrado alguna información sobre Henry Lau. Subió al coche y Bosch arrancó.

–¿Empezamos por Venice? –preguntó Chu.

–Exacto. ¿Qué has encontrado sobre Lau?

–Nada.

Bosch volvió a mirarlo.

–¿Nada?

–Por lo que sabemos, está limpio. No he encontrado su nombre en nuestros archivos de inteligencia. También he hablado con gente y he hecho algunas llamadas. Nada. Por cierto, he impreso la foto de su carné de conducir.

Se agachó, abrió el maletín y sacó la impresión en color de la foto de Lau. Se la pasó a Bosch, que hurtó miradas rápidas mientras conducía. Se incorporaron a la 101 en la entrada de Broadway y tomaron la 110. Las autovías estaban congestionadas en el centro.

Lau había sonreído a cámara. Tenía una cara fresca y un corte de pelo con estilo. Era difícil relacionar aquel rostro con un trabajo de la tríada, y menos con el asesinato a sangre fría del dueño de una tienda de licores. La dirección de Venice tampoco encajaba.

–También he comprobado con ATF. Henry Lau es el dueño registrado de una Glock modelo 19 de nueve milímetros. No solo la cargó, sino que es el propietario.

–¿Cuándo la compró?

–Hace seis años, el día que cumplió veintiuno.

Para Bosch significaba que se estaban acercando. Lau era el dueño del arma adecuada y el hecho de que la hubiera comprado en cuanto tuvo la edad legal indicaba que probablemente hacía mucho que deseaba adquirirla. Eso lo convertía en un viajero en el mundo que Bosch conocía. Su relación con John Li y

Bo-Jing Chang se haría evidente cuando lo detuvieran y empezaran a desmenuzar su vida.

Conectaron con la 10 y se dirigieron al oeste, hacia el Pacífico. El teléfono de Bosch sonó y respondió sin mirar, esperando que fuera Haller con la noticia de que la reunión con los detectives de Hong Kong había acabado.

—Harry, soy la doctora Hinojos. Le estamos esperando.

Bosch lo había olvidado. Durante más de treinta años, simplemente se había movido con una investigación cuando era el momento de moverse. Nunca había tenido que pensar en nadie más.

—Oh, doctora. Lo siento mucho. Me he... Voy de camino a detener a un sospechoso.

—¿Qué quiere decir?

—Tenemos una pista y he tenido... ¿Hay alguna posibilidad de que Maddie se quede con usted un poco más?

—Bueno, esto es... Supongo que puede quedarse aquí. Solo tengo que hacer trabajo administrativo el resto del día. ¿Está seguro de que es lo que quiere hacer?

—Mire, sé que está mal. Queda fatal. Acaba de llegar, la dejo con usted y la olvido. Pero este caso es la razón de que esté aquí. He de hacerlo. Voy a detener a ese tipo si está en casa y lo llevaré al centro. La llamaré entonces y pasaré a buscarla.

—Vale, Harry. Puedo usar el tiempo extra con ella. Usted y yo también vamos a tener que encontrar tiempo para hablar. Sobre Maddie y sobre usted.

—Vale, lo haremos. ¿Está ella ahí? ¿Puedo hablar con ella?

–Espere.

Al cabo de un momento, Maddie se puso en la línea.

–¿Papá?

Con una palabra, ella había impartido todos los mensajes: sorpresa, decepción, incredulidad, terrible chasco.

–Lo sé, peque. Lo siento. Ha surgido algo y tengo que ocuparme. Quédate con la doctora Hinojos y llegaré lo antes posible.

–De acuerdo.

Una doble dosis de decepción. Bosch temía que no sería la última vez.

–Vale, Mad. Te quiero.

Cerró el teléfono y lo apartó.

–No quiero hablar de eso –dijo antes de que Chu pudiera hacerle una pregunta.

–Vale –dijo Chu.

El tráfico se aligeró y llegaron a Venice en menos de media hora. Por el camino, Bosch atendió otra llamada, esta la esperada de Haller. Le dijo a Harry que la policía de Hong Kong no volvería a molestarlo.

–¿Se acabó?

–Estarán en contacto por el cuerpo de tu exmujer, nada más. Van a abandonar cualquier investigación sobre tu participación en esto.

–¿Y Sun Yee?

–Aseguran que van a soltarlo y que no se enfrenta a cargos. Tendrás que contactar con él para confirmarlo, claro.

–No te preocupes, lo haré. Gracias, Mickey.

–Todo en un día de trabajo.

–Mándame la factura.

–No, estamos en paz, Harry. En lugar de mandarte la factura, ¿por qué no dejas que tu hija conozca a la mía? Son casi de la misma edad, ¿sabes?

Bosch vaciló. Sabía que Haller estaba pidiendo más que una visita entre las dos niñas. Haller era hermanastro de Bosch, aunque nunca se habían visto de adultos hasta que sus caminos se cruzaron en un caso el año anterior. Relacionar a las hijas significaba relacionar a los padres y Bosch no estaba seguro de estar preparado para eso.

–Cuando sea el momento lo haremos –dijo–. Ahora mismo se supone que va a empezar el colegio mañana y he de hacer que se asiente aquí.

–Me parece bien. Cuídate, Harry.

Bosch cerró el teléfono y se concentró en encontrar la residencia de Henry Lau. Las calles que formaban el barrio al sur de Venice estaban ordenadas alfabéticamente y Quarterdeck era una de las últimas antes de la ensenada y Marina del Rey.

Venice era una comunidad bohemia de precios caros. El edificio en el que residía Lau era una de las más nuevas estructuras de cristal y estuco que lentamente estaban desterrando a los pequeños bungalós de fin de semana que hubo una vez en la playa. Bosch aparcó en un callejón de Speedway y volvieron caminando.

El edificio era un complejo de casas unifamiliares y había letreros delante que anunciaban dos viviendas en venta. Entraron por una puerta de cristal y se quedaron en un pequeño vestíbulo con una puerta interior de seguridad y un panel de botones para llamar a las distintas viviendas. A Bosch no le gustaba la idea de pulsar el botón del número 11. Si Lau sabía que había policía en la entrada del edificio, podía escapar por cualquier salida de incendios.

–¿Cuál es el plan? –dijo Chu.

Bosch empezó a pulsar los botones de otras casas. Esperaron y finalmente una mujer respondió.

–¿Sí?

–Policía de Los Ángeles, señora –dijo Bosch–. ¿Podemos hablar con usted?

–¿Hablar conmigo de qué?

Bosch negó con la cabeza. Hubo un tiempo en que no le habrían preguntado. Le habrían abierto la puerta de inmediato.

–Es en relación con la investigación de un asesinato, señora. ¿Puede abrir la puerta?

Hubo una larga pausa. Bosch ya iba a volver a llamar al timbre, pero se dio cuenta de que no estaba seguro de quién había respondido porque había pulsado varios.

–¿Pueden mostrar las placas a la cámara, por favor? –dijo la mujer.

Bosch no se había dado cuenta de que había una cámara y miró a su alrededor.

–Aquí. –Chu señaló un pequeño orificio en la parte superior del panel.

Levantaron las placas y enseguida zumbó la puerta interior. Bosch la abrió.

–Ni siquiera sé en qué casa estaba –dijo Bosch.

La puerta se abrió a una zona común a cielo abierto. Había una pequeña piscina en el centro y las doce casas unifamiliares tenían la entrada allí, cuatro en los lados norte y sur y dos en el este y el oeste. La once estaba en el lado oeste, lo que significaba que tenía ventanas con vistas al océano.

Bosch se acercó a la puerta número 11 y llamó sin obtener respuesta. La puerta del número 12 se abrió y apareció una mujer.

—Pensaba que querían hablar conmigo –dijo.

—En realidad estamos buscando al señor Lau –dijo Chu–. ¿Sabe dónde está?

—Podría estar trabajando. Pero creo que dijo que iba a filmar de noche esta semana.

—¿Filmar qué? –preguntó Bosch.

—Es guionista y está trabajando en una película o una serie de televisión. No estoy segura.

Justo entonces se abrió un resquicio en la puerta número 11. Se asomó un hombre con los ojos cansados y despeinado. Bosch lo reconoció de la foto que había impreso Chu.

—¿Henry Lau? –dijo Bosch–. Departamento de Policía de Los Ángeles. Hemos de hacerle algunas preguntas.

44

Henry Lau tenía una casa espaciosa con una terraza
trasera que se alzaba tres metros por encima del paseo
marítimo y con vistas a la amplia playa de Venice y el
Pacífico. Invitó a Bosch y Chu y les pidió que se senta-
ran en el salón. Chu se sentó, pero Bosch permaneció
de pie, de espaldas a la terraza para que no lo distrajera durante la entrevista. No estaba teniendo la vibración que esperaba. Lau pareció tomar su llamada a la
puerta como rutina, como algo que esperaba. Harry
no había contado con eso.

Lau llevaba tejanos, zapatillas y una camiseta de
manga larga con la imagen serigrafiada de un hombre
de pelo largo con gafas de sol. La leyenda rezaba: «El
Nota está con nosotros». Si había estado durmiendo,
lo había hecho vestido.

Bosch le señaló una silla cuadrada de cuero negro
sin apoyabrazos de treinta centímetros de ancho.

–Siéntese, señor Lau, y trataremos de no robarle
demasiado tiempo –dijo.

Lau era pequeño y gatuno. Se sentó con los pies en
la silla.

–¿Es por el tiroteo? –preguntó.

Bosch miró a Chu y luego de nuevo a Lau.

–¿Qué tiroteo?

–El de la playa. El atraco.

–¿Cuándo fue eso?

–No lo sé. Hace un par de semanas. Pero supongo que no están aquí por eso si ni siquiera saben cuándo fue.

–Exacto, señor Lau. Estamos investigando un tiroteo, pero no ese. ¿Le importa hablar con nosotros?

Lau se alzó de hombros.

–No lo sé. No sé de ningún otro tiroteo, agentes.

–Somos detectives.

–Detectives. ¿Qué tiroteo?

–¿Conoce a un hombre llamado Bo-Jing Chang?

–¿Bo-Jing Chang? No, no conozco ese nombre.

Parecía genuinamente sorprendido por el nombre. Bosch señaló a Chu y sacó una imagen impresa de la fotografía de la ficha policial de Chang del maletín. Se la mostró a Lau. Mientras la estudiaba, Bosch pasó a otro lugar de la sala para observarlo desde un ángulo diferente. No quería pararse. Eso ayudaría a pillar a Lau con la guardia baja.

Lau negó con la cabeza después de mirar la foto.

–No, no lo conozco. ¿De qué tiroteo estamos hablando?

–Deje que hagamos nosotros las preguntas, por ahora –dijo Bosch–. Luego pasaremos a las suyas. Su vecina dijo que era guionista.

–Sí.

–¿Ha escrito algo que pueda haber visto?

–No.

–¿Cómo lo sabe?

–Porque nunca se ha rodado ningún guion mío. Así que no hay nada que pueda haber visto.

–Bueno, ¿entonces quién paga esta hermosa casa en la playa?

—La pago yo. Me pagan por escribir. Solo que nunca he hecho nada que haya llegado a la pantalla. Requiere tiempo, ¿sabe?

Bosch se colocó detrás de Lau y el joven tuvo que volverse en su cómodo asiento para seguirle la pista.

—¿Dónde se educó, Henry?

—En San Francisco. Vine aquí a la facultad y me quedé.

—¿Nació allí?

—Sí.

—¿Es de los Giants o de los Dodgers?

—De los Giants, claro.

—Lástima. ¿Cuándo fue la última vez que estuvo en South L. A.?

La pregunta pilló desprevenido a Lau. Tuvo que pensar antes de responder. Negó con la cabeza.

—No lo sé, hace al menos cinco o seis años. Hace mucho. Me gustaría que me dijeran de qué trata esto, porque así podría ayudarles.

—Entonces, si alguien dice que lo vio allí la semana pasada, ¿estaría mintiendo?

Lau hizo una mueca como si se tratara de un juego.

—O eso o se confundió. Ya sabe lo que dicen.

—No, ¿qué dicen?

—Que todos nosotros nos parecemos.

Lau sonrió de oreja a oreja y miró a Chu en busca de confirmación. Chu mantuvo su posición y solo le devolvió una mirada dura.

—¿Y en Monterey Park? —preguntó Bosch.

—¿Se refiere a si he estado allí?

—Sí, a eso me refiero.

—Eh, he ido allí un par de veces a cenar, pero no merece la pena el viaje.

—Entonces, ¿no conoce a nadie en Monterey Park?

—No, la verdad es que no.

Bosch había estado trazando círculos, planteando preguntas generales y encerrando a Lau. Era el momento de estrechar el círculo.

—¿Dónde está su pistola, señor Lau?

Lau puso los pies en el suelo. Miró a Chu y luego de nuevo a Bosch.

—¿Se trata de mi pistola?

—Hace seis años compró y registró una Glock modelo diecinueve. ¿Puede decirnos dónde está?

—Sí, claro. Está en la caja fuerte de la mesita. Donde está siempre.

—¿Está seguro?

—Vale, deje que lo adivine. El señor Capullo del número ocho me vio con ella en la terraza después del tiroteo de la playa y me ha denunciado.

—No, Henry, no hemos hablado con el señor Capullo. ¿Me está diciendo que tenía la pistola después del tiroteo de la playa?

—Exacto. Oí disparos allí y un grito. Estaba en mi propiedad y tengo derecho a protegerme.

Bosch hizo una seña a Chu. Chu abrió la corredera, salió a la terraza y cerró la puerta tras de sí. Sacó el teléfono para hacer una llamada sobre el tiroteo de la playa.

—Mire, si alguien dice que disparé, miente —dijo Lau.

Bosch se quedó mirándolo un buen rato. Sentía que faltaba algo, una pieza que todavía no conocía.

—Que yo sepa, nadie ha dicho eso —dijo.

—Entonces, por favor, ¿de qué se trata?

—Se lo he dicho. Se trata de su pistola. ¿Puede mostrárnosla, Henry?

–Claro, iré a buscarla.

Se levantó de la silla y se dirigió a la escalera.

–Henry –dijo Bosch–, espere. Vamos a acompañarle.

Lau miró hacia atrás desde la escalera.

–Como quieran. Acabemos con esto.

Bosch se volvió hacia la terraza. Chu estaba entrando por la puerta. Siguieron a Lau al piso de arriba y luego por un pasillo que iba a la parte posterior. Había fotografías enmarcadas, carteles de cine y diplomas a ambos lados. Pasaron junto a una puerta abierta de un cuarto que se usaba como oficina y luego entraron en el dormitorio principal, una espléndida habitación con un techo de tres metros y medio de altura y unas ventanas de tres metros que daban a la playa.

–He llamado a la División Pacífico –dijo Chu a Bosch–. El tiroteo fue la noche del día uno. Hay dos sospechosos detenidos.

Bosch repasó mentalmente el calendario. El día uno fue martes, una semana antes del asesinato de John Li.

Lau se sentó en la cama sin hacer, junto a una mesita de dos cajones. Abrió el primer cajón y sacó una caja de acero con asa en la parte superior.

–Déjela ahí –dijo Bosch.

Lau dejó la caja en la cama y se levantó con las manos en alto.

–Eh, no iba a hacer nada. Me ha pedido verla.

–¿Por qué no deja que mi compañero abra la caja? –dijo Bosch.

–Adelante.

–Detective.

Bosch se sacó unos guantes de látex del bolsillo de la chaqueta y se los pasó a Chu. Luego se acercó a Lau para tenerlo a un brazo de distancia por si tenía que actuar.

–¿Por qué compró la pistola, Henry?

–Porque vivía en una ratonera entonces y había pandilleros por todas partes. Pero tiene gracia. Pagué un millón de dólares por esta casa y aún están allí en la playa, pegando tiros.

Chu se puso el segundo guante y miró a Lau.

–¿Nos da permiso para abrir esta caja? –preguntó.

–Claro, adelante. No sé de qué va todo esto, pero ¿por qué no? Ábrala. La llave está en un pequeño gancho en la parte de atrás de la mesa.

Chu palpó detrás de la mesita y encontró la llave. Abrió la caja. Había una bolsa de fieltro para pistolas entre papeles doblados y sobres. También vio un pasaporte y una caja de balas. Chu levantó con cuidado la bolsa, la abrió y sacó una semiautomática negra. La giró y la examinó.

–Una caja de balas Cor Bon de nueve milímetros y una Glock modelo Diecinueve. Creo que es todo, Harry.

Abrió el cargador y examinó las balas a través de la rendija. Luego sacó la bala de la recámara.

–Cargada y lista para usar.

Lau dio un paso hacia la puerta, pero Bosch inmediatamente le puso la mano en el pecho para detenerlo y lo hizo retroceder contra la pared.

–Mire –dijo Lau–, no sé de qué va esto, pero me están asustando. ¿Qué coño está pasando?

Bosch mantuvo la mano en su pecho.

–Solo hábleme de la pistola, Henry. La tenía la noche del día uno. ¿La ha tenido todo este tiempo desde entonces?

–No, yo… Ahí es donde la guardo.

–¿Dónde estuvo el martes pasado a las tres de la tarde?

–Eh, la semana pasada estuve aquí. Creo que estuve aquí, trabajando. No empezamos a rodar hasta el martes.

–¿Trabaja aquí solo?

–Sí, trabajo solo. Escribir es un oficio solitario. No, ¡espere! ¡Espere! El martes pasado estuve en Paramount todo el día. Tuvimos una lectura del guion con el reparto. Estuve allí toda la tarde.

–¿Habrá gente que responderá por usted?

–Al menos una docena. El capullo de Matthew McConaughey puede dar fe. Estaba allí. Es el protagonista.

Bosch cambió radicalmente golpeando a Lau con una pregunta diseñada para hacerle perder el equilibrio. Era sorprendente las cosas que caían de los bolsillos de la gente cuando los agitabas con preguntas aparentemente no relacionadas.

–¿Tiene relación con una tríada, Henry?

Lau soltó una carcajada.

–¿Qué? ¿Qué coño están…? Mire, me voy de aquí…

Apartó la mano de Bosch y se separó de la pared para dirigirse a la puerta. Era un movimiento para el que Harry estaba preparado. Cogió a Lau del brazo, lo hizo girar, le trabó el tobillo y lo lanzó bocabajo en la cama. Se arrodilló sobre su espalda para esposarlo.

–¡Esto es una locura! –gritó Lau–. ¡No pueden hacer esto!

–Cálmese, Henry, solo cálmese –dijo Bosch–. Vamos a ir al centro y vamos a aclararlo todo.

—¡Pero tengo una película! He de estar en el escenario dentro de tres horas.

—A la mierda las películas, Henry. Esto es la vida real y vamos al centro.

Bosch lo sacó de la cama y lo orientó a la puerta.

—Dave, ¿lo tiene todo?

—Sí.

—Entonces, adelante.

Chu salió de la habitación con la caja metálica que contenía la Glock. Bosch lo siguió, manteniendo a Lau delante de él y con una mano en la cadena de las esposas. Recorrieron el pasillo, pero cuando llegaron a lo alto de la escalera, Bosch tiró de las esposas como de las riendas de un caballo y se detuvo.

—Espere un momento. Vuelva aquí.

Hizo caminar a Lau hacia atrás hasta la mitad del pasillo. Algo había captado la atención de Bosch al pasar, pero no lo había registrado hasta llegar a la escalera. Miró de nuevo el diploma enmarcado de la Universidad del Sur de California. Lau se había graduado en Artes en 2004.

—¿Fue a la USC? —preguntó Bosch.

—Sí, a la Facultad de Cine, ¿por qué?

Tanto la universidad como el año de graduación coincidían con el diploma que Bosch había visto en la oficina de la trastienda de Fortune Fine Foods & Liquor. Y además estaba la conexión china. Bosch sabía que un montón de jóvenes iban a la USC y varios miles se graduaban cada año, muchos de ellos de origen chino. Pero nunca había creído en las coincidencias.

—¿Conoce a un tipo de la USC llamado Robert Li, ele, i?

Lau asintió.

–Sí, lo conozco. Era mi compañero de piso.

Bosch sintió de repente que las piezas empezaban a encajar con una fuerza innegable.

–¿Y a Eugene Lam? ¿Lo conoce?

Lau asintió otra vez.

–Sí. También era mi compañero de habitación, entonces.

–¿Dónde?

–Como le he dicho, en una ratonera en un territorio de bandas. Cerca del campus.

Bosch sabía que la USC era un oasis de educación elegante y cara rodeado de barrios conflictivos en los que la seguridad sería un elemento a tener en cuenta. Años atrás, una bala perdida de un tiroteo entre bandas había herido a un jugador de fútbol en el campo de entrenamiento.

–¿Por eso compró la pistola? ¿Para protegerse allí?

–Exactamente.

Chu se dio cuenta de que se habían quedado atrás y volvió corriendo por la escalera y por el pasillo.

–Harry, ¿qué pasa?

Bosch levantó la mano libre para indicarle a Chu que esperara en silencio. Volvió a hablarle a Lau.

–¿Y esos tipos sabían que compró la pistola hace seis años?

–Fuimos juntos. Me ayudaron a elegirla. ¿Por qué…?

–¿Aún son amigos? ¿Mantienen el contacto?

–Sí, pero ¿qué tiene que ver eso con…?

–¿Cuándo fue la última vez que vio a alguno de ellos?

–Los vi a los dos la semana pasada. Jugamos al póquer casi todas las semanas.

Bosch miró a Chu. El caso acababa de abrirse como una nuez.

—¿Dónde, Henry? ¿Dónde juegan?

—La mayoría de las veces, aquí. Robert aún vive con sus padres y Huge tiene una casa pequeña en el valle. Quiero decir, bueno, yo tengo la playa aquí.

—¿Qué día jugaron la semana pasada?

—El miércoles.

—¿Está seguro?

—Sí, porque recuerdo que era la noche anterior a que empezara mi rodaje y no quería jugar. Pero se presentaron y jugamos un rato. Fue una noche corta.

—¿Y la vez anterior? ¿Cuándo fue?

—La semana anterior. El miércoles o el jueves, no lo recuerdo.

—Pero ¿fue después del tiroteo en la playa?

Lau se encogió de hombros.

—Sí, casi seguro. ¿Por qué?

—¿Y la llave de la caja? ¿Alguno de ellos sabía dónde estaba la llave?

—¿Qué han hecho?

—Solo responda a la pregunta, Henry.

—Sí, lo sabían. Les gustaba sacar la pistola de cuando en cuando y jugar con ella.

Bosch sacó las llaves y le quitó las esposas a Lau. El guionista se volvió y empezó a masajearse las muñecas.

—Siempre me había preguntado qué se sentiría —dijo—. Para poder escribir sobre eso. La última vez estaba demasiado borracho para recordarlo.

Levantó la cabeza y se encontró con la mirada intensa de Bosch.

—¿Qué pasa?

Bosch le puso una mano en el hombro y lo hizo dirigirse otra vez hacia la escalera.

—Bajemos a hablar al salón, Henry. Creo que hay muchas cosas que puede contarnos.

45

Esperaban a Eugene Lam en el callejón de detrás de Fortune Fine Foods & Liquor. Había un pequeño aparcamiento para empleados entre una fila de contenedores de basura y cartón apilado. Era jueves, dos días después de su visita a Henry Lau, y el caso estaba a punto de cerrarse. Habían empleado el tiempo en recoger pruebas y preparar una estrategia. Bosch también había aprovechado para matricular a su hija en la escuela que estaba al pie de la colina. Había empezado las clases esa mañana.

Creían que Eugene Lam era quien había disparado, pero también el más débil de los dos sospechosos. Lo detendrían primero a él, luego a Robert Li. Estaban a punto y, mientras Bosch vigilaba el aparcamiento, sintió la certeza de que el asesinato de John Li quedaría comprendido y resuelto al final del día.

—Allá vamos —dijo Chu.

Apuntó a la salida del callejón. El coche de Lam acababa de girar.

***

Metieron a Lam en la primera sala de interrogatorios y lo dejaron que se cociera un rato. El tiempo siempre jugaba a favor del interrogador, nunca del sospechoso. En Robos y Homicidios lo llamaban «sazonar el asado». Dejabas que el sospechoso se marinara con el tiempo. Siempre lo dejaba más tierno. Bo-Jing Chang había sido la excepción a esa regla. No había dicho ni una palabra y había aguantado como una roca. La inocencia te daba esa resolución y eso era algo que Lam no tenía.

Una hora más tarde, después de hablar con un fiscal del distrito, Bosch entró en la sala con una caja de cartón que contenía las pruebas del caso y se sentó enfrente de Lam. El sospechoso levantó la cabeza con los ojos asustados. Siempre lo hacían después de un periodo de aislamiento. Lo que era una hora fuera parecía una eternidad dentro. Bosch dejó la caja en el suelo y cruzó los brazos sobre la mesa.

–Eugene, estoy aquí para explicarle cómo va a ser su vida –dijo–. Así que escuche atentamente lo que he de decirle. Tiene que tomar una importante decisión. La cuestión es que va a ir a prisión. Sobre eso no cabe ninguna duda. Pero lo que vamos a decidir aquí en los próximos minutos es cuánto tiempo va a ir. Puede ser hasta que sea un hombre muy mayor o hasta que le claven una jeringuilla en el brazo y lo maten como a un perro…

»O puede darse una oportunidad de recuperar su libertad algún día. Es un hombre muy joven, Eugene. Espero que tome la decisión correcta.

Hizo una pausa y esperó, pero Lam no reaccionó.

–Es gracioso. Llevo mucho tiempo haciendo esto y me he sentado ante una mesa como esta con un montón de hombres que han asesinado. No puedo decir que todos fueran personas malvadas. Algunos tenían su razones y a otros los manipularon. Los engañaron.

Lam negó con la cabeza en una representación de valor.

—Les he dicho que quiero un abogado. Conozco mis derechos. No pueden hacerme preguntas una vez que pido un abogado.

Bosch asintió.

—Sí, tiene razón en eso, Eugene. Toda la razón. Una vez que invoca sus derechos, no podemos interrogarle. No está permitido. Pero, mire, por eso no le estoy preguntando nada. Solo le estoy diciendo cómo va a ser. Le estoy diciendo que ha de tomar una decisión. El silencio es sin duda una opción. Pero, si lo elige, no volverá a ver el mundo exterior.

Lam negó con la cabeza y miró la mesa.

—Déjeme solo, por favor.

—Quizá le ayudaría si resumo las cosas y le doy una imagen más clara de su situación. Estoy perfectamente dispuesto a compartirlo con usted. Le enseño toda mi mano porque, ¿sabe?, es una escalera real. Juega al póquer, ¿verdad? Sabe que esa mano es imbatible. Y eso es lo que tengo. Una puta escalera de color.

Bosch hizo una pausa. Veía la curiosidad en los ojos de Lam. No podía evitar preguntarse qué pruebas tenían contra él.

—Sabemos que hizo el trabajo sucio en esto, Eugene. Entró en esa tienda y mató al señor Li a sangre fría. Pero estamos casi seguros de que no fue idea suya. Fue Robert quien lo mandó a matar a su padre. Y es a él a quien queremos. Tengo a un ayudante del fiscal del distrito sentado en la otra sala y está dispuesto a hacer un trato: de quince a perpetua si nos da a Robert. Cumplirá los quince seguro, pero después de eso tendrá una oportunidad de quedar en libertad.

Convence a un tribunal de condicional de que fue una víctima, de que lo manipuló un maestro y sale libre...

»Podría ocurrir. Pero si va en el otro sentido, echa los dados. Si pierde, está acabado. Está hablando de morir en prisión dentro de cincuenta años si el jurado no decide que le pongan antes la inyección letal.

—Quiero un abogado —dijo Lam en voz baja.

Bosch asintió y respondió con resignación en la voz.

—Vale, es decisión suya. Le conseguiremos un abogado.

Levantó la mirada a la cámara del techo y se llevó un teléfono imaginario al oído.

Luego volvió a mirar a Lam y supo que no iba a convencerlo solo con palabras. Era el momento de enseñar sus cartas.

—Muy bien, vamos a llamar. Si no le importa, mientras esperamos, le voy a enseñar unas cosas. Puede compartirlas con su abogado cuando llegue.

—Como quiera —dijo Lam—. No me importa lo que diga si me trae un abogado.

—Muy bien, pues empecemos por la escena del crimen. ¿Sabe? Había unas cuantas cosas que me inquietaron desde el principio. Una era que el señor Li tenía la pistola debajo del mostrador y no tuvo ocasión de sacarla. Otra era que no tenía heridas en la cabeza. Al señor Li le dispararon tres veces en el pecho y ya está. Ningún disparo en la cara.

—Muy interesante —dijo Lam con sarcasmo.

Bosch no le hizo caso.

—¿Y sabe lo que me dice todo eso? Me dice que Li probablemente conocía a su asesino y no se sintió amenazado. Y que era una cuestión de negocios. No era venganza, no era personal. Era simplemente una cuestión de negocios.

Bosch cogió la caja y sacó la tapa. Buscó en el interior la bolsa de plástico de pruebas que contenía el casquillo encontrado en la garganta de la víctima. Lo arrojó en la mesa, delante de Lam.

–Aquí está, Eugene. ¿Se acuerda de que lo buscó? Pasó al otro lado del mostrador y movió el cuerpo, preguntándose qué demonios había pasado con el casquillo. Pues aquí está. Es el único error que hace que todo le caiga encima.

Hizo una pausa mientras Lam miraba el casquillo y el miedo se alojaba permanentemente en sus ojos.

–Nunca hay que dejar atrás a un soldado. ¿No es la regla del que dispara? Pero usted lo hizo. Dejó atrás a un soldado y eso nos llevó hasta su puerta.

Bosch cogió la bolsa y la sostuvo entre los dos.

–Había una huella en el casquillo, Eugene. La conseguimos con una cosa que llaman potenciación electrostática. PE. Es una ciencia nueva para nosotros. Y la huella que conseguimos pertenecía a su antiguo compañero de piso, Henry Lau. Sí, nos llevó a Henry y él se mostró muy dispuesto a colaborar. Nos dijo que la última vez que disparó y volvió a cargar la pistola fue en una galería de tiro hace ocho meses. Su huella dactilar estuvo todo el tiempo en el casquillo.

Harry cogió la caja y sacó la pistola de Henry Lau, que aún estaba en la bolsa de fieltro negro. Sacó el arma de la bolsa y la dejó sobre la mesa.

–Fuimos a Henry y nos dio el arma. La verificamos en balística ayer y, claro está, es nuestra arma homicida. Es la pistola que mató a John Li en Fortune Liquors el 8 de septiembre. El problema es que Henry Lau tiene una coartada sólida para la hora de los disparos. Estaba en una habitación con otras trece personas. Tiene incluso a Matthew McConaughey como testigo de coartada. Y luego, además de eso, nos dijo que no ha prestado su pistola a nadie.

Bosch se recostó y se rascó la barbilla con la mano, como si todavía estuviera tratando de entender cómo la pistola terminó empleándose para matar a John Li.

—Maldita sea, era un gran problema, Eugene. Pero luego, por supuesto, tuvimos suerte. Las buenas personas muchas veces tenemos suerte. Usted nos dio suerte, Eugene.

Hizo una pausa para causar efecto y luego asestó el golpe final.

—Ya ve, el que usó la pistola de Henry para matar a John Li la limpió y la volvió a cargar después para que Henry nunca supiera que habían usado su pistola para matar a un hombre. Era un buen plan, pero cometió un error.

Bosch se inclinó sobre la mesa y miró a Lam a los ojos. Giró la pistola en la mesa para que el cañón apuntara al pecho del sospechoso.

—Una de las balas que volvió a colocar en el cargador tenía una huella legible de pulgar. De su pulgar, Eugene. La comparamos con la huella que le tomaron cuando cambió su licencia de conducir de Nueva York a California.

La mirada de Lam se alejó lentamente de Bosch por la mesa.

—Todo eso no significa nada —dijo.

Había poca convicción en su voz.

–¿Sí? –respondió Bosch–. ¿En serio? No lo sé. Yo creo que significa mucho, Eugene. Y el fiscal que está al otro lado de la cámara piensa lo mismo. Dice que suena a portazo de prisión, con usted en el peor lado.

Bosch cogió la pistola y la bolsa con el casquillo y volvió a ponerlos en la caja. Cogió la caja con las dos manos y se levantó.

–Así que ahí estamos, Eugene. Piense en todo eso mientras espera a su abogado.

Bosch se movió despacio hacia la puerta. Esperaba que Lam le pidiera que parara y volviera, que quería hacer un trato. Pero el sospechoso no dijo nada. Harry se puso la caja bajo un brazo, abrió la puerta y salió.

***

Bosch llevó la caja a su cubículo y la dejó caer con pesadez en la mesa. Miró el cubículo de su compañero para asegurarse de que aún estaba vacío. Ferras se había quedado en el valle de San Fernando para vigilar a Robert Li. Si se enteraba de que Lam estaba detenido y posiblemente hablando, tal vez intentara huir. A Ferras no le había gustado el encargo de hacer de niñera, pero a Bosch no le importaba. Ferras se había desplazado a la periferia de la investigación y allí era donde iba a quedarse.

Enseguida entraron en el cubículo Chu y Gandle, que habían estado vigilando la jugada de Bosch con Lam desde el otro lado de la cámara, en la sala de vídeo.

–Te dije que era una mano débil –dijo Gandle–. Sabemos que es un chico listo. Tenía que llevar guantes cuando recargó el arma. Cuando sabe que estabas jugando con él, pierdes.

–Sí, bueno –dijo Bosch–. Pensábamos que era lo mejor que teníamos.

–Yo estoy de acuerdo –dijo Chu, mostrando su apoyo a Bosch.

–Vamos a tener que soltarlo –dijo Gandle–. Sabemos que tuvo la oportunidad de coger el arma, pero no tenemos ninguna prueba de que lo hiciera. La oportunidad no basta. No puedes ir al tribunal solo con eso.

–¿Es lo que ha dicho Cook?

–Eso era lo que estaba pensando.

Abner Cook era el ayudante del fiscal que había venido a observar en la sala de vídeo.

–¿Dónde está, por cierto?

Como para responder por sí mismo, Cook gritó el nombre de Bosch desde el otro lado de la sala de brigada.

–¡Vuelva aquí!

Bosch se enderezó y miró por encima de la mampara. Cook estaba haciéndole ostentosamente señas desde la puerta de la sala de vídeo. Harry se levantó y empezó a caminar hacia él.

–Lo está llamando –dijo Cook–. ¡Vuelva!

Bosch aceleró el paso y cruzó la puerta de la sala de interrogatorios, luego frenó y recobró la compostura antes de abrir la puerta y empezar a entrar con mucha calma.

–¿Qué pasa? –dijo–. Llamamos a su abogado y está en camino.

–¿Y el trato? ¿Aún está en pie?

–Por el momento. El fiscal está a punto de irse.

–Que venga. Quiero el trato.

Bosch entró del todo y cerró la puerta.

–¿Qué va a darnos, Eugene? Si quiere el trato, he de saber qué va a darnos. Llamaré al fiscal cuando sepa qué hay sobre la mesa.

Lam asintió.

–Le daré a Robert Li... y a su hermana. Todo fue un plan de ellos. El viejo era tozudo y no quería cambiar. Necesitaban cerrar esa tienda y abrir otra en el valle. Una que diera dinero. Pero él dijo que no. Siempre decía que no y al final Rob no aguantó más.

Bosch se sentó, tratando de ocultar su sorpresa sobre la implicación de Mia.

–¿Y la hermana formaba parte de esto?

–Fue ella la que lo planeó. Salvo...

–¿Salvo qué?

–Quería que los matara a los dos. A la madre y al padre. Quería que llegara antes y los matara a los dos. Pero Robert me dijo que no. No quería hacer daño a su madre.

–¿De quién fue la idea de que pareciera obra de la tríada?

–Fue idea de Mia, y Robert lo planeó. Sabían que la policía se lo tragaría.

Bosch asintió. Apenas conocía a Mia, pero sabía lo suficiente de su historia como para sentirse triste por todo ello.

Levantó la mirada a la cámara del techo, esperando que enviara a Gandle el mensaje de que había que poner a alguien a localizar a Mia Li para que los equipos de detención actuaran simultáneamente.

Bosch volvió a centrarse en Lam. Estaba mirando la mesa con expresión de derrota.

–¿Y usted, Eugene? ¿Por qué participó en esto?

Lam negó con la cabeza. Bosch captó el arrepentimiento en su rostro.

—No lo sé. Robert dijo que iba a echarme porque la tienda de su padre estaba perdiendo mucho dinero. Me dijo que podía salvar mi empleo... y que cuando abrieran la segunda tienda en el valle la dirigiría yo.

No era una respuesta más penosa que otras que Bosch había oído a lo largo de los años. No había sorpresas cuando se trataba de móviles para asesinar.

Trató de pensar en cualquier cabo suelto del que debiera ocuparse antes de que Abner Cook entrara a cerrar el trato.

—¿Y Henry Lau? ¿Le dio la pistola o la cogió sin que él lo supiera?

—La cogimos, yo la cogí. Estábamos jugando al póquer una noche en su casa y dije que tenía que ir al cuarto de baño. Fui al dormitorio y la cogí. Sabía dónde guardaba la llave de la caja. La cogí y luego la devolví, la siguiente vez que jugamos. Formaba parte del plan. Creíamos que no se enteraría nunca.

Todo parecía plausible para Bosch. Además, Harry sabía que una vez que el trato fuera definitivo y lo firmaran Cook y Lam, podría interrogar más en detalle al asesino sobre el resto de las cuestiones relativas al caso. Solo le quedaba un último aspecto por cubrir antes de traer a Cook.

—¿Y Hong Kong? —preguntó.

Lam parecía confundido por la pregunta.

—¿Hong Kong? —preguntó—. ¿Qué pasa?

—¿Quién de ustedes tiene la relación allí?

Lam negó con la cabeza desconcertado. A Bosch le pareció real.

–No sé qué quiere decir. Mi familia es de Nueva York, no de Hong Kong. No tengo relación allí y por lo que yo sé tampoco Robert ni Mia. Hong Kong no se mencionó.

Bosch pensó en ello. Ahora estaba confundido. Algo no cuadraba.

–Está diciendo que, por lo que sabe, ni Robert ni Mia hicieron llamadas a nadie sobre el caso o la investigación.

–No, que yo sepa. No creo que conozcan a nadie.

–¿Y Monterrey Park? La tríada a la que estaba pagando el señor Li.

–Eso lo sabíamos y Robert sabía cuándo pasaba Chang a cobrar cada semana. Lo planeó así. Esperé y, cuando vi que Chang salía de la tienda, entré. Robert me dijo que me llevara el disco de la máquina, pero que dejara los otros discos allí. Sabía que en uno de ellos salía Chang y que la policía lo vería como una pista.

«Un buen elemento de manipulación por parte de Robert», pensó Bosch. Y él había mordido el cebo, como estaba planeado.

–¿Qué le dijeron los dos a Chang cuando llegó a la tienda la otra noche?

–Eso también formaba parte del plan. Robert sabía que iría a cobrarle.

Bajó la mirada y se apartó del escrutinio de Bosch. Parecía avergonzado.

–Entonces, ¿qué le dijo? –le instó Bosch.

–Robert le dijo que la policía nos había mostrado su foto y que nos habían dicho que había cometido el crimen. Le dijo que la policía lo buscaba y que lo detendría. Pensamos que huiría. Que se iría de la ciudad y parecería que había cometido el crimen. Si volvía a China y desaparecía, eso nos ayudaría.

Bosch miró a Lam cuando el sentido y las ramificaciones de la afirmación empezaron a hundirse lentamente en la sangre oscura de su corazón. Lo habían manipulado desde el principio hasta el final.

–¿Quién me llamó? –preguntó–. ¿Quién llamó y me dijo que me alejara del caso?

Lam asintió lentamente.

–Ese fui yo –dijo–. Robert escribió un guion y yo hice la llamada desde una cabina. Lo siento, detective Bosch. No quería asustarlo, pero tenía que hacer lo que me decía Robert.

Bosch asintió. Él también lo lamentaba, pero no por las mismas razones.

46

Al cabo de una hora, Bosch y Cook emergieron de la sala de interrogatorios con una confesión completa y un acuerdo de cooperación de Eugene Lam. Cook dijo que presentaría cargos de inmediato contra el asesino, así como contra Robert y Mia Li. Cook dijo que había pruebas más que suficientes para proceder a la detención de la hermana y el hermano.

Bosch se reunió con Chu, Gandle y otros cuatro detectives en la sala de reuniones para discutir los procedimientos de detención. Ferras aún estaba vigilando a Robert Li, pero Gandle dijo que un detective enviado a la casa de Li en el distrito de Wilshire había informado de que el coche familiar había desaparecido y que parecía que no había nadie en la casa.

–¿Esperamos a que aparezca Mia o detenemos a Robert antes de que empiece a preguntarse por Lam? –preguntó Gandle.

–Creo que hemos de actuar –dijo Bosch–. Ya se estaba preguntando dónde estaba Lam. Si empieza a sospechar, podría huir.

Gandle miró al resto de los reunidos por si había alguna protesta. No la hubo.

–Vale, entonces vamos de uno en uno –dijo–. Detenemos a Robert en la tienda y luego vamos a buscar a Mia. Quiero a los dos detenidos antes de que termine el día. Harry, llama a tu compañero y confirma la ubicación de Robert. Dile que estamos en camino. Iré contigo y con Chu.

Era inusual que el teniente saliera de la oficina. Pero el caso trascendía la rutina. Aparentemente quería estar allí cuando se acercara la detención.

Todos se levantaron y empezaron a abandonar la sala de reuniones. Bosch y Gandle se quedaron atrás. Harry sacó el teléfono y pulsó el número de marcación rápida de Ferras. La última vez que había hablado con él aún estaba en el coche, vigilando Fortune Fine Foods & Liquor desde el otro lado de la calle.

—¿Sabes lo que aún no comprendo, Harry? —preguntó Gandle.

—No, ¿qué no entiendes?

—¿Quién secuestró a tu hija? Lam asegura que no sabía nada de eso. Y en este momento no tiene razones para mentir. ¿Aún crees que fue la gente de Chang, aunque ahora sepamos que era inocente del crimen?

Contestaron la llamada de teléfono antes de que Bosch pudiera responder a Gandle.

—Ferras.

—Soy yo —dijo Bosch—. ¿Dónde está Li?

Levantó un dedo a Gandle para que esperara mientras respondía la llamada.

—Está en la tienda —dijo Ferras—. ¿Sabes? Hemos de hablar, Harry.

Bosch sabía por la tensión en la voz de su compañero que no era de Robert Li de lo que Ferras quería hablar. Mientras estaba sentado solo en su coche toda la mañana, algo se estaba pudriendo en su cerebro.

–Hablaremos después. Ahora mismo hemos de actuar. Hemos convencido a Lam. Nos lo va a dar todo. A Robert y a su hermana. Formaba parte de esto. ¿Está ella en la tienda?

–No la he visto. Dejó a la madre, pero luego se fue.

–¿Cuándo fue eso?

–Hace una hora más o menos.

Gandle, cansado de esperar y con la necesidad de prepararse para unirse a los equipos de detención, se dirigió a su despacho. Bosch se quedó pensando que por el momento estaba a salvo de tener que responder a la pregunta del teniente. Ya solo tenía que tratar con Ferras.

–Bueno, quédate ahí –dijo–. Y avísame si algo cambia.

–¿Sabes qué, Harry?

–¿Qué, Ignacio? –respondió con impaciencia.

–No me has dado una oportunidad, tío.

Había un tono de lamento en su voz que puso a Bosch nervioso.

–¿Qué oportunidad? ¿De qué estás hablando?

–Estoy hablando de que le hayas dicho al teniente que quieres un nuevo compañero. Deberías haberme dado otra oportunidad. Está intentando trasladarme a automóviles, ¿sabes? Dijo que yo no soy digno de confianza y que soy el que se ha de ir.

–Mira, Ignacio, han pasado dos años, ¿vale? Te he dado dos años de oportunidades. Pero ahora no es el momento de hablar de eso. Hablaremos después, ¿vale? Entretanto, espera. Vamos en camino.

–No, espera tú, Harry.

Bosch hizo un momento de pausa.

–¿Qué coño quieres decir?

–Quiero decir que me voy a ocupar de Li.

–Ignacio, escúchame. Estás solo. No entres en esa tienda hasta que llegue el equipo de detención, ¿entiendes? ¿Quieres ponerle las esposas? Bien, puedes hacerlo. Pero espera a que lleguemos.

–No necesito un equipo y no te necesito a ti, Harry.

Ferras colgó. Bosch le dio al botón de rellamada y empezó a dirigirse hacia la oficina del teniente.

Ferras no contestó y la llamada fue directamente al buzón de voz. Cuando Bosch entró en la oficina de Gandle, el teniente se estaba abotonando la camisa sobre un chaleco antibalas que se había puesto para el trabajo de campo.

–Hemos de irnos –dijo Bosch–. Ferras se ha desquiciado.

47

Después de volver del funeral, Bosch se quitó la corbata y cogió una cerveza de la nevera. Salió a la terraza, se sentó en el sillón y cerró los ojos. Pensó en poner algo de música, tal vez un poco de Art Pepper para sacudirse la tristeza.

Pero se sentía incapaz de moverse. Se limitó a quedarse con los ojos cerrados y trató de olvidar en la medida de lo posible las últimas dos semanas. Sabía que era una tarea imposible de lograr, pero merecía la pena intentarlo y la cerveza lo ayudaría, aunque solo fuera de manera temporal. Era la última que quedaba en la nevera y se había prometido que sería la última para él. Ahora tenía una hija a la que educar y tenía que ser lo mejor posible para ella.

Como si pensar en ella hubiera conjurado su presencia, oyó la puerta corredera.

—Eh, Mads.

—Papá.

Con esa única palabra, su voz sonó diferente, inquieta. Abrió los ojos y miró, entrecerrándolos al sol de la tarde. Maddie ya se había cambiado de ropa y llevaba pantalones tejanos y una camisa que había sacado de la bolsa que su madre le había preparado. Bosch se había fijado en que se ponía más las pocas cosas que su madre le había puesto en la mochila en

Hong Kong que toda la ropa que habían comprado juntos.

–¿Qué pasa?

–Quería hablar contigo.

–Vale.

–Siento mucho lo de tu compañero.

–Yo también. Cometió un grave error y pagó por ello. Pero no sé, no parece que el castigo fuera proporcional al error, ¿sabes?

La mente de Bosch pasó momentáneamente a la espantosa escena que se había encontrado en el interior de la oficina de gerencia de Fortune Fine Foods & Liquor. Ferras, boca abajo en el suelo, con cuatro disparos en la espalda. Robert Li, aterrorizado en un rincón, temblando y gimiendo, mirando el cuerpo de su hermana junto a la puerta. Después de matar a Ferras, Mia se había suicidado. La señora Li, la matriarca de una familia de asesinos y víctimas, permanecía estoicamente de pie en el umbral cuando llegó Bosch.

Ignacio no había visto venir a Mia. La joven había dejado a su madre en la tienda y se había marchado. Pero algo la hizo volver. Se metió en el callejón y aparcó en la parte de atrás. Según habían especulado más tarde en la sala de brigada, Mia había descubierto a Ferras vigilando y había comprendido que la policía estaba al llegar. Había ido a casa, había cogido la pistola que su difunto padre guardaba bajo el mostrador en su tienda y luego había vuelto a la tienda del valle. No estaba claro y siempre sería un misterio cuál era su plan. Quizá estaba buscando a Lam o a su madre. O quizá solo estaba esperando a la policía. El caso es que regresó a la tienda y entró por la puerta de empleados de la parte de atrás aproximadamente al mismo tiempo que Ferras entraba por la puerta delantera para detener él solo a Robert. Mia vio que Ferras entraba en la oficina de su hermano y fue tras él.

Bosch se preguntó cuáles habrían sido los últimos pensamientos de Ignacio cuando le acribillaron las balas. Se preguntó si su joven compañero estaría asombrado de que un relámpago pudiera caer encima dos veces, la segunda vez para terminar el trabajo.

Bosch apartó la visión y los pensamientos. Se sentó más derecho y miró a su hija. Vio la carga de culpa en sus ojos y supo lo que se avecinaba.

–¿Papá?

–¿Qué pasa, peque?

–Yo también cometí un error. Solo que no fui yo la que lo pagó.

–¿Qué quieres decir, cariño?

–Cuando estaba hablando con la doctora Hinojos, ella dijo que tenía que descargarme. Que he de contar lo que me inquieta.

Ahora cayeron las lágrimas. Bosch se sentó de lado en el sillón, cogió a su hija de la mano y la guio a un asiento que estaba justo a su lado. Le puso el brazo en torno a los hombros.

–Puedes decirme lo que sea, Madeline.

Ella cerró los ojos y se los tapó con una mano. Apretó la mano de su padre con la otra.

–Mataron a mamá por mi culpa –dijo–. La mataron a ella y deberían haberme matado a mí.

–Espera un momento. Espera un momento. Tú no eres responsable...

–No, espera. Escúchame. Escúchame. Sí que lo soy. Fue culpa mía, papá, y he de ir a prisión.

Bosch le dio un gran abrazo y la besó en la cabeza.

–Escúchame, Mads. No vas a ir a ninguna parte. Vas a quedarte aquí conmigo. Sé lo que ocurrió, pero eso no te hace responsable de lo que hicieron otras personas. No quiero que pienses eso.

Ella se echó atrás y lo miró.

–¿Lo sabes? ¿Sabes lo que hice?

–Confiaste en una persona equivocada… y el resto, todo el resto, es culpa suya.

Ella negó con la cabeza.

–No, no. Todo fue idea mía. Sabía que vendrías y pensaba que conseguirías que ella me dejara venir aquí contigo.

–Lo sé.

–¿Cómo lo sabes? –preguntó.

Bosch se encogió de hombros.

–No importa –dijo–. Lo que importa es que no podías saber lo que iba a hacer Quick, que cogería tu plan y lo haría suyo.

Maddie inclinó la cabeza.

–No importa. Maté a mi madre.

–Madeline, no. Si hay alguien responsable, soy yo. La mataron por algo que no tenía nada que ver contigo. Fue un atraco y ocurrió porque yo fui un estúpido, porque mostré mi dinero en un lugar donde nunca debería haberlo mostrado, ¿vale? Es culpa mía, no tuya. Yo cometí el error.

No había forma de calmarla o consolarla. Negó con la cabeza violentamente y saltaron lágrimas al rostro de Bosch.

–Ni siquiera tendrías que haber estado allí, papá, si no hubiéramos mandado el vídeo. ¡Eso lo hice yo! ¡Sabía lo que pasaría! ¡Que subirías al primer avión! Iba a escapar antes de que aterrizaras. Llegarías allí y todo estaría bien, pero tú le dirías a mamá que no era un lugar seguro para mí y yo me volvería contigo.

Bosch se limitó a asentir. Había imaginado más o menos ese escenario días antes, cuando se había dado cuenta de que Bo-Jing Chang no tenía nada que ver con el asesinato de John Li.

—Pero ahora mamá está muerta. Y ellos están muertos. Y todo el mundo está muerto y es culpa mía.

Bosch la agarró por los hombros y la hizo volverse hacia él.

—¿Qué parte de esto le contaste a la doctora Hinojos?

—Nada.

—Vale.

—Quería decírtelo antes. Ahora has de llevarme a la cárcel.

Bosch la abrazó y la apretó con fuerza contra su pecho.

—No, cielo, te vas a quedar aquí conmigo.

Le acarició suavemente el pelo y le habló con voz calmada.

—Todos cometemos errores. Todo el mundo. A veces, como mi compañero, cometes un error y no puedes resarcirte. No tienes ocasión. Pero a veces sí la tienes. Podemos compensar nuestros errores. Los dos.

Los sollozos empezaron a remitir. La oyó sorber. Pensó que quizá por eso había acudido a él. Por una salida.

—Quizá podamos hacer algo bien y compensar por las cosas que hicimos mal. Compensaremos por todo.

—¿Cómo? —dijo en voz baja.

—Yo te enseñaré el camino. Te lo enseñaré y verás que podemos compensar esto.

Bosch asintió para sí. Abrazó a su hija con fuerza y deseó no tener que soltarla nunca.

Agradecimientos

No podría haber escrito este libro sin la ayuda de Steven Vascik y Dennis Wojciechowski. Steve me enseñó todo lo que necesité en Hong Kong y Wojo encontró todo lo que necesité en Internet. Siempre les estaré agradecido.

También fueron de tremenda ayuda Asya Muchnik, Bill Massey, Michael Pietsch, Shannon Byrne, Jane Davis, Siu Wai Mai, Pamela Marshall, Rick Jackson, Tim Marcia, Michael Krikorian, Terrill Lee Lankford, Daniel Daly, Roger Mills, Philip Spitzer, John Houghton y Linda Connelly. Muchas gracias a todos ellos.

Mi agradecimiento especial a William J. Bratton, jefe del Departamento de Policía de Los Ángeles entre 2002 y 2009, por abrirnos tantas puertas a mí y a Harry Bosch.